Ferro, Água & Escuridão

CB015900

FELIPE CASTILHO

Ferro, Água & Escuridão

O LEGADO FOLCLÓRICO | VOLUME 3

1ª EDIÇÃO
1ª REIMPRESSÃO

GUTENBERG

Copyright © 2015 Felipe Castilho
Copyright © 2015 Editora Gutenberg

Todos os direitos reservados pela Editora Gutenberg. Nenhuma parte desta publicação poderá ser reproduzida, seja por meios mecânicos, eletrônicos ou em cópia reprográfica, sem a autorização prévia da Editora.

EDITORA RESPONSÁVEL
Silvia Tocci Masini

ASSISTENTE EDITORIAL
Carol Christo

REVISÃO
Nilce Xavier

CAPA E LOGOTIPO
Octavio Cariello

PROJETO GRÁFICO DE MIOLO
Psonha

ILUSTRAÇÃO DE MIOLO
Thiago Cruz

DIAGRAMAÇÃO
Christiane Morais
Andresa Vidal

Dados Internacionais de Catalogação na Publicação (CIP)
(Câmara Brasileira do Livro, SP, Brasil)

Castilho, Felipe
   Ferro, água & escuridão / Felipe Castilho. -- 1. ed.; 1. reimp. -- Belo Horizonte : Editora Gutenberg, 2015. -- (O Legado Folclórico ; 3)

   ISBN 978-85-8235-318-9

   1. Ficção brasileira I. Título. II. Série.

15-06816   CDD-869.93

        Índices para catálogo sistemático:
          1. Ficção : Literatura brasileira   869.93

A **GUTENBERG** É UMA EDITORA DO **GRUPO AUTÊNTICA**

São Paulo
Av. Paulista, 2.073,
Conjunto Nacional, Horsa I
23º andar . Conj. 2301 .
Cerqueira César . 01311-940
São Paulo . SP
Tel.: (55 11) 3034 4468

Televendas: 0800 283 13 22
www.editoragutenberg.com.br

Belo Horizonte
Rua Aimorés, 981, 8º andar
Funcionários . 30140-071
Belo Horizonte . MG
Tel.: (55 31) 3214 5700

Rio de Janeiro
Rua Debret, 23, sala 401
Centro . 20030-080
Rio de Janeiro . RJ
Tel.: (55 21) 3179 1975

Para Antônio Cedraz.

And as we wind on down the road
Our shadows taller than our souls [...]
Stairway to Heaven
Led Zeppelin

Quando olhares em torno
e tudo parecer treva
escuridão,
fantasma,
antes de clamar
contra a maldade dos tempos
e dos homens,
examina
se estás sendo
a luz que deves ser.
Dom Helder Câmara

AGRADECIMENTOS

Se você está chegando agora, ou você leu os outros dois livros da série, ou está perdido – e nada como estar perdido para se encontrar. Oi, meu nome é Felipe! Seja muito bem-vindo. Volte duas casas, você tem mais dois livros para colocar em dia antes de começar este. Não, não dá pra começar a leitura pelo terceiro volume, desculpe.

Para quem estava aguardando este livro: o primeiro agradecimento é seu. Pela paciência, pelas mensagens nas redes sociais, pela cobrança e por dividirem esse peso comigo.

Agradeço a todos que se envolveram durante o processo de forja do *Ferro, Água & Escuridão*, seja com uma sugestãozinha aqui ou ali, com broncas ou elogios: Neusa e André, da minha primeira casa (nossa Ilha da Bobeira só cresce); aos amigos da Gutenberg, minha segunda casa; aos amigos da Parceria 6 Assessoria de Comunicação; ao mago Eric Novello, por compartilhar da mesma megalomania que eu na criação de mundos e por me ouvir pirando durante os trajetos de viagem para palestras ou depois de uma sessão de *Vingadores*; Octavio Cariello, pela capa incrível e pelo logotipo, e Thiago Cruz por contar parte do Legado com tinta guache; todo o povo da Geek.Etc.Br; Hans Zimmer, pela trilha sonora de *Interestelar* que ouvi em *loop* em certas partes do livro; Rafael Castilho, melhor fotógrafo tupiniquim; Adenilson e Thais, da Saraiva; Tatiane Martins, do CMRJ; Daniel, Adriano, Lucy, Lucas e demais intergalácticos da Editora Aleph; aos amigos da Quanta Academia de Artes, que é outra casa; e à Daniela, minha nossa, por ter aguentado a minha Transformação Insana, por ter lido quase em tempo real cada uma das linhas deste livro e por ter me ajudado a colocar tudo em ordem. De repente eu percebo que sou muito rico, pois tenho um tesouro gigantesco de pessoas que são muito mais do que eu mereço.

Como nem tudo é ouro, flores e mega-abraços, quero fazer um desagradecimento: Lorena, essa é pra você. Eu te detesto.

ESQUECIMENTO

O garoto descia as escadas.

Os degraus estavam iluminados por uma lâmpada fraca e amarelada. Cada passo abaixo, um rangido. Cada rangido, uma memória de todo aquele tempo sob a tutela do Patrão. Nem todas eram boas. Mas nem todas eram tão ruins assim.

Alguns colegas o acompanhavam no trajeto até a sala, onde o aguardavam para o procedimento padrão de desligamento – um acontecimento que não era muito rotineiro no Casarão.

Tapinhas em suas costas, votos de boa sorte e boa viagem – ou viagens, plural, uma vez que sua realidade logo se transformaria em um eterno armar e levantar de acampamentos. Já sobre as pessoas, o garoto não podia garantir que todos sentiriam sua falta, de verdade. De sua parte, tinha certeza: não sentiria. Com o esquecimento promovido por uma sereia, ou mesmo sem ele. Na verdade, pensava, havia uma única razão para tristeza. Mas todos os outros *prós* eliminavam o *contra*.

Zé o aguardava ao pé da escada. Com aquelas longas costeletas que ele havia passado a usar, os cabelos puxados para trás com brilhantina e a camisa listrada para dentro da calça. Não sorriu, pois aquela não era uma situação feliz. Mas também não era um funeral, felizmente. Era uma escolha do garoto, e escolhas devem ser respeitadas.

– Pegou todas as suas coisas? – perguntou o meio-caipora, notando um pequeno saco de pano às costas do garoto. Ele estreitou os olhos cinzentos antes de parar no último degrau e responder ao adulto (que conseguia ser mais baixo que ele).

– *Todas* as minhas coisas seria um exagero. – Wagner sorriu, trocando sua bagagem de ombro. – Não vejo como poderia ter acumulado algo por aqui. Tenho o que vocês me deixaram guardar, o pouco que pude comprar. Desapego material e blá, blá, blá...

– Espero que você esteja levando alguma coisa dentro dessa sua cabeça – disse uma voz mais forte, grave, vinda de trás de Zé. Patrão se aproximava, com saltos leves e cadenciados que mal faziam o piso de taco reclamar. – Não proíbo ninguém de encher a mente com o que realmente importa.

Wagner revirou os olhos.

– Eu sei. Sou grato, e coisa e tal.

Patrão parou ao lado de Zé, observando o garoto em silêncio, como se estivesse pensando se teria alguma utilidade repreendê-lo pelo comportamento à essa altura do campeonato. Sua atenção mudou de foco quando um outro adolescente desceu as escadas, pedindo licença e ultrapassando a pequena procissão que vinha atrás de Wagner. Era pouco mais velho, um rapaz de no máximo 16 anos, que também carregava uma trouxa de pano.

– Lionel – murmurou Zé, cruzando os braços. – Veio trazer o resto da bagagem do amigo?

O jovem parou ao lado de Wagner, que continuou encarando o Saci sem dispensar um olhar para o lado.

– Eu vou junto com Wagner. Também quero ir morar com os Gitae.

Zé arregalou os olhos e abriu os braços, buscando compreensão nas feições imutáveis do Patrão. Chiou com sua voz de quem engoliu gás hélio.

– O que é isso? Uma debandada?

O velho Saci enfiou a mão no bolso da calça, o que chamou a atenção instantânea de Wagner para o movimento, fazendo seus olhos relampejarem e brilharem com algo por trás do eterno nublado em suas íris.

Patrão, ainda sem dizer uma palavra, também puxou um fósforo do bolso, acendeu-o com o polegar e o levou ao fornilho do cachimbo. Um cachimbo comum, ordinário, de madeira. O interesse nos olhos do pequeno Wagner se esvaiu, e ele voltou ao seu estado de indiferença habitual.

< 12 >

– Está tudo bem, Zé – disse Patrão, com uma baforada lenta flutuando entre ele e Lionel, que quase não piscava. – Avisaremos Eugênio que ele terá dois novos membros, então. E que olhar é esse, garoto? Esperava que eu ficasse *de joelho* e implorasse para você ficar?

Wagner riu, contido, e desceu do último degrau da escada, preguiçosamente.

– Bom, mas e o tal do meu esquecimento? Cadê?

– Isso tudo é pressa, Wagner?

A voz era melodiosa. Como se fosse um líquido grosso e que não cai do gargalo da garrafa de uma só vez. Mel derramado nos ouvidos, espesso e doce. Iara entrou na sala, vinda da cozinha, e recostou-se no batente da passagem. Usava um vestido leve de mangas largas, verde-água, estampado com mandalas laranjas. Por baixo, uma calça pantalona boca de sino e uma sandália rasteirinha. Tanto tecido, tantas ondas em seus cabelos negros, apenas para seus olhos verdes chamarem mais atenção do que tudo naquele recinto. Estrelas gêmeas, atraindo toda a gravidade em suas direções.

O garoto, pela primeira vez, vacilava e deixava sua expressão presunçosa se desfazer por apenas um segundo antes de levantar a guarda novamente.

– Não é pressa, senhora. É só... o que precisa ser feito.

Ela demorou um tempo antes de percorrer o espaço que a separava de toda a reunião. Parou entre Patrão e Zé, de frente para Wagner, pouco mais baixo que ela, e estendeu a mão direita.

– Primeiro você.

O garoto pareceu não entender o que ela queria em um primeiro instante. Então a compreensão o atingiu e ele pousou a bagagem aos pés. Em seguida, levando as mãos para trás de seu pescoço, desfez o nó do cordão – o que deixou o Patrão inquieto por um breve momento – e tirou o muiraquitã de tartaruga de dentro da camisa, quase que imperceptivelmente hesitante.

– Aqui está – disse, depositando o amuleto na mão de quem o havia confeccionado. – Feliz?

– Não exatamente – disse ela, surpreendendo todos ao redor. – Mas espero que você esteja.

O menino nada disse. Continuava olhando para Iara, mulher, sabe-se lá quantas centenas de anos mais velha do que ele apesar do frescor de sua aparência. Wagner deixava transparecer uma espécie de petulância misturada à admiração, à respeito – coisa que ele não fazia questão de demonstrar ao Patrão ou a Zé. Ela, notando que o instante se prolongava, ergueu a outra mão, que não segurava o muiraquitã.

– Não vai doer – disse ela.

– Acho que já está doendo – ele corrigiu, mas sua fala não fez sentido

< 13 >

para a plateia ao redor. A mão de Iara recuou de leve, mas depois tornou a tocar a testa dele.

A magia ocorreria em instantes. Ela o encarava, experiente, sabendo que era a primeira vez que sua mente era tocada daquele jeito, invadida. Não teria sequelas nem maiores complicações. Um elo temporário se formaria entre os dois, e então...

– Hipólita – Wagner murmurou, de olhos fechados.

– O quê? – ela perguntou, se desconcentrando.

– O quê? O que ele disse? – também perguntou Zé, no embalo, sem entender.

– Hipólita – ele repetiu, e parecia que falava inconscientemente. O toque mental de Iara, de alguma forma, já percorria o seu labirinto cerebral.

A mulher inclinou o rosto. Wagner estava quase febril, seus lábios tremiam. Ela não entendia o porquê daquilo estar acontecendo, já que...

– Iara – Patrão chamou, sem nenhuma urgência na voz, mas mostrando-se preocupado. Algumas pessoas cochichavam e tentavam entender o significado do que o garoto havia dito. – Está tudo ocorrendo normalmente?

Ela acenou positivamente com a cabeça, franzindo o cenho e umedecendo os lábios com a língua. Wagner pareceu relaxar as feições de um momento para o outro, como se tivesse adormecido. A mão de Iara correu para a parte de trás da cabeça dele, e alguém se prontificou a sustentar o corpo que amolecia. Por fim, o garoto adormeceu, nos braços de um colega da Organização.

– Feito – disse ela, quase que em um sussurro.

– Tem certeza? – perguntou o Patrão, pitando o cachimbo. E ela sorriu de volta, parecendo novamente a Senhora das Águas segura de si.

– Claro que sim.

Lionel, olhando para o amigo desacordado, engoliu tão ruidosamente que toda a sala pôde ouvir sua garganta. Iara estendeu a mão em sua direção.

– Não precisa ter medo, Lionel – ela disse, sendo muito mais objetiva nesta segunda vez. – Você só vai tirar um cochilo.

E assim foi.

Os garotos foram deitados nos sofás, e algum tempo se passou enquanto o lugar era esvaziado. Alguns iam para a rua, outros subiam as escadas. Apenas Patrão e Zé guardavam o sono tranquilo dos garotos, em silêncio, enquanto aguardavam a chegada de Eugênio, dos Gitae.

E pouco tempo depois ele apareceu. Um senhor de longos bigodes torcidos, camisa de seda, lenço na cabeça e muitos brincos de argola. Estava acompanhado por um ciganinho, de cerca de 8 anos de idade, que ele apresentou ao Saci e ao meio-caipora como seu filho, de mesmo nome. Houve um breve momento de gentilezas e sorrisos e, assim, Wagner foi carregado para fora por Zé, e

< 14 >

Lionel pelo Eugênio adulto. Patrão ficou parado no meio da sala, observando as partículas de poeira se movendo no facho de luz da porta entreaberta, até a fumaça de seu cachimbo cessar.

Ele sacou um lenço de dentro do bolso frontal da camisa xadrez e limpou o fornilho. Enquanto o limpava, o ar pareceu se mover. Tremeluzir.

O Patrão meneou a cabeça.

O relógio na sala parou. As partículas de poeira na luz também, estacaram no ar. E uma ventania começou ali mesmo, entre as paredes do Casarão, sem sobreaviso e com violência.

Olhando para um ponto específico ao seu lado, na altura de seu ombro, o Patrão ainda se mexia no meio do redemoinho que se formava.

Invisível, destacado daquela cena e daquele momento, alguém o observava. E era para ele que o Patrão olhava.

– E eu posso saber o que você está fazendo aqui, tão *longe* de seu tempo, Sr. Anderson Coelho?

A imagem pareceu encolher. O vento tomou conta da sala até ela se esvanecer no ar, despedaçada em milhões de fragmentos de memória.

Anderson, um mero espectador etéreo, foi obrigado a se fragmentar também.

< 15 >

< capítulo 1 >
PAIS E FILHOS

Solavanco. Seguido de um grito curto e seco e um demorado franzir de sobrancelhas. Olhou para o céu de cor inexplicável e para o rio que corria a apenas alguns metros. Águas escuras, que de vez em quando eram navegadas por camas e até sofás. Só aí Anderson olhou para a frente, para quem o encarava em silêncio, sentado de pernas cruzadas assim como ele.

Não era todo dia que se acordava de um sonho e se deparava com Anselmo. Ele costumava estar dentro deles, e não o aguardando do outro lado.

– Eu digo que você deve se concentrar no ambiente e senti-lo – começou ele, sem sair de sua posição de lótus. – Aí você vem e dá esse grito que teria me matado se... Bom, você sabe. Se eu já não estivesse *tão* morto.

Anderson passou as mãos no próprio rosto, sem graça. Ainda estava querendo entender o que tinha visto – ou melhor, presenciado – como uma câmera escondida.

– Foi mal. – Anderson abraçou os joelhos, saindo da posição de meditação. – Eu não sabia que dava para fazer isso por aqui...

– Gritar?

– Não, caramba. Ter um *sonho dentro de um sonho.*

< 16 >

Anselmo coçou o queixo. Se levantou e ofereceu uma das mãos para que Anderson fizesse o mesmo.

– Não é tão incomum assim. Os sonhos tem camadas, manja? Às vezes, você pode entrar em outra frequência e – Anselmo deu um assobio longo, como o barulho de um míssil caindo – escorregar para uma outra camada. A que estamos é bem próxima do despertar, mas existem outras.

– Sei. Tipo *A Origem*.

– Não sei, bati as botas antes de assistir esse aí. Mas se você tá falando, tá falado.

Anderson deu um riso nervoso. Sempre ficava desconfortável quando Anselmo brincava com a própria morte com um pesar não muito maior do que o de uma nota baixa em uma prova.

– O que foi mais estranho nesse sonho dentro do sonho – Anderson disse, ainda com a sensação de ter espionado a intimidade de alguém – é que ele parecia ser uma lembrança de outra pessoa... E não minha.

– Acho que isso também é comum.

Anderson se impacientou, bateu com as palmas das mãos nas coxas. Ele estava aflito com o que tinha visto, e a última coisa que queria ouvir era um "relaxa, cara! É esquisito, mas é normal!"

– A *outra pessoa* era o Wagner Rios!

Anselmo inclinou o rosto.

– Tá, agora isso ficou mais interessante. Como assim?

– Eu estava vendo um *Waguininho* na Organização. Parecia ter a minha idade, talvez um pouco mais que isso. Vi o dia em que ele resolveu deixá-los para ir embora com os Gitae. Parecia ser nos anos 1970, todo mundo estava mais jovem e mais brega.

Anselmo sorriu.

– Se eu te disser que já vi alguns *flashes* desse dia, você acreditaria?

– O garoto morto me pergunta se eu vou acreditar em algo...

– Certo, pergunta besta a minha. Mas já tive alguns vislumbres desse passado do Rios, e acho que já vi essa cena antes. Ele, Patrão, Iara, Lionel e Zé, aos pés da escadaria. Tudo muito confuso e corrido.

Anderson assentiu. Era justamente o que ele havia presenciado, com a diferença de que não tinha sido nada confuso e nada corrido. A cena havia sido longa, com início, meio e fim. E no final, o mais assustador de tudo: o Patrão tinha falado diretamente com ele, como se tivesse percebido a presença de Anderson ali, no passado.

Talvez aquilo fosse muita loucura até mesmo para Anselmo. O melhor a se fazer, pensou, seria explorar mais o terreno onde estava pisando antes de sair manifestando toda e qualquer dúvida.

– E você imagina o porquê de nós dois termos sonhado com essas memórias do Rios?

– Vamos pensar juntos – disse Anselmo, começando a caminhar na direção contrária do fluxo do rio, bem próximo à margem. Anderson apressou

< 17 >

o passo para acompanhá-lo. – O que nós dois temos em comum quando o assunto é Wagner Rios?

– Nós dois o odiamos – respondeu Anderson, com um levantar de ombros.

– *Odiar* é uma palavra muito pesada, cara – disse o outro, com um riso rápido. – Não, eu detesto ele. É diferente.

– Eu o detesto *e* o odeio.

– E tenho certeza que ele fez por onde merecer tudo isso vindo de você.

– Poxa, mas isso é óbvio! Ele causou sua morte, a do Chris...

– A do Chris foi revertida – observou Anselmo.

– Ok, mas a sua não. Sem contar tudo o que ele fez...

O rapaz parou, e Anderson continuou andando por alguns passos até perceber que o outro havia ficado para trás. Ele o observava, com aquele olhar sereno imutável. Anderson se pegou pensando se ele mantinha toda aquela calma nas situações de perigo quando ainda era vivo.

– Você não tem que gostar do Rios. Mas se você fizer questão de odiá--lo, saiba que ele já terá dado o primeiro passo para vencê-lo. O ódio afeta o nosso juízo, tomamos decisões erradas. Enquanto ele, como sabemos, é ótimo para tomar decisões que o beneficiem. E é na nossa falha que ele nos vence.

Anderson pensou em tudo o que havia acontecido no último ano, desde que Wagner e ele conversaram naquele *hovercraft* descontrolado. Um mergulho no Guaíba gelado, a explosão da navegação de encontro ao concreto da fundação de uma ponte. Depois disso, Wagner Rios foi dado como morto – coisa que o garoto sabia muito bem que não era verdade. Ele segurava o Cachimbo de Ouro, estava invulnerável.

E, agora, estava invisível aos olhos da mídia. Podia agir no anonimato, enquanto um país inteiro se comovia com a morte do filantrópico empresário. "Tão jovem, tão bonito". Coincidentemente, todas as ações da Rio Dourado continuavam subindo e subindo... O que era engraçado, mesmo após a perda de seu intrépido comandante.

– É – resmungou Anderson, dando o braço a torcer. – Ele é bom em tirar proveito das oportunidades.

– E não vamos dar mais essa a ele, certo?

– Talvez se eu odiá-lo só um pouquinho...

– Quando odiamos alguém, damos a essa pessoa acesso à nossa alma, entende? – Anselmo sentou-se mais uma vez, cruzando as pernas. Anderson não o imitou de pronto e continuou de pé. – Ela fica dentro da gente, em algum lugar que guardamos todo nosso ressentimento, mágoa, raiva... E uma vez que a pessoa está dentro de nós, fica mais fácil para ela nos destruir. De dentro pra fora.

Anderson sentou-se, devagar, hesitante. Às vezes Anselmo falava como seu pai. Um pai mais jovem e mais descolado.

< 18 >

– Acho que entendo. O difícil é fazer.

– Tendo isso em mente, tudo fica mais fácil. Mas estávamos procurando nossas semelhanças com relação ao Rios, certo?

– Certo.

– E?

Anderson forçou um pouco a mente, para tentar fazê-la ir mais longe, enxergar mais do que estava sob o seu nariz. Ele viu Anselmo, esperando uma resposta, calmo, respirando devagar, o peito subindo e descendo com uma respiração que era puramente um costume que ele havia adquirido quando vivo, já que não era o ar que os mantinha vivos no Reino dos Olhos Fechados.

Respiração. Peito. Amuleto.

– Nós três usamos o muiraquitã de tartaruga – constatou, bem baixinho, lembrando do sonho dentro do sonho, do jovem Wagner o devolvendo para a mãe de Elis. – É isso, não é?

Anselmo deu um soquinho no ar, contente.

– Elementar, meu caro. Nós três fomos portadores.

– E estamos compartilhando nossas memórias e sentimentos.

– Precisamente. O amuleto está bem impregnado com nossa energia, nossos sentimentos. Lembra-se de quando você sonhou com a hora de minha morte, como se fosse eu? Engasgando com o veneno e tentando deixar uma mensagem oculta para alguém?

Claro que Anderson se lembrava.

– Isso significa que o Rios pode sonhar com as minhas lembranças também? – perguntou Anderson, com uma pontinha de terror na voz. Aquilo seria péssimo, por mais que seu passado fosse completamente desinteressante para um empresário bilionário.

– Não faço a mínima ideia, cara – disse Anselmo. – Por via das dúvidas, faça o que puder para mantê-lo fora de você. Não guarde ódio aí dentro.

Aquilo fazia sentido. Mas não deixava de ser assustador o fato de pessoas poderem compartilhar pensamentos e memórias.

Um estrondo rolou pelo céu do mundo onírico. Anderson olhou para o alto e automaticamente para as montanhas no horizonte, esperando ver alguma forma gigantesca se elevando nos céus.

– Calma. – Anselmo o tranquilizou. – Você não está aqui há tanto tempo assim. Não teria motivo para *ele* aparecer...

Anderson, que havia barganhado a vida de um amigo com Jurupari, sabia que ele tinha motivo *sim*. E que a qualquer hora ele poderia vir cobrar um favor que o garoto não sabia se estaria à altura de realizar. A cada movimento ou ruído suspeito naquele lugar, Anderson pensava que a hora da retribuição havia chegado.

– Algo te preocupa?

– Não – dissimulou o garoto, sem encarar o amigo. – Só acho que preciso aprender muito sobre este lugar. Vivo me surpreendendo com coisas que devem ser normais pra você.

– Bom, é por isso que estamos aqui com essa pose de Dhalsim – brincou Anselmo, em sua posição de iogue. – Você está aos poucos entendendo muito bem a magia desse lugar. E como a magia de *lá de fora* acontece...

Aquilo era um fato recente, mas que começava a fazer sentido para Anderson. Antes, ele vivia se perguntando como algumas coisas poderiam ser feitas do lado de fora, como a magia das icamiabas – Alba se transformando em onça era um dos exemplos que mais intrigavam o garoto. Os muiraquitãs, impregnados de mágica e algo mais, também o inquietavam. Então, em uma bela noite de sono consciente, Anderson resolveu perguntar à Anselmo sobre o assunto: a magia.

A primeira coisa que o rapaz fez foi lembrar a Anderson do embate dele com Wagner Rios à beira de um lago no mundo dos sonhos, pouco antes deles descobrirem que o magnata tinha o muiraquitã de mico-leão em seu poder. Na ocasião, Rios invocou tentáculos negros de dentro da água, que vieram à tona para atacar Anderson – e, logo em seguida, Anselmo apareceu com um facão, conjurado *do nada*, para libertar o garoto.

Rios já havia passado tempo o suficiente naquele lugar para conseguir manipular toda a magia que percorria sua camada. Da mesma maneira, Anselmo conseguia realizar um desejo simples e evocar um facão. "Perigos brotam à nossa frente, nos sonhos. A ajuda também pode vir dessa maneira, se assim conseguirmos canalizar nosso desejo", disse ele.

Bonito e digno de um livro de autoajuda genérico. Mas aquilo não explicava como a magia poderia ser feita no mundo real. Como Anderson havia conseguido erguer uma ponte de terra com a ajuda do muiraquitã de tatu, por exemplo.

E Anselmo respondeu com um levantar de ombros: "é só fazer a magia daqui vazar para a camada dos olhos abertos".

Simplíssimo, pensou Anderson.

Era assim que a mãe de Elis, Iara, encantava as pessoas. Era assim que ilhas mágicas eram criadas. Era assim que um animal poderia ser revivido. Sonhos se tornando realidade, de uma maneira bem ao pé da letra.

Nas sessões quase diárias nas quais Anselmo papeava com Anderson e fazia as vezes de um Sr. Miyagi espiritual, ele tentava fazer com que o garoto vivo conseguisse manipular ou modificar alguma coisa no ambiente, que evocasse algum objeto ou algo assim. E a coisa estava melhorando, uma vez que há algumas semanas Anderson havia desejado levitar e algo definitivamente aconteceu: suas roupas sumiram e deram lugar a uma fantasia de bailarina. Mas seus pés com sapatilha de fita cor *champagne* não deixaram a grama da margem do rio em momento algum.

< 20 >

– Passei longe de levitar. Bailarinas nem voam! – reclamou Anderson após o feito, olhando o saiote ao redor de sua cintura.

– Não deixe isso te impedir de dançar, Cisne Negro! – rebateu Anselmo.

A mente de Anderson parou de divagar em lembranças e voltou ao momento atual, no qual Anselmo o encarava com um meio sorriso.

– Tenho certeza absoluta de que você está lembrando da vez em que evocou a roupa de bailarina.

– Deixa quieto. Vamos tentar mais uma vez. Vai, me pede para fazer algo!

Anselmo coçou o queixo e disparou:

– Se transforme em outra pessoa.

Anderson piscou algumas vezes sem entender o pedido.

– Como assim?

– Qual é, foi um pedido fácil! – fez Anselmo, abrindo os braços. – Às vezes sonhamos ser outro *alguém*.

– Mas fazemos isso sem querer, né.

– Aí que está o sentido no seu treino, espertão. Vou fechar os olhos, fingir que estou meditando sobre algo profundo e elevado, e quando abri-los novamente quero ver outra pessoa na minha frente. É como vestir a fantasia de balé, mas você *veste* outra pessoa usando o que você lembra dela.

Anderson torceu o nariz para o amigo, respirou fundo e deu uma boa olhada no céu onírico. Gostava de quando ele adquiria aquela cor de fim de tarde, mesmo que não houvesse sol nenhum se pondo. As coisas por ali tinham brilho próprio e cada folha de árvore pulsava com um verde impossível.

Bem mais inspirado pela beleza daquele mundo, Anderson imitou Anselmo e fechou os olhos.

Talvez com *vontade* demais.

Ele conhecia a sensação de estar naquele corpo. Ele já havia morrido dentro dele. E agora Anderson vestia Anselmo novamente, como se sua mente estivesse espremida dentro da cabeça do garoto, dividindo o lugar com a consciência de seu amigo.

Se o truque havia funcionado, ainda não era possível ter certeza. Seus olhos ainda estavam fechados. *Será que me transformei no Anselmo?*, pensou, incomodado.

As pálpebras subiram, devagar.

Era uma cozinha. Azulejos. Luz de mercúrio, armários embutidos. Uma janela com cortina xadrez.

A pessoa à sua frente não era Anselmo. E, ao mesmo tempo, era.

Um Anselmo mais velho, calvo. De suéter, bigode bem aparado e barba meticulosamente feita.

Demoraram-se algumas frações de segundo até que Anderson lembrasse

< 21 >

de uma certa placa memorial aos pés de um limoeiro. A lembrança veio com o aroma cítrico da árvore.

"Anselmo Ferro JÚNIOR", dizia a placa dourada e com tipografia bonita. Aquele em sua frente era outro Anselmo. O sênior.

Buscou os olhos do homem e viu que eles seriam muito parecidos com o do amigo se não fosse por algo mais: ódio.

Anselmo, o júnior, nunca havia deixado algo parecido macular seu olhar. Anderson sabia disso, mesmo tendo conhecido o garoto já no além-vida. Já o pai, de boca apertada em uma linha reta e descolorada, parecia imensamente ocupado em manter uma quantidade incalculável daquele sentimento represada.

– Você não é meu filho – disse ele, devagar, amortecido pelo álcool, fazendo questão de sentir o gosto de cada sílaba pronunciada junto ao azedo de cerveja em sua língua. E as palavras doeram em Anderson, pois haviam doído em Anselmo.

O homem recuou o punho fechado. Anderson sabia que ele viria com tudo de encontro ao seu rosto. Do rosto do amigo. Tentou levantar o braço para se defender, mas nada aconteceu. Não, aquele não era seu corpo, ele tinha que se acostumar. Era o corpo do amigo, o braço do amigo. E Anderson era apenas um observador no camarote daqueles acontecimentos.

O corpo era de Anselmo. Mas a dor do golpe foi compartilhada.

Anderson queria se levantar. Anselmo não se levantou. Aquela era uma memória, não uma viagem no tempo, e ela apenas reproduziria o fato verdadeiro. A dor verdadeira. Anselmo chorava, e Anderson sentia o gosto salgado de lágrimas. A dor da morte por envenenamento não era nada comparado àquilo, por mais triste que fosse admitir o fato.

Anderson tentou se distanciar. Não queria ficar ali, no chão, a testa apoiada no piso molhado. Algo era gritado, ao longe, como se o pai de Anselmo estivesse berrando debaixo d'água.

E tudo escureceu consideravelmente.

A dor sumiu junto com a luz de mercúrio. O chão gelado e úmido deu lugar ao macio de um colchão quente. Não havia mais azulejos, e em vez de armários embutidos cheios de panelas e louça, a parede mais próxima era coberta por um armário embutido.

Envolto na penumbra, aquele era o quarto de Anderson há mais de dez anos. Uma lembrança própria, enfim.

Sentou-se na cama e olhou ao redor, absorvendo a estranheza daquele lugar. Não havia computador em uma escrivaninha. Não havia pôsteres de super-heróis nas paredes, não havia arco pendurado atrás da cama. Na prateleira ao lado da janela, ela sim familiar, ele apostava que não haveria nenhuma história em quadrinhos, nenhuma caixa de colecionador com suas séries favoritas de fantasia. No máximo, alguns livros fininhos e com mais ilustrações do que letras.

< 22 >

Anderson levantou as mãos e, sim, elas o obedeciam. Apesar de serem pequenas, com dedos curtos, infantis. Surpreso a ponto de esquecer da tristeza experimentada segundos atrás, ele olhou para os próprios pés, rindo com o tamanho deles e tentando enxergar seus dedos e unhas com o auxílio da iluminação fraca que vinha do corredor.

Iluminação fraca.

O quarto tinha mais sombras do que luz.

Quando se deu conta, Anderson já estava debaixo do edredom. Todo o medo que ele tinha do escuro, quando pequeno, tinha voltado junto com aquela lembrança estranhamente interativa.

E a escuridão ocupou o quarto, como se o seu temor pueril a tivesse convocado. A temperatura caiu. Luz alguma entrava por baixo da fresta da porta. Anderson cobriu a cabeça, tremendo, ouvindo o tiritar dos próprios dentes e algo mais: um sussurro.

Alguém estava no quarto.

– M-mamãe?! Papai?! – chamou, de lá debaixo da proteção do edredom, percebendo sua voz de criança desafinar. – São vocês?

Quem respondeu não foi nenhum deles.

...ANDERSON...

Aquela voz, dizendo o seu nome. Fazia quase um ano que ele não a escutava, mas não tinha como esquecê-la, pois ela vinha acompanhada de muitos outros sentimentos, e um deles era o medo.

Anderson saiu de baixo da coberta. Não havia outra opção, pois ele tinha sido chamado. Sua cama estava no meio de uma clareira de sombras, a escuridão maciça que ele havia visitado ao implorar pela vida de Chris.

O negrume oscilou. O escuro parecia observar Anderson com milhares de olhos.

Aquele era Jurupari. E ele falava diretamente dentro de sua cabeça.

EM BREVE. MUITO EM BREVE.

Anderson nada disse. Apenas assentiu. Sabia que um dia seria cobrado pela intervenção de Jurupari no desfecho do confronto em Anistia, mas não pôde deixar de sentir um alívio por saber que aquele não seria exatamente o momento para aquilo.

A cena começou a desvanecer. O frio aumentou e Anderson apertou os olhos quando o escuro pareceu avançar para cima de sua cama.

Então, a sensação passou. Olhos abertos no Reino dos Olhos Fechados.

< 23 >

E ali, sob a luz clara da margem do rio, estava Anselmo, o seu amigo. Sentado e o encarando com uma expressão não muito feliz.

– Eu... dormi? – balbuciou Anderson, que não estranharia se fosse possível dormir no mundo dos sonhos. Aquele lugar era insano.

– Não – respondeu Anselmo, de cara fechada. – Você conseguiu se transformar em alguém... brevemente.

– Eita! Em quem?

O rapaz não respondeu nada. Apenas saiu da posição de lótus, levantou-se e deu as costas ao garoto.

– Acho que não importa muito. E também acho que você já treinou demais por hoje. Hora de acordar.

Como em um filme mal-editado, Anderson flagrou-se de volta ao rio, navegando uma cama flutuante, vendo Anselmo diminuindo à distância, sem nenhum aceno de despedida. E acordou de vez.

Ainda faltava cinco minutos para o despertador tocar, o que já fazia com que aquele acontecimento merecesse ganhar um feriado municipal em Rastelinho só pela raridade da ocasião: Anderson nunca acordava antes do estardalhaço do relógio. Muitas vezes não acordava nem *durante* o estardalhaço do relógio. Na verdade, o seu "só mais cinco minutinhos" se estendia por quase meia hora. Dormir com o muiraquitã de tartaruga fazia com que ele mergulhasse tão profundamente no Reino dos Olhos Fechados que, ultimamente, seu sono era mais pesado que o Renato pós-ceia de Natal.

E, tratando-se do muiraquitã, ele ardia. Quente, como se alguém o tivesse colocado no micro-ondas e depois devolvido o amuleto para o pescoço de Anderson. Será que ele poderia se sobrecarregar, ou algo do tipo? Aqueles sonhos dentro de sonhos pareciam estar além da capacidade de Anderson e do artefato, pois nada de bom acontecia em nenhum deles: lembrança de Wagner Rios, o pai de Anselmo o agredindo... E o Jurupari vindo dar um "olá". Um melhor que o outro.

Levantou-se, calçou os chinelos, tropeçou, soltou um palavrão e depois colocou os pés certos nos chinelos corretos. Chegou na cozinha com o pijama desgrenhado, coçando os olhos e bocejando. Regina e Álvaro, que bebericavam café e conversavam em um tom baixo e tranquilo, interromperam toda e qualquer ação para observar o filho. Boquiabertos.

– Vocês não vão acreditar – resmungou Anderson, puxando uma cadeira. – Mas sim, sou o filho de vocês.

– É hoje que chove canivete! – exclamou dona Regina, com drama proposital. – Chove canivete, dinheiro, leite condensado...

– Eu nunca te vejo de pé antes de ter que sair para o trabalho! – disse o

< 24 >

pai, incrédulo, buscando os olhos da esposa e esboçando um riso contido. – Isso só pode significar duas coisas...

– ...Ou você está com uma namoradinha na escolaaa... – cantarolou a mãe.

– ...Ou aquele jogo alienante que te faz ficar trancado no quarto virou matéria escolar – completou Álvaro.

– Ha-ha, que engraçados vocês, pais "zueiros". – Anderson fungou e puxou o pote de margarina para perto de si. – Eu só tive um sonho ruim...

– Nada de namoradinha? – perguntou o pai, parecendo até esperançoso.

– Álvaro! – rosnou a mãe.

– Que foi?! Você foi a primeira a tocar no assunto!

– Nããão, nada de garotas. Elas atrapalhariam meu desempenho no meu jogo alienante favorito – respondeu Anderson, antes de sorrir amarelo e levar uma torrada à boca.

Regina cruzou os braços e sorriu para o marido.

– Você mereceu essa.

Seu Álvaro abanou a mão na frente do nariz e tateou a mesa em busca do jornal da manhã, como se isso fizesse esposa e filho esquecerem sua cara de desconcerto mais rapidamente. Abriu um caderno à esmo e mudou de assunto como quem entra com o carro na contramão.

– Então, filho. Última semana de aula, né?

– Hu-hum. Só tem mais hoje e amanhã.

– Hum, sei. E nada de recuperação esse ano?

– Nadinha. E se puder já vou pro acampamento na segunda, pode ser?

Quando Anderson dizia *acampamento*, obviamente ele se referia ao ACAMPAMENTO DE CORREÇÃO DE JOVENS PROBLEMÁTICOS E PORTADORES DE DISTÚRBIOS DA PRIMA VERA FAWKES, nome fantasia de um acampamento igualmente fantasioso inventado pelos seus amigos da Primavera Silenciosa, e a melhor desculpa para Anderson ir a São Paulo sem precisar da ajuda de uma sereia que pode fritar cérebros. Regina e Álvaro achavam muito maduro da parte do filho ir para um lugar desse por conta própria. Não que o enxergassem como um jovem cheio de distúrbios, mas Anderson garantia que se divertia muito a cada ida para lá. Era o álibi perfeito, claro. Tanto que, no último ano, Anderson visitou São Paulo durante as férias escolares e em alguns dos feriados prolongados. Nunca havia passado tanto tempo na Organização.

– Já na segunda? – perguntou Álvaro, torcendo o nariz.

– Algum problema? – rebateu Anderson, com outra pergunta.

– É que seu pai e eu estávamos pensando que poderia ser divertido se fizéssemos uma viagem rápida para algum lugar, todos juntos – disse dona Regina, empolgada – Poderíamos ir para Serra Negra! Ou Belo Horizonte, visitar alguns shoppings...

< 25 >

– Amor, ele vai ter uma overdose de shoppings em São Paulo...

– Tá, pode ser em algum sítio, então. Algum lugar com natureza! – consertou a mãe, torcendo o pano de prato nas mãos. – E cavalos! Ou algum rio para você mergulhar! Você nunca mergulhou em um rio *mesmo*, filho! Já pensou?

– Nunca nem me passou pela cabeça – disse o garoto, de sobrancelhas erguidas, lembrando-se de Anistia e tudo o que a orbitou.

– Bom, é só uma ideia, filho – concluiu o pai, trocando olhares com a esposa. – Aí na outra semana você iria para São Paulo! O que acha?

Anderson terminou a caneca de achocolatado, pensativo.

– E o seu trabalho, pai? Já vai tirar férias?

Seu Álvaro encolheu os ombros.

– Não exatamente. É que nos últimos dias estamos recebendo muitos carregamentos de ferro na empresa, vindo de uma nova fonte de mineração. A supervisão está muito ocupada com o teste de qualidade em todo o material, mas eles concordaram em me dar uma semana para repor as energias, já que o ferro não vai parar de chegar tão cedo. Você pode não gostar deles, filho, mas mesmo com um nome daqueles, a MadeirAço é bem flexível com seus funcionários. Mesmo depois da morte de Wagner Rios, que Deus o tenha... Um homem tão bom, que deixou seu legado e sua bondade sobreviverem lá na empresa...

Esse era outro assunto que Anderson preferia não comentar. Como explicar ao pai que Wagner Rios não estava morto, e que provavelmente a distância da mídia só o ajudava a concluir seus mais variados planos ilícitos sem maiores intervenções? Rios era tão sujo, que até mesmo a menção de seu nome causava enormes abismos na comunicação entre pai e filho. Como a última discussão, na ocasião da contratação de Álvaro, havia resultado em muito ressentimento entre ele e Anderson, o garoto preferia não prolongar as conversas que tomavam esse rumo.

– Hum – foi o que conseguiu dizer.

– Então, o que nos diz? – perguntou a mãe, animada.

– Eu já tinha até combinado com meus amigos lá da Primav... Hã, do Acampamento Prima Vera Fawkes – Anderson disse, soando canastrão e começando a catar as casquinhas de pão francês que haviam caído na toalha da mesa. – Será que a gente não pode fazer essa viagem na minha volta? Não vou ficar tanto tempo assim em Sampa...

Se não estivesse com os olhos tão voltados para os farelos de pão e torrada, talvez o garoto tivesse notado a decepção momentânea nos olhos dos dois adultos. Seu Álvaro assentiu com a cabeça, como se não fizesse mais tanta questão de tirar uma semana de folga tão logo.

– É, acho que tudo bem.

– Sim, nós esperamos você voltar – dona Regina concordou.

– Talvez eu faça uma horas extras lá na empresa...

< 26 >

– E eu acho que vou pegar umas encomendas de bolo...

Silêncio, alguns minutos de amenidades e Anderson levantou-se para lavar o prato, xícaras e canecas na pia.

– Ah, pode deixar que eu lavo, filho! – disse dona Regina, parando ao lado dele. – Vai se trocar pra escola, vai.

– Dá tempo, é rapidinho.

A mãe deu um sorriso contido e olhou para a direção do marido, na mesa, e depois para o filho.

– Você anda tão responsável – ela disse, se abaixando um pouco e sussurrando no ouvido de Anderson. – Sabe, acho até que você não precisaria mais desse acampamento tããã rigoroso...

Anderson deixou uma risada escapar, tascou um beijo na bochecha da mãe e pegou o pano de prato para enxugar as mãos.

– Eles não são nem um pouco ruins, mãe. E eles me fazem bem! Aqui em Rastelinho eu só tenho o Renato de amigo, e o pessoal do Battle quando estou online...

– Eu sei, eu sei – ela suspirou, com aquele brilho bonito nos olhos que as mães ficam de vez em quando, e que nada tem a ver com tristeza. – Bom, vai vestir seu uniforme, vai. E você, *amoreco*: larga esse jornal e já pro trabalho!

– Só um segundinho, amor – disse Álvaro, correndo os olhos pelo final da coluna de esportes.

– Um *segundinho* nada! Você é sedentário demais pra sequer se importar com essas coisas... Deixa eu ver o que você está... AH, VÔLEI FEMININO! QUE COISA, NÃO!?

Anderson riu consigo mesmo e foi para o quarto. Gostava de ver aquela rotina do pai e da mãe, a ironia nas trocas de farpas entre os dois... Não chegava a ser irritação genuína, e sequer descambava para briga. Ele pensava que, se um dia se casasse ou tivesse filhos, adoraria ter um relacionamento em que ele pudesse brincar daquela maneira, sem ser tão formal ou careta. As semanas em que Anderson estaria em São Paulo fariam bem aos dois pombinhos.

Escovou os dentes, colocou o uniforme e pegou sua mochila. Faria aquilo tudo novamente na manhã seguinte, e depois: São Paulo.

Era a última prova de História do ano. Como um milagre não opera duas vezes na mesma sala de aula, a prova foi sem consulta, individual e sem questões de múltipla escolha. E, pela primeira vez em sua vida, Anderson estava tranquilo e confiante.

Sorriu quando chegou à última página de perguntas. Levantou a cabeça e olhou ao redor, para ver se estava muito adiantado. Equilibrando imprudentemente a sua cadeira apenas nas pernas traseiras, olhou para a esquerda e reparou que Renato ainda estava lá pela metade da prova e mordia a ponta de uma caneta esferográfica como se ela fosse feita de caramelo. E era por essa e outras razões que Anderson odiava pedir coisas emprestadas para o seu melhor amigo: invariavelmente elas vinham mordidas, surradas ou babadas.

Do seu outro lado, pôde se deliciar com um vislumbre rápido de Everton, o mais babaca da classe, puxando os cabelos louros em total desolação. A vontade de Anderson era de colocar as pernas em cima da carteira, pedir um suco gelado, um balde de pipoca e observar aquele momento de dificuldade alheia no melhor estilo possível. Mas a realidade o chamou de volta.

– Anderson! – ralhou a professora Mariley, de braços cruzados às costas. – Olhe para a sua prova! E se for continuar se balançando na cadeira desse jeito, me avise que eu filmo e coloco no YouTube.

– Foi mal, professora – desculpou-se, colocando as quatro pernas da cadeira no chão (conforme o propósito de sua invenção) e pegando sua caneta nada mordida e nada babada. Estalou os dedos e partiu para responder as últimas perguntas, feliz da vida por estar no controle da situação. Se ele soubesse antes que prestar atenção na aula evitava tantos problemas nos dias de provas, teria tomado vergonha na cara mais cedo. Claro que as conversas com Patrão, uma parte da história viva do Brasil se equilibrando em uma perna só, valiam por algumas centenas de aulas particulares. Era por isso que aquela era a matéria em que Anderson tirava a melhor nota. E era também por isso que, no último ano, Anderson havia sido o melhor aluno naquela matéria.

E também porque o antigo melhor aluno não se encontrava lá.

Ignorando o aviso da professora Mariley de se voltar para a própria prova, os olhos de Anderson dardejaram para a primeira carteira da primeira fileira.

Vazia.

Wilson "Caladão" Rios. Um gênio da computação. O nêmese de Anderson no mundo virtual de Asgorath. Órfão, até onde as pessoas comuns sabiam. E Anderson não era uma pessoa comum – ou não mais.

Depois da noite em que o empresário e o garoto haviam duelado sobre um *hovercraft* desgovernado, Wagner Rios sumiu para o mundo. Sua morte foi anunciada nos quatro cantos das mídias. Os destroços do barco nas águas do Guaíba, a inconclusiva busca pelo corpo do samaritano mais amado do país... Um dos bilionários mais pilantras do mundo havia se tornado um mártir, um santo que ajudava os necessitados e lutava pelo desenvolvimento de seu país. Mil conspirações surgiam todos os dias na internet, conjecturando os motivos do assassinato – sim, já se falava em morte encomendada – daquele anjo que havia passado pela Terra.

Para Anderson, era um diabo que estava longe de voltar ao seu habitat.

Ele sabia que Wagner não estava morto. Assim como seus amigos da Primavera Silenciosa, da Organização e o próprio Renato: eles sabiam do Ca-

< 28 >

chimbo de Ouro. Da invulnerabilidade de quem o segurava. Do seu encontro com o magnata no mundo dos sonhos, ante a presença de Anselmo. E Anderson também apostava que muitos aliados de Rios sabiam sobre sua morte forjada, que provavelmente beneficiaria seus negócios, a popularidade de sua empresa.

Porém, no dia em que o país havia começado a divulgar a notícia da morte do empresário, Anderson viu algo que o deixou completamente inquieto:

Um discurso de Wilson, o filho de Wagner. O Caladão. Falando para centenas de jornalistas em uma coletiva de imprensa. A voz embargada, os diversos microfones de um punhado de emissoras diferentes. O terno preto feito sob medida para seu luto público. O discurso inflamado, dizendo que ele manteria o legado do pai na Rio Dourado. Os olhos completamente marejados, vermelhos, mas que não derramavam as lágrimas de vez por razão de um tremendo esforço. Um dique prestes a se romper.

Ali, pelas janelas da alma de Caladão, Anderson reparou que ele realmente acreditava na morte do pai. Ou isso, ou Wilson era um ator tão bom quanto Wagner.

No fundo, Anderson achava que ele não sabia. Talvez grandes investidores da Rio Dourado tivessem conhecimento. Anderson tinha. Mas o filho, coitado, não sabia do embuste.

Que tipo de pessoa faria algo tão horrível com o próprio filho, para o bem de seus planos, sua fortuna?

Há mais de um ano, a carteira vazia na primeira fileira inquietava Anderson, pois Caladão havia recebido uma autorização especial para estudar em casa e poder receber tratamento psicológico em tempo integral, para tentar ao menos amenizar a dor de sua infância despedaçada. Anderson sentia pena dele, em partes.

Em partes, pois Esmagossauro continuava em primeiro lugar no *ranking* do BoA. Ou seja: o garoto perdia o pai, mas não largava o jogo.

Todas as noites, a guilda de Shadow Hunter ainda se deparava com o ogro mais "apelão" do mundo de Asgorath. E sempre estavam um passo atrás: a *dungeon* que eles iriam explorar juntos? Esmagossauro já estava lá, com a barriga flácida e todos aqueles números elevados em suas habilidades. Um navio de esqueletos para ser abordado no Mar de Möbienn? Esmagossauro já estava lá, com aquela clava gigantesca que só era vendida para quem tinha a conta *premium* e que custava uma pequena fortuna para Anderson – e troco de padaria para Caladão.

– Muito bem, mais quinze minutos! – avisou a professora, e Anderson chacoalhou a cabeça para voltar a si e finalizar a prova. Havia passado tempo demais matutando sobre Caladão, e teria outras oportunidades para isso mais tarde.

Respondeu uma questão sobre os povos indígenas remanescentes no Norte do país. Aquilo era assunto fresco em sua mente: na última vez que conversou com

< 29 >

Elis, passaram horas falando sobre as icamiabas parentes da semissereia, e sobre todos os povoados que resistiam ao avanço do "progresso desenfreado". Anderson ocupou todas as linhas disponíveis com a resposta, em letras miúdas e espremidas.

– Quando foi que me tornei tão *nerd*? – cochichou para si mesmo, já partindo para a última questão, novamente deixando a cadeira nas duas pernas traseiras apenas para colocar um pouco de perigo em seu feito triunfante.

Acabou de ler o enunciado, e seu sorriso de autoconfiança evaporou.

> 13) Enumere os motivos pelos quais você teme o Legislador, o Senhor do Reino dos Olhos Fechados e do Sono Sem Despertar, O Que Vem À Sua Rede, o poderoso Jurupari.

Uma caneta nada mordida e nada babada. Uma cadeira. Uma folha de prova e um garoto completamente apavorado. Todos eles se encontraram no chão com um único estrondo.

– Tá, e aí quando você olhou de novo pra prova, a pergunta tinha mudado? – perguntou Renato, gastando meio pote de ketchup na sua coxinha. A dona da cantina da escola olhava para o garoto apoiado no balcão como se quisesse assá-lo no forno industrial, mas nem sinal do grandalhão perceber a inconveniência. – Bom, acho que isso que aconteceu é uma coisa esperada tipo...

– Tipo?! – perguntou Anderson, esperançoso, mesmo com o cóccix ainda doendo da queda na classe. Aliás, da vergonhosa queda na classe, seguida de alguns minutos de gargalhadas só interrompidas pelo término da prova.

– Tipo que você está doidão.

– Pensei que você ia falar sério, Renato...

– Mas enlouquecer é uma das coisas mais óbvias que iria acontecer com você, cara! – protestou o outro, lambendo o ketchup que escorria pelas costas de sua mão. Mordeu a coxinha, quase se engasgou, tomou um gole de refrigerante e continuou. – Já faz um bom tempo que você tá com uma vida bem bagunçada e absurda, e continua acordado quando deveria apagar, ter um sono de gente *normal*, que não fala com mortos. Uma hora o piripaque viria e... hum... Ei, dona Nádia! Tem mostarda, aí?!

– Você não vai me falir, moleque! – gritou a senhora da cantina, brandindo um *croissant* furiosamente e escondendo os potes de mostarda debaixo do balcão.

– Pelamordedeus, Renato! – Anderson choramingou, com a mão espalmada na cara. – São nove da manhã e você comendo essa gororoba...

– Ué, qual o problema? Comer ketchup faz bem.

– Bem pra quem? Pra Hellmann's?

< 30 >

– Tá vendo?! Você tá bem louco. Meu nome em Asgorath é *Hellhammer*! Repete comigo: Heeeell...

– Ah, desisto, velho! E, só pra sua informação, não estou completamente louco... eu acho.

– Não?

– Não! – Anderson cruzou os braços, irritado. – Ele está brincando comigo, tenho certeza.

– O jabuti?

– É Jurupari! – Anderson rosnou, entredentes, com vontade de enfiar as unhas das duas mãos na carne de seu rosto. Aquele era um típico dia em que Renato acordava mais besta que o normal. – Eu só sei que deveria ter arrumado um jeito de falar para o Patrão do meu pacto com ele... E agora já se passou muito tempo, e ele ficaria bravo de qualquer forma. O Patrão é a última pessoa no mundo que eu gostaria de trair a confiança.

– Hum – resmungou Renato, olhando para o pedaço derradeiro de sua coxinha ensanguentada de tomate. – Talvez seja interessante você esperar o Jequití...

– Jurupari.

– ...o *Jurupari* te dizer o que ele vai querer. Talvez você resolva e nem precise contar pro Patrão. Vai que é algo simples.

– Algo simples? – exasperou-se Anderson, tentando acreditar naquilo. – Simples como?

– Sei lá, tipo "eu nunca andei de carrossel, me leva?".

– Tá, Renato. Você tá ajudando muito.

– Ok, ok! Falando sério... Não sei, algo como um objeto, um artefato... Não estou dizendo que você não vai ter trabalho, mas talvez não seja algo ruim.

Anderson soltou o ar pelas narinas, ruidosamente. Lembrava de cada palavra dita por Jurupari na ocasião em que ele tinha barganhado com o Senhor dos Pesadelos. "Eu ainda estou dormindo. Necessitarei de ajuda somente depois". Nada bom. O *ainda* deixava bem claro que ele pretendia acordar. E se *dormindo* ele já parecia tão ameaçador, tentava imaginá-lo desperto. Será que ele procurava ajuda para acordar, transcender as camadas e chegar à vigília?

– Não será nada simples – disse Anderson, com uma infeliz certeza. – Ele devolveu um amigo meu à vida. Não é um capricho qualquer que valerá como troca equivalente nessa negociação...

Renato ergueu os ombros maciços, parecendo ligeiramente preocupado.

– Nós vamos dar um jeito. – E deu tapinhas nas costas do amigo, o que seria um gesto muito solidário não fosse a sua mão enorme suja de ketchup. – Sempre demos um jeito em Asgorath, aqui não vai ser diferente.

– Valeu.

– BEIJA!!! BEIJA!!!

< 31 >

A seriedade do momento foi estilhaçada com os gritos de Everton, se aproximando junto do fiel escudeiro peso-pesado, Alexandre, que vinha devagar atrás dele, usando um boné de aba reta e erguendo um celular com câmera na direção de Anderson e Renato. Everton, em sua loirice insuportável lambuzada de pomada modeladora, parou na frente dos garotos como se fosse um repórter virado para seu cinegrafista, fazendo do próprio celular um microfone.

– Estamos aqui, diretamente da escola Zeferina Risoleta, mostrando uma cena muito bonita desse casal trocando carícias! Não mude de canal, pois logo mais o beijo deve rolar!

Anderson e Renato encararam os outros garotos com cara de tédio. Era difícil até sentir raiva daquela atitude pavoneada de Everton. Alexandre dava sua risada paquidérmica, ainda filmando os dois. Resolveu então fazer sua parte para tentar constranger os alvos do dia, e ao mesmo tempo impressionar o popular Everton.

– Ei, vocês! Se eu abaixar as calças aqui, vocês beijam a minha bunda?

– Olha, depende, cara – começou Renato de pronto, que mesmo com todo seu tamanho não chegava a pesar o mesmo que Alexandre. – Acho que eu precisaria de uns três dias para beijar tudo isso aí.

– E de um mapa – completou Anderson.

– Não, não existe tanto papel assim no mundo para fazer um mapa desse tamanho. Um GPS seria melhor – Renato continuou, olhando para a câmera do celular de Alexandre, o que irritou Everton profundamente.

– Deixa de ser trouxa e desliga esse trem, Alexandre! Eles tão te zoando no *nosso* vídeo!

Alguns estudantes ao redor que começavam a prestar atenção ao estardalhaço foram saindo de perto, murmurando coisas como "Esse Everton é um babaca" ou "Bem-feito!". Everton tomava o celular da mão de Alexandre, que parecia mais desconcertado que nunca, grande demais dentro de seus tênis. Anderson e Renato aproveitaram a deixa para sair de perto, trocando um *high five* discreto.

O sinal do fim de intervalo tocou e Anderson se encaminhou com Renato para a aula dupla de Português. Como ambos haviam escapado da recuperação nessa matéria, não foram para a sala de aula arrastando os pés como condenados.

Enquanto os alunos tomavam seus lugares na sala, a professora Evelyn permanecia de pé ao lado da mesa e de duas pilhas de livros bem altas, com a postura ereta demais, quase caricata. Era como se ela tivesse engolido um cabo de vassoura.

– Muito bem – começou ela, pigarreando, antes que o último deles tivesse colocado o traseiro na cadeira. – Durante a aula de hoje vocês irão apenas ler alguns livros que eu trouxe da biblioteca. – E passou a distribuí-los de carteira em carteira.

– Não vai ser uma aula tão ruim assim – cochichou Anderson para Renato, esperançoso. O amigo revirou os olhos.

< 32 >

– E você acha que ela pegou o que na biblioteca? *Harry Potter*?

A professora Evelyn colocou um exemplar na carteira de Renato e outro na de Anderson, mais amarelado e de capa estropiada.

– *Vinte mil léguas submarinas!* – exclamou Anderson, aliviado, apontando para o título na capa do seu livro. – Me dei bem! Ei, que cara é essa..?

Renato apertou os lábios, sem tirar os olhos de seu exemplar. O ergueu lentamente para o amigo: *Diário musical de um último amor para se recordar*, de Nicolau Scintilla. Na capa, um casal quase se beijava. Mas só quase.

– Putz. – Foi tudo o que Anderson conseguiu dizer, subitamente lembrando de abraçar o seu *Vinte mil léguas* bem forte.

– Professora Evelyn! – chamou Renato, erguendo o braço. – A senhora me deu um livro com problema!

– Qual problema, Renato? Está faltando páginas? – perguntou ela, seca, colocando o último exemplar na última carteira e voltando à sua postura militar. Renato ergueu o seu exemplar para que ela enxergasse lá da frente.

– Não... é um livro que eu já sei o final! Posso até resumir: garoto encontra garota, não podem ficar juntos, podem ficar juntos, ela tem uma doença, ele sofre, fim. Toda e qualquer coisa desse cara é assim!

– *Spoiler!* – gritou uma menina lá na frente da sala, entre risos. A professora cruzou os braços.

– Se você não gostou do seu livro, pode trocar com alguém da sala. Alguém se habilita?

Silêncio.

– Ótimo – disse a professora, conclusiva. – Vocês lerão os livros em ABSOLUTO SILÊNCIO durante nossas duas aulas, pois receberemos uma visita muito importante em alguns minutos. Podem começar.

– Que pessoa muito importante? – sussurrou Anderson para o amigo, curioso. Renato ergueu os ombros, ainda abalado com a possibilidade de passar quase duas horas lendo algo completamente desinteressante.

Já Anderson não estava tendo problemas com o Sr. Júlio Verne. Em pouco menos de 20 minutos, já havia devorado algumas dezenas de páginas e estava doido para encontrar o tal Nautilus. Pensou que a visita talvez fosse de alguém da Secretaria da Cultura, e a professora Evelyn achou que aquela seria a melhor maneira de demonstrar que sua classe era silenciosamente exemplar.

Alguém bateu à porta, de leve. O livro estava interessante demais para Anderson sequer erguer os olhos das páginas amareladas. Ouviu a dobradiça rangendo com a falta de óleo e ouviu um distante "pode entrar" dito pela professora.

O que já estava em silêncio conseguiu atingir um novo nível de estagnação: até as respirações haviam parado. Anderson pôde sentir a sala de aula embalada a vácuo, e levantou a cabeça na direção da visita.

Era um aluno. Mas que há muito tempo não dava as caras por ali. Wilson Rios.

– Sente-se, por favor! – disse uma emocionada professora Evelyn ao garoto, apontando para a única carteira vazia da sala. Wilson, que estava irreconhecível, não tomou seu lugar imediatamente. Pelo contrário, resolveu perscrutar a sala com seus olhos cinzentos...

...que estacionaram em Anderson.

Difícil enumerar todas as diferenças no visual do novo Caladão. A primeira e mais gritante é que ele estava de terno e gravata na escola, fato que o deixava parecendo muito mais velho – e parecido com o pai.

Depois, como em um jogo dos sete erros, as outras diferenças foram aparecendo. A postura ereta, os pulsos ligeiramente mais grossos, a ausência dos óculos grandes que o deixavam com um aspecto de inseto. Agora seu olhar era firme, e não aquele antigo que parecia sempre com medo do mundo real.

Em um lapso de pensamento, Anderson pensou que aquele novo Caladão tinha um quê de Esmagossauro.

– Hã, Wilson – disse a professora, pigarreando duas vezes seguidas. Só aí que Caladão tirou os olhos de cima de Anderson, que sustentou a encarada até o último instante. – Gostaria de dizer que eu... digo, nós, seus amigos, estamos muito felizes em tê-lo de volta, mesmo que somente nos últimos dias do ano, para as suas provas finais...

Wilson olhou para a professora, meio apático, e assentiu com a cabeça. Ela continuou.

– Ao longo deste ano que se passou, pudemos ver sua aflição na televisão e nas notícias... A dor de sua perda comoveu a todos nós...

"Todos nós?", fez Anderson na direção de Renato, mudo, apenas formando as palavras com a boca. O amigo devolveu o olhar, parecendo bem chocado com o que estava acontecendo.

– ...e seu pai era um exemplo de homem, amado por muitos. Seja lá onde ele estiver, sei que está nos braços de Deus.

"Era só o que me faltava", pensou Anderson em meio aos aplausos que explodiram na sala toda. Ninguém reparou nos seus braços cruzados, ninguém reparou em sua cara fechada. Wilson agradeceu a todos com gestos, e esperou as palmas arrefecerem para dizer algo.

– Sei que nunca fui muito popular aqui na escola – começou, vagamente, as mãos dentro dos bolsos. Até aqueles gestos lembravam Wagner, segurando o Cachimbo às escondidas. – E muitos de nós não tivemos tempo de nos conhecer direito. Então, prazer! Meu nome é Wilson Rios, e espero que nossa amizade possa recomeçar daqui em diante.

– Isso é sério mesmo?! Que brega! – cochichou Renato, revoltado. Wilson continuou.

< 34 >

– Mesmo que eu não possa aparecer tanto na escola, conto muito com a amizade de vocês e com o esforço de cada um para fazer dessa cidade, desse país e desse mundo lugares melhores para vivermos. Assumi as responsabilidades de meu pai, talvez precocemente, mas posso garantir que continuarei com o trabalho dele, melhorando a vida de muitos e garantindo que o progresso venha para todos. – Ele fez uma pausa, olhando cada um dos alunos com atenção. E ele tinha a atenção de cada um deles. De alguma maneira, Caladão tinha uma ponta do carisma e da eloquência de seu "finado" pai. – Quero agradecer ao conselho de professores que me permitiu ter aulas em minha residência e vir à escola somente para os exames. Os deveres deixados pelo meu pai não tinham hora marcada e consegui estudar somente quando conseguia alguma brecha na minha agenda. E, mesmo assim, faço questão de não deixar o Zeferina Risoleta por completo, pois esse era o desejo de meu pai: que eu visse a vida como ela é, e não cercado por muros e câmeras e aprendizado especial... Obrigado a todos.

Mais palmas, agora acompanhadas por uma explosão de gritos e assobios. Wilson deu um meio sorriso, e a mão da professora Evelyn (em lágrimas) pousou em seu ombro. O insuportável Everton levantou a voz acima da algazarra da classe para gritar um "Wilson Rios para presidente!", o que arrancou mais risadas e aplausos da classe.

Anderson esperava acordar a qualquer momento.

Devolveu o seu *Vinte mil léguas submarinas* à professora Evelyn quando faltava cerca de 15 minutos para o sinal da saída. Alegou que estava passando mal, talvez por queda de pressão, e disse que gostaria de ir à enfermaria. Como aquilo era apenas uma desculpa para sair da sala antes de todo mundo, foi ao banheiro da escola e aguardou o sinal de lá de dentro, conseguindo ser o primeiro a chegar até a rua. Estava com a cabeça a mil, e nem um pouco a fim de conversar com ninguém. Nem com Renato.

Como fazia pelo menos uma vez por semana, deu a volta no quarteirão até a parte mais baixa do muro que circundava o grande terreno arborizado que ficava ao lado da quadra do Zeferina. O mesmo terreno em que, após chutar uma bola para lá, ele havia se deparado com uma certa criatura folclórica, a primeira de uma longa lista que ele ainda veria.

Entrou com facilidade e logo foi se embrenhando entre as árvores. O sol estava a pino e, mesmo com as copas das árvores filtrando os raios do meio-dia, Anderson enrolou as pernas da calça do uniforme acima dos joelhos. Localizou o tronco caído que sempre servia de banquinho e abriu a mochila, tirou um pacote de bolacha água e sal meio quebrado. Tirou também uma revista do Homem-Aranha, e ficou ali, lendo, com o pacote aberto e intocado. Aquelas bolachas não eram para ele mesmo. E a qualquer momento seu amigo apareceria.

< 35 >

Peter Parker enfrentava Dr. Octopus. Dr. Octopus dizia que estava morrendo e pedia o corpo de Peter emprestado para uma troca de mentes ligeira. Anderson riu consigo mesmo, pensando que somente nos quadrinhos alguém faria alguma coisa tão estúpida. Aquilo só poderia dar errado.

Mas aí lembrou que sua vida também não era muito normal, e que ele já havia corrido na direção de um lobisomem fora de controle sem arma nenhuma em mãos. Detalhe: esse lobisomem era um de seus melhores amigos.

– Ok, vou parar de ser tão crítico – resmungou consigo mesmo, virando as páginas. Foi aí que ecoou o barulho de galhos sendo pisoteados, e Anderson levantou a cabeça para ver o Mão-Pelada se aproximando.

Não era quem ele esperava.

– Falando sozinho? – perguntou Wilson Rios, aproximando-se lentamente até parar a cerca de três metros de Anderson, que não se levantou.

– O que você está fazendo aqui? Como me achou?

– São duas perguntas. Vim falar com você, e foi minha motorista que te viu pulando o muro. E você, o que está fazendo? Não tem lugar melhor pra ler?

Anderson balançou a cabeça e deu uma boa olhada ao redor.

– Vai me dizer que esse terreno é da Rio Dourado também?

– Confesso que não sei – respondeu Wilson, e sua postura, voz e olhar eram realmente muito diferentes da do garoto de um ano atrás. – Se for uma curiosidade genuína sua, posso perguntar para minha secretária.

– "Curiosidade genuína" – repetiu Anderson, com riso irônico. – Seu vocabulário fica mais rebuscado quando você coloca esse terninho?

– E você conversava comigo para saber se meu vocabulário era diferente, moleque?

– Olha aí. Moleque. Nós temos a mesma idade, lembra? Até dividimos o mesmo *hobby*. Ou você largou o BoA? – Anderson fechou a revista e resolveu tirar a prova real sobre o assunto que mais martelava na sua cabeça. – Nós somos bem parecidos, Caladão. A diferença é que você tá brincando de ser o seu pai, enquanto o seu pai brinca de alguma coisa que eu ainda não sei o que é...

Wilson arregalou os olhos, como se tivesse levado um tapa. E então avançou na direção de Anderson, com as mãos crispadas. Surpreso com o ataque desvairado do outro, Anderson ergueu as pernas e o chutou no peito, repelindo seu avanço. Caladão caiu de costas, com a marca de dois pés enlameados na camisa branca, e Anderson deu uma cambalhota desajeitada e caiu de costas para trás do tronco, espalhando bolacha água e sal na terra.

– Tá louco, é?!

– Não ouse desrespeitar a memória do meu pai! – gritou Wilson, apontando um dedo trêmulo para o rival. – Eu sei que teve um dedo seu na morte dele!

A onda de compreensão atingiu Anderson com mais força que a queda de costas.

< 36 >

— Você realmente acredita nisso! — constatou Anderson, lívido.

— Do que você tá falando?! — gritou Wilson.

— Você acredita que seu pai está morto. Eu estava certo — balbuciou Anderson, em choque. No fundo tinha esperanças de que o filho de Wagner Rios estivesse por dentro de sua morte forjada. Para quem colocava a própria cria para proteger os sistemas da empresa, ele esperava que rolasse uma confidência entre os dois. Que espécie de pai esconderia algo assim do filho, fazendo-o sofrer tanto? — Você precisa acreditar em mim... Seu pai não morreu.

— Cale a boca!

— Ele está fingindo e mentiu para você.

Wilson se adiantou mais uma vez e agarrou Anderson, que se levantava, pela gola da camiseta. O garoto não revidou dessa vez. Mantinha a calma acima de tudo, e olhava no fundo dos olhos do Caladão. Havia um quase nada de lágrimas e o resto era pura raiva inflamando os vasos sanguíneos dos olhos.

— Seu pai não é um cara bom, sinto em lhe informar. Tentou me matar, tentou matar um bocado de gente.

— Chega! — gritou Wilson, desferindo um soco meio desajeitado no estômago de Anderson. De qualquer forma, havia doído. Algum exercício físico o Caladão estava fazendo. Anderson apenas resfolegou, curvando-se, ficando sem ar por um momento. E nada de revide.

— Ele... *uffff*... nunca te contou sobre o folclore? Sobre a Organização, e o... *uffff*... o Boitatá que ele tentou capturar? A Mãe D'Ouro que ele escravizou?

— Do que você está falando?!

— É, ele nunca te contou...

Wilson recuou o braço para outro soco, ainda sem soltar a gola do uniforme de Anderson, que foi mais rápido e lhe deu uma rasteira. Wilson foi ao chão, com a gravata em seu rosto.

— Agora chega — disse Anderson, ríspido. — Não quero brigar com você, cara. Você já me irrita sendo o Esmagossauro. Aquele *char* era de um amigo meu, que morreu por causa do seu pai, inclusive.

— Você está falando daqueles hackers que você anda ajudando? A Primavera Silenciosa? — Wilson se levantava, ofegante. — Eu também vou derrubar eles! Completar o que meu pai não teve tempo!

— Para de falar groselha. Seu pai está com muito tempo, é tudo o que ele mais tem agora. Se você me deixasse explicar sobre as criaturas que ele...

— Eu, com apenas 14 anos, estou tomando conta dos negócios de meu pai! — gritou Wilson, apontando para o próprio peito. — Estou continuando o legado dele! E você, o que está fazendo de sua vida? Ajudando um bando de marginais e cibercriminosos?

— Você não está continuando legado nenhum! Tem gente tentando manter

< 37 >

verdadeiros legados por aí, e seu pai só está dificultando a coisa! – retrucou Anderson, quase colando sua testa na de Caladão. – E seu pai está te usando, Wilson! Sabe o que ele me disse na última vez que o vi?! Que você "não o impressionava"!

– Mentira!

– Me convidou para uma parceria! Queria que eu trabalhasse com ele! E quando eu não aceitei, ele me deixou para morrer! Eu, um garoto da idade do filho dele, que ele nem sequer quis avisar sobre a sua morte forjada!

– Mentira...

Anderson ofegava, nervoso. Pôs as mãos atrás da cabeça, com se ela fosse explodir. Deu as costas para Wilson, que soluçava, perdendo toda a postura durona de sua nova versão.

– Me desculpa, cara.

– VÁ PRO INFERNO!

– Você não deveria ter aquele monstro como pai. Onde está sua mãe? Me desculpe se parecer insensível de minha parte, mas...

Wilson ia esbravejar alguma coisa, mas um tropel de passos irrompeu à distância. Os dois garotos se viraram e deram de cara com Everton e Alexandre, se aproximando com suas mochilas nas costas.

– Algum problema aí, *amigão*? – perguntou Everton, estalando os nós dos dedos. Anderson não pôde deixar de reparar no "amigão". Era bem o método de Wagner Rios em uma versão júnior: pessoas com mais força que ele, mas sem tanto intelecto, servindo de capangas. – Estávamos esperando por você lá fora, mas ouvimos uns gritos...

– É. Gritos. – ecoou Alexandre, que não era bom em formular frases, como a maioria da humanidade.

– Estamos bem – disse Anderson, com um sorriso amarelo propositalmente forçado, mas sem tirar a atenção do movimento dos pés dos dois recém-chegados.

– Saiam daqui – começou Wilson, apontando para algum ponto à esmo. – Isso é só entre o Anderson e...

– Ei, veja só! – exclamou Everton, adiantando-se até Anderson e estendendo a mão na direção de seu peito. – Que colarzinho feio é esse?

Anderson deu um safanão forte na mão do garoto e andou alguns passos para trás, por precaução. O problema era o tronco em que ele estava sentado até alguns minutos atrás. Bateu com os calcanhares nele e caiu por sobre o obstáculo, de costas e com a perna pra cima.

Antes dele cair, Everton foi rápido e agarrou o cordão de seu muiraquitã, que estourou.

– Um colar de tartaruga? – ele o balançou no ar, sob o olhar atento de Wilson e Alexandre. – Fala sério, Pernalonga!

– Me devolve, Everton – grunhiu Anderson, levantando-se da segunda queda idiota naquele mesmo dia. – Agora.

< 38 >

– Isso foi brinde de Kinder Ovo ou o quê? É feio de doer!

– Devolve pra ele. – Wilson sibilou para Everton, incomodado com alguma coisa. Anderson sabia que não era pelo seu bem, mas porque sabia que, um tempo atrás, poderia ser ele na situação.

– Ah, qual é?! Vamos arremessar essa bagaça longe e ficar vendo o Pernalonga procurar que nem um...

– ASGORAAAAAAAAAAAAAATH!

O grito de guerra cortou o ar. As quatro cabeças se viraram para trás, para onde Renato vinha em plena carga, como um búfalo. Alexandre não teve tempo de se proteger do ataque que o levou ao chão. Os dois se embolaram no mato e começaram a trocar socos com suas mãos gigantes. Dois trolls de uniforme escolar.

– Isso foi esquisito pra caramba – disse Everton, ainda segurando o muiraquitã, sem saber da importância daquilo. Anderson assentiu, olhando para o amigo no chão, que felizmente levava vantagem sobre o volumoso Alexandre.

– Não dá pra discordar. Agora, devolve o meu, hã... a minha tartaruga. Para de graça.

– E se eu não quiser?

– Acho melhor você devolver logo – disse Wilson, olhando para Anderson. Ele parecia realmente assustado.

– Quê? – perguntou Everton, franzindo as sobrancelhas. E se virando para encarar Anderson de frente. – Poxa, Rios! Você é o cara do momento! Rico, popular, tem um terno legal... Não deveria estar com medo de um moleque que AAAAAAAAAAAAAAI!

Anderson percebeu que eles olhavam para algo às suas costas. E ele já sabia do quê se tratava.

Rosnando e se aproximando sorrateiramente, vinha um enorme... cachorro? Urso? Um guaxinim do tamanho de uma cabra? Anderson sabia que não era nada daquilo, mas sabia o que seus dois *adversários* estavam pensando.

Era apenas o Mão-Pelada que ele sempre encontrava – e que há pouco tempo ele tinha apelidado de Pelado, um nome nada criativo. Era a primeira criatura folclórica que ele havia visto antes de começar a cavalgar boitatás, ser estrangulado por pisadeiras e quase morrer ecleticamente nas garras de lobisomens brasileiros e suecos. O mão-pelada era um marco na entrada de sua nova vida, quase dois anos atrás.

No último ano, voltando para casa em um dia ordinário de aula, havia notado um movimento estranho no matagal em frente ao terreno e achou que o vulto que ali se escondia parecia muito grande para um cachorro. Aproximou-se, cauteloso, e viu que se tratava do mesmo bicho do episódio em que havia chutado a bola por cima do muro. De início, o Mão-Pelada rosnou para ele, acendendo as chamas azuis faiscantes em seus olhos e ao longo de suas costas. Anderson fez um esforço para quebrar a hipnose que aquelas fagulhas causavam e retirou o seu estojo de dentro da mochila, lentamente. Ele o arremessou para Mão-Pelada, que o destruiu com toda a sua alegria – e depois foi embora.

Anderson voltou ao terreno nos dias seguintes, para visitar Pelado – que pareceu gostar do nome e começou a esperar pelo garoto no terreno. Uma vez por semana, ao menos, Anderson tentava levar alguma coisa para ele comer e alguma coisa para ele destruir.

– Que bi-bicho é e-esse, cara? – perguntou Everton, recuando. Wilson o imitava, sem palavras. No chão, Alexandre, que havia derrubado seu boné de aba reta, e Renato, sujo de terra, escutaram o rosnado e pararam de se atracar, olhando para o animal, completamente estáticos. Anderson foi até Everton e arrancou o muiraquitã de sua mão, sem encontrar resistência.

– Não sei. Mas acho melhor vocês correrem, não?

– E se ele correr atrás de nós? – perguntou Wilson, demonstrando menos medo que Everton.

– Não sei o que acontece – respondeu Anderson, que, ao mesmo tempo em que não queria que qualquer um deles tivesse visto o bicho, se deliciava ao vê-los borrando as calças. – Provavelmente ele correrá atrás de vocês. Mas olhem lá, que *lindinho*, está ficando de pé!

Estava mesmo. Apoiando-se nas patas traseiras, era possível ver as patas dianteiras de Pelado, que se pareciam com mãos humanas, de dedos longos e sem pelos – o que o tornava ainda mais esquisito, mas ao menos com um nome que fazia sentido.

Pelado soltou pequenas fagulhas dos cantos de seus olhos, como se estivesse em curto-circuito, e acendeu suas chamas azuis de uma só vez; dos olhos, das costas e da cauda – e aquilo foi o suficiente para fazer os três garotos correrem desesperados de volta para a rua, gritando em desespero. Wilson ainda olhou por cima dos ombros, demonstrando alguma outra coisa no semblante que não era medo.

Anderson não iria pensar nas consequências daquilo. De pessoas normais vendo algo de *seu* mundo. Sem olhar diretamente para as faíscas nos olhos de Pelado, viu que ele havia se voltado para o único garoto que não correu: Renato.

– Ca-cara... Ele tá olhando pra mim...

– Joga esse boné do Alexandre pra ele – disse Anderson, calmo, apontando para o objeto aos pés do amigo.

– Ele não tem cara de quem gosta de usar boné...

– Faz o que eu tô pedindo, Hell.

O boné voou até Pelado, rodopiando. As chamas se apagaram e, como um gatinho entretido com um novelo de lã, a criatura rolou pelo chão de terra, mordendo e destruindo o boné que custava pelo menos uns seis meses de acesso ao Battle of Asgorath.

Como ninguém se alimenta de uma dieta só de bonés, Anderson também lhe deu bolacha água e sal.

< 40 >

< capítulo 2 >

A CASA DA VOVÓ

— **N**ão! Nem ferrando! Não mesmo!

Eles estavam na cozinha de Renato, tomando limonada, enquanto o anfitrião ainda estava todo sujo de terra. O grandalhão balançava a cabeça, irredutível, enquanto Anderson observava sua reação exagerada.

— Olha, cara. Não tô te entendendo...

— Ah, então vou te explicar: todo ano você pega e vai lá pra São Paulo nas férias. Eu fico aqui. Fico no Battle, assisto a uns filmes com meu pai, e tudo é bem legal. — Ele levantou o indicador como quem dissesse "um minutinho" e tomou mais um longo gole de limonada. Engoliu ruidosamente e continuou. — Só que aí você volta de São Paulo, ou de seja lá qual outro lugar do Brasil que você vai parar, e vem contando tudo, com *detalhes*! Aventuras, lugares exóticos, monstros mitológicos, icamiabas lindamente nervosinhas...

— Cara, você tá com inveja?

— É lógico que tô! É óbvio! — Renato começou a andar de um lado para o outro, segurando seu copo vazio. — Você sempre me conta essas coisas, e eu sempre acreditei, claro. Você é meu amigo! Mas, no fundo, eu tinha muita esperança de que você estivesse pirando, inventando, fantasiando... Porque é difícil de acreditar em tudo o que te aconteceu, e você tem de concordar com isso.

Anderson deu de ombros. Ele sabia que sim.

< 41 >

– Pois então – disse Renato, parando do outro lado da mesa e apontando uma mão para a janela. – Hoje vi aquele Mão-Peluda...

– Pelada.

– Quem tá pelada?!

– Ninguém tá pelada, Renato! Só te corrigi! Pelamordedeus, foco no que você tá falando...

– Ah, tá. Então, hoje eu vi aquele bicho, soltando faísca dos olhos e obliterando um boné da John John... E não posso *desver* isso, entende?

– É. Acho que sim.

– Vou ficar aqui, no computador, e não vou conseguir tirar da cabeça que estarei perdendo o melhor das férias, a ação! E vou me sentir um inútil, sabe?

Anderson suspirou, sentando na cadeira da cabeceira da mesa.

– E o que você sugere? Ir comigo? Eu te levaria numa boa, e você poderia ficar lá com o pessoal da Primavera Silenciosa, já que acho que o Patrão embaçaria com sua presença... Mas como você convenceria o seu pai a deixá-lo ir?

Renato abriu um sorriso maior do que todas as vezes em que ele conseguia subir de *level* no BoA.

Por que você acha que ainda não tirei essa roupa imunda?

Ouviram o barulho no portão. Era o pai de Renato chegando. Pausaram o jogo off-line que estavam jogando – *Crowbridge Raiders*, um *shooter* de caubóis e mercenários no Velho Oeste – e correram para a sala, fazendo cara de velório.

Seu Valdemir era um sujeito muito gente boa, na opinião de Anderson. Uma das razões era pelo fato dele odiar Wagner Rios, que para ele era um aproveitador canalha encoberto pela mídia e por quem mais ele pudesse comprar – apesar de Anderson saber que Seu Valdemir não sabia nada sobre a pior parte de Rios, não tinha maneira mais fácil de simpatizar com o pai de Renato. Mas, acima de tudo, o pai de seu amigo sempre tratava Anderson como se ele fosse um adulto, um igual, e isso só fazia com que ele se tornasse ainda mais simpático aos olhos do garoto. Diferente do único filho, era franzino e baixinho. Trabalhava em uma cidade vizinha à Rastelinho, e não gostava muito do provincianismo de muitos habitantes dos arredores. Era divorciado da mãe de Renato, que era uma executiva bem-sucedida que pagava a pensão do garoto em dia, mas não o via muito. Valdemir, bem ao contrário da ex-esposa, gostava de uma vida suave, natural, sem grandes luxos ou complicações. Fã incondicional de Raul Seixas, sustentava uma cabeleira e uma barba como a do ídolo, e era frequentemente visto na porta de casa com um violão, óculos redondos de lente roxa e uma garrafa de cerveja, cantando os clássicos de Raulzito. A única diferença entre o original e o sósia era a afinação da voz. Mesmo depois de anos de devoção ao ícone, seu Valdemir ainda não conseguia acertar o tom.

< 42 >

– Oi, meu rebento preferido! Oi, Anderson! – exclamou Valdemir, os saudando com um sorriso e entrando com duas sacolas cheias de compras do mercado. – Como você tá, parceiro? Tudo em paz?

– Fala, Val! Tudo certinho, sim! – respondeu Anderson, alegre demais, e recebendo um olhar de reprovação do amigo. O pai não reparou no detalhe, mas viu que o filho estava imundo.

– Opa, Renato! Pura lama essa sua camisa do uniforme, hein? Tá bonito assim!

– Não, pai. Nada está bonito hoje... – disse Renato, fingindo tristeza, quase aos prantos. Então, sem aviso prévio, caiu sobre os joelhos e olhou para o teto da sala. – Eu briguei na escola hoje! Agredi um garoto, sem dó nem piedade! Falhei como ser-humano, falheeeeei...

– Ei, ei, ei! – Valdemir colocou as compras no chão, se agachando na frente do filho. Tirou os óculos redondos e colocou uma das mãos sobre um dos ombros de Renato. – Como assim? Me explica isso direitinho... Alguém foi brigar contigo e você revidou?

– Eu falheeeeeei...

– Ei, filho! Calma aí, sem drama... – Ele olhou para Anderson, parecendo confuso, enquanto Renato murmurava que merecia o "exílio eterno no vácuo do sofrimento", seja lá o que aquilo signifique. – Você pode me contar o que aconteceu, cara?

– Ah, sim... – respondeu Anderson, coçando a nuca e apontando para o amigo fora de si. Tentou lembrar da história que haviam combinado de sustentar. – É que, hum... um moleque babaca lá da escola mexeu com ele e tentou empurrá-lo em uma poça de lama...

– E conseguiu! – acrescentou Renato, com sofreguidão.

– É, e aí ele levantou, socou o queixo do cara, encostou ele na parede e arrebentou ele.

– Tudo com muita violência!

– É, muita – concluiu Anderson, projetando o maxilar para a frente e assentindo, "inconformado" com a atitude do amigo. Seu Valdemir olhou de um garoto para o outro por um tempo, com curiosidade. Depois afagou a cabeça do filho, com afeto.

– Poxa, carinha... Não fica assim. Sabe, na época da escola eu briguei algumas vezes, mesmo com esse físico de calango. Se acalma, essa sensação vai passar! Quer um copo d'água, alguma coisa pra..?

Renato levantou a cabeça, do nada, fungando profundamente.

– Eu sei do que preciso, pai!

– Do quê, filho?

– Preciso passar um tempo no Acampamento de Correção de Crianças

< 43 >

Zoadas e Cheias de Distúrbios da Tia Vera Fawkes – ele disse. Em um fôlego só. – Urgente.

– Quê? – engasgou-se Valdemir.

– O nome é um pouco diferente, na verdade – murmurou Anderson, envergonhado com a performance toda.

– Esse é aquele acampamento que o Álvaro te mandou, cara? – perguntou Valdemir, olhando para o amigo do filho.

– É sim, Val.

– Hum. Sei. E era porque você tinha brigado na escola, certo?

– Foi... E o pessoal lá foi bem legal comigo. Vou voltar esse ano.

– E você vai voltar esse ano? – Valdemir ergueu os ombros. – Você não parece um cara violento por natureza, Anderson.

– Ninguém é – respondeu Anderson, lembrando-se das conversas com o Patrão e lembrando de Chris em sua forma lupina insana e descontrolada. – Mas às vezes nos contaminamos com a paranoia do mundo e nos deixamos levar pela violência aí de fora. Eu só vou ao acampamento porque me sinto renovado, sei lá... em paz.

Seu Valdemir assentiu com a cabeça, e Anderson teve a impressão de ter dito as palavras certas.

– E isso é bom, Anderson. – Ele sorriu para o garoto, e voltou-se para Renato. – Quanto à você, filho, eu não acredito que qualquer pessoa, senão nós mesmos, possa nos fazer ter controle sobre nosso lado mais sombrio. Alguém manipulava Darth Vader na hora em que ele arremessou o Imperador Palpatine no poço?

"Uau!", pensou Anderson, surpreso. "Ele é bom mesmo nesse negócio de ser pai". Valdemir continuava.

– Ele se libertou sozinho, não foi? Nós podemos caminhar de volta para o lado da luz por conta própria, não importa quanto tempo passemos na escuridão.

– Mas, pai...

– Por outro lado... – Valdemir levantou os ombros. – Talvez seja legal você acampar com seu amigo Anderson. Não vejo problema nisso. O pessoal lá é muito conservador, Anderson?

– Bom... São um pouco – mentiu. Talvez não passasse tanta credibilidade dizendo que um acampamento de correção de jovens problemáticos fosse liberal. – Mas eu peneiro bem tudo o que eles me dizem – completou. – É um lance legal. Eles são meio que uma *sociedade alternativa*, sabe?

– *Sociedade Alternativa!?* Ô, se sei! – Valdemir levantou-se de salto e correu para outro cômodo, onde guardava o violão. Deixou as palavras atrás de si enquanto sumia pelo corredor. – Já volto! Ah, e tá liberado, filhão!

– *Viva* – comemorou Renato, em voz baixa, estendendo o punho para Anderson socar. – Sociedade Alternativa. Toque de mestre, cara! Usou as palavras certas!

< 44 >

– É, ao contrário de você, seu canastrão! – Anderson respondeu, com um olhar de reprimenda e um sorriso divertido, devolvendo o cumprimento. – E você deve essa ao Raul.

As duas horas seguintes se trataram de um acústico em tributo ao ídolo de Valdemir, interpretado pelo próprio Valdemir. Os dois garotos aguentaram pacientemente, e até acompanharam nos refrãos.

Tirando o vocal, foi uma tarde ótima.

O último dia de aula foi estranho. Anderson e Renato não foram assediados por Everton e Alexandre. Na real, os valentões se sentaram na frente da sala, ao lado do Caladão – e era difícil usar aquele velho apelido, agora que Wilson se comportava de maneira tão diferente. Entretanto, o filho de Wagner Rios também evitou a proximidade e o olhar de Anderson durante todo o dia em que passou fazendo os exames finais das matérias que ele havia estudado em casa. Ou, se Anderson conhecia bem a inteligência de Wilson, era capaz que ele mal tivesse tocado em qualquer matéria durante sua ausência na escola, focando sua atenção nos problemas administrativos da Rio Dourado.

Anderson voltou para casa, almoçou e foi direto para o computador, chamando Sharp pelo seu canal de comunicações direta com a Primavera Silenciosa. Contou ao amigo e líder dos ativistas que pretendia levar um amigo para São Paulo, e perguntou se ele poderia dormir no esconderijo deles. Sharp ponderou por um instante, perguntou algumas coisas sobre Renato e disse que voltaria em breve com a decisão do grupo: todas as decisões principais passavam por um conselho dos membros. Cerca de meia-hora depois, quando Anderson voltou de uma breve incursão à Asgorath, uma caixa de mensagens piscava na barra de ferramentas de seu desktop:

```
>FALE PARA O SEU AMIGO RENATO QUE ELE SERÁ BEM-VINDO :)

>MAS QUE ELE PRECISARÁ PENSAR EM UM CODINOME DESDE JÁ...
```

Anderson deu risada e digitou uma resposta de pronto.

```
>ELE JÁ TEM! É HELLHAMMER O/
```

O fim de semana passou da maneira mais comum possível, como se fosse um preparativo para a falta de normalidade que Anderson enfrentaria assim que colocasse os pés na Organização. Tirando a manhã de domingo, quando Anderson levou algumas panquecas e um tênis furado para Pelado lá no terreno ao lado da escola, dizendo que voltaria em breve. O bichinho lambeu seu rosto, fazendo ruídos bonitinhos com o nariz, como se soubesse que Anderson iria demorar a visitá-lo de novo. No fim das contas, ele se animou destruindo o

< 45 >

tênis e saltou o muro de volta para a rua junto com o garoto, e sumiu na cerca viva de uma casa próxima da escola.

À noite, Anderson resolveu fazer as malas, tendo como trilha sonora os protestos de dona Regina, que achava um absurdo que ele ainda não tivesse arrumado sua mochila e seus arcos de "competição". Anderson assaltou cabides aleatoriamente, sem ficar escolhendo essa ou aquela roupa, pegou o estilingue, seu pen drive e a maior parte das pedrinhas preciosas que a Mãe D'Ouro havia lhe dado, para alguma eventual despesa na capital paulista. Anderson ainda não havia arranjado nenhuma desculpa para entregar parte delas aos pais, portanto só lhe restava trocá-las aos poucos, em ourives variados. Tinha pensado em levar apenas cinco ou seis peças em sua mochila, quando se deu conta de que poderia trocar tudo de uma vez em São Paulo, que deveria ter um milhão de ourives a mais que Rastelinho. Então, embrulhou todas em um saquinho de veludo onde costumava guardar dados para jogar RPG, e o guardou no fundo da mochila, sem ficar imaginando se aquela era uma fortuna muito grande para se colocar junto de cuecas e meias.

Em seguida, os Coelho foram jantar fora, já que não veriam o filho nas próximas semanas. Foram a uma lanchonete popular na cidade, que funcionava 24 horas e tinha muitos cartazes e objetos temáticos de filmes de Hollywood – além de um cardápio vegetariano que era muito bem-vindo. Anderson achou legal o gesto do pai e da mãe de não pedirem nada de carne, mesmo que eles não tivessem se tornado vegetarianos como ele.

– Esse é o seu jantar! – disse Regina, pedindo qualquer coisa recheada com espinafre. – Então, hoje só comeremos o que você também come!

Anderson beijou a mãe no rosto e a abraçou. Seu pai se levantou do lugar, do outro lado da mesa, apenas para participar do abraço coletivo. Anderson sabia que, para quem estivesse de fora, aquela cena pareceria algum momento cafona de um seriado de família americana perfeita. Mas, se alguém realmente estivesse pensando algo do tipo, ele não ligava. Aquela era a felicidade portátil que ele guardava em Rastelinho. Sua família era a âncora que o trazia de volta à normalidade aconchegante do lar sempre que sua cabeça se perdia em preocupações com criaturas míticas e entidades oníricas. Por um momento fugaz, Anderson pensou em um mundo onde ele revelaria a existência da Organização para sua família, e onde todos visitariam o Casarão juntos. Sua vida normal e sua vida extraordinária, lado a lado.

Seria difícil. Mas não custava sonhar.

Os pais de Anderson e os de Renato assinaram a autorização de viagem de menores de idade desacompanhados. De acordo com a diretoria do Acampamento Prima Vera Fawkes, uma das representantes iria buscar as crianças no Terminal

< 46 >

Rodoviário Tietê, em São Paulo. Seria uma viagem longa, com algumas paradas pelo caminho, mas chegariam a São Paulo lá pelo entardecer daquela segunda-feira. Valdemir, Regina e Álvaro aguardaram na plataforma do terminal de Rastelinho, acenando para o ônibus até que ele sumisse a distância.

Os dois garotos estavam animados. Renato principalmente. Perguntava para Anderson tudo a respeito da Organização e da Primavera Silenciosa, como se o amigo nunca tivesse lhe contado cada passo seu junto com os dois grupos.

– Será que eu vou conseguir entrar na Organização também? – indagou Renato, aflito. – Ou será que sou muito gordo para aquele colete marrom que você diz que tem que usar?

– Relaxa aí. – Foi a única coisa que Anderson respondeu, olhando para o mato na beira da estrada. – Você já está dentro da Primavera, o que é um grande passo! Não vou forçar a barra com a Organização logo de cara, né?

O sono não chegou para nenhum dos dois garotos durante todo o trajeto. Conforme os prédios começaram a brotar do chão com a proximidade da capital paulista, Renato começou a batucar nos próprios joelhos de maneira tão irritante que Anderson precisou lhe dar uma cotovelada. O efeito durou três minutos, até a batucada recomeçar.

No terminal, além da mochila que cada um levava, havia a maleta do arco portátil e o arco de madeira de Anderson, feito em Anistia, todo embrulhado em plástico bolha. Enquanto um funcionário da viação retirava as bagagens mais que especiais, Anderson ouviu um assobio forte e seu nome sendo chamado por duas vozes femininas bem distintas: Gaia e Tina. Sem disfarces, sem *dreads* e jaqueta cheia de espinhos escondidos por parte de uma, e sem alegria contida por parte de outra.

– Saudades de você, garoto! – Gaia disse, abraçando Anderson e lhe dando um beijo estalado na testa. Ela apontou para ele aqueles olhos verdes extremamente vívidos e lhe deu uma cotovelada amigável. – Ei, antes eu me abaixava mais pra te abraçar! Você espichou um bocado, hein?

– Ooooi, Anderson! – Tina afundou o nariz em sua bochecha, meio desajeitada, e deu um sorriso que pareceu diferente para Anderson, mas não menos bonito. Ele demorou um tempo olhando para o rosto da amiga e para os brincos de penas vermelhas que ela estava usando. O corte do cabelo dela acompanhava a curvatura das plumas. Deu um abraço apertado na menina e só então percebeu o que estava diferente em seu sorriso.

– Ei! Você tirou o aparelho dos dentes!

– Ah, é, hum... Você reparou, né? – Tina emendou uma gargalhada extremamente nervosa e sem propósito algum. Apertou os lábios, como se não pudesse deixar seus dentes fugirem de sua boca. – Foi há umas duas, três semanas...

– Ficou bonita – respondeu Anderson, antes de se dar conta do que estava

< 47 >

dizendo. Ambos coraram, mas o fato era bem mais visível na pele de Tina. – Ah, e... hum, os brincos também ficaram legais.

– Valeu! São penas do Kuara.

Anderson arregalou os olhos, e Tina riu.

– Foi uma aposta. Se Kuara perdesse, tinha que arrancar duas penas e me dar.

– Competição saudável. Se você perdesse, daria suas orelhas pra ele?

Antes que Tina pudesse responder, Gaia olhou para os lados, como se procurasse alguém.

– Anderson, e o amigo que você disse que traria?

– Putz, verdade! – Anderson olhou para trás, procurando Renato. E o encontrou há quase cem quilômetros de distância, mirando os próprios pés. – Hell! Vem pra cá, cara! Deixa eu te apresentar as meninas: essa é a Valentina...

– Pode me chamar de Tina! – disse ela, estendendo a mão para o garoto grande que se aproximava, sofrendo de uma overdose de timidez.

– Ei, Hellhammer! Vamos trabalhar juntos! – disse Gaia, dando-lhe tapinhas nas costas. – Pronto pra começar imediatamente?

– Eu... acho que sim.

– Opa, no que vocês estão trabalhando que é tão urgente? – perguntou Anderson, interessado. Gaia se virou para Tina, dando uma risadinha zombeteira.

– Eles não devem ter acessado a internet durante as últimas horas.

– Por quê?! O que aconteceu?! – a adrenalina de Anderson subiu na hora. Sabia que a Primavera Silenciosa estava em uma eterna vigília no que dizia respeito às movimentações da Rio Dourado no mundo virtual.

– Você se importa de passar com a gente na nossa sede antes de levarmos vocês para o Casarão, Tina? – perguntou Gaia. – Sei que vocês estão com grandes problemas na Organização também, não gostaria de atrapalhá-los.

– Não, de maneira alguma! Também estou curiosa com o que tá rolando. E o Patrão está colocando tudo sob controle.

– Mas o que tá rolando, minha gente?! – desesperou-se Renato, esquecendo de que estava tímido perto das garotas que tinha acabado de conhecer.

Anderson teve um pressentimento ruim sobre o que estava acontecendo. Por que ninguém o havia informado nada sobre uma possível crise na Organização? Pensou na autossuficiência do Patrão e de como ele mantinha muitos dos problemas debaixo de suas asas, sem envolver quem fosse de fora. "Mas eu não sou um intruso!", pensou Anderson, irritado. "Sou só um membro que mora longe!"

Chegaram ao estacionamento da rodoviária, onde Beto, o Boto, os aguardava de pé ao lado do Carro Verde, usando um casaco do tipo aviador e os habituais óculos escuros, que eram para esconder os seus olhos cor-de-rosa.

– Fala, Legolas mineiro!

< 48 >

– E aí, *peixe*! – brincou Anderson, abraçando o amigo mamífero. – Tudo bem? E cadê o Chris? Normalmente é ele quem dirige a van!

– Ah, ele tá um pouco ocupado lá com umas... coisas.

Gaia ajudou os dois garotos com as bagagens, guardando-as nos últimos bancos da van. Anderson sentou-se no banco da frente, ao lado de Beto, enquanto os outros foram esparramados nos bancos de trás, conversando alto. Renato já se parecia um pouco mais com o amigo que Anderson estava habituado.

– E a Elis? – ele perguntou a Beto, enquanto travava o cinto de segurança pelo peito. – Porque não veio?

Beto pendurou os óculos no decote da camisa e deu um sorriso cansado. Seus olhos tão fora do comum cintilaram com o céu avermelhado do fim de tarde na Marginal.

– Cólicas. Piores do que nunca. Ainda não descobrimos o porquê dessa gravidez dela já ter alcançado 28 meses. – Beto suspirou enquanto olhava pelo retrovisor para manobrar sua saída pelo estacionamento. – De meu conhecimento, como eu até te disse uma vez, eu achava que nenhuma gravidez do filho de um boto pudesse passar de 20 meses. E a dela já passou muito desse prazo... Elis está sofrendo muito. Hoje ela está de cama, enjoando bastante. – Então ele sorriu, quebrando um pouco da tensão que havia se instalado no ar. – Bom, mas aproveitei a saída pra comprar *donuts* pra ela. Desejo de grávida. De uma grávida de *28 longos meses...*

– Caramba, que tenso – murmurou Anderson, sem ter ideia de como alguém poderia ficar com um bebê no ventre mais de três vezes do período de uma gestação comum. Não que ele tivesse qualquer conhecimento mais profundo sobre o assunto. – E sua sogra, a Iara? Ela não conseguiu descobrir algo a respeito? Ela não manja de tudo o que tem a ver com as águas e suas criaturas..?

– Ela tem ajudado bastante – respondeu Beto. – Mas ela também não entende o que está acontecendo com a filha. Não imagina o porquê da demora... Se bem que ela me ensinou algo a meu respeito que nem eu imaginava, mesmo tendo convivido desde sempre com essa minha *herança mágica* de me transformar em um bicho de cor fofinha.

– Ah, é? O quê?

– Todo filho de alguém com a Herança do Boto nasce homem. – Ele olhou para Anderson, parecendo bem menos preocupado do que segundos atrás. – Não existe registro de meninas carregando a Herança, a própria Senhora das Águas, vulgo minha sogra, confirmou.

– Isso quer dizer... – Anderson começou a falar, devagar, tendo um súbito *clique* em sua mente.

Beto balançou a cabeça em sinal positivo, rindo.

– Sim! Será um menino!

< 49 >

Anderson deixou escapar um grande "uhu!" de alegria, dando um soco no ombro do amigo.

– Parabéns, cara! Finalmente descobri algo sobre seu bebê!

– Pois é... Fazem apenas algumas semanas que Iara me contou isso. Significa que um dia ele vai continuar a minha tradição, e que vai tomar o meu lugar como Boto...

– Deve ser uma sensação incrível imaginar tudo isso. Já pensaram em um nome?

– Ainda não nos preocupamos com isso. Por enquanto, ainda preciso focar no estado da Elis. A Iara quer muito vê-la, tentar algum feitiço auxiliar para ajudar no nascimento da criança... Mas ela também está com muitas questões circundando as icamiabas, e estamos vendo a possibilidade de levar a Elis até lá, no meio da Amazônia. Só não sabemos se ela seria capaz de aguentar uma viagem complicada dessas...

Houve um silêncio com a volta do clima preocupante.

– Poxa, parece que todo mundo está enfrentando um problema diferente – observou Anderson.

– Você nem imagina a quantidade deles, cara.

– Não quer me adiantar alguma coisa, não?

Beto desviou o olhar do trânsito rapidamente e deu uma olhadela no garoto.

– Deixa pra mais tarde. Vai que até lá alguma coisa já se resolveu...

Anderson assentiu. Quase pensou algo como "ainda bem que não tenho problemas!". Mas ele sabia que tinha muitos, exclusivamente dele.

Os seus problemas só estavam adormecidos.

Anderson não reconhecia a vizinhança, mas sabia que estava na Zona Norte de São Paulo – graças a Beto, que ia informando o caminho conforme entrava em avenidas ou passava próximo à estações de Metrô. Mais precisamente, o QG da Primavera ficava no Jardim São Paulo, em uma rua residencial, bem na ladeira, em um portão e corredor espremidos entre um sobrado e uma mercearia.

O grupo foi entrando, com Gaia à frente. Anderson não esperava que o esconderijo da Primavera fosse uma casa tão... normal.

– Juro que esperava encontrar algo mais *punk* e menos *casa da vovó* – acabou soltando a língua, reparando no tapete de crochê na entrada da sala, no vaso com flores sobre a mesinha de centro e na televisão de tubo já ultrapassada para os padrões de um grupo de ciberativistas surfando na crista da onda da modernidade. A porta para o quarto estava entreaberta e era possível enxergar duas beliches.

– Bem... – sorriu Gaia, fechando a porta atrás de si. – Se você sair de cima do meu tapete de vovó, talvez descubra um pouco mais sobre nosso esconderijo.

< 50 >

Anderson afastou o tapete com os pés. Havia uma portinhola no chão. E havia uma predominância de vergonha em seu rosto.

– Ah.

Os cinco desceram por uma escada de mão. E a mudança de ambiente era tão radical que mais parecia que eles estavam embarcando em um submarino: estreito, comprido, e absolutamente repleto de monitores e telas.

Algo agradavelmente barulhento e dissonante saía de alto-falantes nas paredes, e Renato torceu o nariz.

– Quem tá cantando?

– É a Björk – respondeu Gaia, com a serenidade de quem escuta Edith Piaf. Anderson reparou na primeira estação de trabalho mais à frente: Sharp, o porta-voz da Primavera Silenciosa, se levantava para saudar os visitantes.

– Bom te ver, Anderson!

Anderson cumprimentou o amigo, mas foi bruscamente interpelado por Renato, que apontou para a camiseta de Sharp, com os olhos arregalados.

– Isso é uma camiseta do *Death Note*?!

– Hã, é sim – respondeu o hacker, olhando para baixo. – É o meu pijama, na real. Só esqueci de tirá-lo...

– ...há uns três dias – completou Gaia, verificando um monitor que mostrava algo em download.

– Por aí.

Todos foram devidamente apresentados a Renato, que estava com os olhos brilhando de empolgação. Ele cumprimentou o quietíssimo Fratura, que – atenção para a surpresa – também tinha *dreads* e muitos palmos de altura a mais do que todo o restante ali. Havia ainda uma pessoa que Anderson não conhecia pessoalmente, Trivia, uma garota cheinha, estilosa e sorridente que chocantemente não cultivava *dreads*, e sim uma cabeça lisa. Usava alargadores espirais que brilhavam na meia-luz da penumbra do esconderijo, o que fazia com que suas orelhas chamassem mais atenção que todas as suas tatuagens.

Fratura, que precisava se abaixar para passar em algumas partes do esconderijo, trouxe uma garrafa térmica com café e copinhos plásticos para todos. Sharp veio logo atrás, com banquinhos extras.

– Parece que eu estou no hangar da Nabucodonosor!

Trivia fez uma comemoração discreta com o punho fechado.

– Fã de Matrix!

– Boa primeira impressão, Hellhammer! – disse Sharp, tirando um tentáculo de *dread* descolorido da frente dos olhos. Renato ficou exultante com aquele reconhecimento de um expert mais velho que ele, e levantou um polegar para Anderson, que apenas riu com a alegria do amigo.

< 51 >

Não tiveram tanto tempo para jogar conversa fora, até Gaia pedir que todos prestassem atenção em um monitor grande na parede.

– Anderson, você lembra de quando nós desconfiávamos que a *Hawkwind* tinha alguma coisa a ver com a Rio Dourado?

– O que é *Hawkwind?* – perguntou Tina, colocando os pés na borda de seu banquinho e abraçando os joelhos.

– É a empresa que desenvolve o Battle of Asgorath, aquele jogo que eu gosto – respondeu Anderson, solícito. Tina balançou a cabeça, cabisbaixa.

– Ah... o jogo do Anselmo.

– Sim, o jogo do Anselmo! – disse Gaia, tocando o queixo de Tina e erguendo seu rosto. A hacker sorriu, como se não quisesse que o falecido namorado fosse lembrado com tristeza. Após uma troca de olhar cúmplice com Anderson, ela continuou a falar. – Pois bem, pessoal: enquanto procurávamos alguma relação entre as empresas através de investidores e acionistas, até juntamos uma breve colcha de retalhos de ligações financeiras e empresariais, mas nada conclusivo. Também nunca conseguimos dizer com certeza o que a empresa de Wagner Rios poderia querer com uma produtora de games.

– Bom, não é *qualquer* game – disse Renato, já mais soltinho. – E não estou sendo *fanboy* do Battle, não. Mas o Anderson e eu sempre discutimos que Rios sempre buscou a aprovação pública.

– Sempre buscou e sempre conseguiu – acrescentou Trivia.

– Sim! E talvez ele já estivesse arranjando uma maneira de se tornar uma referência para os jovens também.

– Ele tem grande parte dos adultos do país na palma de sua mão – disse Anderson, soturno. – Mas muitos adolescentes não estão nem aí para quem está doando dinheiro para a caridade, ou para quem está patrocinando grandes projetos para o desenvolvimento do Brasil. Rios estava buscando uma forma de falar diretamente com os jovens, encantar quem será sua massa de manobra no futuro. Por isso que ele deve ter colocado o filho dele de olho no Battle já há um tempo.

Gaia e Sharp se entreolharam, de braços cruzados.

– Engraçado você ter dito isso – ela disse, e deu *enter* em um vídeo que estava em um portal de notícias.

O rosto de Wilson Rios ocupava a tela. Os olhos cinzentos como os do pai, só não tão afiados. O terno, a gravata, a mesa equipada com diversos microfones. Ao fundo, uma parede era estampada por repetições intercaladas de três logotipos, todos muito conhecidos por Anderson e Renato.

Rio Dourado Empreendimentos Eletrônicos. Hawkwind Brasil. Battle of Asgorath.

"Como vocês bem sabem, meu pai faleceu há cerca de um ano", Wilson começou a dizer, e pelo menos pelo vídeo, não parecia que ele lamentava muito o fato. Ele sabia lidar com suas emoções na frente da câmera, assim como o

< 52 >

pai. "Sou seu único herdeiro, como muitos também sabem. Porém, legalmente, só posso assumir a diretoria da Rio Dourado aos 18 anos. Não que todo o ocorrido nos últimos tempos não tenham me feito amadurecer mais rápido". Uma pausa, no momento certo. "Mas a data em minha certidão de nascimento continua a mesma. Eu posso esperar, claro. Mas certos assuntos, não. As pessoas de confiança que assumiram a diretoria da empresa após a tragédia com meu pai me colocaram no conselho da Rio Dourado. Tecnicamente, não há nada de errado em um menor de idade opinar nos rumos de um negócio da família. Eles são pessoas incríveis, que inclusive deixaram que eu fosse o porta-voz deste legado do meu pai... e os agradeço por isso."

Palmas por todos os lados. Um telão começou a descer atrás de Wilson, com imagens que Anderson e Renato identificaram na hora: era um trailer de Battle of Asgorath. Wilson, sem olhar para as imagens alucinantes acontecendo atrás de si, retomou a fala.

"Era o desejo de Wagner Rios que eu me envolvesse nos negócios desde cedo. Desde que ele passou a me ensinar e me guiar dentro da Rio Dourado, como o pai exemplar que ele era. Então, certa vez, eu lhe disse que o ramo dos games estava se popularizando aqui no Brasil, e, para minha surpresa, ele já tinha algumas ideias para a área."

– E no que ele não "tinha" alguma ideia, não? – grunhiu Anderson, apertando a boca.

"Por isso, sem mais delongas, anuncio o resultado de uma longa conversa iniciada há muito tempo, e também um sonho concretizado: a Rio Dourado e a *Hawkwind*, desenvolvedora do Battle of Asgorath, jogo online que bateu recordes no mundo inteiro, firmam uma parceria exclusiva para o solo brasileiro."

No telão atrás de Wilson, os três logotipos anteriores começavam a girar em uma espiral, em um ótimo trabalho de animação digital, até um grande brilho aparecer e surgir dele um único logo: *RioWind Electronic Art*. O nome, em letras douradas, aparecia ao lado da silhueta do Cristo Redentor, talvez o ícone mais prontamente reconhecido como algo "brasileiro" no exterior.

– RioWind?! – exclamou Anderson, a mão apontando para o monitor. – O requisito da Rio Dourado é ter nomes horríveis em todos os seus braços empresariais?!

– E esse logotipo? – perguntou Sharp, retoricamente, pausando o vídeo e mostrando a silhueta do Cristo atrás de um Wilson Rios exultante. – Típico do Rios: mania de grandeza, quase messiânico.

– Bom – começou Gaia, soltando ar pelas narinas. – Se ele algum dia resolver mostrar a público que "voltou da morte", talvez ele defina novos níveis para o termo "messiânico".

– Eca. Se já o endeusam simplesmente pela fachada de bom moço, de

< 53 >

milionário que pensa na plebe – divagou Beto, olhando para os próprios pés. – Imaginem se ele ganhar alguns atributos divinos? Eu acho que nesse dia eu viro boto de vez, e nunca mais coloco o pé em terra firme.

Sharp *despausou* o vídeo. O resto da coletiva mostrou Wilson ainda apresentando os principais produtos da *Hawkwind* que ganhariam exclusividades para os usuários brasileiros, além do anúncio de um novo jogo que já estava em desenvolvimento.

"Será um simulador de tiro, *First Person Shooter,* ou apenas FPS, para os mais íntimos", dizia Wilson, agora de pé e apontando para um *teaser* do tal jogo projetado no telão. "Ele se chamará, provisoriamente, Esquadrão de Heróis. O game simulará conflitos militares nos quais a Força Expedicionária Brasileira já teve participação e, muito mais do que um jogo de guerra sem sentido algum, ele ensinará a História de nosso país da maneira mais interativa possível. O jogo terá consultoria e apoio total do Exército, da Marinha e da Aeronáutica".

– Vixe... Não estou gostando disso – murmurou Renato, com os dentes cerrados.

– Envolver as Forças Armadas? – indignou-se Tina. – Isso é MUITO esquisito.

– Fratura e Trivia conseguiram ter acesso a alguns documentos da Rio Dourado, datados da época da tentativa de captura do Boitatá – Sharp disse, apontando para os amigos responsáveis pelo feito. – Havia uma tentativa de aproximação de Rios com o setor científico e tecnológico do exército. E adivinhem? – Sharp mostrou um sorriso amarelo. – Não só com o exército brasileiro.

– Cheirinho estranho, nisso aí – disse Boto.

– Tudo o que Wagner põe a mão, fede – falou Anderson, cuspindo de raiva. – Ele deve ter tentado vender o Boitatá como arma, como nós suspeitamos tempos atrás.

No final do vídeo, Wilson respondia a muitas perguntas, quase todas sobre o Esquadrão de Heróis, que havia empolgado os repórteres. Ele revelava que uma versão Beta do jogo começaria a ser testada em breve, o que para o pessoal da Primavera Silenciosa só poderia significar que o projeto já estava em desenvolvimento há tempos. Games levavam tempo para ser produzidos, Anderson sabia disso. Wilson também disse que todo jogador em território nacional com uma conta em Battle of Asgorath ganharia um passe livre para testar o Esquadrão de Heróis e ajudar a RioWind a fazer um dos melhores jogos de ação em primeira pessoa de todos os tempos.

– Impressão minha ou nunca mais vamos alcançar o *level* do Esmagossauro? – Renato cochichou para um desolado Anderson. – Se a gente já achava o cara um trapaceiro só por usar conta *premium*, agora temos certeza que ele pode fazer o que quiser com o jogo, estando por trás de quem desenvolve e mantém o negócio no ar...

< 54 >

– Acho que vamos passar para outro nível de preocupação, a partir de agora – Anderson disse, mais sombrio do que gostaria de ter soado. – Vamos ter que deixar o orgulho do *ranking* de lado e começar a pensar no que pode ser feito. A Rio Dourado vai crescer no campo em que *nós* tínhamos o maior controle, a internet.

Sharp deu um tapinha nas costas de Anderson.

– Por isso mesmo que nós não vamos deixar isso acontecer. Fica frio.

O resto do vídeo não teve mais nada de interessante. Aplausos, aplausos, Wilson agradecendo a presença de todos sisudamente e duas mulheres ao seu lado: uma segurança morena e alta fazendo sua escolta para os bastidores, e a outra, loira, bonita e de coque nos cabelos, parecendo uma secretária executiva. As duas muito familiares para Anderson.

– Está reconhecendo? Pausa aí, Sharp! – pediu Renato, atropelando o pensamento do amigo e apontando para as imagens. – Essa morena é a babá gostosona que levava e buscava o Wilson na escola!

– "Gostosona" – Tina repetiu, revirando os olhos. – Bem típico de meninos.

– Poxa, desculpa – Renato disse, subitamente envergonhado. – Então, ela é a babá *gostosa* do Caladão!

Tina bateu com a mão na própria testa. Gaia olhou para os próprios coturnos. Beto riu. Anderson não sabia onde enfiar a cara, mas sabia que enfiar a mão na cara de Renato também não ajudaria muito. Ele era sem noção, e não seria uma mudança de ares do interior pra metrópole que mudaria esse fato.

– Para a informação de vocês, eu também conheço a moça loira. – Anderson tentou dispersar, pegando o mouse e dando um zoom na secretária de Wilson. A loira tinha olhos verdes e era linda. Até demais. – Bom, eu nunca a tinha visto assim, sem camadas de sujeira... Mas digo com 100% de certeza que essa é a Cuca que enfrentei na Santa Ifigênia.

"Wagner Rios está realmente pensando no futuro do filho", pensou o garoto, vendo a cara de espanto de alguns e a cara de dúvida de outros. Obviamente, Wilson não sabia que a moça bonita que o ajudava com a sua agenda era uma crocodila devoradora de humanos.

– Essa coletiva de imprensa foi aqui em São Paulo? – Beto perguntou à Gaia, e ela respondeu afirmativamente com a cabeça.

– Eu sei o que você está pensando, Beto – Anderson disse, levantando um dedo. – E não, não podemos fazer abordagem direta.

– Só dar uma pressionada no garoto! – o espião protestou, abrindo os braços. – Sei que consigo fazê-lo falar, soltar alguma informação! E posso tentar chegar nele sem ser visto pela coisa-ruim loira, aí. Aliás, olhando nesse zoom... Ela não parece *nada* ruim...

– Quer que eu acorde a *verdadeira* coisa-ruim, botinho? – perguntou Tina, toda meiga. – É só eu ter umas palavrinhas com a Elis, coisa simples...

< 55 >

Beto fez uma mesura forçada para a menina.

– Rogo seu perdão, piveta bocuda.

– Não, pessoal – disse Anderson, totalmente alheio à conversa irônica dos dois amigos, sua mente funcionando a mil. – Vamos nos aproximar de outra maneira, entrando no jogo da Rio Dourado... Literalmente. – O garoto deu as costas para a tela e virou-se para Sharp. – Nós já sabemos que invadir ou hackear a Rio Dourado não é coisa simples. O próprio Caladão nos deu trabalho durante a invasão do prédio da Rio Dourado, no dia do Boitatá. Lembra?

– Ô, se lembro – respondeu Sharp. – Ele defendeu bem os firewalls. E provavelmente deve ter se aprimorado nesses quase dois anos.

– Exato – concordou Anderson. – Assim como não acho seguro abordá-lo pessoalmente, também não acho bom expor a Primavera ao tentar atacar os dados da Rio Dourado.

– A gente sabe se defender – disse Gaia.

– Sim, sei disso! Mas agora que a conversa é internacional, não sabemos com o *quê* eles podem atacar... Por isso, pensei em irmos no ritmo deles. Descobrindo suas intenções, tentando nos infiltrar...

– Bom, posso estrear na Primavera fazendo esse papel! – sugeriu Renato, louco para mostrar serviço. – Posso jogar a versão Beta do Esquadrão de Heróis, dar bons pitacos para a desenvolvedora, ir me aproximando, ser convidado para outros testes mais fechados...

Anderson apontou para o amigo.

– É exatamente isso o que pensei, Hell. MAS, como eu disse, eu não gostaria que vocês acessassem essa versão Beta daqui, do esconderijo da Primavera.

– Relaxa, cara – disse Sharp, sentando no braço de uma poltrona. – Podemos camuflar nosso ID, usar criptografia pra ocultar nossos uploads de dados, usar *onion routing* e *proxys* externos para acessar o jogo...

– Ninguém nunca saberia que estamos acessando daqui, dessa casa – completou Trivia, seus alargadores espirais balançando.

Anderson assentiu.

– Beleza, entendo. Mas eu tinha *outro* plano em mente...

– Deixa eu ver se entendi – disse a garota, sentada do outro lado da mesa, ocupada por Anderson e Renato. Ela apontou os olhos oblíquos para o teto da lanchonete, pensativa, pegou uma batatinha frita, colocou na boca e tirou uma mecha de cabelo liso que grudou nos lábios enquanto mastigava. Anderson ia dizer que Fernanda tinha acabado de passar óleo nas suas madeixas escuras, mas resolveu deixar ela concluir o pensamento. – Você quer que eu jogue a versão Beta desse game nacional que anunciaram hoje, que dê boas opiniões para os desenvolvedores, que me torne uma *tester* de confiança, que me infiltre

< 56 >

no meio dos caras e tente descobrir algo para um grupo de hackers que quer derrubar uma empresa corrupta?

– Bom, foi exatamente o que eu disse – respondeu Anderson, trocando um olhar com Renato, ambos segurando seus copos de suco. – E o nosso Hellhammer aqui acabou de virar um deles.

Fernanda, também conhecida como *EvilDEAD,* ou simplesmente *Dead,* ou, ainda mais simplesmente, Fê, olhou para os garotos com os olhos apertados e depois olhou para a mesa ao lado, onde Sharp, Gaia, Tina e Boto se lambuzavam com falafel, conversando entre eles e deixando que Anderson e Renato convencessem a tal amiga que poderia fazer a espionagem da RioWind.

– E todos eles ali naquela mesa são hackers dessa tal Primavera Silenciosa? – Fernanda perguntou, indicando-os com a cabeça.

– Só os dois de *dreads* – respondeu Anderson, cruzando o seu olhar com Tina por um breve segundo. Ela não parecia muito feliz, e ele nem fazia ideia do porquê. – Os outros dois são Beto, um amigo que também vai nos ajudar, e Valentina. Uma... amiga também.

– Amiga? – perguntou, com um riso de canto de boca. – Amiga *amiga?*

– Amiga, ué – retrucou Anderson, sem entender.

Fernanda riu com o canto da boca, tomou um gole de refrigerante e olhou para Renato, que estava com a maior cara de perdido.

– Bom, ainda não acredito que *você* é o *Hellhammer.* Anão em Asgorath e, aqui, um menino que parece um bolo que fermentou demais.

– Ó quem fala! – respondeu um indignado Renato. – Você é um *mago* em Asgorath e, aqui, uma menina... Uma menina com uma camiseta *beeem* legal, ok – ele acrescentou, apontando para o Darth Vader estampado na frente da roupa de Fernanda. – Mas sei lá, é a mesma sensação de levantar a capa do Gandalf e descobrir que ele tem peitos!

– E por que você olharia debaixo da capa do Gandalf, Hell? – perguntou Anderson, entediado.

– Ia fazer a mesma pergunta – disse Fernanda.

– Sei lá, poxa! – O menino enfiou umas cinco batatas na boca, ao mesmo tempo. – Pra saber se ele não é uma impostora tentando se infiltrar na Sociedade...

– Bom, para isso você poderia apenas puxar a barba dele e ver se ela não é de mentira – sugeriu Fernanda, cruzando os braços. Renato a encarou de olhos arregalados, paralisado por alguns segundos, e então bateu uma palma barulhenta, apontando pra ela.

– Tá vendo, Anderson? Mentalidade de espiã! Ela é *o cara* para o trabalho, você tinha razão! Ei, você não vai querer mais desse falafel..?

– Não aguento mais, pode pegar – ela respondeu, se dirigindo a Anderson em seguida. – Bom, mais alguma coisa para me dizer?

< 57 >

– Sei lá, Fê. *Por favor, eu imploro?*

– Não precisa chegar a tanto, vai...

– Isso é um sim?

– Eu me sinto inclinada a aceitar, claro! – respondeu Fernanda. – Há quanto tempo somos uma guilda? Uma família! Mas gostaria de saber mais sobre as outras coisas que você tanto diz que precisa resolver. Seus assuntos "pessoais". – Ela enfatizou a última palavra, fazendo as aspas com os dedos. – Ano passado você também deu uma sumida e ficou cheio de mistérios.

Anderson se inclinou mais para a frente na mesa e sussurrou.

– Juro que ainda não posso contar. Mas quem sabe logo mais?

– A sua amiga, Valentina, sabe dos seus problemas pessoais?

– Nem metade deles – respondeu Anderson, pensando nos problemas oníricos envolvendo Jurupari. – Mas o que isso tem a ver?

– Então, me conte a outra metade!

Anderson estendeu a mão por cima da mesa, na direção de Fernanda.

– Se você nos ajudar, prometo que antes de voltar para Rastelinho te conto tudo. Combinado?

– Isso se ela acreditar... – chiou Renato, trucidando os últimos resquícios do falafel conquistado.

– Você não tá ajudando, Renato!

– Eu não acreditava, lembra?

– Renaaaato...

– Ok, negócio fechado! – Fernanda exclamou, com um sorriso desafiador no rosto, segurando a mão de Anderson com firmeza. – Vou cobrar, hein.

Anderson levou Fernanda até a mesa ao lado onde o resto do pessoal conversava, devidamente lanchados. Todos se sentaram juntos por um breve tempo, já que já era tarde da noite e Beto precisaria deixar todos em seus devidos lares e esconderijos antes de voltar com Anderson e Tina para o Casarão. Jogaram um pouco de papo para o alto: Renato discutindo algo com Sharp, Gaia e Beto; Valentina e Fernanda em uma conversa suave sobre bichos de estimação; e Anderson pairando aqui e ali nas conversas, mais ouvindo do que falando, com uma interessante satisfação em ver amigos de diferentes núcleos de sua vida interagindo à vontade.

Alguns minutos depois, quando todos desceram as escadas da lanchonete para deixarem o local, Beto estacou entre um degrau e outro, como se tentasse escutar algo que mais ninguém estivesse ouvindo.

– Beto! Você tá bem? – perguntou Anderson, preocupado.

– Xiu, peraí! – ele respondeu, o dedo erguido no ar e os olhos cor-de-rosa desfocados. Cinco segundos depois, ele voltou ao normal e continuou descendo as escadas. – Era só a Elis, me perguntou se eu podia levar falafel para ela, pra viagem. Vão indo pro Carro Verde que eu só vou passar no caixa!

< 58 >

A pequena trupe de pessoas peculiares fez isso. Já na calçada da Rua Augusta, Fernanda aproveitou para emparelhar novamente com o amigo e perguntar, discretamente, mas de maneira incisiva.

— Quem é Elis e como ela conseguiu falar com o cara das lentes de contato *pink*?

— Ah, a Elis é a namorada dele... Ela tá grávida. Loucura, né? — acrescentou Anderson rapidamente, para não precisar explicar que a amiga era uma semissereia e conseguia manter um elo mental com quem desejasse.

— Parabéns pra ela, mas você não me respondeu "como" ela conseguiu falar com o seu amigo...

— Ah. Fone com *bluetooth* — mentiu, pensando rápido. — Bem pequenininho.

— Ele não estava de fone. — Fernanda observou, séria. — Eu sou detalhista, Anderson... quer me dizer algo mais sobre o que tá rolando?

Anderson suspirou, deixando os amigos se afastarem um pouco mais para a frente da calçada.

— Isso tudo não pode entrar na minha promessa? Te conto também, mas depois. É complicado.

Fernanda ergueu as sobrancelhas e riu, dando-se por vencida.

— Acho que você é quem complica as coisas, Shadow.

Entraram no estacionamento; Beto chegou cerca de cinco minutos depois, com uns três sacos de papelão e um copo de suco.

— A tal de Elis deve bem muito grande, hein — Fernanda observou, encarando Beto e apontando para toda a comida para viagem. Ele deu um sorrisinho ácido típico e ergueu os ombros.

— Você não sabe como é o desejo de uma grávida de 28 meses. — E abriu a porta do motorista. Fernanda fez uma careta impagável e olhou para Anderson, perdida.

— Também falo depois, Fê — ele disse, antes que ela perguntasse qualquer coisa, e sentou-se no banco da frente. O que foi um alívio.

A van entrou na garagem do Casarão carregando apenas os membros da Organização. Beto entrou correndo na frente de todo mundo, levando a comida que Elis havia encomendado por vias mentais — o que deixava qualquer aplicativo de entrega de comida no chinelo.

Assim que ele abriu a porta da frente, Capivera escapou pela fresta e driblou as pernas de Beto para correr primeiro na direção de Valentina — que fez carinho em suas orelhas — para depois pular em Anderson, com toda a sua alegria *canina*.

— Quem é a capivara mais linda do mundo?! — perguntou Anderson, largando os arcos e a mochila para afagar o bichinho agitado. — Quem é a capivara mais legal do universo? Quem é? É você, é sim!

< 59 >

Tina sorriu com a cena, abraçando a si mesma.

– Ela gosta de você! E a Fernanda também, né?

– Quê?!

– Ah, quero dizer, hã... – Tina corou, e era fácil de perceber esse fato mesmo que a única luz fosse a que escapava pela fresta da porta frontal e iluminava garotos e capivara. – Como amiga! Não quis dizer nada com isso!

– Ah... ah, é sim.

– E ela gosta de bichos. Ela é superlegal. Gostei de conversar com ela.

Anderson achou a opinião de Tina meio avulsa, mas sorriu para a amiga, que torcia a pena de arara azul em sua orelha. Isso o lembrou de outro bicho de comportamento estranho naquele casarão.

– E o Kuara? Não apareceu cantando ainda, que milagre!

– Ah, ele tá dormindo cedo ultimamente! É a faculdade.

Anderson arregalou os olhos e por um momento esqueceu da capivara que pedia seu carinho.

– Como assim, "faculdade"? Que universidade aceitou matricular uma arara?!

– Não é presencial – explicou a garota, com um abano de mão, agachando-se para mexer debaixo do queixo de Capivera. – Ele está fazendo online, colocou na cabeça que gostaria de se formar em Turismo... A Gaia inventou uma identidade falsa para ele se inscrever e deu certo. Ele já está há três meses nessa, empolgadão. Acho que esqueci de te contar, foi mal. Vamos entrar? Vem, Capiverinha bonita, vem!

Anderson seguiu Tina para dentro do Casarão e percebeu que a sensação de retornar para aquele lugar nunca mudava. Era como se estivesse andando desajeitadamente por aí, calçando pés-de-pato para mergulho. E, nesse caso, a Organização seria uma grande piscina onde seus pés-de-pato faziam sentido.

Por causa do horário, o lugar estava mais silencioso que de costume. Tina foi dar ração para Capivera, enquanto Anderson deixava suas coisas em seu dormitório. Assim que descarregou tudo no chão e em cima de sua cama, a primeira coisa que quis fazer foi ver Elis. O quarto da semissereia estava com a porta entreaberta, mas ele bateu duas vezes por educação.

– Ô de casa?

– Anderson! – exclamou Elis, sentada na beirada da cama e comendo a refeição que Beto trouxera embrulhada para viagem. Beto, por sinal, já roncava na poltrona ao lado da cama da garota, exausto. – Entra! Aproveita que não estou querendo matar ninguém!

Anderson riu e foi até ela para lhe dar um beijo na bochecha. Sua barriga estava imensa, claro, mas não parecia nada anormal, como uma gravidez alienígena. Elis percebeu o olhar do garoto para seu ventre e fez um sinal com as mãos, apontando para si própria.

< 60 >

– Acho que lá dentro do útero deve ser muito legal. Esse menino não quer largar o conforto de jeito nenhum. – Ela se levantou, alongando-se com as mãos nas costas. – O Beto te contou que é um menino, né? O negócio do filho do Boto...

– Contou sim! Mas não me falou nada de nome... Decidiram?

– Ainda não... é engraçado. Sinto como se o bebê não quisesse receber um nome ainda. É estranho, mas enfim...

Anderson deu de ombros. Perto dos 28 meses de gestação, nada poderia ser tão estranho. Um filho do Boto com uma semissereia telepata poderia facilmente ter habilidades psíquicas já sendo desenvolvidas no útero, por que não?

Conversaram mais um bocado, Elis repetiu o que Beto havia dito sobre alguém acompanhá-la até onde sua mãe estava com as icamiabas.

Eu sei que alguém dos Circomplexos e alguém dos Sukatas vai acabar vindo pra cá, talvez para me acompanharem até o meio da floresta amazônica com o Beto. Não dá para o Patrão deixar esse lugar ainda sem saber o que aconteceu com o Zé.

Anderson sentiu uma agulhada no estômago e sobressaltou-se.

– Como assim? O que aconteceu com ele?!

Elis fez uma careta de dor, talvez fosse a cólica voltando. Quando ela ia abrir a boca para começar a explicar, alguém apareceu à porta. E era incrível como alguém que andava aos saltos sobre uma única perna podia se aproximar tão sorrateiramente.

– Acho melhor você deixar Elis e Beto descansarem – disse o Patrão, com sua voz grave, chamando Anderson com um movimento rápido de sua cabeça. – Vamos lá para baixo. Eu te conto mais sobre o sumiço do Zé.

< 61 >

< capítulo 3 >

MEMÓRIAS E VISITAS

Atravessaram a cozinha, Patrão sempre à frente. Celso, um garoto oriental que gostava muito de Anderson, estava na cozinha pegando água no filtro de barro. Cumprimentou o amigo enquanto Patrão abria a porta dos fundos. A luz azulada da lua invadiu um trecho da cozinha, convidando-os a prosear no pequeno pomar que ficava na parte de trás do Casarão.

Em silêncio, Anderson seguiu Patrão, que parou ao lado de Márcia, a vaca malhada da Organização. Ambos fizeram carinho no lombo do animal, mantendo o silêncio por mais alguns minutos. Atentos ao vento que balançava as folhas e os galhos, perceberam facilmente quando alguém se movimentou, próximo aos limoeiros. Porém, só Anderson se sobressaltou. Demorou alguns segundos para perceber que se tratava de Chris, na forma quadrúpede, caminhando lentamente junto aos troncos.

Patrão acendeu o fornilho de seu cachimbo com um fósforo, deu a velha baforada azulada como a luz da lua, e apontou para o lobo-guará.

– Ele passa cada vez mais tempo recluso, depois de tudo o que aconteceu em Anistia.

– Acho que morrer e voltar à vida deve fazer isso com qualquer um – respondeu Anderson, sabendo que o Saci se referia ao fato de Chris ter morrido e

< 62 >

ressuscitado. Claro que todos pensavam que a magia havia se dado por conta dos poderes do Grande Caipora, mas só Anderson sabia do trato com Jurupari. Por um momento se perguntou se Patrão desconfiava de algo. – Você mesmo passou por uma experiência de quase-morte... quando a Mãe D'Ouro apareceu para você.

Patrão se voltou para o garoto, um cotovelo apoiado na pacífica vaca e aquele olhar que obviamente dizia "moleque atrevido!".

– Não foi só a Mãe D'Ouro que apareceu para mim naquele dia. E creio que você também experimentou um pouquinho dessa sensação quando foi enterrado vivo. Você também mudou, Anderson?

A noite agradável tornou-se gelada assim que o garoto acessou aquele sombrio departamento de lembranças que ele costumava isolar em algum canto da mente. Lembrou-se da terra caindo sobre seu corpo inerte, aos poucos, até tampar sua visão... Lembrou-se também de Bruno Krauss, e de como havia retribuído aquela violência. Será que lá no início de sua jornada, Anderson teria sido capaz de disparar uma flecha contra o olho de alguém?

– Acho que sim – limitou-se a dizer.

Patrão balançou a cabeça, soprando fumaça. Passou-se um longo tempo até ele voltar a dizer alguma coisa. Mas quando retomou a fala, apontou direto para o muiraquitã de tartaruga no peito de Anderson, oculto pela camiseta.

– O muiraquitã. Te ajuda a ter sonhos lúcidos, certo?

Anderson gaguejou uma resposta afirmativa. Por um acaso Patrão estaria realmente a par do sonho que na verdade era a lembrança da infância de Wagner Rios em seu último dia de Organização?

– E por um acaso você tem sonhado com Zé? Ou com alguma coisa que possa nos indicar o paradeiro dele?

– Eu só soube que ele não estava aqui hoje...

– Hum.

– Como ele desapareceu?

– Eu o mandei para o Nordeste.

– Por quê?!

– Porque já fazia quase um ano desde que mandamos os Ghouls para serem encarcerados pelos Avohai. E não recebemos mais nenhum relatório mensal deles. Então, mandei Primo e Zé investigarem, mas nenhum dos dois me enviou qualquer relatório ou sinal de vida.

Ghouls encarcerados? Avohai? Anderson não sabia por onde começar a perguntar.

– Não podíamos deixar Lionel e seu bando soltos por aí, não depois de terem se aliado a Wagner Rios naquela *pataquada* de invasão à Anistia – começou Patrão, adivinhando as dúvidas do garoto, que na verdade eram um tanto óbvias. – Os Avohai são um dos grupos que já competiram e participaram do

< 63 >

Fórum. Eles mantém grande parte da tradição do cangaço viva, além de um código de conduta e honra muito peculiar. Foram banidos pelo conselho geral por excesso de, hum... violência.

– E você mandou um bando de mercenários sociopatas serem vigiados por um bando de cangaceiros violentos? Faz sentido.

– Os Avohai não são traidores, moleque. São um pouco exagerados em seus ideais, tanto que não nos negaram o favor de prenderem os ciganos. Não há ressentimentos entre nós, e os próprios líderes deles concordam que eles não são muito de reuniões... Imagine-os como samurais solitários. Na verdade, até existe um pouco de influência oriental na origem dos Avohai.

– Pensei que tinha influência de Zé Ramalho. Meu pai o escuta bastante, e tem uma música dele com esse nome.

– Lá pela década de 1920 eles tinham outro nome. Sol Nascente. – Patrão saltitou até um pouco mais longe de Márcia, plantado na grama com a única perna, e a mesma firmeza de um eucalipto enraizado no solo. – Mudanças de rumos, com alguns entraves entre eles e seguidores de Lampião, resultaram na dissolução do antigo grupo. No final dos anos 1970, os Avohai foram criados, com apenas um membro original do Sol Nascente, Luiz Alvim.

– Ele já devia estar em idade avançada – observou Anderson, fazendo as contas.

– O que não significava que não estava em seu pleno domínio físico e lucidez mental – disse Patrão. – Luiz faleceu em 1998, como sempre dizia que iria morrer: pelo seu país.

Anderson se espantou com o peso das palavras, mas franziu as sobrancelhas.

– Rolou alguma guerra folclórica aí que eu não esteja sabendo?

– Não nessa ocasião. Luiz morreu enfartando após tanto xingar a seleção brasileira na final da Copa da França. O velho amava futebol. Eu nunca vi tanta graça...

– Compreensível.

– O comando dos Avohai foi para seu filho, Aloísio Alvim, e sua nora, Edileusa, que continuaram com o bom trabalho e com o mesmo sangue nos olhos, apesar de serem bem menos inclinados à violência. – O Saci virou-se para a direção do pomar, parecendo atento ao lobo-guará, que era Chris. Anderson olhou para a mesma direção e viu que o bicho caminhava em direção a uma calça jeans pendurada em um galho de árvore. Patrão voltou a falar, sem tirar os olhos da direção do pomar.

– Por causa de toda essa "agressividade" dos cangaceiros, Iara e eu decidimos que os Gitae iriam escoltar os Ghouls até os Avohai, que atualmente estão na cidadezinha de Aloísio, chamada *Aratu do Velho Rio*, às margens do Rio São Francisco. Eles seriam as melhores pessoas para vigiarem todo aquele pessoal de histórico manchado.

– E deu certo? Eles vigiaram?

Patrão hesitou alguns segundos, algo difícil de se ver.

– Até dois meses atrás, eu recebia telegramas ou ligações semanais de

< 64 >

Aloísio ou de sua esposa, Edileusa, segunda em comando nos Avohai. Aratu do Velho Rio não tem agências de correio ou serviço de telefonia, mas a sua vizinha mais próxima, *Mandacaruzinha*, tem. Quando fiquei duas semanas sem receber notícias, não me preocupei tanto, mas achei que seria uma boa hora para enviar Zé e Inácio até lá. Eles me avisaram de sua chegada em Mandacaruzinha, mas depois... Nenhum sinal sobre a situação em Aratu.

Anderson entendia a preocupação-não-tão-preocupada do Patrão. Zé, o meio-caipora, e Inácio Primo, um quase curupira com apenas um dos pés invertidos, eram a menor e mais eficiente força-tarefa que poderia ter sido enviada ao nordeste. Um era mortífero e acrobático quando regado a uma cachaça especial de açaí, e o outro era um mestre no rastreamento, mesmo não sendo um curupira com o selo de "100% integral". Aquela característica, de se orientar nas matas ou seja lá onde fosse, era algo inerente de sua espécie.

– Você acha que alguma coisa pode ter dado errado? – perguntou Anderson. Patrão encheu o ar com mais fumaça.

– Algo deu. Eu sei que Zé e Inácio sabem se virar, mas acho que está na hora de enviar o Chris... E quem sabe mais uma equipe de icamiabas. Foi por isso que te perguntei sobre os seus sonhos lúcidos. Eu queria saber se Zé havia aparecido nas suas perambulações pelo Reino dos Olhos Fechados – disse Patrão, usando o termo já citado por Anselmo e Jurupari, como se fosse nada demais. Cravou os olhos profundos em Anderson e completou: – Ou se você viu qualquer coisa que possa ser uma pista. *Qualquer coisa* ajudaria, Anderson.

– Eu... – o garoto engoliu em seco. Seria esse o momento de falar sobre Jurupari? Na lembrança de Wagner Rios se despedindo do Casarão, Patrão havia falado com ele... não havia? O Saci desconfiava de algo? Não, as coisas não tinham nada a ver uma com a outra. E ele não gostaria de colocar mais uma preocupação nas costas do Patrão naquele momento. Como Renato havia dito, talvez o problema passasse sem que ele precisasse ser acionado. – Não vi nada nesse sentido. Mas vou ficar de olhos abertos. Digo, fechados. Mas abertos...

– Eu entendi.

– Hã, sim. – Anderson coçou a cabeça, sem graça. – Bom, o senhor já falou com Pedro? Ou com o resto do pessoal que pegou os muiraquitãs de volta?

– Falei primeiro com Pedro. Não pude conversar com Bárbara, da ResEx, e com Alba. Mas não acho que elas cruzariam com um Zé lúcido no *lado de lá*...

Anderson assentiu. Sabia que Bárbara, a garota arredia dos cabelões encaracolados que havia estado em Anistia, atualmente estava com o muiraquitã de mico-leão, que havia pertencido à Lionel antes da traição dos Ghouls. Alba estava de volta com o amuleto de sapo, e Pedro havia ficado com o tatu que Anderson lhe presenteou. Por mais que a ideia fosse espalhar os muiraquitãs, para dificultar o roubo de todos novamente, o tatu não parecia querer se afastar do baixinho de cabelos espetados. Patrão até tentou que o amuleto voltasse para Bárbara e

< 65 >

que o mico fosse para algum outro guardião, como alguém dos Sukatos. Mas a troca sempre se desfazia magicamente, e Pedro acabava com o tatu de volta ao pescoço. Bárbara se contentou com o novo muiraquitã, sem reclamar.

Perdido na confusão de lembranças, pensamentos e receios, Anderson nem reparou que Chris já se encontrava na forma humana, usando a calça jeans que estava pendurada na árvore, e caminhava na direção dos dois. Ele se aproximou de Anderson, braços abertos, cabelo bagunçado e, surpresa, uma barba castanha inédita. Por mais que seu sorriso estivesse mais contido e escondido nos pelos, as olheiras ainda estavam lá, imutáveis.

– Não sabia que você chegava hoje!

– Alguém tem que vir aqui adestrar o lobo da casa, né? – brincou Anderson, levando um tapa de leve na cabeça. Chris voltou-se para o Patrão, sério.

– Não pude evitar escutar. – Ele apontou para as próprias orelhas, mas se referia à sua audição ampliada pela forma animal. – O senhor quer que eu vá lá para Aratu do Velho Rio? Estou pronto para partir, é só mandar.

– Não. Espere um pouco – disse Patrão, olhando para a fumaça do cachimbo que era carregada para sua esquerda por uma brisa que até então não estava soprando. – Acho que os ventos estão mudando. E sinto que algo pode nos fazer querer repensar os planos.

Com isso, os três ficaram um bom tempo observando o céu. Nada de novas ordens, diretrizes ou explicações. Sentado na grama, Anderson começou a adormecer e recebeu uma cutucada de Chris nas costelas.

– Vai lá pro teu quarto que você já está capengando de sono!

O garoto levantou, vendo que até Márcia já estava aconchegada na grama. Resmungou um boa noite e foi para dentro do Casarão. Patrão e Chris continuaram lá fora, um sentindo as mudanças dos ventos e o outro talvez enlouquecendo com os mil aromas noturnos carregados por ele.

Anderson sentia apenas o peso daquele longo dia sobre as suas pálpebras.

Ele jogava o que via pela frente dentro de sua mochila. Algumas meias, bisnagas e sprays de tinta, um caderno de capa manchada, camisetas e apenas mais uma calça jeans, tirando a que já estava vestindo. Colocou sua jaqueta, olhou-se no espelho da porta do armário, e viu o que já esperava: ao redor de um dos olhos, roxo. Dentro dos dois olhos, vermelho.

Ouviu o barulho de louça sendo quebrada. Ou talvez fossem as garrafas de pinga sendo quebradas. Enfim, naquela noite seu pai poderia lamentar por algo que ele realmente se importasse.

Deixou o quarto, sem olhar para trás. Sem sequer pensar em levar o videogame. Ou suas telas da aula de artes. "Que se dane", murmurou. Aquelas coisas haviam sido feitas em uma vida antiga, que não lhe pertencia mais. Ele pintaria outras telas e muros fora dali. Que tudo ficasse naquele lugar que um dia havia sido sua casa.

< 66 >

Próxima à porta, sua mãe o esperava. Tão parecida com o filho, sob vários aspectos. Ela também chorava. Porém, por um milagre, dessa vez ela não exibia nenhum hematoma roxo visível. As lágrimas cobriam as rugas, sinais do tempo que seu menino ainda nem chegava perto de ter.

– Tenho que ir – ele disse, com esforço para não gaguejar. Como que pontuando sua frase, mais alguma coisa de vidro se espatifou a distância, seguida de um palavrão.

"Eu sei", ela tentou dizer, mas apenas seus lábios se moveram, formando as palavras. Abraçou a cria que tanto amava. Que ela havia dado amor e carinho, mas que agora não poderia acompanhar.

– Vem comigo, mãe – disse ele, esquecendo de se controlar. – Por favor... A senhora não pode ficar com esse... esse...

– Eu não posso ir – ela respondeu, com a voz fraca. – Vai, se afasta desse lugar...

– A senhora não precisa dele...

– Eu não tenho nada. Nada! É tudo dele, os trocados que ele me dá pra ir na padaria, o dinheiro da feira... Ele controla tudo, você sabe! Ele me fez ser nada, durante todos esses anos. Me achatou, me podou... – ela começou a soluçar alto, abraçada ao filho, com o rosto encostado em seu peito. – Mas ele não pode fazer isso com você. Quero que seja feliz.

Correu a mão pelos cabelos ralos da mãe. Beijou-a no rosto, e nenhuma palavra se formava em sua língua. Qualquer frase exigiria um sacrifício para ser dita. *Sentir* naquele momento já havia se tornado uma tarefa árdua demais para duas pessoas alquebradas.

– Eu volto. Pra buscar a senhora.

Na cozinha, mais alguma coisa se espatifava.

Lá fora, o dia estava nublado. Nada agradável para caminhar, mas perfeito para quem não pretendia voltar. O portão estava entreaberto, como costumava ficar sempre. E ele não se preocupou em fechá-lo ao sair.

(tudo gira. Redemoinho. Vozes)

Luz branca, bipes de máquinas. Ao redor, pessoas mascaradas, cabelos para dentro de toucas e mãos envoltas por luvas cirúrgicas.

Assim como suas mãos.

Apenas as dela, na cama de parto à sua frente, não estavam de luvas.

(o som de algo rangendo. As dobradiças do portão da frente do Casarão, quem sabe)

– Vai dar tudo certo – ele disse, calmo. Ela chorava, contorcia o rosto, apertava os olhos, e parte de seu cabelo escapava pelo elástico da touca.

– Não vai, Wagner... *Uuuungh*... Eu sinto que não...

– Paguei os melhores médicos disponíveis no Brasil – ele respondeu, bem

< 67 >

próximo da indignação. – E de fora dele também... O bebê vai nascer, e vai dar tudo certo.

– O bebê *vai* nascer! – ela urrou entredentes, como um desafio, fincando as unhas nas costas da mão do marido. Enquanto isso, a mão livre de Wagner voava para o bolso por baixo do avental. Ele *sempre* tinha como evitar a dor física. Seu rosto ficou impassível. Ela aspirou e inspirou rapidamente, diversas vezes, e gemeu. – E-eu não vou conseguir. Eu sinto isso...

– Seus batimentos estão melhorando...

– Estou fraca! – ela gritou, com uma força nos pulmões que contradizia o que estava sendo dito. – Sinto a minha vida se esvaindo! E parem de mentir pra mim...

– Núbia, você está...

– Eu te conheço, Wagner. Vejo em seus olhos que você sabe disso... Que nada está bem...

Wagner sabia. Sabia também que aquela seleção de obstetras e cirurgiões era a melhor reunida no teto daquele hospital desde sua inauguração, e que eles estavam fazendo de tudo para salvar mãe e bebê – como qualquer profissional faria, obviamente. Mas também sabia do mal de Núbia, que a enfraquecia ano a ano... Se a gravidez tivesse sido descoberta algum tempo antes, talvez providências pudessem ter sido tomadas. Agora, restava a certeza de que ela não aguentaria, e que talvez ainda fosse possível passar a doença ao recém-nascido.

Com hesitação, soltou o Cachimbo de Ouro. A dor veio em sua pele no mesmo momento, a unha de Núbia afundando na carne. A mão livre de Wagner tocou

(mais uma vez o rangido do portão do Casarão, agora mais alto)

o pulso da esposa, magro, desnutrido. Pensou, em meio à dor, que aquela era a primeira vez que sentia algo verdadeiro pela mulher. Sabia que o casamento havia sido, acima de tudo, uma aliança empresarial. Havia o consentimento dos dois na "transação", claro, mas tudo visava a fortuna que a fusão da Rio Dourado com a Y Empreendimentos geraria. Porém, ele também sabia que Núbia o amava. E isso fazia com que ele se importasse com ela, ainda que não a amasse.

O mais irônico naquilo tudo era que nem todo o dinheiro do império criado pelos dois poderia salvá-la.

– Ele... *uuungh..* se chamará Wilson... – ela grasniu, enquanto os médicos afastavam o marido para realizarem os procedimentos de emergência. As mãos dos dois perderam contato. Wagner assentiu, enquanto o mar asséptico de profissionais em verde se interpunha entre os pais do bebê prestes a nascer.

– Sim. Como o seu pai, conforme você decidiu.

– E você não o levará para aquela mulher!

– Senhora, por favor, recoste-se na cama! – pediu um dos enfermeiros, preocupado. Núbia parecia ter esquecido da dor física.

< 68 >

– Não existe outra mulher, Núbia.

– Deixe de ser cínico, Wagner – ela disse, com o último sorriso que ela esboçaria em vida, ainda que fosse sarcástico. – Você ainda não esqueceu dela. Da tal *Hipólita* que você tanto chama durante seus sonhos!

– Senhor Rios, queira se afastar da cama, por favor! – ralhou um dos obstetras, nervoso. Wagner obedeceu, sem parar de fitar Núbia. Seus olhos eram dele naqueles últimos momentos, com alguma espécie de... Ressentimento? Como ela poderia culpá-lo por não corresponder a algo que nunca havia envolvido amor? Eram apenas negócios... Não eram?

Ela gritou, colocando para fora tudo o que sobrava de sua vida. Como se estivesse passando suas últimas forças para alguém que nascia fadado a herdar a fragilidade da mulher que o gerou. Wagner agarrou o cachimbo no bolso, pois aquilo era inesperadamente doloroso de se ver, sentir, ouvir. Até para ele.

Continuou o segurando quando o choro fraco do bebê foi ouvido.

Anderson acordou. Haviam lágrimas em seu rosto, como se alguém tivesse pegado seus olhos emprestados apenas para chorar.

O muiraquitã fervia. E suas mãos tateavam no lençol, procurando um cachimbo dourado que, obviamente, não estava ali. Largou o corpo no colchão, as duas mãos pressionando a testa. Aquilo havia sido intenso. As lembranças mais fortes que ele havia presenciado, tanto que nem houve o distanciamento que o colocava como um espectador dos acontecimentos. Anselmo e Rios. Uma pessoa que ele amava, e outra que ele odiava. E, naquele momento, se alguém perguntasse, Anderson sentia compaixão por ambas.

O ranger do portão da frente do Casarão se fez ouvir. Ele já estava fazendo aquilo há quanto tempo?

Ouviu Capivera descer as escadas correndo, patinando pesadamente contra o chão de taco. Ela havia farejado alguém na porta da frente? Àquela hora? Sem dar tempo de Anderson raciocinar quem poderia chegar no meio da madrugada, a porta da frente foi esmurrada.

Na penumbra de seu quarto, Anderson saltou para o chão. Calçou o tênis, sem meias, colocou um moletom sobre o peito nu e abriu o *case* de seu arco retrátil. Pegou três flechas e ainda teve tempo de enfiar o estilingue no bolso da blusa. Desceu as escadas correndo, saltando de três em três degraus. Ouviu as portas dos dormitórios se abrindo nos andares acima, e a voz de Beto o chamando logo atrás, pedindo que ele o esperasse para atender a porta.

Seja lá quem estivesse do lado de fora, bateu outra vez. Agora mais fraco.

Capivera corria em círculos na frente da porta, completamente alterada. Estava a ponto de latir, e o teria feito se a natureza não diferenciasse cordas vocais de cães e roedores.

< 69 >

– Senta aí, Capivera! – disse Anderson, apontando para o corredor. O bicho colocou o traseiro no chão, alguns metros atrás do garoto, que tirou a tranca da porta.

A primeira coisa que viu foram os prédios do outro lado da avenida, após o viaduto que a acompanhava e ganhava inclinação para a direita. Alguém havia se dado ao trabalho de abrir o portão, bater na porta e sair correndo naquela hora da madrugada?

Então, algo se moveu aos seus pés, e tossiu.

Era um garoto. Da sua idade, não mais que isso, queimado de sol e com os cabelos crespos sujos e bagunçados. Estava caído de barriga para baixo nos três degraus da porta de entrada, e havia uma poça de sangue e saliva debaixo de sua cabeça. A mão estava estendida para a porta, e segurava o que parecia um grande facão cor de cobre – o que fez Anderson tomar uma distância precavida da figura desconhecida.

Havia sangue também por toda sua roupa, ou o que havia sobrado dela. Se não estivesse tão suja, deveria ser uma espécie de uniforme cáqui, com um chapéu de couro muito familiar às costas: o chapéu de um cangaceiro. Coincidência demais para quem há poucas horas havia descoberto a existência dos Avohai...

Anderson colocou seu arco no chão, se abaixou e cutucou os ombros do garoto, que se retraiu rapidamente e levantou a cabeça. Seu rosto, por baixo da camada de sujeira e sangue seco, era o de um menino que havia passado a madrugada de uma maneira bem mais agitada que Anderson. Havia um fio de saliva avermelhada saindo de sua boca, e um corte recente em seu queixo quadrado.

– Ei... Quem é você? – Anderson perguntou, sem conseguir disfarçar o espanto. Os olhos castanhos do outro dardejavam para diferentes pontos de seu rosto, rapidamente, e para Beto, que aparecia sob o batente da porta.

A outra mão do ferido, que também segurava um facão ainda maior que o primeiro, voou para a direção do pescoço de Anderson. Foi tudo tão rápido e o movimento tão parecido com o bote de uma serpente, que Beto sequer teve tempo de se mexer. E nem Anderson.

Mas o garoto apenas agarrou a gola de seu agasalho. Sem largar o facão, mas longe de querer acertá-lo.

– V-você é o Anderson? – perguntou, a voz fraca, mas com uma determinação impressionante nos olhos.

– Sou – respondeu automaticamente, engolindo em seco.

Um sorriso ressecado surgiu no canto da boca do garoto ferido. Suas duas lâminas escorregaram para o chão, com estrépito. E seus dedos soltaram o moletom, a mão desabando na sua frente.

– Finalmente... – ele disse. E fechou os olhos, entregando-se à exaustão.

Beto deu um berro com as mãos em concha ao redor da boca, chamando o Patrão e quem mais pudesse prestar primeiros socorros. Anderson estava bastante perdido, sem saber o que fazer para ajudar o menino, e sem entender

< 70 >

o porquê dele ter dito o seu nome. Segundos depois, Pedro e Chris foram os primeiros a atenderem o chamado, mas muita gente desceu a escada em seguida.

Chris foi buscar panos quentes, com a ajuda de Tina, que estava com a cara amassada pelo sono e um pijama largo do Gato Félix. Pedro agachou-se ao lado de Anderson, tomando cuidado com as pernas do menino ferido.

– Me ajuda aqui com isso, Anderson! E para de olhar pra minha cabeça, caramba! O que é mais importante agora?

– É que eu nunca tinha te visto sem gel no cabelo – respondeu Anderson, olhando intrigado para o garoto rabugento. – Hoje deveria ser feriado.

– O moleque aqui com um treco enfiado no tornozelo e você fazendo piada com isso. Você acha que eu passo gel pra dormir ou..?

Anderson soltou uma espécie de soluço ao notar. Ele não havia reparado que uma flecha atravessava a perna esquerda do garoto, na altura do calcanhar. A ponta estava para dentro, mas pouco sangue escorria pela ferida – o que era algo incrível.

– E-eu... não tinha visto...

– Tá, tá. – Pedro abanou a mão, e voltou-se para Beto. – Como esse cara andou até aqui com uma flecha na perna?

– Eu não sei – respondeu o outro, aceitando os panos quentes que Tina lhe passava. Anderson olhou para o ferimento, e analisou a flecha: preta, mais curta que o normal, como a de seu arco-retrátil...

Que já havia sido de outra pessoa.

– Talvez ele estivesse com o sangue quente – sugeriu Haroldo, que se adiantou para levar o garoto até o sofá da sala. Ele tirou os *dreads* da frente do rosto para observar a flecha. – Ele pode ter sido atingido há pouco tempo.

– Quem atiraria uma flecha em um garoto no meio da madrugada? E pegou bem no tendão... Isso parece ter sido proposital? – perguntou Beto, virando a cabeça para olhar Anderson e buscar algum apoio em sua dúvida. Mas o garoto não estava mais ouvindo.

Anderson pegou seu arco do chão e foi caminhando até o portão entreaberto. Sabia que aquilo não era coincidência. Seu muiraquitã estava quente, vibrando, como quando ele queria avisá-lo de algum perigo e quisesse que Anderson olhasse para uma direção específica.

Virou-se para a direita. Havia uma cerca que acompanhava o viaduto, e carros estacionados à sombra do concreto onde o asfalto ganhava inclinação para passar por cima da Avenida Brigadeiro Luiz Antônio. Era uma cerca pintada de preto, estreita. E, mesmo assim, alguém estava perfeitamente equilibrado sobre ela, uma silhueta esguia parcialmente iluminada pela luz de um poste, olhando na direção do Casarão.

Mesmo se o sujeito não estivesse segurando um arco, Anderson o reconheceria à qualquer distância. Independentemente do seu cabelo não ser mais comprido, Olavo Nakano não era uma pessoa fácil de se esquecer.

< 71 >

< capítulo 4 >

ENCRUZILHADA

Por que ele estava ali?

Anderson pensou que os caminhos deles haviam se separado para sempre. O rapaz havia sido seduzido por promessas de Rios, o que o havia jogado contra os próprios amigos – e resultado na morte de Anselmo.

Parte das pedras preciosas que a Mãe D'Ouro havia lhe dado, Anderson passou para Olavo, na noite em que ele havia feito Elis de refém. Na noite em que um garoto *nerd* de 12 anos resolveu subir em cima de uma cobra flamejante e, não contente, se jogar de um helicóptero em voo.

"Por que você não foi embora de vez, Olavo?", Anderson se perguntou, apertando o botão que montava seu arco. A resposta veio logo em seguida, parecendo um tanto óbvia: "O dinheiro deve ter acabado, e voltar para as fileiras do Rios deve ter parecido uma boa maneira de garantir o prato de comida".

Encaixou uma flecha em sua corda e disparou, sem pensar muito, o tiro instintivo que ele tanto havia praticado. Olavo, que estava naquilo há muito tempo para saber qual o endereço daquela flecha, saltou da cerca pouco antes de ter o peito alvejado, caindo com os dois pés sobre um Palio.

O carro disparou o alarme loucamente, e o arqueiro deu uma breve olhada para trás antes de sair correndo na direção da avenida Brigadeiro Luís Antônio.

< 72 >

Anderson não sabia se corria atrás ou se arriscava um novo disparo, sendo que só tinha mais duas flechas. Quando deu por conta, já estava correndo à toda.

Olavo ganhava distância. Corria com a mão na orelha direita, o que dava a entender que ele estava se comunicando com alguém. Anderson sentiu alguém passar a toda pela sua direita, correndo bem mais rápido, mas sem fazer barulhos destrambelhados. Era Pedro, correndo descalço no asfalto, o muiraquitã de tatu balançando em seu pescoço. Segurava um estilingue, que por um acaso era o que Anderson estava levando no bolso de trás. A mão leve do garoto nada tinha a ver com as habilidades que o amuleto lhe conferia.

O fugitivo chegava ao cruzamento da Treze de Maio com a Brigadeiro. Atravessou-a sem olhar para os lados, o que era insano mesmo àquela hora da madrugada. Logo em seguida, do outro lado da avenida, ele parou e virou-se abruptamente, seu arco retesado e grande parte de seu corpo oculta pela sombra do viaduto acima. Anderson e Pedro estacaram em seu lado da Brigadeiro, mas sem se colocarem na posição de vítimas: um já estava com uma flecha na corda, o outro colocava uma pedra na malha da atiradeira.

— Parem de me seguir, vocês dois! — gritou Olavo, sobrepondo a voz a um carro que passava entre eles. Mais motos vinham subindo e descendo, alheios ao impasse que seria bem mais mortal aos motociclistas que linhas de pipa. — Eu não vim aqui para machucar vocês!

— Traidor! — gritou Pedro, que não havia esquecido dos tempos trancados em um porão por culpa do espião de Wagner Rios. — Como se atreve a voltar?! Você tem a localização do Casarão na memória e nos denunciou para Rios!

— Cale a boca, Pedro! — Olavo retrucou. No momento, nenhum veículo passava. Mas ninguém arriscava um passo a mais. — Eu não entrei no Casarão, entrei? Não revelei nada pro Rios!

— Então, você voltou a trabalhar com ele — disse Anderson, sem perder a mira. — Como suspeitei. O que foi, acabou o dinheiro que te dei? Não era pouco, Olavo.

— Você não sabe o que passei nesse tempo, pirralho — Olavo retrucou.

— Por que você atirou naquele garoto?! — gritou Pedro, quase fora de controle. Anderson, ombro a ombro com o colega, ouvia a borracha do estilingue ranger, de tão esticada que estava. — Ele está morrendo!

— Não fui eu que fiz tudo aquilo com ele. A ordem que recebi era trazê-lo de volta.

— Não adianta conversar com esse vira-casaca, Pedro — Anderson disse, apertando os lábios. — Gente sem honra não vai aprender isso de uma hora para a outra.

Pedro pareceu relaxar um pouco. Seus olhos fizeram um movimento rápido, e ele indicou Olavo com a cabeça.

— Não tô conversando. Tô ganhando tempo.

< 73 >

– Do que você tá..?

Antes que a pergunta de Anderson fosse completada, um lobo-guará despencou de cima do viaduto, bem em cima do arqueiro.

Olavo gritou quando Chris fechou os dentes em seu antebraço. Sua mão esquerda socou o lado da cabeça do lobo, que não o soltou nem sob o duro golpe. Anderson e Pedro atravessaram a avenida correndo, para se juntarem à briga, mesmo tendo plena consciência que estavam muito abaixo da habilidade de luta corpo a corpo do ex-membro da Organização.

– Preciso de reforços aqui! – gritou Olavo, alcançando o comunicador na orelha direita enquanto empurrava Chris com os dois pés, acossado de costas no chão. Algumas de suas flechas se espalharam ao seu redor, e ele alcançou uma delas, fincando-a na coxa de uma das pernas dianteiras do lobo.

Chris, em sua forma quadrúpede, cambaleou para a parede do viaduto, tentando arrancar a flecha de sua pele com os dentes. Pedro aproveitou a área livre para tiro para disparar a sua pedra, e atingiu a parte interna da coxa de Olavo. Ele reprimiu o grito de dor e avançou para o garoto com rapidez, aplicando uma ágil rasteira que o derrubou com facilidade.

Anderson guardou a flecha que segurava e empunhou o seu arco retrátil como um bastão de beisebol. Olavo aparou o golpe com o seu próprio arco, tentando dar a mesma rasteira e falhando. Anderson estava com os reflexos em dia.

– Não quero bater em vocês, seus convencidos! – gritou Olavo, aparando outro golpe de Anderson e conseguindo aplicar um mata-leão no garoto, seus braços fortes suprimindo qualquer movimento do adversário. – Mas vocês... *ungh*... não estão me dando escolha!

Anderson sentiu a falta de ar dar a impressão que sua cabeça era um balão. Olhou para Chris, com dificuldades de tirar a flecha sozinho naquela forma, e sentiu o seu calcanhar esquerdo bater no coturno de Olavo. Reuniu força, levantou o pé e desceu-o com tudo, em uma pisada que reuniu toda a força que lhe restava.

Olavo gritou e afrouxou o aperto no pescoço de Anderson. O garoto teve espaço para movimentar a cabeça e bateu com a parte de trás dela com força no nariz do seu agressor, que finalmente o soltou.

– É muita pretensão – rosnou Olavo, com o sangue escorrendo da boca. – Eu te ensinei a atirar! Eu te treinei! Saia daqui antes que eu te transforme numa peneira!

– Eu não tive só você de professor – gemeu Anderson, com muita tontura. Provavelmente, aquele não era o jeito certo de se dar uma cabeçada. Havia ficado bem tonto, apesar de ter conseguido se soltar. Porém, como bom líder de guilda no BoA, sua noção estratégica da cena de batalha ainda não estava afetada. – Pedro, ajuda o Chris com aquela flecha! Eu seguro ele aqui!

– Eu não queria fazer isso – grunhiu Olavo, recolhendo o arco e guar-

< 74 >

dando-o no cinto, já que a arma era inútil em combate tão próximo. Ele flexionou os braços, e Anderson também, mais desajeitado, imaginando que apanharia bastante nos segundos seguintes. Deu alguns passos para trás, sem perceber, até que alguém fez a bondade de dar uma voadora implacável no peito de Olavo: Beto.

O inimigo foi ao chão. Beto, sem dar tempo do outro pensar o que havia o atingido, começou a socar o seu rosto, em uma sequência impressionante.

– Vai ameaçar a mãe dos meus filhos de novo?! Você voltou por isso?! Hein?!

Anderson compreendia a fúria de Beto. Da última vez em que ele havia visto Olavo, teve que aturar a visão de Elis feita de refém, com uma faca em seu pescoço. O traidor desapareceu de suas vidas, mas o sentimento amargo no futuro pai, não.

Os dois supercílios de Olavo estavam cortados. Beto era impiedoso, e parecia longe de estar cansado. Seu adversário conseguiu reagir, dobrando os joelhos e catapultando Beto para longe. Levantou-se, limpando o sangue dos olhos e da boca, e já entrando em guarda novamente.

A troca de golpes era seca, bruta. Olavo parecia recuperado do ataque surpresa, bloqueando grande parte dos socos de Beto. Porém, poucos de seus contra-ataques entravam na guarda dele. Era uma disputa equilibrada, de botes rápidos e sequências dignas de uma luta profissional. Olavo às vezes se movimentava com a leveza do kung-fu, enquanto Beto tinha um estilo mais "de rua", e muito mais funcional naquele momento. Nenhum dos dois parecia levar vantagem naquele momento, e nenhum dos dois ousava uma imobilização ou algo parecido, pois a chance do feitiço virar contra o feiticeiro era imensa. Anderson, em um momento fugaz de distração, pensou que, para aquela briga parecer o game de luta mais realista que ele já tinha visto só faltavam duas barras de energia sobre as cabeças de Olavo e Beto.

Anderson contornou a briga dos dois e foi ajudar Pedro, que tinha acabado de arrancar a flecha cravada em Chris.

– Você vai ficar bem – Pedro disse, passando a mão na cabeça do amigo transformado. Chris ganiu brevemente, e então começou a farejar o ar.

– O que foi? – perguntou Anderson, que conhecia as manias do lobisomem, e já havia presenciado vários momentos parecidos ao seu lado. – Alguém está chegando? Quem está vindo?

Pneus cantando, um Land Rover preto derrapou quase em cima da briga de rua, parando na transversal, e nem assim a luta foi interrompida. Dentro de algum portão que dava para a calçada, um cachorro vira-lata ladrava. Anderson pensou que ele estaria arisco por causa da presença do guará... Mas a porta do Land Rover, em uma cena muito familiar, se abriu. E ele reconsiderou todos os motivos.

Pernas femininas, compridas e torneadas, deixaram o banco de carona

< 75 >

do carro de vidros filmados. Dois saltos tocaram o asfalto graciosamente, e a porta se fechou. Uma mulher loura, de coque comportado, vestida com o aprumo de uma executiva. Sua saia e seu terninho verde combinavam com o esmeralda de seus olhos por trás dos óculos de aro delicado.

– Hummm – ela resmungou, manhosa, com um sorriso malicioso. Parecia que tinha acabado de chegar na porta de seu restaurante favorito na cidade, olhando a cena à sua frente. Seu olhar percorreu todos com desinteresse *blasé*, até parar em cima de Anderson. Que já a conhecia, de uma ocasião em que ela estava bem menos atraente.

– Até que enfim! – gritou Olavo, erguendo a canela para evitar um chute de Beto. Ele contra-atacou com um cruzado no queixo do outro, que não teve tempo de aparar o golpe. – O quê? Vai ficar só olhando?! *Ugh*...

No momento em que Beto revidou com um joelhada no estômago de Olavo, a mulher loura riu despretensiosamente, como se estivesse vendo uma esquete de humor na sua frente. Ela caminhou com elegância para baixo da luz de um poste de iluminação pública, como se procurasse a sua marcação em uma peça de teatro. Jogou o quadril para um dos lados e foi tirando os óculos, devagar, com cuidado...

...apenas para deixá-lo cair no chão em seguida. De propósito.

– Essa loira tá bem louca – chiou Pedro, sentindo algo de errado. Anderson, por sua vez, tinha certeza de que as coisas piorariam nos próximos instantes.

– Chris? – ele chamou, e o lobo-guará mancou até seu lado, com um rosnado no fundo da garganta. – Se você quer minha opinião, essa seria uma boa hora pra Transformação Insana.

O lobo bufou e olhou para o garoto. Era óbvio que não achava uma boa ideia.

– Vamos precisar do seu descontrole. Ela não tá pra brincadeira...

Obviamente, a Cuca não estaria trabalhando para Wilson Rios apenas como sua secretária. Àquela hora da noite, quando o Caladão deveria estar sonhando profundamente, ela estava bem livre para fazer as duas coisas que eram suas ordens primárias: servir Wagner Rios e trucidar alvos.

A transformação de Chris começou, com contorções e estalos nos ossos, conforme as patas dianteiras iam se alongando para virarem braços musculosos. A loura, para não ficar para trás, soltou o palito que prendia o seu cabelo, e uma cascata dourada escorreu pelos seus ombros, como propaganda de condicionador. Abriu o primeiro botão do terninho, deixando o decote à mostra.

– O Chris vai enfrentar uma *stripper*? – perguntou Pedro, inquieto.

– Se eu fosse você, procurava algum pedaço de calçada solto pra colocar nesse estilingue – disse Anderson, encaixando a penúltima flecha no arco e tentando disfarçar a tremedeira nas mãos. A lembrança de seus últimos encontros com ela não havia sido das melhores. – O show de horrores já vai começar.

< 76 >

O que se iniciara lentamente, como uma dança sensual, tomou proporções grotescas em alguns segundos. Não havia nada de bonito no rosto da mulher alongando-se até virar "o nariz" de um jacaré. Nas escamas verdes rasgando a roupa de seu corpo. Nas unhas negras dos pés e das mãos que, mesmo horripilantes, eram a coisa menos letal naquele corpo monstruoso.

Beto e Olavo se esmurravam mais à direita, alheios ao terror acontecendo às suas costas. Chris, imenso, quase completamente em postura ereta, deu um passo pra frente e empurrou Anderson e Pedro para trás, em um instinto de proteção que não continha delicadeza alguma. Ficou de frente para a *crocodila*, a respiração ruidosa entrecortada... Anderson arrepiou-se na presença da forma mais mortal que seu amigo poderia assumir. E se lembrou da última vez em que havia lutado lado a lado com ele.

Os olhos de fenda da Cuca travaram no lobisomem-guará. Se ampliaram por um instante, como se ela estivesse registrando bem sua próxima vítima.

E então começou.

Pelos contra escamas. Um rugindo e outro sibilando, dois sons de gelar os ossos. Os dois investiram ao mesmo tempo e, na primeira tentativa, a Cuca levou a pior. Pareceu o impacto de uma locomotiva contra uma motocicleta. A criatura voou de encontro à Land Rover, arruinando a lateral do veículo e trincando os vidros – que deveriam ser blindados. Ela foi ao chão, com um baque, e Chris investiu novamente, braços e mandíbula abertos.

A cauda da Cuca estalou no ar e arremessou o lobisomem de volta, com a mesma velocidade que ele vinha. Estavam quites.

– Se prepare – disse Anderson, que conhecia a dor de ser atingido pela cauda da mostrenga. Pedro parecia inconformado.

– Preparar *pra quê*? Em qualquer uma das tretas que nós entrarmos seremos trucidados! E nem dá pra arriscar um disparo sem acertar um amigo nosso...

– Tô falando do Land Rover! Não sabemos quem está lá dentro, e provavelmente eles vão dar cobertura pro Olavo e pra Cuca!

Dito e feito. Enquanto Chris saltava sobre as costas do monstro e abocanhava seu ombro, a porta do motorista do Land Rover se abriu e um típico capanga de Wagner Rios abriu a porta, destravando uma pistola e virando-se para onde a ação ocorria.

– Vai! – berrou Anderson, e disparou sua flecha.

O projétil arrancou a arma do engravatado, que ficou olhando para a própria mão vazia, com cara de perdido. Com pouco mais que um segundo de diferença do desarme, Pedro atirou um pedaço do pavimento da calçada e atingiu a testa do homem, que desmoronou.

– Salvei nossa pele – rosnou Pedro, baixando o estilingue e olhando para

< 77 >

a luta de Chris com a Cuca. Anderson franziu as sobrancelhas, encaixando sua última flecha no arco retrátil.

— Como assim, "salvou nossa pele"? Foi um trabalho conjunto, Pedro! Eu o desarmei e você...

— Ah, tá. Você mirou na arma dele com toda essa precisão?

— Mas é claro que sim! Você acha que eu ia enfiar uma flecha no cérebro do cara?!

— Pra mim você mirou na cabeça e acertou a mão — Pedro disse, conclusivo, enquanto pegava mais um pedaço do pavimento solto. — Golpe de sorte.

Anderson ficou com vontade de gastar sua última flecha contra seus próprios olhos. Mas se conteve por motivos óbvios.

— Não vou discutir com você, Pedro. Cuidado com o Chris.

Um lobisomem passou voando por cima dos garotos e atingiu uma placa de sinalização que dizia RETORNO, envergando o poste de alumínio. Chris se levantou, rosnando, e com um gesto brusco arrancou toda a haste do chão, junto com um pedaço de cimento em sua extremidade mais baixa. Avançou contra a criatura escamosa, brandindo a placa como um grande porrete, mas a Cuca desviou por duas vezes, com muita agilidade, estalando a mandíbula muito perto do focinho de Chris.

Os dois garotos estavam perdidos, não sabiam em qual das escaramuças deveriam ajudar. Olharam para Beto e Olavo, bem no momento em que o arqueiro conseguiu atingir a garganta do outro com um golpe rápido, fazendo ele se curvar. Olavo aproveitou para girar o corpo e acertar um chute no rosto de Beto, que estirou-se no chão com sangue escorrendo das narinas.

— Temos que ir! — gritou Olavo, à esmo, aproveitando a deixa para pegar seu arco no chão e correr na direção do Land Rover. Anderson atirou a sua última flecha, mas seu alvo mergulhou no asfalto e rolou no momento certo, evitando-a. Chris, com seu lado humano incrivelmente atento, atingiu o centro da cara comprida da Cuca com a extremidade do pedaço de cimento, girou e arremessou a placa na direção de Olavo, que estava quase no Land Rover.

O arqueiro dobrou os joelhos e jogou o tronco para trás, em uma demonstração de flexibilidade e equilíbrio que desafiava as leis da física. O objeto passou rodopiando a menos de um palmo de seu corpo. Olavo voltou a ficar de pé, sentou no banco do motorista e bateu a porta, ignorando completamente o agente desmaiado e a Cuca, que se levantava depois do golpe sofrido com estardalhaço, tentando golpear qualquer coisa que a cercasse.

— Ele tá fugindo! — gritou Pedro, atirando com o estilingue e atingindo um retrovisor de raspão. Chris se jogou mais uma vez contra a picape preta, que se movia com os pneus cantando. Com o impacto, o carro se inclinou sobre as rodas da esquerda, mas não virou. Enquanto o veículo ganhava velocidade,

< 78 >

a Cuca fintou Chris e o derrubou com a cauda, correndo na direção do carro em disparada pela rua Treze de Maio acima. Em poucos segundos ela estava saltando sobre o Land Rover, segurando-se nos racks. Com o derrapar dos pneus em uma curva fechada, Olavo e a Cuca se foram, deixando um capanga desmaiado na sarjeta e alguns combatentes ofegantes; Beto, no caso, também praguejava pelo traidor que havia escapado.

O único lobisomem-guará no local começou a grunhir e a voltar ao tamanho normal, enquanto Pedro chutava a pistola do engravatado para o bueiro. Anderson recuperava uma de suas flechas, já prevendo que a transformação de Chris o deixaria pelado no meio da rua.

– Não dava pra esperar entrar no Casarão, não? – perguntou Beto, estancando o sangue do nariz com uma careta.

– Não quero correr o risco de entrar no Casarão com a Transformação Insana – respondeu Chris, que ainda não tinha toda aquela confiança na sua forma mais perigosa, apesar de ter conseguido trabalhar em grupo com os garotos. – Vamos embora logo, antes que eu seja preso por atentado ao pudor. A polícia tá chegando.

– Eu não ouço sirenes – resmungou Pedro, verificando o pulso do capanga.

– Você também não tem o instinto e a audição de um guará. Eles estão contra o vento, mas estarão aqui em menos de um minuto.

– Deixamos esse cara aqui? – perguntou Anderson.

– Ele que se vire inventando alguma coisa na delegacia – disse Beto, dando as costas para a pequena devastação causada pelo grupo.

Atravessaram a avenida Brigadeiro e correram de volta pelo caminho. Um rapaz nu, outro com o nariz meio torto, um garoto segurando um arco e o menor de todos com um estilingue balançando em uma das mãos. Uma madrugada como outra qualquer.

Anderson apontou para as mãos de Pedro, enquanto corriam. Sua fala vinha entrecortada, ofegante.

– Já pode... me devolver o estilingue... né?

– Não dá pra esperar entrarmos no Casarão, não? – retrucou Pedro, menos cansado que Anderson. – Vou ficar desarmado, caso alguém esteja nos emboscando?

– Não totalmente... *uff*... desarmado. Você tem essa cabeçona, aí... *uff*... que pode rachar até *adamantium*...

– Rachar o quê?!

– Naaada...

Quando chegaram ao portão do Casarão, lampejos vermelhos já reluziam no cruzamento da Treze com a Brigadeiro. Nos degraus da porta, o caminho já estava desimpedido e o menino ferido já havia sido levado para dentro.

– Quer que eu pegue uma calça pra você lá dentro? – Anderson pergun-

< 79 >

tou. Chris assentiu bem no momento em que um jeans surrado caiu dos céus, bem sobre sua cabeça.

Todos olharam para cima, pensando que se tratava da proatividade de Kuara. Mas o que viram foi Patrão, equilibrado na beira do telhado como uma gárgula humana demais, olhando na direção dos giroflex da polícia.

– Vocês se saíram... bem – ele murmurou, baixo demais. Porém, o vento trazia suas palavras até os ouvidos dos quatro. – Agora, descansem. Amanhã teremos muito o que discutir.

– Mas e o Olavo? – perguntou Chris, fechando o zíper e olhando para cima. – A Elis não apagou a mente dele naquele dia, mas também não imaginávamos que ele voltaria a trabalhar com o Rios...

– É. Ele pode voltar pra cá com a companhia da Cuca e mais uma dúzia de capelobos – Beto concordou, com a voz fanha. – E juro pelo Rio Amazonas que se aquele japonês aparecer...

– Já chega – trovejou Patrão. Anderson não sabia se era coincidência, mas uma nuvem iluminou-se por trás no exato momento de sua fala. – Ele não vai voltar. Só ou acompanhado.

– Como você pode garantir?! – Beto exasperou-se. – E se você estava apenas assistindo daí de cima, como uma coruja velha, não poderia ter pelo menos nos ajudado a liquidar com a Cuca e capturar o Olavo?!

Patrão franziu os lábios, encarando o rapaz e parecendo compreender sua aflição. O filho a caminho, Elis, a sua situação...

– A culpa que ele carrega por tudo o que nos causou, pelo que ele causou a Anselmo... funciona melhor do que qualquer feitiço de esquecimento, Roberto. – Patrão disse. – Ele não conseguiu perseguir o garoto até nossa soleira. Ele não vai repetir o erro que mais o atormenta durante seu sono e sua vigília.

– Não podemos confiar no bom-senso de alguém que nos traiu... – Beto retrucou, pouco amaciado.

– Falando no garoto, ele tá bem? – perguntou Anderson, interrompendo o amigo sem dó, tentando apartar as faíscas saindo entre o boto e o saci. Não que não estivesse verdadeiramente preocupado com o visitante inesperado. – Ele é um Avohai, não é?

– Quase isso – Patrão confirmou. – E agora está descansando. Ele passou por coisas que uma criança da idade dele não deveria nem sequer sonhar. Agora... vão dormir, vocês quatro.

Anderson abaixou a cabeça e entrou no Casarão, pensando no que ele havia acabado de dizer sobre o garoto cangaceiro. Ele havia passado por coisas que uma criança não deveria passar? "Bom", pensou Anderson, lembrando de pás de terra cobrindo seu rosto. "Isso nos faz iguais, acho".

< 80 >

capítulo 5

AVOHAI

Foi uma noite sem sonhos, fossem eles conscientes ou não. Anderson acordou com o estardalhaço de panelas caindo a distância, e a voz de Tina praguejando com Capivera. O cheiro de café tomava conta de todo o Casarão, isso considerando o tamanho do lugar. Reinaldo, um garoto que sempre conversava com Anderson sobre quadrinhos e o futuro dos super-heróis no cinema, bateu na porta e o chamou para se juntar ao resto do pessoal. Com um sorriso para o teto, o garoto gritou de volta e disse que já desceria. Valia a pena enfrentar ex-amigos e monstros para poder acordar em um lugar tão acolhedor.

Então, a lembrança do garoto ferido durante a madrugada atravessou suas memórias como uma lança.

Foi ao banheiro lavar o rosto e escovou os dentes da maneira mais desleixada e apressada que conseguiu. Queria sair à procura do garoto em recuperação, com urgência. No momento, a sua curiosidade no caso do cangaceiro menor de idade – e que procurava por Anderson – era bem maior que a vontade de tomar café.

Passou na frente do quarto de Beto e Elis, na ponta dos pés. Os dois ainda dormiam, e ninguém tinha coragem de acordá-los para o café. Não quando ela finalmente havia conseguido pegar no sono, e quando ele se recuperava de uma boa quantidade de ferimentos.

Foi olhando de quarto em quarto – Chris dobrava a roupa de cama, com o ferimento que Olavo havia feito em sua forma de lobo cicatrizando rapidamente no braço esquerdo – até sobrar apenas o dormitório de Patrão. O cangaceiro só podia estar por lá, o que fazia sentido: normalmente, o velho saci passava as madrugadas em claro, lendo na biblioteca do porão e fumando cachimbo. Também não era difícil encontrá-lo roncando em uma poltrona com um livro aberto caído aos pés.

Anderson empurrou a porta e ela rangeu nas dobradiças. Percebeu que nunca havia entrado naquele quarto, e se surpreendeu com a mobília: um criado-mudo com uma gaveta. Um banquinho perto da janela. Um cabide com algumas roupas e uma boina vermelha e xadrez – provavelmente a reserva da que estaria na cabeça do velho naquele exato momento. Uma cama. E sobre a cama, o garoto que havia chegado na noite anterior. Acordado, bem acordado. Havia tirado toda aquela sujeira grossa que o embalava na madrugada anterior, e o cabelo crespo estava brilhando. Estava com roupas emprestadas de algum garoto da Organização, uma regata de algum time de basquete americano que ficava folgada demais no seu corpo.

– Oi – fez Anderson, desconcertado com o olhar fixo do menino, cheio de curativos. Ele estava um pouco inclinado, com o travesseiro nas costas. No criado-mudo havia uma bandeja com um jarro de suco, uma xícara de café vazia e alguns farelos de pão. Como meros detalhes, um óculos e os dois facões cor de bronze do garoto estavam ao lado da bandeja, casualmente. – Ah, você já comeu. Que bom.

– Doeu até pra mastigar – disse o garoto, com a mão aberta ao lado do rosto. – Mas estava muito bom.

Silêncio constrangedor, ampliado pela falta de mobília no quarto e pelo excesso de espaço vazio. Anderson puxou o banquinho na frente da janela para perto da cama, e nenhuma palavra foi dita por nenhum dos dois por mais um longo tempo. Durante a quietude, era possível reparar na cicatriz que havia se formado no queixo do menino. O rosto dele era comprido, austero, mas de uma maneira diferente da sisudez de Pedro. As orelhas dele eram pequenas e levemente projetadas do rosto, o que dava a impressão de que ele estava o tempo todo de ouvidos atentos.

– Bom, você chegou aqui procurando por mim – disse Anderson, erguendo os ombros. – E, sei lá, nem sei seu nome. Só posso supor um monte de coisas, considerando o chapéu de couro que você usava ontem e essas facas aí...

– São as peixeiras do meu pai – ele respondeu, passando o dedo pelo cabo de uma delas, os olhos antecipando uma tristeza ainda não revelada. – E meu nome é Severino. Severino Alvim. Desculpe se te assustei ontem...

– Não, relaxa – disse Anderson. – Depois que você capotou teve coisa pior rolando lá fora... E a flechada no tornozelo? Doendo? Putz, pergunta idiota...

< 82 >

– Agora tô sentindo um pouco, mas na hora nem percebi. Só fui pro chão. Devia estar com o sangue quente... Mas a sua amiga, Valentina, foi muito cuidadosa no curativo. – Severino colocou a perna ferida para fora da coberta, e mostrou o tornozelo enfaixado com gaze e esparadrapo. – Ela é meio que uma enfermeira de vocês?

– Bom, ela é meio que uma veterinária – Anderson respondeu, com uma risadinha sem graça.

– Ah... Bem que minha mãe sempre fala que às vezes eu sou um animal.

Os dois riram juntos, de leve. Anderson bateu com as mãos nos joelhos.

– Bom, e onde ela está, agora? Aliás, onde *eles* estão? Sua mãe, seu pai... Não sei direito de onde você veio, não sei identificar sotaque nordestino tão bem. Mas como você chegou até aqui? E por que você me procurou?

Severino suspirou.

– São muitas perguntas. Mas, pra começar, quem me pediu pra te procurar foi o seu amigo, Zé. O baixinho que se move que nem sagui.

Anderson se levantou, sem perceber o que fazia.

– O Zé?! Onde ele tá? *Como* ele tá?

O menino tentou sentar de maneira mais ereta e fez uma careta ao se aprumar no colchão. Parecia estar aguentando com muita classe toda aquela coleção de pequenos e imensos ferimentos.

– Acho que eu sei responder a pergunta de onde ele tá. Já a segunda fica bem mais difícil.

Anderson cerrou os punhos, preocupado. Bem quando Severino ia continuar a explicação, a voz de Patrão veio da porta, de repente:

– Como esperamos um bom tempo até você acordar, acho que pode esperar um pouco até todo mundo subir e escutar o seu relato, garoto. Você vai gastar menos saliva.

O hóspede se espantou com a chegada sorrateira do velho, sem imaginar como alguém que andava saltitando sobre uma única perna conseguia se mover tão silenciosamente. Essa era uma dúvida que Anderson também compartilhava.

– Então – Patrão recomeçou, o quarto pouco mais cheio que minutos atrás. Lá estavam Chris, Beto e Elis, comendo bisnaguinhas com manteiga, sentada no banquinho oferecido por Anderson. Todos ao redor de Severino. – Pode prosseguir. Você é Severino, filho de Aloísio e Edileusa Alvim, dos Avohai?

O menino confirmou com a cabeça. Patrão fixou o olhar semicerrado nele, e Anderson sabia que, naquele momento, o velho praticamente enxergava o garoto como ele era, além de qualquer aparência.

– E você ingressou nos Avohai tão cedo assim? Quantos anos você tem? Onze? Doze?

< 83 >

– Doze – Severino respondeu, sério. – E não, não fui iniciado oficialmente. Foram as circunstâncias que me fizeram fugir de Aratu do Velho Rio com o chapéu e as armas do meu pai.

– E o que aconteceu com Edileusa e ele? – perguntou Beto, braços cruzados. Anderson percebeu que o amigo ostentava um hematoma roxo ao redor do olho esquerdo. Combinava com o cor-de-rosa da íris.

– O mesmo que com Zé e o amigo de pé torto dele...

– O Primo – Elis completou, preocupada.

– Sim. Todos eles foram capturados, e a cidade inteira foi escravizada.

– Por quem? – perguntou Anderson, desesperado.

– Os gigantes – disse Severino, olhando pra ele. – Gorjalas. Ou sei lá como vocês preferem chamar aquelas... coisas.

Anderson fez um som engasgado com a garganta. Em Anistia, havia conhecido dois gorjalas que eram ótimas criaturas: Coralino e Pirilampo. Mas, durante o tempo que havia passado junto aos dois gigantes, escutou várias histórias sobre os seus parentes cruéis, comedores de carne humana. Se Coralino e Pirilampo conseguiam ser amedrontadores, mesmo com toda aquela aura de inocência e bondade, não queria imaginar como seria um gorjala maligno.

– Que maravilha – chiou Chris, olhando para Beto com um olhar significativo. Patrão apoiou-se no estrado da cama e dirigiu-se a Severino.

– Os ciganos que seus pais e o resto dos Avohai estavam mantendo como prisioneiros... Eles foram libertos?

– Foi a primeira coisa que os gigantes fizeram quando chegaram destruindo tudo. Soltaram aquele povo estranho, que nem eu sabia que estava na cidade. Eles estavam sendo liderados pelo japonês louco que me seguiu até aqui.

– O Olavo – Chris disse, coçando a barba. – Rios está aliado aos gorjalas, isso está claro. Soltou os Ghouls e está fazendo prisioneiros. Mas por quê?

– Não sei quem é Rios, mas tem alguma empresa grande por trás disso. Caminhões estavam na estrada pra minha cidade, com equipamento de escavação e guindastes. – Severino olhou para o teto. – Tive que explodir um deles para conseguir uma vantagem na fuga.

Ele não reparou nos olhares espantados que todo mundo trocou. Patrão não pareceu se impressionar.

– Você esteve sozinho na estrada? – ele perguntou. – Há quanto tempo está fugindo?

Severino soltou uma risada automática.

– Nem sei mais. Foi tanto tempo me escondendo, correndo, me enfiando em caminhões de carga e me escondendo de novo... Acho que um mês.

Anderson sentiu o queixo cair. Em Anistia, apenas alguns dias no meio do mato haviam o transformado completamente. Como seria praticamente cruzar o país sozinho, com apenas 12 anos de idade e duas peixeiras?

< 84 >

Parecendo adivinhar o seu pensamento, Severino continuou:

– Quando descobri o que precisaria ser feito, fugir com as armas de meu pai até encontrar a ajuda necessária, eu tinha certeza de que não conseguiria. Eu nunca me importei com a tradição dos Avohai. Queria ficar em casa, jogando online, longe do que eu achava que eram baboseiras dos meus pais e do meu avô... Até que tudo começou a desmoronar. Quem me encorajou foi o Zé, pouco antes de encobrir a minha fuga.

Os olhos do menino estavam marejados. Agora ele parecia uma criança com medo, e não o cangaceiro em miniatura que havia despencado nos degraus da entrada.

– Ele perguntou o que eu mais gostaria naquele momento. Eu disse que queria minha vida normal. Sem gigantes e monstros, ouvindo Eminem e não entendendo porcaria nenhuma do que ele fala, jogando online... Eu gosto de um game chamado Battle of Asgorath, pra mim o perigo era ótimo quando era só lá dentro.

– Bem-vindo ao clube – Anderson pontuou, com um sorriso. – Eu também jogo BoA.

– Sim, o Zé me disse. – Severino olhou para os facões no criado-mudo. – Eu disse que não conseguiria fazer o que ele me pedia... alertá-los. Sou só um garoto. Então, ele me deu o endereço deste lugar e falou para eu te procurar, que você provavelmente estaria por aqui, de férias. Ele me disse que você havia enfrentado coisas terríveis com a mesma idade que eu, e por mais de uma vez. – Ele pigarreou, e imitou a voz aguda do meio-caipora com perfeição: – "Vocês são parecidos! Anderson sobreviveu com a inteligência que ele conseguiu nos games! Você pode fazer o mesmo!"

– E você conseguiu, cara – Anderson disse, com um aceno de cabeça, e então virou-se para o Saci. – Patrão, não dá pra mandar só o Chris e as icamiabas lá pra Aratu do Velho Rio! Vamos montar uma equipe para resgatarmos o Zé, o Primo e a família do...

– Você não precisa me dizer o que fazer, moleque. Preciso apenas saber de mais informações sobre os arredores da cidade. E temo que isso possa ser cansativo, Severino.

O garoto deu de ombros.

– É a única saída. Precisamos planejar e partir o mais rápido possível.

– Não estava pensando em levá-lo – Patrão disse, acabando rapidamente com o assunto. – Não nessas condições.

– Mas vou ficar ótimo! E vocês precisam de mim, dos meus olhos! Eu derrotei um gorjala sozinho, aprendi a enfrentá-los!

– Vou preparar um pouco do elixir de cura icamiaba – disse Elis, levantando-se e ficando de frente para o Patrão. – Ele vai melhorar um pouco mais rápido.

– Nós precisaremos dele – disse Beto, apoiado por um resmungo de Chris. – Vamos entrar com tudo naquele lugar, assim como fizemos no prédio do Rios!

< 85 >

– Não é a mesma coisa, Roberto! – Patrão rosnou. – É uma cidade inteira tomada por gorjalas, e ainda recebendo reforços de Rios. Os gigantes são cruéis, obedecem a um rei com experiência no assunto. Precisaremos planejar. E vou precisar saber se Mandacaruzinha foi tomada. Ela teria uma importância vital para nossa estratégia, pois é a mais próxima de Aratu do Velho Rio.

– *Próxima* quanto? – perguntou Chris.

– Cerca de vinte quilômetros – respondeu Severino. – As estradas para lá estão bloqueadas, com placas de "reforma" espalhadas, cones, cancelas...

– Conveniente – observou Chris. – Para o Rios, claro. Fica fácil para ele comprar algum contato nas prefeituras ou nos departamentos de monitoria das estradas. Ele pode fazer o que quiser com Aratu do Velho Rio, que ninguém vai notar.

– Nem a cidade vizinha – disse Beto.

– Muito bem – Patrão disse. – Precisaremos ir para lá o quanto antes. Anderson, desça e veja a maneira mais rápida e barata para chegarmos até Sergipe.

– Avião, uai! – respondeu prontamente o garoto, já na direção da porta.

– Rápida e *barata!* – repetiu o Patrão. Anderson sorriu.

– Eu consigo quantas passagens forem necessárias, pode deixar.

– E de onde vai tirar dinheiro? Vai fazer um realejo com o Kuara?

– Da minha mesada da Mãe D'Ouro, de onde mais?! Você acha que eu já gastei tudo aquilo?

Anderson foi até seu quarto e chamou o pessoal da Primavera Silenciosa através da rede privada entre eles. Perguntou se Sharp ou Gaia poderiam acompanhá-lo até algum lugar que comprasse suas joias. Os dois se dispuseram a ajudá-lo e disseram que o encontrariam, junto com Renato, na estação de metrô Sé em cerca de duas horas.

Anderson pegou um colete marrom da Organização e distribuiu pedrinhas brilhantes pelos diversos bolsos. Depois, abriu o Battle of Asgorath e entrou no chat da guilda. Viu que EvilDEAD99 estava online, e mandou uma mensagem perguntando se ela gostaria de dar uma volta no Centro com ele – já que pelo jeito ele iria se enfiar em mais alguma enrascada longe de casa e não ficaria em São Paulo pelo próximos dias.

```
<EvilDEAD99> [Mage, Lv. 74]: vc vai parar
de fazer doce e me contar algo dos ARQUIVOS
CONFIDENCIAIS DE ANDERSON COELHO?
<ShadowHunter>[Elf, Lv. 142]: não
<ShadowHunter>[Elf, Lv. 142]: mas to indo pro
centro vender joias pra conseguir dinheiro e
comprar algo q vc ainda nao pode saber o q eh
```

< 86 >

```
<ShadowHunter>[Elf, Lv. 142]: topa?
<EvilDEAD99> [Mage, Lv. 74]: te odeio
<EvilDEAD99> [Mage, Lv. 74]: mas ok
```

Desligou o computador e desceu para finalmente tomar o café. Kuara estava na cozinha, tentando lavar louças, enquanto Tina dizia que ele poderia ajudar bem mais se ficasse quietinho na mesa. Anderson cumprimentou o bicho, que estava bem feliz em revê-lo.

– Estou cursando ensino superior!

– Fiquei sabendo! Parabéns, Kuara!

– Grato. Fiquei pensando, o meu TCC pode ser sobre algo como *turismo forçado em lugares perigosos*. Gostaria de falar com você a respeito depois!

– Ah. Ótimo. Se quiser fazer pesquisa de campo, provavelmente iremos pro Sergipe. É quase certo que vamos nos enfiar em alguma coisa horrível.

Kuara abriu o bico, estupefato.

– Sergipe? Aracaju! Caju! Eu amo caju, você não tem noção. Preciso! Faz muito tempo que não como, outro dia quase peguei um do Mercado Municipal...

– Kuara! – Tina ralhou.

– Eu ia pagaaar... Mas, hein! Me levem, me levem! Quero comer caju! Aproveito e visito uns parentes!

– Bom, ainda não sabemos como vai ser – disse Anderson, passando manteiga no pão. – Mas vamos planejar ainda hoje o resgate do Zé, e vamos decidir quem vai e quem fica.

– Nossa, tô muito preocupada com ele – Tina disse, cabisbaixa. – Tadinho... Será que ele está bem?

– Já vi aquele tampinha sair de coisa pior! – Kuara respondeu, agitado.

– Ah, e você sabe onde ele está agora? – Anderson perguntou.

– Em Sergipe, suponho! Capital: Aracaju. Lá tem caju. Logo, vamos pra lá.

– Vá se tratar, seu viciado – disse Anderson, bebericando o café. Não era como o de casa, mas também era bom. – Tina, vou agora lá pro centro tentar vender algumas joias... Quer ir comigo?

– Oba! É pra já, vou só escovar os dentes e...

– De boa! Temos tempo ainda, vamos esperar o Sharp, a Gaia e aquele meu amigo no metrô. Ah, e a Fernanda...

– Ah, a Fernanda. – Tina enfiou um biscoito na xícara de café (e Kuara deu um berro de "isso é nojento!") e ficou ali, girando-o, pensativa. – Ahn... ok! Ei, Pedro!

Com os cabelos espetados logo pela manhã, o garoto descia para a biblioteca com um arco de treino bem naquele instante.

– Fala.

< 87 >

– Quer ir no centro com a gente?

– Quem vai?

– Sharp, Gaia, Anderson...

– Não, valeu. Quero treinar.

– Poxa, valeu hein – Anderson disse, erguendo um polegar para Pedro. Tina deu de ombros, rindo, e Kuara dizia alguma coisa sobre o suco concentrado de caju que vende no mercado, reclamando de como ele não fazia jus ao verdadeiro caju de Aracaju. Mas ninguém estava prestando muita atenção nele.

A despeito da madrugada tensa, a tarde da terça-feira acabou sendo muito divertida. Tudo bem que trocar as joias por dinheiro aos poucos em vários lugares sinistros e obscuros nas imediações da Praça da Sé não era algo muito agradável. Foi um entra e sai em escadas e elevadores velhos que estalavam durante a subida, várias pessoas trabalhando como anúncios humanos, vestindo grandes placas nas quais se lia: COMPRA-SE OURO. Tudo muito esquisito. Mas o café que todos tomaram em seguida valeu a pena. Encontraram um lugar aconchegante e com cara de *casa de vovó* – o que significava muitos olhares dos outros clientes na direção do grupo de aparência "fora do convencional" que se sentava nas mesas mais afastadas da porta.

Após as bebidas quentes chegarem com alguns quitutes, a conversa engrenou entre os cinco, bem animada. Anderson aproveitou que Renato e Fernanda começaram a falar (alto), conversando sobre Battle of Asgorath (chamando a atenção de vários clientes nas outras mesas), e aproveitou para (morrer de vergonha) e perguntar sobre as novidades e os possíveis avanços da Primavera Silenciosa.

– Estivemos monitorando as movimentações financeiras deles – Gaia respondeu, colocando um tablet sobre a mesa e abrindo sua capa magnética. – As ações da MadeirAço subiram. As da tal RioWind, então, nem se fala...

Sharp acrescentou algumas coisas sobre o novo empreendimento da Rio Dourado, e disse que Wilson daria mais uma coletiva no fim daquela tarde. Para Anderson, aquilo significava que a Cuca ainda estaria na cidade. *Será que Olavo também?*, pensou.

Tina, que não entendia nada de Battle of Asgorath e da língua alienígena que Fê e Renato falavam, contou para Gaia e Sharp sobre o garoto que havia chegado na madrugada. Anderson acrescentou – em voz baixa, para Fernanda não perceber – os detalhes da luta que ele havia participado e, em cerca de 15 minutos, os dois membros da Primavera estavam atualizados sobe a situação – inclusive sobre o resgate de Zé e Primo.

– Bom, vamos ficar atentos por aqui e ajudar no que pudermos – disse Sharp, quase deixando um *dread* mergulhar dentro da xícara de café. – Tente manter contato sempre que conseguir.

< 88 >

– E coma muita castanha de caju – completou Gaia, com os olhos verdes estalados. – Sério.

Anderson deixou a cabeça desabar sobre a mesa.

– Até tu, Gaia...

Ainda não havia anoitecido quando Tina e Anderson voltaram para a Organização, carregando a maior quantia de dinheiro vivo que já haviam tocado em vida.

– A única vez que encostei em tanta grana foi em um aniversário, quando uma tia distante me deu um montão de notas amassadas – Anderson disse, sonhador, enquanto tirava as notas dos bolsos e pendurava o colete marrom sobre uma cadeira. – Me senti tão milionário. Na verdade, só tinha uns 60 contos ali. Mas era tudo em nota de dois reais. Inesquecível.

Tina suspirou e sentou-se de pernas cruzadas no chão.

– Acho que comigo foi no dia que eu saí para uma Coleta e achei uma nota de cem na calçada. Azulzinha, parecia passada a ferro, sabe?

Anderson riu.

– Nossa, nunca devo ter visto uma dessas. Nem imagino como seja – exagerou.

– É crocante.

– Oi?

– Ela fez um barulho crocante quando a Capivera mastigou – disse ela, simplesmente. Levantou-se de um salto, como se não tivesse acabado de se sentar. – Vem, vamos falar pro Patrão que temos a grana pras passagens!

Atordoado, Anderson a seguiu escadas abaixo.

O Patrão estava no quintal, fumando seu cachimbo e conversando com mais dois visitantes que deviam ter vindo de longe: Rute e Rod, dos Sukatas. A mulher virou para Anderson seus olhos claros com pequenas rugas simpáticas nos cantos deles, e correu para lhe dar um abraço apertado, feliz da vida. Os cabelos armados dela estavam seguros por um lenço colorido.

– Oi, meu anjo!

– Oi, Rute! Tá boa?

Rod manobrou sua cadeira elétrica com destreza, fazendo os pneus cantarem. Ergueu a mão para Anderson e ambos estalaram um *high five* no ar.

– Deu uma tunada na máquina, hein? – reparou Anderson, olhando para a cadeira de design arrojado, pouco mais esbelta e aerodinâmica que a anterior.

– Ah, sim! É uma bateria-célula de luz solar, modelo novo que inventei! – Rod apontou para um compartimento às suas costas. Anderson olhou o que ele apontava, e havia algo que parecia uma pilha elétrica do tamanho de uma peça de salame. Um visor amarelo-luminoso mostrava que a bateria estava em 75%. – Quero fazer mais delas e testá-las no Carro Verde. Muito mais potente,

< 89 >

e vocês podem levar algumas de reserva para não ficarem sem energia no meio de uma longa viagem.

– Genial! – disse Anderson, fechando o compartimento. – Vão ficar em São Paulo nos próximos dias?

– Vou tunar o Carro e ficar aqui de professor substituto pra quem quiser aprender algo de mecânica enquanto vocês vão lá pro sertão!

– E *não vai* deixar marcas de graxa ou pneu no tapete da biblioteca – Patrão disse, entre uma pitada no cachimbo e outra.

– Sem manchas! – Rod ergueu a mão como um escoteiro, depois cochichou para Anderson. – Na verdade, vou instalar uma rampa retrátil acessível para cadeirantes na biblioteca. Toda vez que visito vocês, preciso ficar sendo carregado, e tô de saco cheio...

– Eu ouvi isso! – disse o Patrão, em um muitíssimo raro sorriso. – Mas instale a rampa, que seja.

Tina pigarreou, para chamar a atenção de todos para ela.

– Anderson conseguiu dinheiro para as passagens, Patrão!

– Hum. Certo – ele assentiu, parecendo desconfortável. – Eu pensei que talvez pudéssemos ir com o Carro Verde, caberia...

– Precisamos chegar rápido, Patrão – Anderson interrompeu, esticando um gordo maço de notas para o Saci. – Ninguém daqui deve ter cartão de crédito, então poderíamos ir até uma agência de viagens e comprar umas passagens.

Patrão olhou para o dinheiro estendido como se Anderson estivesse lhe entregando um gambá nervoso. Ele não tocou as notas.

– Hum... Tina? Leve esse dinheiro para o Haroldo e peça para alguém acompanhá-lo até uma agência, por favor. Mas antes, vá até meu quarto e pergunte para o garoto Severino qual a melhor maneira de chegarmos até a cidade dele a partir de Aracaju.

– Estou aqui – disse uma voz carregada no sotaque, atrás deles. Severino mancava, mas estava obviamente cansado de passar o tempo deitado e isolado. Ele também estava de óculos, com uma das lentes trincada. – E o melhor negócio é irmos primeiro pra Mandacaruzinha. Não sei se minha cidade ainda vai estar de pé.

Patrão ouviu Severino atentamente. Fez muitas perguntas, nenhuma em vão. Anderson podia enxergar as engrenagens funcionando por baixo da boina vermelha e dos cabelos grisalhos do Saci, que convocou uma reunião às pressas. Colocaram a grande mesa da cozinha do lado de fora e sentaram-se para decidir os pormenores da viagem. O Saci, por sua vez, não quis se sentar, e posicionou-se na ponta da mesa.

– Elis, você e Beto precisam encontrar a sua mãe para descobrirem um jeito dessa criança parar de enrolar dentro da sua barriga.

< 90 >

– Nós não íamos lá para a tribo das icamiabas? – ela perguntou, com um rápido olhar para o companheiro.

– Não vão mais. Mudança de plano – Patrão disse. – Sua mãe também está indo para Mandacaruzinha com suas guerreiras, e pediu que vocês fossem para lá também, encontrarem-na. Fica mais próximo do que ir para o meio da floresta amazônica.

O casal concordou, e Patrão apontou para Anderson.

– Você, moleque. Escolha uma equipe, assim como você fez para o fórum de Anistia, *sem o meu conhecimento*. Seis membros, além de Beto, Elis e eu. Ah, e Severino.

Todos olharam para o menino, surpresos por ele já se prontificar a voltar para a ação, depois de tudo o que havia passado. Ele olhava para os próprios pés, tímido.

– Certo – Anderson respondeu, com uma continência. – Vou pensar na lista e digo até amanhã de manhã.

– Nada disso. Escolha agora, *já* – Patrão disse, seco. – Assim já passamos as informações por telefone para o Haroldo, que está lá na agência.

– Bom... – Anderson fez uma careta. Até nos seus jogos favoritos ele tinha mais tempo para decidir uma equipe. – Então tá. Supondo que vai ser uma missão de resgate, furtiva...

– Não conte tanto com isso. – Patrão franziu os lábios. – Gorjalas são pura força bruta. Provavelmente será necessário responder à altura em algum momento, e por isso pedi para Iara levar algumas das melhores guerreiras icamiabas.

– Certo. – Anderson recalculou os planos que havia acabado de calcular. Se as coisas chegassem às vias de fato como na primeira invasão à sede da Rio Dourado, ele ficava tranquilo por poder contar com a capoeira perneta de Patrão. Por outro lado, sentiria falta das habilidades de Zé. Então, disse o nome seguinte sem pestanejar: – Chris.

O rapaz-lobo assentiu, de braços cruzados. Anderson pensou em Anistia, e em como seus amigos haviam agido na hora de desespero. Seus olhos recaíram em Pedro, que o observava com o desânimo habitual. O muiraquitã de tatu estava pendurado para fora de sua camiseta. "O maior responsável por eu estar aqui neste momento, respirando. E não enterrado em Anistia", pensou Anderson, lembrando-se de todo o sacrifício e toda a malandragem do outro garoto.

– Pedro também – disse Anderson, apontando, e depois olhando para a menina ao seu lado. – E Tina.

– É! Sertão, aí vou eu! – ela comemorou, tentando pegar Capivera no colo... Sem sucesso. A roedora estava muito gorda e se remexia para coçar as orelhas com os cascos, o que deu a Anderson outra ideia que, ao mesmo tempo em que se mostrava genial, poderia ser a maior idiotice de todas.

< 91 >

– Vamos precisar de um bom *cão* farejador. Capivera já me salvou de comer mousse de maracujá envenenado e pode nos acompanhar. A Tina pode cuidar dela.

O bicho pareceu entender que ia dar uma volta e animou-se como um cachorro quando vê o dono buscando a coleira de passeio. Saltou para o chão, começou a correr em círculos e fez xixi em um dos pneus da cadeira de Rod.

– Muito bem – Patrão disse, não demonstrando estranhar uma capivara na equipe de resgate. – Falta um. E é você, claro. Está decidido.

– Ei, ei! – grasnou uma voz, vinda do telhado. Kuara pousou no ombro de Patrão, suavemente. – Cheguei atrasado, mil perdões! É que eu estava estudando. E aí, tô na equipe?! Hein, hein?!

Anderson e Tina trocaram um olhar temeroso.

– É que... Não te escolhi porque não queria justamente atrapalhar seus estudos! – disse Anderson.

– Isso é bobagem! – Kuara exclamou, confiante. – É faculdade online, posso repor as aulas na volta! Mas e aí, me diz: quantos quilos de caju eu posso levar na bagagem do avião?

– Kuara, vou precisar que você fique – disse o Patrão, indo direto ao assunto. – Quero que cuide mais uma vez do Casarão, junto com a Rute e o Rod.

O pássaro abriu o bico, mudo.

– Prometo que trago um mooonte de castanha de caju pra você! – Tina abriu os braços, expansiva. – Muita, mesmo!

– Que duro golpe, meus amigos – Kuara disse, se recompondo. – Bom, mas vejo que a decisão já foi tomada. O negócio é eu ficar e cumprir o que sempre faço muito bem: esconder as maquiagens da Laís no telhado e administrar esse lugar com bico de ferro.

– Não me deixem sozinha com esse monstro emplumado! – gritou Laís, da cozinha. Kuara mostrou a língua na sua direção.

– Sem contar que já vou ter que hipnotizar alguém para passar a Capivera como um cachorro no compartimento de cargas vivas da companhia aérea, Kuara – Elis disse, fazendo carinho nas penas azuis dele. – E quando eu voltar, juro que deixo você cantar para o meu filho!

Kuara começou a reconsiderar, empolgado.

– Para o seu filhote de barbatanas? Vou poder *mesmo* cantar o que eu quiser?

– Não – Beto se antecipou, mas Elis fechou a cara para ele.

– Bom, também – Kuara disse, menos aborrecida. – Muito me alegra essa iminência da chegada de uma criança que chora e grita a noite inteira, muito me alegra! Sinto que terei companhia no que mais gosto de fazer.

Patrão voltou a atenção do grupo para o *briefing* da missão, e Kuara ficou para escutar.

– Aratu do Velho Rio fica nas margens do Rio São Francisco, na margem

< 92 >

do lado de Sergipe. Do outro lado, fica Alagoas. Mas, como não poderemos ir direto para lá sem corrermos o risco de sermos vistos por algum olheiro de Rios, faremos algumas paradas. Desceremos em Aracaju primeiro, para buscarmos uma pessoa importante para a nossa missão. Depois, pegaremos a estrada até uma outra cidade do Alto Sertão, e de lá iremos de barco até um ponto próximo de Mandacaruzinha.

— E quem é essa pessoa que vamos buscar em Aracaju? — Chris perguntou.

— É meu tio, Gerônimo — Severino respondeu. — Irmão de meu pai, um dos maiores comerciantes daquele trecho do São Francisco. Era dos Avohai, mas decidiu mudar de ares e deixou o grupo há uns dez anos. Precisaremos dele para navegar em segurança.

Anderson concordou, e a conversa durou mais três horas, mas apenas com os membros que iriam viajar. Haroldo voltou com as passagens de avião, marcadas para a noite seguinte, o horário mais próximo disponível. Enquanto Patrão, Beto e Elis discutiam algumas burocracias de viagem — uma delas era como fariam para Elis embarcar em um voo com aquele barrigão — Rod chamou Anderson até um canto vazio da mesa de madeira.

— Gostaria de testar uma invenção minha, um *upgrade* para seu arco retrátil — ele disse, remexendo em compartimentos sob os braços da cadeira. — Consegue buscar ele lá dentro?

Anderson voltou dois minutos depois, com o arco em modo de combate. Rod sacou algo que parecia um carretel, um pequeno bastão de solda e mais algumas ferramentas que Anderson jamais saberia o nome. Para ele, chave de fenda era qualquer uma que não fosse um alicate ou um martelo.

— E o que vou ganhar? Flechas explosivas?

— Muito clichê, apesar de útil — respondeu Rod, levantando o carretel de fios cor de chumbo. — Mas pensei em algo mais Indiana Jones e menos Rambo. Isso é um cabo ultrarresistente, feito de uma liga de cobre e teias de aranha.

Anderson, que estava esticando a mão para segurar o artefato, a recolheu.

— E onde você achou tanta aranha pra produzir tudo isso de teia?

Rod, colocando óculos protetores e soldando um pequeno adaptador na parte de baixo do arco, sorriu em meio às fagulhas.

— Há muito tempo, antes de eu entrar para os Sukatas, o Patrão deixou um grande rolo de teias de aranha com a Rute. Mas não são aranhas comuns. E nem precisa ficar com cara de nojo, elas são criaturas limpíssimas.

— A teia não sai da bunda delas?

— A bunda delas deve ser mais limpa que a nossa boca.

— Fale por você. É que eu também tô lembrando das aranhonas de Asgorath, coisinhas repugnantes.

— O teu jogo, né? Eu preciso criar uma conta nele... Pronto, aqui está.

< 93 >

Depois faça um teste. Você encaixa esse pequeno gancho na parte de trás da flecha, dispara, e *voilá*: você pode esticar um cabo para fazer tirolesa ou dar uma de Tarzã. – Rod esticou um pedaço do cabo fino para fora do carretel, e deu um puxão forte para testá-lo. – Ele vai aguentar até uns 800 quilos, creio.

– Tudo isso? Caramba... Valeu por subir o *level* do meu arco, Rod.

– Estamos aí pra isso. Vou tentar criar um equipamento para cada um da equipe de resgate. Pode ajudar em alguma coisa.

Anderson foi para o porão, testar o cabo nos alvos de flechas. Descobriu que o peso do cabo, mesmo sendo mínimo, fazia com que seus tiros descrevessem uma pequena elipse, e passou a calcular e compensar a altura de suas flechadas, assim como quando atirava contra ou a favor do vento.

Quando o Casarão começou a silenciar para a noite de sono, Anderson foi tomar banho e arrumar a mochila para a viagem. Decidiu levar o estilingue e o arco retrátil, pois o arco rústico, feito em Anistia, teria dificuldades para ser transportado no avião. Guardou o carretel que Rod lhe deu, a bolsinha de veludo com as pedras da Mãe D'Ouro, pegou o celular – que era parte da recompensa pelos seus serviços em seu primeiro ano de Organização – e o modem de internet 3G, que talvez não fosse de utilidade no meio do Alto Sertão, mas que também não ocuparia espaço nenhum na mochila.

Por fim, desceu para a cozinha, para tomar um pouco de limonada. Fez uma careta com o gosto extremamente amargo, e lembrou-se tarde demais que havia escovado o dente há alguns minutos. Guardou a jarra na geladeira, pegou um pouco de água no filtro de barro e, quase que imperceptivelmente, ouviu um ruído no quintal.

Afastou as cortinas de renda da janela e viu duas coisas: Márcia dormindo próxima ao muro e Severino treinando sozinho, sob a luz da varanda.

O ruído que Anderson havia escutado era o das peixeiras cortando o ar. Ele emendava um golpe atrás de outro em um inimigo invisível – ou melhor, muitos inimigos invisíveis – parecendo que as duas facas, com suas diferenças de comprimento pouco visíveis durante os cortes no ar, é que conduziam Severino, e não o contrário.

Antes de resolver não atrapalhar o momento do garoto e ir para a cama, Anderson reparou que o pequeno cangaceiro estava com o chapéu de couro caído nas costas, e não na cabeça. Assim como quando ele havia chegado, ferido, se arrastando. Pensou que talvez aquilo tivesse um propósito. No mínimo, enlouqueceria um inimigo com TOC. "Bota esse chapéu do jeito certo, cabra abestado".

Anderson riu da própria bobagem e foi se deitar, cansado.

Havia se esquecido que os seus sonhos eram muitas vezes mais agitados que sua vigília.

< 94 >

Saltava de pedra em pedra, de vez em quando parando para observar o próprio reflexo na água límpida empoçada aqui e ali – os olhos d'água que pontuavam o manto verde do cerrado. E lá dentro dos olhos d'água estava seu rosto comprido, pontuado por outro par de olhos cinzentos – mas que no reflexo das poças nem se aproximavam da cor tempestuosa original.

Por trás do garoto, refletindo a imensidão acima, o céu completamente limpo.

A Serra da Canastra era um belo lugar. O som da água corrente, o canto dos sabiás, o grito engraçado das seriemas, que mais parecia uma risada debochada, e outras inúmeras espécies que nem Eugênio, o líder dos Gitae, poderia recitar de cor. Mesmo sendo muito cedo para afirmar algo daquele tipo, Wagner sentia que partir com os ciganos já tinha valido a pena.

Olhou para a água que corria até se perder de vista. Ele estava ali, com a nascente do Rio São Francisco aos seus pés, parecendo tão frágil, tão tênue. No entanto, aquele fio de água se embrenharia Brasil adentro, se expandiria, e banharia cinco estados antes de tocar o mar.

Sentiu um calor incontrolável subindo pela garganta. Em qual ponto do rio seus pais e seu irmão haviam se perdido? Eles tinham viajado para Petrolina, lembrava-se. Provas de gigantes caminhando nas regiões áridas, artefatos misteriosos. Não... Eles não deveriam ter descido. Seja lá o que tivesse acontecido com eles, havia sido lá para cima. Em mais de 2.800 km de água, o perigo não estaria naquela nascente, tão calma...

Uma seriema deu um grasnado mais alto que o normal. O garoto virou para trás, assustado, e viu Lionel se aproximando, olhando para o pássaro pescoçudo que se afastava do caminho de suas botas. Wagner se desequilibrou brevemente, e tentou se recompor tarde demais: escorregou no limo de uma das pedras e estatelou-se no olho d'água abaixo de si.

– Eu, hein! – gritou Lionel, dobrando-se de rir, tendo que parar de andar para conseguir respirar. – Se assustou com o flamingo, é? Pareceu uma cena de *Os Três Patetas*, hahaha...

– Vá te catar, Lionel! – gritou, com raiva, arrastando-se para a terra lamacenta ao redor da água. – E desde quando tem flamingo por aqui? E com uma crista no nariz? Aquilo é uma seriema, seu ignorante! – completou, tentando ficar de pé e caindo sentado na lama. Lionel teve que se abaixar para evitar um acidente com sua bexiga.

– É hoje que eu morro! HAHAHAHAHAHAHA!

– Quer parar de rir e vir me ajudar?!

– Só um segundo... HAHAHAHAHAHAHA! Ai, meu estômago...

– Não vejo graça.

– Não seja tão mal-humorado, Wagner – disse o outro garoto, segurando

< 95 >

o riso e enxugando os olhos. – Fazia tempo que eu não tinha algum motivo para rir! Desde que deixamos a Organização, pra ser sincero. O Zé era engraçado. – Ele estendeu a mão para Wagner, que hesitou brevemente.

– Quer ver algo engraçado? – perguntou o garoto, olhando para a mão do colega. Um sorriso imperceptível nascia em seus lábios.

Lionel entendeu o sarcasmo da pergunta tarde demais, quando Wagner o puxou de uma só vez por cima de sua cabeça, com uma força inesperada para um garoto franzino.

O rapaz foi de cara para dentro da água, com um grito interrompido por um som gorgolejante, o que também teria sido engraçado se sua cabeça não tivesse resvalado na pedra em que Wagner havia permanecido de pé segundos antes.

– Lionel? – perguntou o garoto mais novo, vendo que o outro não se levantava. – Ei, levante. Para de piada, você nem bateu a cabeça tão forte assim.

Um desenho vermelho e sinuoso começou a flutuar na água. Wagner ergueu o rosto do colega para fora da poça e viu que ele estava inconsciente. Com um grito, colocou os dedos no pescoço de Lionel e sentiu o pulso. Um alívio, mas nem tanto. A testa do rapaz sangrava em profusão.

– Socorro – Wagner ofegou, baixo demais. Sua voz se recusava a sair mais alta que aquilo. Arrastou Lionel para fora da água, bem em cima do barro quente. – Socorro! Alguém?! Eugênio!

Ouviu o bater de asas de muitos pássaros se afastando, assustados. Olhou para o alto, ainda ouvindo o eco de sua voz se propagando.

– Ei, Lionel! Acorda! – disse dando tapinhas no rosto do menino. – Eu não queria te machucar, foi uma brincadeira...

– *Ocê* precisa de ajuda?

Era a voz de uma criança. Totalmente caipira, com chapéu de palha, regata branca e calça jeans surrada. Os pés estavam descalços, os dedos abertos na lama do outro lado da poça.

– Q-quem é você? – perguntou Wagner, que não havia notado o menino se aproximando. Ele deveria ter 8 anos, no máximo. Tinha o nariz pontilhado por sardas de sol, e mastigava um matinho seco.

– Uai, e pra ajudar o teu *cumpadi* machucado interessa a minha graça?

– Não tem graça nenhuma! Foi um acidente, eu juro...

– Não tô falando que foi engraçado, guri burro – o menino respondeu, sem nenhuma maldade mesmo quando dizia *burro*, ou quando chamava o outro menino mais velho que ele de *guri*. Ele chapinhou na água até onde os dois estavam, e se abaixou ao lado de Lionel. – Minha "graça" é meu nome, eu quis *dizê*. Nota-se que *ocês num* são daqui. Mas se é tão *improtante sabê*, eu sô Chico. Ao seu dispor.

< 96 >

Wagner nada disse, enquanto o garoto jogava água sobre o ferimento de Lionel, tranquilamente.

– Hum. *Num* foi tão profundo, ele vai ficar bem. Só precisa descansar. Vou dar um jeito nesse sangramento – disse ele, voltando-se para uma bolsa de pano que pendia na lateral de seu corpo.

– Você não estava com essa bolsa quando chegou! – acusou Wagner, assustado, os olhos cinzas pulando da bolsa para o menino, que o olhou com o mesmo ânimo de um bovino velho.

– Tá me chamando de ladrão? E teria pegado de quem, por um acaso? – Chico perguntou. Quando ele resolvia pronunciar os *erres*, eles saíam longos e puxados. *Porrrr. Descansarrrr.*

– Não quis dizer isso...

– Então tá – o outro garoto concluiu, terminante. Ele sacou um cartucho de papel cheio pela metade e enfiou a mão lá dentro. Tirou um punhado de um pó marrom escuro e colocou na testa de Lionel, sobre o corte.

Ligeiramente mais calmo, Wagner observava a desenvoltura da criança no socorro prestado.

– Parece café, isso aí.

– Sabe por que parece?

– Não...

O menino ergueu os olhos, e Wagner percebeu que eles pareciam no mínimo quinze vezes mais velhos e sábios que o resto do corpo da criança.

– Porque é.

Wagner sentiu-se amuado, desprovido da petulância habitual. Qualquer outra pessoa que tivesse respondido para ele daquela maneira receberia uma cusparada no rosto. Mas o pequeno Chico tinha algum campo protetor que anulava a arrogância autorreconhecida do garoto.

– Engraçado você se chamar Chico – ele disse, para quebrar o gelo. Já estava mais tranquilo, com esperanças de que Lionel acordasse em breve.

– Por quê?

– Porque o Rio São Francisco tem esse apelido, oras. O *Velho Chico*.

– Mas eu não sou *véio*. E o rio aqui na Serra também *num* é *véio*. Olha lá, ele *cabou* de nascer ali na frente...

– Tá bom, tá bom... só achei irônico. Você sabe o que é ironia, certo?

– É de *cumê*? – ele perguntou, dando de ombros e se levantando. A ferida de Lionel estava estancada pelo pó de café. – Sei que *tamo* é bem cheio de coincidência hoje. Seu nome não é *Rios*, também?

O rosto de Wagner ficou lívido. Ele sentiu as pernas adormecerem ligeiramente.

– Eu não disse meu nome. Muito menos o sobrenome.

< 97 >

Chico deu de ombros, novamente. Aquilo estava se tornando irritante.

– Você é muito parecido com seus pais. Tanto na fome de sabedoria quanto na rispidez das palavras.

Wagner estreitou os olhos. Levantou-se, devagar. A última fala de Chico não havia sido desajeitada. E como ele poderia saber daquelas coisas?

– O que é você?

– Sou Chico, *uai*. Tento ser, enquanto os homens me deixarem correr. – Ele deu de ombros e sorriu, sabendo que aquilo incomodava Wagner. – E você? O que pretende ser daqui pra frente? Você é do tipo que me deixará em paz?

Wagner deu um passo para trás, sentindo o sangue latejando nas têmporas. Apontou para o menino, que não se movia. Na verdade, ele não fazia nada demais.

– Eles procuravam coisas como você quando sumiram. Lendas. Folclore! E em todo o tempo que passei com o velho Saci, ele jamais soube me explicar o que houve com eles!

– Não jogue a culpa em mim – Chico disse, cuspindo um pedaço de mato. – Eu não fiz nada para eles. Eles que se meteram com coisa grande.

– Que tipo de coisa? O que é coisa grande? Boitatás?

– Gorjalas – respondeu o outro. – E é só o que sei. Nem foi tão perto do rio assim. Eles costumam ficar longe da água, nas partes mais áridas e desabitadas.

Gritos ouvidos à distância. Wagner voltou-se para o tapete verde, na direção do acampamento Gitae. Eugênio Jr., o filho do líder dos ciganos, vinha correndo, acenando. O lenço comprido que ele usava em sua cabeça chacoalhava em suas costas conforme ele corria.

– Ei, Wagner! Tá tudo bem, aí?!

Wagner não sabia o que responder. Estava? Voltou-se para onde Chico estava... Mas Chico não estava mais. Evaporou, como uma ema se enfiando no meio do cerrado.

– Droga – praguejou, acenando para Eugênio e se questionando sobre quantas respostas para suas dúvidas ele havia acabado de deixar fugir. Pôs as mãos em concha ao redor da boca e gritou. – Lionel se machucou! Fala pro seu pai vir buscá-lo!

O sol pareceu ficar mais claro, e a beleza da Serra da Canastra começou a desbotar.

Um bairro residencial. Por ser São Paulo, até que era uma rua com muitas árvores. Ao menos a região do Morumbi nunca havia enfrentado problemas com a falta delas. Entre todas as grandes casas que pareciam mais grandes cofres do que residências, havia um prédio. Quinze andares, mas só o décimo segundo importava ali, pensou Anselmo, olhando para cima,

< 98 >

do outro lado da rua. Reparou que, em um dos lados de fora da fachada do edifício, um homem limpava as janelas pelo lado de fora, em um andaime controlado manualmente. Era um cesto de madeira e ferro, meio precário, ocupado pelo trabalhador, um balde de água e alguns produtos de limpeza em garrafas plásticas coloridas.

Pensou que talvez conseguisse algum emprego como aquele, em um bairro de classe média. Poucas pessoas gostariam de se pendurar em umas cordas por alguns trocados, e ele estava disposto a fazer aquilo para não ter que amargar um sono nas ruas. Subir em lugares altos nunca havia sido um problema para ele, pensou, sentindo o peso dos sprays de tinta na mochila.

Atravessou a rua, na direção da portaria. O zelador bigodudo fumava com o braço para fora da guarita. Anselmo segurou as grades do portão e

(a cena tremeluziu)

Anselmo apareceu de frente para Anselmo, um deles parecendo pouco mais velho que o outro.

– Xeretando minhas memórias, Anderson? – disse o mais velho.

A cena se dissolveu de vez, e Anderson voltou a ser ele mesmo, sob o gramado do Reino dos Olhos Fechados.

– Eu não estava xeretando! – Anderson respondeu, levantando-se um pouco zonzo da grama que era um milhão de vezes mais verde que a grama mais verde existente. – É involuntário! Estou saltando entre as suas memórias e as do Rios, não posso fazer nada pra evitar! É o muiraquitã que deve ter feito um elo entre...

– Tá tudo bem, cara. Mesmo – Anselmo disse, calmo, sentado de frente para o rio escuro daquele mundo. – Eu não tô duvidando, nem reclamando.

Anderson acalmou os ânimos. Anselmo parecia à beira do sono, mas obviamente aquele não deveria ser o caso. Sentou-se novamente, agora ao lado dele.

– Suas memórias estão acontecendo em uma ordem cronológica. Seu pai, sua fuga de casa...

– Hum.

– E as do Rios... Bem, elas são meio caóticas. Eu vejo ele adulto, ele criança, ele adulto, ele criança...

– Eu não saberia explicar o porquê disso.

Permaneceram quietos por um bom tempo, mesmo com o tempo não podendo ser medido de forma eficaz naquele lugar. Anderson olhava para a água corrente, e para algumas camas flutuantes que passavam ocasionalmente, carregando sonhadores para seus delírios e desejos de todas as noites.

< 99 >

– Posso te fazer uma pergunta, Anselmo? – Anderson perguntou, com cuidado.

– Claro. Manda.

– Algumas noites atrás, em quem eu me transformei? Você sabe... quando você me pediu para virar alguém, sentado à sua frente...

Anselmo riu, sem graça.

– Acho que você sabe a resposta. Na pessoa que mais me odiou em vida.

– Seu pai – Anderson concluiu, e aquilo era muito difícil de se pronunciar. Um pai destilando tamanho ódio por um filho... Não conseguia imaginar motivo que fariam seus próprios pais, Álvaro ou Regina, agredirem-se, ou levantarem a mão contra ele. – Me desculpe. Eu não...

– Relaxa. Você entrou na mesma frequência que eu, não é culpa sua.

– Mas o que você fez pra ele ficar com tanta raiva?

– Eu cometi o *erro* de não ser o que ele esperava.

Anderson esperou por mais alguma explicação, mas ela não veio. Resolveu deixar Anselmo à vontade, sem forçar a barra. Mudou de assunto.

– Eu ainda gostaria de blindar meus sonhos contra a *xeretice* do Wagner Rios.

– Já pensou se ele fuça teu passado e só vê você passando metade da sua vida no Battle of Asgorath?

– Seria a maior *trollagem* contra o Waguininho.

– Ô! – concordou Anselmo, levantando-se e voltando ao humor mais descontraído de sempre.

Anderson gostaria de perguntar outras coisas para Anselmo. Gostaria de inspirar confiança para poder entender a sua relação com o pai bêbado. Queria contar para ele o encontro do pequeno Wagner Rios com o tal Chico, que deveria ser alguma criatura folclórica ligada ao Rio São Francisco... Mas sossegou o facho. Não deveria sufocar o amigo naquele momento, mesmo que ele não respirasse, propriamente dizendo.

Concentrou-se na tarefa a ser aprendida e treinou a mente como nunca. Descobriu que afiá-la era um processo tão cansativo quanto acertar uma flecha com precisão.

< capítulo 6 >

ELFOS E TAPIOCAS

Aeroporto de Guarulhos. Interior de um Boeing 737-700. Seria o primeiro voo oficial de Anderson. Até porque voar por cima de São Paulo carregado por uma lufada de ar quente evocada pelo Saci não contabilizava milhas aéreas.

Chegou ao assento, no corredor, um dos primeiros da aeronave. Beto e Elis já estavam sentados nos lugares da janela e do centro – graças ao embarque preferencial. Patrão já se encontrava no assento de corredor ao lado de Anderson, e também havia embarcado primeiro por motivos de: ausência de uma das pernas. Sua cara não era das melhores, e ele estava irrequieto, repuxando a camisa de flanela.

– O que foi, Patrão? Parece preocupado – Anderson constatou, colocando sua mochila no bagageiro acima da cabeça e ocupando seu lugar. Ele baixou a voz em um sussurro, para que as pessoas *normais* ao lado não lhe ouvissem. – Não tá com medo de voar, né?

Os olhos de Patrão reviraram lentamente na direção do garoto.

– Odeio voar confinado por toneladas dessa lataria. Qual é o problema?

– Problema nenhum – disse Anderson, apoiando o cotovelo no braço da poltrona. – E sabe por quê? Porque não há problema nenhum em ter medo. Redundante, mas é a verdade.

<101>

– Não estou com medo, moleque! – Patrão cochichou, ríspido, enquanto Tina, Pedro e Severino se acomodavam nos bancos de trás, e Chris tomava o lugar ao seu lado. – Só não acho... natural. Voar sem sentir o vento no rosto e no corpo me parece uma grande perda de tempo.

Anderson fitou o velho por um momento. Aquilo havia sido bonito, de uma maneira... rústica. Ele poderia simplesmente sorrir e concordar com a cabeça, mas não era todos os dias que dava para mexer com a paciência do Saci e ficar impune.

– Você ainda pode ligar o ar-condicionado em cima de você.

O avião decolou no horário prometido, e a aeromoça de voz bonita lembrou os passageiros que conforme o compromisso da companhia aérea, eles estavam cumprindo alguma coisa que Anderson não escutou, pois já havia dormido. Cochilar na primeira viagem de avião era uma prova bem concreta de que o garoto não tinha medo do negócio, e que os ventos nunca seriam um problema para ele.

Quando a mesma aeromoça voltou a falar no sistema de som, ela anunciou o serviço de bordo. E aquilo acordou Anderson, que se empertigou na poltrona e olhou para Beto e Elis, ao seu lado.

– Hum, agora me deu fome. Tomara que... Ô, que cara é essa?

O casal estava de semblante fechado, cada um tentando mostrar-se muito interessado na revista de bordo da companhia aérea. Em alguns segundos, Elis parou de fingir a leitura e passou a se abanar com ela.

– Falando sério! – Anderson disse, depois de ser sumariamente ignorado. – Que aconteceu? Vocês brigaram? Falem comigo!

– Conta para ele, Beto – Elis disse, torcendo a revista nas mãos. – Explica pro Anderson como você fez para embarcar uma capivara no compartimento de carga viva.

– Nós havíamos feito um trato, poxa! – Beto respondeu, na defensiva, tentando controlar a voz para não ser ouvido por meros mortais. – Se o funcionário fosse homem, a Elis faria sugestão mental. Se fosse mulher, pouparíamos a bagunça no cérebro dela, e eu usaria minhas... habilidades.

– Bom, era uma mulher – concluiu Anderson.

– Sim, mas ele convenceu a moça de que a Capivera era um cachorro só dando uma *piscadinha* pra ela! – Elis desabafou. – As *habilidades* que era para você ter usado eram as de Boto! Não as de *Beto*!

– Eu usei as de Boto! – defendeu-se o rapaz, levantando os óculos escuros que disfarçavam os olhos anormais, mas reservando-os só para a amada. – E você? Eu sinto quando você usa telepatia, e sei que você não fritou o cérebro do cara do Embarque quando o convenceu de que eu era o seu obstetra e que você tinha autorização pra viajar com "oito" meses!

– Usei a mente sim, mas só um pouco. – Ela deu de ombros, virando-se para a janela. – Mas suponho que sua piscadinha funcionaria com ele também.

– Paroooou, vai! – Anderson disse, abaixando a bandeja retrátil no encosto da frente. – Chegou o rango!

No caso, o "rango" se tratava de um saquinho de amendoim japonês e um pretenso suco de laranja que parecia ter sido misturado com urânio, ou alguma coisa um pouco mais amarga.

Muitas dúzias de minutos depois, o avião pousou no aeroporto Santa Maria durante o pôr do sol alaranjado, e uma lua tímida surgiu no céu para recepcioná-los, antes mesmo que a luz do dia partisse. Chris coçou a barba castanha durante todo o trajeto de ônibus do aeroporto até o Desembarque. O horário de verão permitia que, mesmo após uma longa viagem, o grupo tivesse o gostinho de chegar a uma Aracaju iluminada.

Enquanto Elis e Beto, em trégua, passavam em um café do aeroporto para resolver problemas referentes à desejos de gravidez em escala anormal, Patrão e Severino conversavam sobre os planos seguintes para encontrarem Gerônimo, tio do garoto dos Avohai. Anderson não conseguiu escutar a conversa toda, mas ouviu algo sobre "procurá-lo no mercado municipal pela manhã". O que significava que pernoitariam em algum lugar antes de seguirem viagem.

Todos esperaram Tina ir buscar Capivera, em sua casinha de transporte, e então pegaram um ônibus até a região da Orla de Atalaia, lugar cheio de movimento de turistas e vendedores ambulantes, de frente para o mar. Patrão os conduziu até um hotel simpático, localizado entre outros dois bem mais chiques, e aparentemente já havia providenciado a reserva do grupo. Dormiriam em quartos triplos, com camas de solteiro. Todos no mesmo andar, divididos por algum critério aleatório de Patrão, que usava muletas como desculpas para não atrair atenção das pessoas comuns.

– Anderson, você dividirá o quarto com Pedro e Severino – informou, na frente do elevador, entregando o cartão-chave ao garoto e fazendo um aceno de cabeça na direção do menino sergipano, que amarrava os tênis há alguns metros. – E trate de fazer o garoto sentir-se acolhido. Não está sendo fácil para ele.

– Pode deixar – Anderson concordou, pegando o cartão. – Diga o mesmo pro Pedro, senão ele vai sentir falta da minha atenção e ficar com ciúme do novato.

– Como se eu fosse destratar o moleque. Ele nem é da Organização! – reclamou Pedro, olhando feio para Anderson.

– Claro, porque quando cheguei você foi um amor comigo – Anderson ironizou.

– Já chega, vocês dois – Patrão resmungou, saltando para dentro do elevador que abria as portas. – Tratem de sobreviver à essa noite no hotel. E nos encontramos daqui meia hora para comermos algo e caminharmos um pouco pela praia.

Pedro e Anderson se entreolharam e cochicharam um com o outro enquanto entravam no elevador, em trégua momentânea.

– O Patrão disse "caminharmos"? Tipo, passeio, todos juntos? Ele incluso? – Anderson perguntou, incrédulo. Pedro ergueu os ombros, também impressionado com o momento "suave" do Patrão.

Deixaram as mochilas e demais bagagens em suas respectivas camas, com direito a um momento histórico de Pedro sendo amável.

– Escolha a cama que você quiser.

Anderson o olhou de esguelha. Pedro revirou os olhos e completou.

– Cara.

O semblante de Anderson não melhorou muito, mas a tentativa foi válida.

– Tudo bem, fico em qualquer uma – Severino respondeu, realmente não se importando com aquilo. Abriu a mala que tinha viajado junto às bagagens despachadas e colocou suas peixeiras sobre a cama, verificando se estava tudo bem com elas. – E podem me chamar de *Sev*. Sempre achei meu nome muito longo.

– Com essas duas *Excaliburs* do sertão no mesmo quarto que o nosso, te chamamos até de Majestade – brincou Anderson, aproximando-se da cama de Severino. – Posso dar uma olhada nelas?

Sev franziu os lábios e recolheu as armas.

– Não me leve a mal, cara. Mas prefiro que não. Existe um código entre os Avohai, que de certa forma eu já tratei de quebrar... Nenhuma outra pessoa pode tocar na arma batizada de um cangaceiro sem a autorização do mesmo. Eles são muito possessivos com essas coisas, e com tesouros. Essas são de meu pai, e não quero acumular mais tradições quebradas sobre elas.

Anderson recolheu a mão e sorriu.

– Claro, eu entendo! Tradições são tradições. Na minha guilda lá do BoA inventamos os nossos mandamentos também, e os seguimos mesmo se tratando de algo bem menos... real.

– Bom, se vocês vão começar a falar do mundinho de fantasia de vocês, eu vou tomar banho – disse Pedro, sendo a versão clássica dele mesmo e entrando no toalete. Sev riu do comentário e guardou as lâminas em suas bainhas de couro bordadas com estrelas.

– Já a minha guilda no Battle é bem ruinzinha. Eu não sou um exemplo de bom jogador, mas até que tento. Sou *level* 30 ainda. E você?

– Ah, eu jogo há bastante tempo – começou Anderson, escondendo o jogo por temer parecer arrogante. Ele já nem se lembrava direito dos seus tempos de níveis de dois dígitos. – Acho que estou em cento e quarenta e tantos...

Severino parou de remexer em suas mochilas e arregalou os olhos, chocado.

<104>

– Como assim?! Pouquíssimas pessoas chegam em níveis assim! O Esmagossauro mesmo demorou um tempão!

– Ele usa itens *premium*! – protestou Anderson, na defensiva. Sev o encarou, sem entender muita coisa. – Ah, desculpa. Não quis ser tosco. É que eu tenho uma rixa com ele, longa história... Esse Esmagossauro no topo do *ranking* nem é o mesmo que eu respeitava quando ganhava ou perdia os duelos...

– Espera, você já *venceu* o Esmagossauro?!

– Já, ué – Anderson respondeu, encolhendo os ombros. Sev apontou para ele, com um brilho de reconhecimento nos olhos.

– Você é o Shadow! O Shadow Hunter! Hahaha! *Eitcha* que eu só jogo com um Elfo no Battle por causa dos vídeos que você upou no Youtube, sabe? Dos rushs nas dungeons, e...

– NEEEEERDS! – gritou Pedro, do banheiro. Ambos ignoraram o protesto e continuaram como se não tivessem sido interrompidos.

– Caramba, jura?! – surpreendeu-se Anderson, que nunca havia se considerado uma celebridade, mesmo com sua posição dentro do jogo. – Você joga mais com arco, então?

– Mais ou menos! – Sev respondeu, empolgado. Era a primeira vez em dias que conseguia se alegrar com algo e esquecer os problemas e os perigos que sua família estava correndo. – Na verdade, eu distribuo os pontos em Mira e Familiaridade com Armas, mas uso mais facas de arremesso! É um pouco complicado e nunca vi ninguém usando um elfo pra isso, mas queria ter um diferencial no meu personagem!

– Sei como é! – Anderson disse, feliz por ter algo em comum com o garoto e por ver o alcance do seu jogo favorito, que ia até o meio do sertão.

"Agora, imagine esse alcance na mão da Família Rios", sua mente provocou, tentando colocar seus pés no chão.

Antes de chegar a vez de Anderson tomar banho, conversou mais um pouco com Severino sobre seu gosto em comum. Por umas duas vezes, enquanto debatiam as melhores técnicas e as vantagens de ser um elfo, escutaram Pedro gritar "NEEEERD", mais uma vez, e novamente o ignoraram.

Desceram todos no horário combinado e se encaminharam para um lugar que Severino (ainda mancando, mas não manifestando nem uma careta de dor) indicou: a Ciclovia da Orla, que continha duas lagoas, o Oceanário de Aracaju, banquinhos com vista para o mar, barracas de comida tradicional ou não, além de muita gente animada fazendo corrida noturna e andando de bicicleta. Olhando para a direção do mar escuro, além da grande faixa de areia branca que se interpunha entre a distância do grupo e a água, Anderson notou brilhos no horizonte distante. Elis, sentando-se ao seu lado com as mãos na barriga, explicou que as luzes eram de plataformas de petróleo e navios cargueiros.

Ouviram um *tchibum* na lagoa e olharam a tempo de ver Capivera se jogando na água e nadando até chegar em uma ilhazinha no meio dela, repleta de patos, marrecos, gansos e coelhos.

– E lá vai ela se enturmar com os bichinhos locais – Tina disse, parada com as mãos na cintura ao lado de Elis e Anderson.

– Ela está correndo atrás dos patos – o garoto observou.

– Não deixa de ser uma forma de socialização – Tina respondeu, sem tirar os olhos da capivara. – Sabe, eu estava lendo uns folhetos turísticos lá do hotel e estou morrendo de remorso.

– Por quê? – Elis perguntou.

– Porque o Kuara iria adorar esse lugar! Até o nome parece ter saído de uma mistura de arara com caju!

– Na real, "aracaju" significa "cajueiro dos papagaios" em tupi-guarani. Mas essa história tem tantas versões... – Elis explicou, versada em assuntos indígenas por razões óbvias. – Mas fica tranquila. Amanhã, antes de irmos procurar o tal do tio do garoto, podemos passar no Mercado Municipal e comprar um monte de castanhas. Pra mim e pro Kuara – Elis sorriu, vendo Beto, Chris, Pedro e Severino praticando algo parecido com luta livre no início da faixa de areia. Patrão, denunciado pela brasa avermelhada de seu cachimbo, estava sentado no chão há alguns metros, fumando e observando-os.

– Resolveu a briga com o Beto? – Anderson perguntou à semissereia, rindo, notando onde a atenção da amiga estava.

– Que briga? – Tina estranhou, fazendo Anderson e Elis escorregarem um pouco mais para a esquerda do banco e sentando na beirada. – Nem estava sabendo de nada!

– Coisa besta – ela respondeu, com um estalido de língua. – A gente sempre acaba se acertando. Eu que fiquei muito nervosa com ele... E olhando-o daqui, rolando no chão com o Pedro e o Severino... fico imaginando como ele será como pai quando nosso bebê estiver na idade dos meninos, sabem?

– Por baixo do jeito de galanteador dele, o Beto é um cara responsável – Tina disse, ajeitando uma mecha de cabelo atrás da orelha. – Sem contar que esse bebê vai ser mimado e paparicado por todo mundo da Organização, né? O Beto vai ter que se esforçar bastante para o botinho não chamar primeiro os outros meninos de *papai*.

Os três riram, enquanto Beto conseguia derrubar Chris de cara na areia com uma tesoura de perna, fazendo os outros garotos rirem.

– Essa foi esperta! – Anderson exclamou, cutucando Tina com os cotovelos. Ela concordou, e Elis indicou o mar com a cabeça.

– Vocês deveriam ir lá também! Umas aulinhas de defesa pessoal não fazem mal a ninguém. Podem ir, que fico aqui olhando a Capivera enquanto... EI, EI, EI! – ela gritou, na direção da ilhota. – Para de brigar com o coelho! Coelho amigo! A-MI-GO!

A noite rendeu, mais quente que a noite mais quente de Rastelinho. Porém, o mar estava ali para refrescá-los com seu vento. Embalados pelo som das ondas, mesmo com o prenúncio dos perigos que inevitavelmente se aproximavam, os amigos se preparavam em clima de descontração, recebendo dicas de combate de Chris e Beto. Até mesmo Sev sorria e gargalhava, cheio de areia fina impregnando as vestes e o cabelo.

Enquanto Tina tentava (sem sucesso) derrubar Beto com o mesmo truque que ele havia usado em Chris, tentando desequilibrá-lo com golpes de perna aplicados no tornozelo ou atrás dos joelhos, o Patrão se levantou de onde os observava, sacudindo a areia da calça e apoiando o cachimbo em uma pedra.

— Vocês praticam demais golpes e rasteiras, presumindo que todo inimigo terá pernas para vocês atingirem. — Ele jogou a boina vermelha no chão, e Anderson percebeu que aquele era um momento raríssimo onde o topo da cabeça do Patrão podia ser visto. — Quero ver me derrubarem.

Chris latiu uma risada e abanou a mão, afastando-se de Patrão.

— Ah, já sei como essas coisas terminam...

— Não seja um guará medroso, Chris — Patrão provocou, e Beto também riu, tirando a camiseta regata que estava usando. Por sorte, a praia estava vazia naquela parte, pois desavisados achariam que um bando de jovens estava prestes a agredir um idoso deficiente.

O que, definitivamente, não era o caso.

— Poxa, lobinho! Vai ser divertido! — Beto sorria, confiante. — Nosso querido Saci nunca sai pra brincar com a gente!

— Você tirou a camiseta pra me intimidar, Roberto? — Patrão perguntou, com um gesto displicente para os músculos do rapaz.

— Nada disso! Só não quero te dar a chance de me derrubar com um puxão na gola.

Patrão sorriu e estalou os ombros e pescoço. Agrupados lado a lado, Tina e Pedro aguardavam o que sairia dali, curiosos, enquanto Sev parecia apreensivo.

— Ele tem certeza que vai conseguir aguentar o Beto?

— Eu me preocuparia com o Beto, cara! — Anderson respondeu, rindo. Ele já havia entrado em ação ao lado do Patrão na ocasião da invasão da Rio Dourado, e sabia o que o velho podia fazer.

Calmamente, com os movimentos lentos como o de um iogue, o saci foi abaixando o tronco até apoiar as palmas das mãos no chão. De repente, em um único movimento fluido, ele *plantou bananeira* e ficou de cabeça para baixo, a única perna apontando para o céu. Beto levantou a guarda, e já não ria tanto quanto segundos atrás. Ele também sabia do que o Patrão era capaz, e não o subestimaria nem de brincadeira.

— O que vai acontecer agora? — Sev cochichou para Anderson, que respondeu solenemente.

<107>

– A capoeira mais absurda que você já viu.

E foi. O Patrão passou a movimentar os braços, ainda de cabeça pra baixo, e a jogar a perna para o lado, emendando estrela atrás de estrela, com precisão e calma. Beto começou a jogar capoeira para não perder o ritmo do Patrão, que mantinha sua base de apoio nos braços – o inverso de qualquer capoeirista. Quando Beto se aproximava para aplicar alguma rasteira nos pulsos do saci, ele se afastava com uma mortal ou aferroava a cabeça do rapaz com o pé, mais à guisa de provocação do que como uma ofensiva direta.

Areia voava ao movimento dos pés e das mãos. Ambos se movimentavam com destreza, ainda que a habilidade de Patrão fosse indiscutivelmente mais apurada. Em movimento, não havia falta de membro algum. Ele estava na vantagem, ditando o ritmo, e o adversário o acompanhava, como se um berimbau invisível estivesse tocando logo ali ao lado, aumentando o ritmo gradativamente.

– Me derrube, Beto! – Patrão gritou, em pleno mortal para trás, jogando com o pé um feixe de areia na direção do outro, que desviou por pouco. – Encontre meu ponto fraco!

– Tá difícil – ofegou Beto, saindo um pouco da ginga de momentos atrás. Mergulhou na direção de Patrão, mirando o seu tronco, para derrubá-lo com um agarrão. O Saci então rodopiou para o lado, vertiginosamente, e deixou o rapaz passar direto por ele, se afundando na areia fofa.

– Boto cor-de-rosa encalhado na praia! – zombou ele, ainda rodopiando, arrancando gargalhadas das crianças enquanto Chris batia palmas animadas. Pelo que Anderson se lembrava, era a primeira vez que o velho Saci fazia uma piada. – E vocês, achando tudo muito engraçado? Venham para cá e tentem me derrubar também!

– Passo! – Anderson respondeu, dando um tapinha no ombro de Severino. – Mas o Sev aqui vai adorar a oportunidade!

– Deixem de ser molengas! – o Patrão interrompeu uma estrela para voltar à sua posição inicial, de bananeira. – Venham todos de uma vez. Mexam-se!

Tina foi a primeira a correr na direção dele, usando uma máscara de pura alegria no rosto. Ela escorregou ao tentar segurar um dos braços do Saci, que foi se movimentando na direção de Anderson, Pedro e Sev.

– Não temos opção! – gritou Anderson, sorridente, empurrando Pedro para o lado para que não ficassem muito próximos. – Vamos cercá-lo! Vem, Sev!

Beto se levantava da areia para voltar àquela roda de capoeira, a mais informal e mais insana de todos os tempos, dando de ombros para uma radiante Elis, à distância, enquanto Chris certificava-se de que ninguém os observava, para somente então assumir a sua forma quadrúpede de guará. Severino se assustou com a presença súbita do animal, mas foi tranquilizado por Tina e voltou a se juntar à pequena turba que tentava, em vão, subjugar aquele senhor endiabrado.

<108>

À distância, o som de zabumbas e triângulos, vindo de lugares diferentes. A equipe de resgate, que deveria ter descansado para seja lá o que os aguardasse à partir do dia seguinte, foi dormir extremamente cansada. E extremamente feliz.

Levantaram às 5 da manhã, seus corpos implorando por mais algumas horas – ou dias – de descanso na horizontal. As juntas de Anderson doíam, e ele tinha a impressão de que ainda estava à milanesa, de tanto que havia rolado na areia. A sensação persistia, mesmo após um banho de mar e uma ducha demorada.

Tomaram um café da manhã caprichado, com direito ao melhor da culinária sergipana: suco de mangaba, de graviola, de seriguela, de cajá e caju, torta de macaxeira, beiju de tapioca, inhame, bolo de milho e uma variedade infinita de pãezinhos. Depois, subiram apenas para pegar seus pertences e se encontraram no saguão, o sol matinal ainda tímido demais. Enquanto faziam o check-out na recepção, Chris pediu informações sobre como chegariam até o Mercado Municipal, que não era tão longe dali.

De ônibus (após uma certa dificuldade para embarcarem com uma capivara), viram um manguezal que acompanhava a avenida em que avançavam. O cheiro adocicado que subia do pulmão da cidade fazia Elis sorrir, por mais que os outros achassem o odor um pouco estranho.

– Sereia grávida, não discuta – Beto cochichou para Anderson.

Chegaram no Mercado e se depararam com um trio que tocava forró na frente de uma loja de bordados, como se ainda não fossem 7 horas da manhã. Com dúvidas se o povo sergipano dormia ou ficava triste em alguma ocasião, o grupo entrou de vez no lugar, liderados por Severino.

O garoto foi até um vendedor de literatura de cordel, que expunha sua arte em um dos corredores, sua mesa repleta de livretinhos coloridos e chamativos. Anderson comprou logo cinco, já que não havia levado nenhum quadrinho para a viagem. Severino perguntou ao cordelista se ele conhecia Gerônimo Alvim, comerciante marítimo. O senhor coçou o queixo e lhe disse que já havia escutado a respeito dele, sim, mas que fazia tempos que Gerônimo não aparecia pelo Mercado. Indicou o dono de uma peixaria que talvez soubesse algo sobre seu paradeiro.

Anderson e a caravana seguiu Sev até a peixaria. O homem que os atendeu disse que de vez em quando, muito de vez em quando, Gerônimo aparecia para comprar coco fresco por ali, e que dona Arlinda, que ficava na saída do outro lado do Mercado, talvez pudesse ajudá-los.

Dona Arlinda, por sua vez, disse que sempre vendia coco para Gerônimo, mas que não sabia onde ele estaria morando. Disse que os meninos que guardavam as vagas no estacionamento poderiam ajudá-los. Um dos meninos que guardavam as vagas sabia onde Gerônimo morava: do outro lado do Rio Sergipe...

– ...perto do estaleiro H. Dantas! Eu moro lá do outro lado e vejo o Gerônimo em tudo quanto é dia. Eu venho pra cá toda manhã de barco com o

Seu Raimundo, que vende cachaça logo ali... Acho que ele pode levar vocês por um valor simbólico.

Lá foram eles falar com o Seu Raimundo, que limpava o balcão com um paninho úmido. Perguntaram se ele os levaria de barco até o outro lado, onde Gerônimo Alvim morava. Ele disse que, além de conhecer o *cabra* muito bem, até levaria, por quinze reais a cabeça, mas só depois que fosse fechar a loja. Patrão meneou a cabeça, dizendo que encontraria outro jeito.

— A não seeeer que vocês consigam uma "ajuda de custo", por assim dizer que cubra o prejuízo que terei mantendo a loja fechada por pouco mais de uma hora, me entendem..?

— E quanto seria a "ajuda de custo"? – perguntou Chris, que não sabia o quanto aquilo lhes custaria.

— Ora, qualquer notinha azul com um peixe desenhado, meu bom...

Anderson coçou os bolsos e puxou uma nota azul. De dois reais.

— Você sabia que a ONU acabou de reconhecer as tartarugas como peixes que andam com a casa nas costas? – perguntou, tentando parecer o mais sério e surpreso possível.

— Ôxi, isso daí não paga nem uma dose da minha cachaça.

— Mas você também não vai vender cem reais de birita em uma hora! – reclamou Beto.

— E você obviamente não conhece um cabra sergipano, meu filho – respondeu seu Raimundo, seco, se servindo de uma dose de algo que tinha cheiro de desinfetante.

— Vamos embora – disse Beto, chamando o pessoal para longe do balcão de Raimundo. – A gente acha outra pessoa que faça a travessia do rio pra gente...

— Só um segundo – Severino disse, indo até o balcão. – O senhor conhece bem o meu tio, certo?

— Humm. O Gerônimo é seu tio? – Raimundo perguntou, lavando um copo nada impressionado. – O que não é de se surpreender. Todos somos irmãos aos olhos de Deus. Logo, eu sou teu parente também, e sabe o que isso significa? Nada. Agora me dê licença, que eu...

Com um ruído metálico, Sev desembainhou a maior das peixeiras de seu pai e a colocou sobre o balcão, com um trepidar da lâmina contra a madeira. Na frase seguinte, carregou no sotaque arrastado, muito mais do que o seu normal.

— Já viste algum parente teu com uma dessas, viste?

Raimundo pareceu prender a respiração. Na verdade, havia prendido, de fato. Seus olhos foram da lâmina para o garoto, conflituosamente carregados com um pouquinho de medo e um pouco de despeito.

— E onde já se viu Avohai sem pelo no sovaco? – disse, reconhecendo a lâmina. E dando a volta no balcão, completou: – Me encontrem em 10 minutos do outro lado da calçada, na beira do rio. Vou só fechar o bar.

Tina aproveitou o tempo para correr e comprar castanhas de caju na porta seguinte, para ela e para Kuara: castanha caramelada, salgada, com pimenta, doce de caju e cajuína. Pacote completo para entupir as artérias ou ter uma overdose de açúcar.

Encontraram Raimundo parecendo um pouco zangado além da mureta do rio, já dentro do barco comprido e maltratado. As pessoas foram embarcando, e só quando Tina pisou na madeira, com cuidado, foi que ele reparou em Capivera, esperando para descer.

– Mas será possível?! Assim vocês tão de brincadeira! Já não basta uma embuchada, que deveria pagar por dois – ele observou, apontando pra Elis – vocês querem me enfiar um ratão desse no *meu* barco?!

– Eu sou a *embuchada*? – Elis perguntou baixinho para Beto, sem entender.

– Nós vamos te pagar a mais, barqueiro – Patrão disse, com pressa. Raimundo riu consigo mesmo, ainda um pouco nervoso.

– Se essa canoa velha virar, só essa capivara que vai sobrar! – disse, com uma rima involuntária e quase musical.

Elis e Beto riram, pois sabiam que aquilo era uma mentira.

Raimundo manobrou entre dois grandes cargueiros que estavam atracados no estaleiro. Quando os turistas desembarcaram no píer mais próximo, no meio dos olhares curiosos dos trabalhadores, o que era algo absolutamente compreensível já que se tratava de um sujeito de uma perna só, uma garota grávida, dois caras suspeitos e algumas crianças aleatórias. Sem contar a capivara domesticada. Raimundo recebeu algumas notas das mãos de Beto e indicou o galpão onde Gerônimo poderia ser encontrado. Seguiram para lá, crentes que encontrariam o sujeito rústico lixando algum casco de barco ou dando ordens para aprendizes de seu ofício.

Severino olhou para o lugar de canto a canto. Voltou-se para o Patrão e deu de ombros.

– Nenhum deles é meu tio.

Patrão resfolegou e assobiou para um rapaz suado que passava ao seu lado, carregando tábuas.

– Ei, você! Conhece o Gerônimo?

– O Capitão? O Viajante do São Francisco? – o rapaz riu e apoiou as tábuas no chão. Apontando para uma saída nos fundos do galpão. – Ôxi, e quem não conhece? Saiam por ali e vão pela rua até encontrarem uma casa de andar. A ruazinha cheia de *catabí* à direita, é lá que vocês vão encontrar o Capitão!

O Patrão resmungou em agradecimento, e o grupo seguiu as instruções do rapaz. Enquanto caminhavam, Anderson perguntou para Sev o que era um *catabí*, e ele lhe disse que era *buraco*. Capivera, por sua vez, aliviou a bexiga em um deles, bem no meio da rua, sem se importar com a nomenclatura da coisa e deixando Tina vermelha de vergonha.

Chegaram no local indicado, e não viram nada que se parecia com a casa de um capitão. Era uma rua normal, cheia de casas, com uma única tenda na frente de uma delas, de um vendedor de tapiocas.

Severino parou de chofre.

– Tio?

O homem, pardo, magro e de bigode de taturana, peneirava farinha sobre o fogo, de costas para a rua, e virou-se ao ouvir a voz de Sev. Usava um tapa-olho e fumava um cigarro de palha, o que não era lá muito higiênico e devia dar um toque especial no preparo de suas receitas.

– Ói ele! Se não é meu sobrinho!

Severino correu para abraçar o homem, que largou a peneira de ferro, limpou as mãos no avental e abraçou o sobrinho. Anderson não entendeu muita coisa, mas Tina o cutucou com o cotovelo e apontou para a plaquinha diminuta ao lado de duas mesinhas plásticas sob a tenda.

TAPIOCA DO CAPITÃO GERÔNIMO –
EU SOU O MELHOR NO QUE FAÇO
PEÇA FIADO E GANHE DOR E SOFRIMENTO

– Hum. – Beto baixou o tom da voz e sussurrou para Anderson e Patrão: – Eu esperava algo um pouco *diferente*. O cara parece um pirata, mas tá pilotando uma chapa...

Gerônimo parecia ter bons ouvidos. Desfez o abraço que envolvia o sobrinho, enviando para Beto o seu melhor olhar fulminante de um olho só, que na verdade era o único olhar que ele parecia ter.

– E você acha que me conhece, muleque sambudo? – perguntou Gerônimo, soprando fumaça de cigarro na direção dos olhos cor-de-rosa de Beto, mesmo sendo um palmo mais baixo que o outro. – Sabe o porquê de eu ter trocado o timão por uma peneira? – ele apontou para o tapa-olho. – Antes de ser arrancado da minha cabeça, esse olho aqui sozinho viu muito mais que você com esses olhos afrescalhados aí durante sua vida inteira!

– Eu acho que duvido um pouco, Capitão Tapioca – Beto disse, estufando o peito.

– E se eu te disser que foi uma *boiuna* que fez isso comigo, pirralho?

– Eu diria que você deve ter dormido no ponto. – Beto sorriu, provocando o tio de Sev. – Eu costumo nocauteá-las antes que elas arranquem meus olhos...

– O que é uma boiuna? – Anderson sussurrou para Tina, com a mão na frente da boca. A garota revirou os olhos.

<112>

– Você nunca vai ler o livro inteiro do Cascudo?

– Pra quê, se você sempre me explica bem mais rápido do que eu leio?

– A boiuna é uma espécie de cobra-d'água que...

– Ei, parem com isso! – Sev gritou, interrompendo a discussão de Beto e Gerônimo e a explicação de Tina. – Tio, nós precisamos de sua ajuda, sério.

Gerônimo deu as costas para Beto e apontou o grupo de Anderson com o polegar.

– E quem é essa *turistaiada* toda aqui? Cadê teus pais, menino? E meu irmão, Luiz?

– É sobre isso que gostaríamos de falar, Gerônimo – Patrão disse, dando um salto para frente e arrancando um olhar de reconhecimento do homem. – Ele está em perigo, assim como todos os Avohai. Precisamos de sua ajuda.

– Patrão? – Gerônimo perguntou, olhando para a única perna do homem à sua frente. – O que você faz aqui? Você foi um dos que isolou os Avohai do convívio entre os seus grupelhos todos, e agora quer minha ajuda.

– Eu não isolei ninguém – Patrão rosnou. – O Luiz bem sabe que dei uma importante tarefa para os Avohai, mesmo que vocês não participem mais dos fóruns.

Gerônimo coçou o queixo. Anderson também, pois não sabia qual era a importante tarefa que o Patrão havia confiado aos Avohai. Puxou o celular e fez uma anotação mental para também perguntar algo a respeito disso mais tarde.

– Eu me desliguei deles há um bom tempo. Não sei o que se sucedeu. Nem sabia que o Severino já podia ser Avohai. Ele ainda nem tem...

– *Ele ainda nem tem pelo no sovaco* – Sev completou, amargo. – Já ouvi essa hoje, tio. E ainda não sou Avohai, *mesmo*.

– Eu ia falar que você não tinha pelo no queixo e que tu ainda é um toco de amarrar jegue. Que aconteceu com Luiz?

– Os gorjalas aconteceram. Para toda a cidade de Aratu do Velho Rio – Patrão respondeu. Severino pousou a mão no antebraço peludo do tio, perto de uma tatuagem do que se parecia com um cacto.

– Precisaremos navegar pelo São Francisco, tio. E você pode fazer isso melhor do que todos, conhece o Velho Chico como as palmas das suas mãos.

Gerônimo parecia comovido. Ele crispou os lábios sob o bigode.

– Pensei que aquele bando de gigantes tinham se extinguido. Venham, me contem tudo o que vocês sabem. Vai uma rodada de tapioca *de beleza* pra todo mundo, menos pro folgado dos *zóio* rosa.

– Eu nem queria, mesmo. – Beto deu de ombros.

– Você tem alguma coisa pra minha capivara, moço? É que acho que ela tá com fome... – Tina disse, e Gerônimo dispensou um rápido olhar para Capivera.

– Tenho sim. Se você adivinhar, ganha outra tapioca.

– Hum, não sei. – Tina ergueu os ombros, com um sorriso tímido. – Uma cenourinha?

– Errou.

– Ah... o quê, então?

– Tapioca – Gerônimo respondeu, parecendo um pouco bitolado pelo trabalho. – Só tenho tapioca.

Depois de passarem um bom tempo colocando o dono do estabelecimento à par das coisas – enquanto ele peneirava farinha e fazia as tapiocas – Patrão e Gerônimo disseram ao grupo que teriam 200 km de estrada, o que daria pelo menos três horas de viagem, e que precisariam pegar *bigu*, o que significava uma carona, até o meio do percurso com um caminhoneiro de Itabaiana que fazia transporte de madeira dos estaleiros para a região do Alto Sertão.

– Até onde iremos? – Chris perguntou, enquanto limpava a boca com um guardanapo. Gerônimo, guardando algumas espátulas e peneiras em uma trouxa de pano, respondeu:

– Canindé de São Francisco. Tenho uma embarcação naquela região, que os Avohai usavam quando eu ainda fazia parte deles. Quando me aposentei, levei o barco junto e o deixei com um amigo, para que ele o usasse para o turismo local... E desde então a coisa mais emocionante que fiz foi uma tapioca de onze sabores extremamente difícil de fechar sem a massa rachar. – Gerônimo deu uma risadinha consigo mesmo, dando um nó em sua trouxa de pano e fazendo Patrão dar um salto em sua direção. – Opa! Me desculpe, Patrão! Esqueci que você não é chegado num nó. Vou prender isso aqui com uma presilha.

– Grato pela compreensão – o Saci disse, enxugando o suor da testa.

Apenas meia hora mais tarde, os dez viajantes encaravam a estrada na carroceria de um Scania vermelho. "Um verdadeiro caminhoneiro de Itabaiana tem um caminhão vermelho que nem pimenta", disse Tonho, o motorista, enquanto forró e baião saíam do rádio da cabine. Uma das primeiras músicas que ficaram no lastro do caminhão conforme ele se alimentava de quilômetros foi *Pau de Arara*. Luiz Gonzaga cantava a história de gente corajosa saindo do sertão, e Anderson não pode deixar de reparar que talvez estivessem fazendo o trajeto contrário da letra da música...

Mas se inspirar na coragem nela descrita talvez lhe fizesse bem.

<114>

< capítulo 7 >

ARRIÉCUA

O borrão vermelho vivo ganhava estrada, conforme a vegetação ao redor mudava do verde escuro para um verde esbranquiçado, deixando a Grande Aracaju para trás e entrando no Médio Sertão Sergipano.

Pedro curtia o vento em sua cabeça espigada, com um raro sorriso de satisfação, enquanto Chris mantinha as feições muito parecidas com a de um cachorro viajando com a cara pra fora do carro.

Beto abraçava Elis, sentados no chão da carroceria, ela dizendo estar bastante enjoada. Tina sentou ao lado do casal, para distraí-la, enquanto Capivera roncava, a despeito das chacoalhadas que o caminhão dava vez ou outra.

Severino conversava com o tio, mais afastados dos outros, os dois pareciam muito sérios. A segurança de sua família voltava a ser prioridade para o garoto, agora que o perigo se aproximava – literalmente. Patrão também parecia curtir o vento à sua maneira. Claro que a relação dele com o elemento era diferente da de qualquer um ali naquele caminhão. Anderson tentava compreendê-lo e imaginava como seria ter muitos anos nas costas... assim como Dodô e Iara. Para um garoto de sua idade, Anderson andava na companhia de muitos imortais.

O sol estava chegando no meio do céu. Logo mais seria meio-dia – ou 12 horas, como o motorista Tonho havia dito minutos atrás. Anderson achou

<115>

engraçado, e Severino lhe explicou que 12 horas servia tanto pra se referir ao meio-dia quanto à meia-noite.

Anderson deitou no chão da carroceria, olhos fechados, sentindo o balanço da estrada. Pensou que poderia se acostumar com aquilo e tirar um cochilo.

O calor não o deixou perceber o muiraquitã ficando morno.

O sol estava a pino. *São quase 12 horas*, diria alguém de lá da Grande Aracaju, que estava há horas de viagem dali. O sotaque deles enervava Wagner, quanto mais as expressões e gírias locais. Para ele, o que era falado do norte de Minas para cima era outra linguagem, mais difícil que o alemão e o inglês que ele havia aprendido no primário – e o sueco que ele havia aprendido sozinho, por suas próprias razões.

Como um calango, deitou-se de barriga no chão quente, atrás daquela trincheira formada pelos cactos – ou mandacarus, como eles também diziam. A metáfora perfeita para o povo nordestino. As pessoas que floresciam na seca, sob qualquer adversidade, e ainda mantinham os espinhos para se defender. *Admirável*, pensava Wagner. Afastou o cabelo que caía no rosto e espiou a movimentação abaixo, além dos cactos e das pedras, e ficou pensando se as duas criaturas que se refestelavam com aquela carcaça morta também seriam tão resistentes com o que ele havia preparado. Gorjalas seriam facilmente envenenados?

Os Gitae haviam lhe ensinado a atirar com uma zarabatana. Pessoalmente, era uma de suas armas favoritas. Silenciosa, prática, letal se assim fosse necessário. Claro que anos de treinamento haviam lhe dado experiência no combate corpo a corpo, mas duvidava que aquela abordagem seria efetiva contra aquelas montanhas de músculos... Eles mastigavam os ossos da coisa morta como quem tinha o péssimo hábito de quebrar pirulitos com os dentes. Vestidos com tecidos de algodão cru sujos de sangue enegrecido e poeira, os gigantes eram as coisas mais horrendas que Wagner já tinha visto – mesmo que ele os estivesse enxergando apenas de costas.

Concentrou-se no vento quase inexistente, mas que soprava a seu favor. O vazio de terra árida ao seu redor o ajudava a se concentrar. O barulho de ossos mastigados ecoava. Um deles respirava com um ruído molhado, como se suas narinas estivessem repletas de secreção.

Com movimentos frios e calculados, Wagner retirou os projéteis especialmente preparados da cartucheira. Veneno de jequiranaboia, que já era poderoso, incrementado com algumas outras substâncias que ele mesmo havia criado. Colocou o primeiro dardo na zarabatana e deixou o outro sobre a pedra que usaria de apoio, pronto para abater o segundo quando o primeiro caísse – e é óbvio que ele cairia. Havia testado com animais bem maiores do que eles, e talvez até mais raros. Se qualquer ativista ambiental soubesse de suas expe-

riências de campo, ele já estaria preso há muito tempo. Wagner, no entanto, não se considerava um criminoso. Talvez um agente da extinção, já que ela era inevitável para muitas espécies. De qualquer forma, eliminaria os gorjalas por puro prazer e vingança. Só gostaria de entender o que eles haviam feito para sua família antes de ceifá-los da aridez do sertão.

Tomou fôlego e cuspiu o dardo. Ele viajou com um zunido agudo, e acertou o pescoço de um dos gigantes com precisão. Ele levou a mãozorra até onde o projétil o atingiu e olhou para cima. Seu rosto parecia o de um lutador de boxe atingido por várias marretas. Porém, cinco vezes maior. Ele abriu a boca, cheia de sangue e dentes amarelados, e deu um grito horroroso, apontando para o alto, onde Wagner estava. O outro gorjala virou-se, segurando um membro descarnado – se era humano, Wagner não saberia dizer – e também o viu. O segundo dardo envenenado voou, e atingiu o gigante no meio da testa.

Entretanto, nenhum dos dois pareceu mostrar o menor sinal de envenenamento.

– Droga – exclamou Wagner, que agradeceu mentalmente por ter escolhido aquele lugar alto e cercado de mandacarus. Pelo menos eles serviriam como obstáculo entre os gorjalas e ele. Começou a correr na direção do fluxo da água do rio, ouvindo passos pesadíssimos subindo a inclinação rochosa. Os gorjalas pisoteavam os cactos com seus pés imensos de unhas pavorosas, como se os mandacarus não tivessem milhares de espinhos. Eles gritavam o tempo todo enquanto subiam, e Wagner começava a achar que tinha feito uma imensa burrada.

Quando os mandacarus ficaram para trás, os monstros passaram a correr em terreno plano. Wagner já estava há pelo menos cinquenta metros de distância, mas os gorjalas cobriam cerca de dez passadas largas de um homem adulto.

A beirada do cânion se encontrava pouco mais à frente, a cerca de oitenta metros... Ele não conseguiria chegar antes de ser alcançado. Olhou para o relógio, torcendo para que o veneno fizesse efeito.

Ouviu um grito logo atrás de si, seguido pelo impacto excruciante em seu flanco esquerdo. Foi arremessado longe, por um tapa de mão cheia, e torceu um dos tornozelos ao cair.

– Você pegou ele, Cibazol! – disse um deles, seguido por uma risada grotesca. Com os olhos embaçados por lágrimas, reparou nos enormes pés repletos de espinhos, como uma almofada de alfinetes. E, no entanto, nenhuma reclamação de dor por parte deles. – Vamos levar para o Rei Gorjala de presente! Deve ser um cangaceiro!

"Aí está uma informação útil", pensou Wagner, em meio à dor de uma provável costela quebrada.

– Isso não é um cangaceiro, Triturador! Cadê o chapéu?! Cadê as *apra-*

gata de couro?! Não... Ele é um turista, e digo que nós vamos comer ele aqui mesmo. Ele tem um pouco de músculos que podem ser ruins de mastigar, mas...

— Sou um cangaceiro! — gritou Wagner, querendo ganhar tempo. — Estou disfarçado. Quero ir à presença de seu rei, ou líder, ou seja lá o que mande em vocês, monstros ignorantes!

— Do que ele nos chamou?! — Cibazol gritou, erguendo um dos pés com a intenção de esmagá-lo. Triturador o empurrou com violência para o lado, derrubando-o.

— Espere, seu abestado! E se ele tiver falando a verdade? Você sabe que o Rei Massacre exige que ele mesmo mate todos os descendentes de Lampião, lembra? Vamos levar esse *afolozado* pra ele!

— Eu sou o último dos cangaceiros! — gritou Wagner, repetitivo, puxando seu facão da bota e apontando para os gigantes. Depois, contou uma mentira com fundo de verdade. — E exijo ver o Rei Massacre, que dizimou minha família!

— Maldito! Ele disse o nome do Rei Massacre! — gritou Triturador, apontando um dedo gigante e acusador para o rapaz caído. Foi só nesse momento que Wagner notou que ele ainda estava com o seu dardo envenenado cravado no meio da testa. O que era algo assustadoramente ridículo. — Ele sabe o nome do Rei Gorjala!

— Claro que sabe, você acabou de falar o nome dele, seu jegue!

— Jegue é o teu pai!

— O meu pai é o teu, seu *frôxo*!

Wagner aproveitou a discussão dos dois gorjalas para se levantar e começar a correr. Mas eles não eram tão burros assim e o alcançaram em três passadas. Triturador o agarrou pelo calcanhar que ainda não doía, por sorte, o girou por cima da cabeça e o arremessou longe, como um rato morto. Wagner urrou de dor, enquanto via a sua faca rodopiar para longe no solo cheio de rachaduras.

— E se a gente comer só um pé dele e queimar o ferimento? — Cibazol sugeriu. — Aí ele para de sangrar e dá tempo do Rei Massacre matar ele!

— Arre, até que não é uma ideia ruim saindo dessa...

Triturador interrompeu a frase na metade, e seus olhos se reviraram. Um longo fio de saliva caiu em seu peito, e em seguida ele desabou, com um ruído engasgado no fundo da garganta.

— Que foi isso? Vai dormir a essa hora? Tá melado, tá?

Wagner ainda não sabia que *melado* significava *bêbado*. Mas agradeceu mesmo assim quando Cibazol também foi ao chão, estrebuchando.

Arrastou-se para longe dos cadáveres gigantescos. Com dificuldade, recuperou sua faca, mas nem sinal da zarabatana e dos dardos envenenados. Cuspiu uma poça de sangue, e o esforço mínimo fez sua costela espetar algo dentro dele. Quebrada, com certeza. Deveria tomar cuidado para não perfurar algum

<118>

órgão e sofrer uma hemorragia. Tirou uma injeção de morfina do bolso da calça e injetou em si mesmo, enquanto se arrastava até a beirada do cânion.

Lá embaixo estava o São Francisco. Mesmo sentindo aquela dor, sentia vontade de nadar naquele azul-esverdeado. Tinha a impressão de que todas as suas lesões seriam apagadas quando entrasse lá dentro...

Sua visão começou a turvar-se. Viu alguém parado à margem do rio, muito longe... Vestia-se de forma simples, como alguém do campo. Mastigava um mato amarelado, e seu rosto estava coberto pela sombra do chapéu de palha.

Lembrou-se do garoto, Chico, a aparição que lhe falara a respeito dos gorjalas anos atrás, na nascente do rio. Aquele homem poderia perfeitamente ser o menino, tirando o fato dele estar uns 30 anos mais velho... O que seria impossível.

– Obrigado! – gritou Wagner, delirante. Talvez o homem que o observava fosse uma miragem, mas ele não estava raciocinando direito naquele momento. A dor o empurrava para a inconsciência, mas ele sabia que sairia dessa. Deveria procurar o Rei Massacre. E também precisaria de uma outra coisa para ajudá-lo contra os gorjalas, já que os efeitos dos venenos não eram tão poderosos assim neles. Para lidar com eles, precisaria se tornar menos vulnerável, mais resistente. Precisaria se tornar...

Indestrutível.

Wagner sorriu, pois sabia onde encontrar algo que lhe serviria muito bem. Vendo o brilho do sol na correnteza abaixo e o homem que o encarava à distância, mergulhou para a inconsciência dentro de si mesmo.

Anderson despertou com o chacoalhar do caminhão esmagando cascalho sob as rodas. Olhou ao redor, crente que veria dois gorjalas mortos e uma linda vista para o Rio São Francisco. Mas viu apenas seus amigos, em lugares bem diferentes de onde estavam quando ele adormeceu.

– Rei Massacre – Anderson murmurou consigo mesmo, recostando-se na parte de trás da carroceria e respirando fundo. Wagner deveria estar com uns 18, 19 anos naquela memória. Todas as atrocidades que ele havia cometido, seria por *vingança* contra os que haviam sumido com sua família? Tudo baseado em um rumor disparado por alguma aparição ardilosa, que certamente deveria ser algum bicho folclórico?

E, tirando todas as motivações de Wagner, eles ainda precisariam lidar com o tal do Rei Massacre? Ou outro gorjala estaria no comando, já que décadas haviam se passado? Aquilo deveria ter se passado no início dos anos 1980...

Sua sequência de pensamentos foi interrompida pela voz de Tonho, o motorista do Scania vermelho, que anunciou pela janela traseira da boleia – de maneira singela – a chegada do grupo à Canindé de São Francisco.

– Canindééééééééééééééé! – e emendou os últimos és com uma tosse carregada.

Um sobe e desce de morros cortados pelo asfalto, muitos mandacarus e muita areia. Por duas vezes, Anderson viu cabras saltando entre pedras, desafiando a gravidade. Capivera tentou latir para uma delas, mas não pôde, por ainda ser uma capivara.

Gerônimo apontava para alguns canos que cortavam o vazio no meio da caatinga e explicava para Beto e Elis que aqueles eram sistemas de irrigação que se utilizavam da drenagem do Rio São Francisco. Severino disse que havia projetos para aqueles dutos chegarem até sua cidade, mas que até o presente momento eles tinham ficado apenas no papel. Anderson aproveitou para beber da explicação e só parou de escutá-los quando seu muiraquitã fez algo inédito: ficou feliz.

Ele já estava acostumado a senti-lo vibrar em situações de perigo, a se aquecer em situações em que alguma espécie de magia estava prestes a ocorrer – ou quando ele acordava de um sonho lúcido. Mas sentir algo próximo à alegria sendo radiado pelo artefato, aquilo era inédito.

Só foi entender o porquê da coisa quando o caminhão atingiu o alto de uma colina e o Rio pôde ser avistado – pela primeira vez – por Anderson. E ele podia dizer, de certa forma, que o muiraquitã só havia antecipado um sentimento que ele viria a ter segundos depois.

Era como se ele conhecesse aquelas águas, como se já tivesse nadado nelas. A sensação de olhar para aqueles milhões de litros de água fluindo era quase a mesma de olhar para o rio escuro no Reino dos Olhos Fechados, que carregava os sonhadores em suas viagens noturnas inconscientes. O poder que emanava das águas dos dois mundos parecia ser algo compartilhado.

Tonho parou o caminhão, disse que as curvas fechadas na descida até a prainha do rio eram muito fechadas para um veículo daquele porte e que eles deveriam fazer o último trecho a pé – o que dava mais ou menos meio quilômetro.

– Tudo bem pra você andar tudo isso agora, amor? – Beto perguntou, abraçando Elis. Ela, com a cara amarelada de enjoo, deu de ombros.

– O que eu tinha que botar pra fora eu já botei, a uns 80 quilômetros por hora.

Anderson imaginou a cena acontecendo em câmera lenta e quase a imitou ali mesmo.

Patrão e Gerônimo lideraram o caminho pelo asfalto que serpenteava colina abaixo, e o resto foi atrás, as cabeças virando para todos os lados possíveis enquanto mãos apontavam para calangos furtivos ou asas-brancas que trinavam metros acima deles.

<120>

No fim do caminho, ao lado de um cais onde algumas canoas flutuavam, amarradas, encontrava-se um restaurante de dois andares, todo decorado por madeira e artesanato local. Suas janelas e suas mesinhas eram cobertas por rendas brancas, e bonecos feitos de cabaças decoravam o rodapé próximo à entrada.

Elis correu imediatamente para dentro do lugar, querendo usar o banheiro. Beto a seguiu, e Capivera correu atrás do casal, achando que a semissereia estava brincando de pique com ela. Anderson, por sua vez, encerrava a fila, e parou ao ver as cores berrantes da faixa sobre a entrada do restaurante.

RESTAURANTE TURÍSTICO DA #DONANEUMA <3
PASSEIO DE CATAMARÃ PELO VELHO CHICO E ALMOÇO
(NÃO TEM SEGURO DE VIDA)

Mas temos Wi-fi – último lugar que vocês vão conseguir postar foto com cara de marreco no istagrão, atualizar linkedinho ou reclamar do meu atendimento no tuíster antes de visitarem as maravilhas do cânion do xingó

*Curta nossa fanpegi <3 nos siga-nos no istagrão <3

**criança até 6 anos também paga passagem de catamarã

***na verdade criança de qualquer idade paga, só não paga se for boneca pequena, porque boneca grande ocupa espaço e paga também

****catamarã é um barco grande, caso você não saiba

Anderson achou tudo um pouco espalhafatoso. Os erros gramaticais davam o charme da coisa – a tal da #DONANEUMA, apesar de sua simplicidade, sabia se comunicar e até que estava antenada nas tendências. Pensando nisso, Anderson aproveitou para tirar o celular do bolso e fazer um último contato com a Primavera Silenciosa e com Fernanda, antes de mergulhar na natureza selvagem. Havia uma mensagem da amiga na tela.

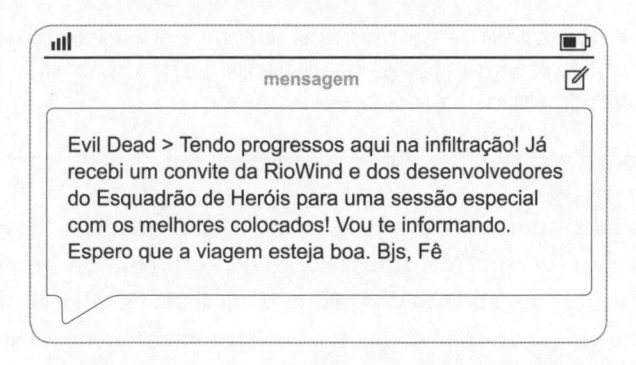

mensagem

Evil Dead > Tendo progressos aqui na infiltração! Já recebi um convite da RioWind e dos desenvolvedores do Esquadrão de Heróis para uma sessão especial com os melhores colocados! Vou te informando. Espero que a viagem esteja boa. Bjs, Fê

<121>

Anderson sorriu e vibrou internamente. A garota era boa, e talvez um dia entendesse todas as loucuras que ele havia escondido dela, de pisadeiras a viagens por ilhas mágicas, e que ela pudesse entrar para a Organização ou a Primavera Silenciosa... Quem sabe? Mandou uma mensagem rápida para ela, agradecendo os avanços na missão, e entrou no aplicativo de mensagens grátis para falar com alguém da Primavera. Renato estava online.

Anderson clicou no arquivo recebido e começou a baixá-lo em seu celular, com uma boa velocidade. Assim que a foto foi recebida, ele a abriu. Era o *print* de uma matéria em um site de notícias sensacionalistas.

HOSPITAL PEGA FOGO EM SÃO PAULO E FIGURA SUSPEITA É AVISTADA

Bombeiros dizem que fogo começou na ala da UTI, com a explosão de um tubo de oxigênio, mas não sabem explicar o que era a "coisa" no meio das chamas. Um paciente está desaparecido.

Logo abaixo, duas imagens sem muito foco e definição estampavam a matéria. Na foto da esquerda, um plano geral do prédio do hospital, muita fumaça saía de um dos andares do prédio, de fachada envidraçada. Um deles ardia em chamas, e o de cima começava a soltar fumaça preta por suas janelas.

<122>

A foto da direita era um *zoom* em uma das janelas em chamas. Havia alguém olhando para a rua, e sua silhueta escura contrastava com as chamas alaranjadas atrás de sua forma. Cabelos volumosos, um casaco esvoaçante, e o que pareciam ser longos dedos de unhas compridas.

Para qualquer pessoa descolada em farsas da internet, aquilo pareceria uma montagem ou um resquício bem mais leve do que todas as porcarias que vazam da *Deep Web*. Também pareceria uma imagem típica do jornalismo mequetrefe que alguns portais praticavam. Mas Anderson sabia muito bem que aquela silhueta era da Cuca. A pontada de medo no estômago não o deixava se enganar.

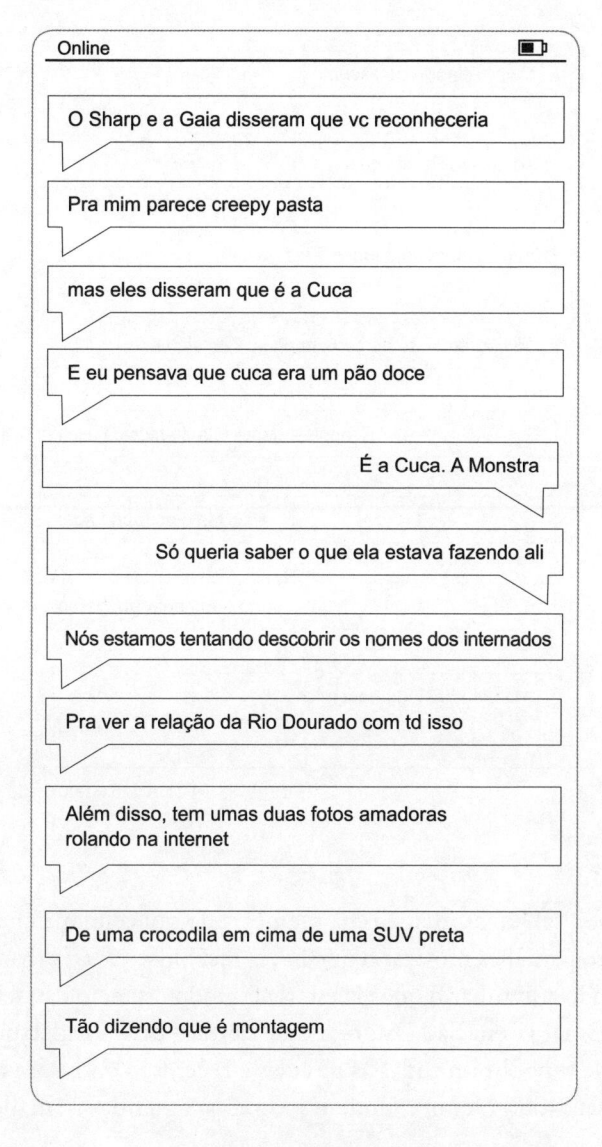

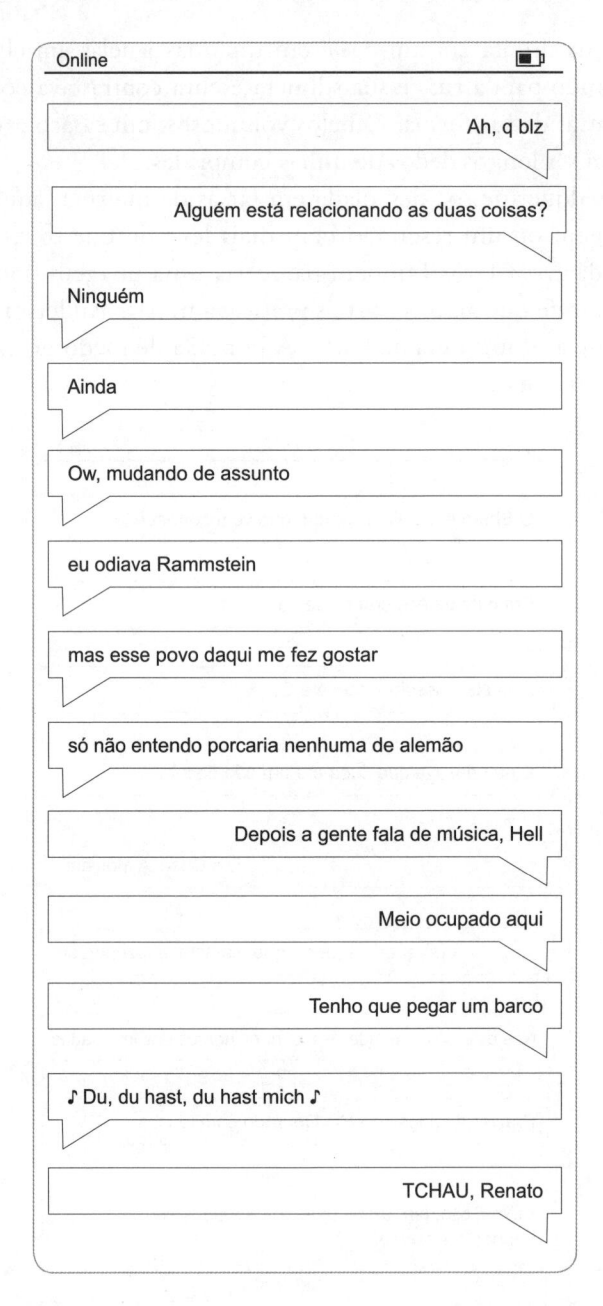

Anderson salvou as imagens na memória do seu celular e chamou Chris e Beto de canto para lhes mostrar o que havia recebido. Os três trocaram olhares sérios, tentando adivinhar o que ela estaria fazendo no meio daquele "acidente".

– O pessoal lá em São Paulo já está alerta – disse Anderson, não muito tranquilo. Eles engoliram todas as dúvidas e receios, e entraram no restaurante turístico da Dona Neuma, onde o pessoal já aguardava em algumas mesas

<124>

próximas ao balcão, esperando Gerônimo voltar do cais. Capivera roía o pé de uma das cadeiras, mas ninguém, exceto Anderson, parecia ter reparado.

Uma mulher negra, de mais ou menos 40 anos e bem arrumada, veio na direção de Anderson e lhe ofereceu uma cocada embrulhada em papel celofane amarelo e amarrada com um laçarote roxo.

— Olá! Seja bem-vindo a Canindé de São Francisco e ao Restaurante Turístico da Dona Neuma! — Ao dizer *Dona Neuma*, a mulher juntou os dedos indicadores e médios de cada mão e os cruzou, formando um #. *Hashtag Dona Neuma*, Anderson compreendeu, com um certo atraso. — Essa cocada é um oferecimento da — ela fez a hashtag com os dedos — Dona Neuma! E eu sou a — a mesma coisa com os dedos — Dona Neuma! Prazer!

Anderson sorriu e ergueu a cocada de leve, como um brinde.

— Opa... Prazer! Eu esperava que a senhora falasse um pouco diferente e fosse um pouco mais diferente... Por causa da...

— Por causa da faixa na entrada? Tsc, tsc... Aquilo é marketing, menino — ela disse, com o sotaque raspando de leve nas palavras. — As pessoas olham a faixa, dão risada da minha suposta ignorância, tiram fotos, postam nas redes sociais e meu restaurante vira uma piada viral... Sem eu gastar um centavo com divulgação na rede. Tudo graças ao preconceito linguístico de quem se diz culto.

— Opa, eu não tenho preconceito linguístico! — Anderson protestou, mesmo sem saber exatamente o que ela queria dizer.

— Claaaaro que tem! — ela disse, apertando carinhosamente uma bochecha de Anderson, sem parecer nem um pouco aborrecida, e em seguida puxando o seu smartphone do bolso para atualizar alguma coisa. — Mas essa alagoana aqui te perdoa. Agora *pre-para*, pois Gerônimo está chegando com o Arriégua.

— Com o quê?! — Anderson perguntou. Mas uma buzina que parecia o prenúncio da chegada de um exército de orcs fez todo o restaurante da Dona Neuma trepidar. Tina, Pedro e Severino correram lá para fora, e Anderson os acompanhou. A primeira coisa que viram foi a carranca na frente da embarcação.

Era uma catamarã bem conservada, pintada de azul e branco. Espaçosa, mas bem menor do que as habituais usadas nos passeios pelo rio, ela deveria suportar cerca de trinta pessoas. A cabine de comando ficava no alto, de onde Gerônimo tocava a buzina ensurdecedora e começava a balizar o barco para que a entrada ficasse bem na frente do píer. A carranca na proa era de madeira, rosnando para o caminho à frente. Logo abaixo, em letras cursivas, o nome da embarcação dava sentido ao que Dona Neuma havia dito: *Arriégua do São Francisco.*

— Barco legal — Pedro disse, o vento do Rio não conseguindo vencer a fixação do gel em seu cabelo espetado. — Mas essa carranca aí é tão feia que estraga o visual.

– Que pena, porque o barco vai ganhar outra carranca daqui a pouco – Anderson brincou. – Vocês até se parecem um pouco.

– Não fala assim da carranca, tadinha – Severino disse, rindo contidamente. Pedro pareceu indignado ao ser zoado pelo garoto novo.

– Você fala assim porque é o samurai do cangaço e eu estou desarmado.

– Não, porque o Anderson tem um arco legal e também parece o cão chupando manga e arrotando caroço de abacate – Severino respondeu, dando as costas ao trio assim que o tio gritou para que ele agarrasse as cordas que amarrariam o barco no píer.

– Eu gosto de manga – Anderson protestou, enquanto Pedro ria. Tina riu um pouco, revirou os olhos e foi dar atenção à Capivera.

– Pelo jeito teremos uma carranca e três garotos brigando para ver quem é mais bobo.

Pedro foi parando de rir.

A tripulação foi se aproximando da embarcação assim que ela estabilizou, Patrão ficando propositalmente por último para evitar estar próximo dos nós que Severino e Gerônimo davam nas estacas. Anderson sabia que ele estava usando a mesma espécie de autocontrole que habitualmente mantinha para evitar sair desamarrando os cadarços dos tênis de qualquer pessoa próxima. O seu rosto continha uma espécie de conflito parecido com o de uma criança hiperativa sentada na frente de uma bateria, segurando duas baquetas e com a ordem expressa de "não fazer barulho".

Foram entrando, enquanto Gerônimo dava as boas-vindas à tripulação do Arriégua. Elis parecia bem mais contente ali, no sobe e desce da embarcação, do que em terra firme – o que era engraçado, pois qualquer grávida ficaria com enjoo apenas por entrar num pedalinho de lagoa. Beto também parecia mais contente ao vê-la mais disposta, apesar das olheiras profundas e da pele pálida. Algo ali preocupava Anderson e sua pequena porção de sensibilidade aquática que lhe era conferida pelo muiraquitã de tartaruga. Talvez fosse apenas a preocupação habitual com os amigos. "E quem não está preocupado aqui, não é?", pensou.

No momento que o Arriégua começava a se afastar para o meio do rio, um grupo de turistas chegava em outro catamarã, voltando do Cânion do Xingó. Anderson via a alegria estampada no rosto de cada um – além de algumas queimaduras de sol nos mais incautos – e passou a se perguntar se o rosto daquele *grupo de resgate* estaria tão radiante assim na volta daquela missão.

Anderson pensou em Bruno Krauss, tão distante em sua memória, mas tão marcante, e concluiu que, se conseguissem voltar com o rosto intacto, já seria bom o bastante.

Anderson achava engraçado imaginar que do lado direito do barco estava Alagoas, e do lado esquerdo o Sergipe. Dois estados em um mesmo plano de visão, o que era algo incrível. Foi comentar o fato com Gerônimo, na cabine de comando, e recebeu uma chamada que nem a sua professora mais exigente lhe dava no Zeferina Risoleta:

– Você está num barco, sibite! Alagoas está à estibordo, Sergipe a bombordo! Fale que nem um marujo!

Anderson agradeceu a informação e saiu de perto, abismado com a falta de humor de Gerônimo. Ficou olhando as casas próximas da margem à bombordo, e viu duas crianças brincando na água enquanto a mãe lavava roupas e lençóis, observados por um vira-lata simpático que hesitava em chegar perto do estardalhaço molhado dos meninos, mas que latia com alegria para a bagunça.

O Arriégua continuou, por quase uma hora, com um barulho grave do motor. Gerônimo disse que em breve eles passariam próximos à Aratu do Velho Rio e perguntou se eles não prefeririam uma incursão direta no lugar em vez de irem para Mandacaruzinha.

– Vamos chegar lá de uma vez e dar o murro da gota serena no queixo do tal rei Gorjala! Ele deve ser grande, mas não é dois!

– Negativo – Patrão disse, soprando fumaça ao vento. – Vamos nos ater ao plano. Sei que Zé e Inácio estão aguentando, e não podemos arriscar a embarcação e todas as nossas vidas.

– Se os gorjalas nos avistarem do alto de uma encosta, vão começar a usar aquelas catapultas esquisitas deles para nos afundar com pedras – disse Chris, de braços cruzados, encostado na amurada.

– Temos como passar na outra margem para sermos confundidos com uma embarcação turística? – Beto perguntou, seus olhos cor-de-rosa esquadrinhando a imensidão à frente.

– Ter, tem – Gerônimo respondeu, arrumando o elástico do tapa-olho. – O jeito é torcer pros *miserávi* não ter boa visão. Sorte que o rio é largo mais pra frente. Acho até que dá pra pegar um desvio bem ligeiro ali pra entrada de onde a gente ruma pro Xingó... e já sair depois de Aratu, longe da aperreação dos *bicho grande*.

E o Arriégua foi obedecendo aos comandos de Gerônimo, que tinha a incrível habilidade de conduzir a embarcação e fazer tapiocas em uma frigideira e um fogãozinho portátil logo ao lado do leme. Impressionado com a mente binária do capitão, Anderson aproveitou para pedir uma recheada de queijo coalho, e foi até a proa observar o barco lutar contra a correnteza.

Pedro chegou ao seu lado, em silêncio, aparentemente com a mesma ideia. Também comia uma tapioca, lambendo a manteiga-de-garrafa que escorria pelos dedos. Anderson observou o esforço do garoto para tentar não se sujar, e apontou para a própria tapioca.

– Tá boa, né?

– Ô.

– Esse Gerônimo parece uma mistura de Jack Sparrow, Gordon Ramsey e Lampião. Até gosto dele quando ele não tá bravo.

– Quem é *Gordo* Ramsey? – perguntou Pedro, sisudo.

– Gord*on*. Ele é tipo um Capitão Nascimento das panelas.

Pedro balançou a cabeça, em concordância, mas também não parecia saber quem era Capitão Nascimento. Anderson não o culpou, já que ele não passava tanto tempo na frente de um computador ou de uma TV. Ambos voltaram a olhar para a frente, onde havia alguns matos compridos saindo da água, em uma paisagem que se parecia com um mini-Pantanal. O Arriégua foi diminuindo a velocidade para passar no meio deles e foi nesse momento que Pedro deu uma cotovelada nas costelas de Anderson, apontando para algum ponto mais à frente.

– Tá vendo aquilo?!

– Estrelas de dor? – Anderson perguntou, massageando onde o cotovelo de Pedro havia batido.

– Não! Tem umas coisas flutuando, bem ali... Segue o meu dedo.

Anderson apertou os olhos e seguiu a indicação do garoto. No meio da vegetação aquática pensou ver três cocos flutuando. Daqueles com cabelinhos, como ele via na feira de sábado, em Rastelinho. Achou estranho, pois eles pareciam flutuar em formação, um na frente e dois atrás.

– Gerônimo! – gritou Pedro para o comando, dando pulos no mesmo lugar e apontando à frente. – Tem algo se mexendo mais à frente!

– Mas pare de marmota que eu não tô vendo é nada! – Gerônimo berrou de volta, fazendo sombra sobre os olhos.

– Tem umas três coisas redondas, ali! – Anderson gritou, agora convencido que alguma coisa estava de tocaia no rio. – Parecem cocos!

Gerônimo arregalou os olhos e diminuiu a velocidade.

– Cumpadi d'água! ––ele exclamou, descendo a escada e correndo para onde os meninos estavam, na proa. – Eles não vão deixar a gente passar, esses pestes!

– Vocês estão falando dos caboclos d'água? – Tina perguntou, atrás deles. – Cadê?

As três esferas flutuantes e peludas pararam de tentar emboscar o barco, que parecia avançar apenas alguns centímetros por segundo. Anderson ficou imaginando o que aquelas três coisinhas poderiam fazer com o Arriégua, que era bem grande... Mas não desconsiderou a preocupação no rosto de Gerônimo.

Finalmente, quando ficaram bem de frente para a embarcação, uma delas pareceu abrir olhinhos aquosos e diminutos no meio da cabeleira bagunçada que revestia sua cabeça – a única parte que parecia estar fora da água. Ou, talvez, eles fossem apenas cabeças flutuantes, pensou Anderson, que não se assustaria

<128>

com o fato. Só lamentava mais uma vez não se lembrar de ter lido sobre aquela criatura no grimório do Câmara Cascudo.

– Salve – disse o *cumpadi* à frente da formação, com voz de adolescente aborrecido e um sotaque paulistano demais para uma criatura do meio do sertão. Se ele tinha boca, ela devia ser muito pequena. – Para onde 'cês vão, trutas?

– E o que te interessa, demoniozinho? – Gerônimo gritou, com o punho levantado. – Eu sei o que vocês são! Vocês cobram pedágio dos viajantes do rio, e viram seus barcos quando eles não colaboram com o que vocês querem!

– Ô, eles conhece nóis! – disse o líder para os cumpadis ao seu lado, que balançaram suas cabeças de coco enfaticamente. – Da hora. É isso aí que você disse, tio.

– Ele não é teu tio, não! – Sev gritou, com raiva. – Até parece que eu tenho irmão presepeiro que nem tu!

– Ele não quis ser literal, Sev. É uma gíria – Anderson tentou explicar, achando a situação perigosamente hilária. Patrão chegou até a beirada e olhou para baixo, sem tirar o seu cachimbo da boca.

– Normalmente eles gostam de fumo.

– Pode ser! – gritou o cumpadi líder, e os dois atrás dele continuaram a balançar as cabeças, todos virados para o Saci. Uma pequena mãozinha peluda de quatro dedos saiu da água, fazendo o sinal universal de "vem cá". – Manda pra mim que 'cês podem passar! Palavra de cumpadi!

Patrão olhou para a criatura e deu uma baforada azul. Por fim, balançou a cabeça.

– Eu não vou dar fumo nenhum. Vocês parecem crianças.

– Cê é louco, tio – o líder disse, a mãozinha voltando pra baixo d'água. Por alguns milésimos de segundo, foi possível enxergar um par de ombros estreitos e igualmente peludos. – Se pá sou mais velho que você!

– Quer apostar? – o Patrão respondeu, apertando os olhos. O líder ficou em silêncio e virou-se para conversar em particular com os outros dois cumpadis. O mais interessante era que a parte de trás de sua cabeça era idêntica à da frente, apenas sem os olhos.

Passou cerca de um minuto de cochichos entre os cumpadis. Elis e Beto também tinham a própria confabulação, mas afastados do resto do grupo. Anderson temia que os dois, também criaturas da água, entrassem em ação cedo demais. O líder dos cabeçudos virou-se para a frente e deu seu veredicto, a mão novamente para fora da água e o polegar apontando para o alto.

– Decidimos que vamos afundar o barco!

E os três flutuaram para perto do casco, sob o olhar estarrecido da tripulação do Arriégua.

De repente, com uma força que ninguém esperava, a embarcação inteira começou a chacoalhar, fazendo todo mundo se segurar como pôde na amurada. Sev não foi rápido o suficiente e desequilibrou, caindo sentado no convés. De lá de baixo, escutava-se a voz dos três cumpadis, idênticas e em coro:

Se a canoa não virar, olê, olê, olá!
Ela vai a-fun-dar...

— A letra que eu conheço não é assim, não! — Anderson disse, agarrando-se como podia na amurada e deixando a sua tapioca (consumida pela metade) escorregar para longe de si. Era impressionante como apenas três criaturinhas poderiam chacoalhar uma embarcação daquelas com tanta força.

— Parem com isso! — Tina gritou, em vão, tentando segurar uma irritada Capivera. A tapioca de Anderson passou deslizando por ela e bateu nos pés de Pedro, que ainda segurava a sua. Ele se inclinou na proa e gritou para os cumpadis, que prosseguiam com a cantoria.

— Vocês aí, olhem! Eu tenho isso! Vocês vão gostar! — E arremessou sua tapioca no líder.

Com um barulho molhado, ela atingiu a água ao lado da cabeça redonda do cumpadi d'água. E afundou melancolicamente. Os abalos cessaram, e a música também.

— Ô, até curto tapioca. Mas não molhada, pô... Bora virar a bagaça! *Se a canoa não viraaar, olê, olê...*

— Não, não, não! — Pedro gritou, interrompendo a música mais uma vez em uma tentativa de negociar nos mesmos termos. — Calma aí, *tio*. Eu tenho outra, aqui...

— Tá mordida também? — o líder questionou.

— Tá... Mas ainda tem bastante — respondeu Pedro, pegando a tapioca de Anderson do chão e balançando sobre a sua cabeça. Os três cumpadis se entreolharam e flutuaram para um pouco mais longe do Arriégua, ainda olhando para o garoto.

— Ó, na moral... A gente tá mais interessado nesse seu cabelo, aí! Como cê faz pra deixar parecendo um cacto? Bem louco, tio!

Pedro foi pego de surpresa, e ficou encarando os bichos com cara de interrogação. Mas Anderson, fora da vista dos cumpadis, fez sinal para ele, apontando para onde suas malas estavam guardadas.

— Vai logo pegar o teu gel pra cabelo! — disse, num sussurro gritado. Pedro assentiu e fez sinal para os cumpadis aguardarem.

Voltou correndo com o pote transparente, a gosma de um azul vibrante aparecendo lá dentro. Pedro o ergueu acima da cabeça, para que ficasse bem visível.

– Eu uso isso aqui! – e jogou para fora do Arriégua.

O líder pegou o pote sem deixar cair, desrosqueou a tampa com suas mãos diminutas, enfiou uma delas lá dentro e puxou uma pelota de gel. E então a comeu.

– Não! – gritou Pedro, desesperado. Anderson bateu com a mão espalmada na cara. O cumpadi iria detestar o gosto, ficaria nervoso e viraria o Arriégua sem piedade alguma. – Não é pra comer! É pra passar na cabeça, e depois ir modelando... Ah, droga!

O líder cumpadi olhou para Pedro.

– É, o gosto é bem zoado. Mas não é a pior coisa que eu já comi. Cê me garante que isso funciona na cabeleira?

– Claro! – Pedro respondeu, rápido demais, passando a mão na própria cabeça espigada. – E é à prova d'água, perfeito pra vocês!

– Hum. Certo – respondeu o líder cumpadi. – Então, podem ir. Desculpa aí qualquer coisa, gratidão!

– Ah, imagina! Foi por nada! – Pedro disse, suspirando aliviado, e percebendo que ainda segurava o quitute que Anderson tinha deixado cair no convés. – Bom, ainda tenho uma tapioca! Quer?

– Manda aí – respondeu o cumpadi.

Pedro a arremessou, na medida, e a criatura acertou um murro na tapioca, em pleno ar, fazendo queijo coalho e coco ralado explodirem tragicamente.

– Oooopa, boa! – gritou o líder, exultante, fazendo um complicado toque de mãos com seus parceiros cumpadis d'água. Ninguém entendeu a satisfação dele em fulminar uma tapioca, mas ninguém o contestou. Ele fez um último aceno para Pedro e o resto da tripulação antes de ir para as profundezas com os amigos e o pote de gel. – Até mais, gente boa! Fui!

E tudo voltou a uma constrangedora calmaria em que ninguém sabia o que pensar.

<131>

< capítulo 8 >

BATALHA NAVAL

Elis e Beto estavam na popa do Arriégua – e esse seria um excelente nome para uma casa de forró, A Popa do Arriégua. O casal aquático apontava para a água, sorridente, e ficavam gritando nomes de espécies de peixes, em uma competição romântica de quem conseguia acertar mais delas. Atraídos pela gritaria dos dois, Anderson e Chris colocaram a cabeça para fora do barco e tentaram enxergar aquela quantidade absurda de peixes que eles recitavam.

– Você tá vendo alguma coisa? – Anderson perguntou, cogitando passar em um oftalmologista assim que voltasse para Rastelinho.

– Tô – Chris respondeu. – Muita água.

– Corvina! Piau! Ali, um cardume de surubim! – gritava a Elis mais contente das últimas semanas, de mãos dadas com o pai de seu filho. – E ali tem um montinho de curimatã-pioa!

– Não, amor! Aquilo é curimatã-pacu! – Beto corrigiu, "punindo" Elis com um beijo estalado na orelha. – E ali tem mais corvina... ah, você já falou... E ali, ali! Um pacamão!

– Eles viram um Pokémon, parei de brincar – disse Anderson, afastando-se do casal e sendo seguido por Beto. – Mas esse lugar é lindo demais, né? Queria voltar pra cá a qualquer hora, sem a preocupação de termos que salvar alguém.

<132>

– Nas próximas férias, quem sabe? – disse Chris, sentando em uma rede perto de Severino e Tina, que jogavam Batalha Naval. – O Severino pode nos dar hospedagem de graça em Aratu... E aí está um bom motivo para expulsarmos os gorjalas de lá.

Severino não respondeu, seu rosto parecia tenso. A menção à sua cidade parecia ter trazido de volta todo o peso da responsabilidade. Ele baixou a folhinha quadriculada que segurava e olhou para Tina com o semblante cansado.

– Tina, você se importa se eu for ficar um pouco com meu tio lá no comando? Anderson, se quiser jogar no meu lugar...

– Claro... Vai lá, cara.

Ele saiu, cruzando com Pedro, que acordava de um cochilo em outra rede.

– O Sev não parece muito bem – sussurrou o garoto, apontando para ele por cima do ombro com o polegar. – Ele oscila demais entre a alegria e a tristeza... E é claro que dá pra entender.

– Talvez ele tenha transtorno, bipolaridade – sugeriu Chris, que era muito experiente no assunto de mudanças de humor e personalidade. Uma pessoa de fases, por assim dizer. – Em momentos de tensão, essas coisas ficam mais exacerbadas.

Os quatro ficaram ali, na parte coberta, vendo Capivera correr pelo convés, lambendo manteiga e leite condensado que os tripulantes haviam deixado respingar aqui e ali. Patrão estava em uma rede, em um raro momento no qual se permitia ser flagrado mais descontraído. Ao redor do Arriégua, a vegetação das margens do rio havia se tornado despida do lado Sergipe, e com uma mata densa no lado Alagoas.

O céu estava limpo e o clima agradável, assim como a conversa. Foi em questão de um minuto que Chris começou a esfregar os pelos dos braços, alegando que a temperatura estava caindo. Anderson notou o mesmo pouco depois disso, quando uma neblina rala envolveu a embarcação, subindo das águas do rio.

– Isso não faz sentido algum. Não aqui, nessa região – disse Chris, coçando a barba. Patrão levantou-se da rede onde estava e foi para a proa. Beto e Elis vieram dos fundos, e trocaram olhares com o lobisomem. Eles, melhor do que todos ali, sabiam que havia algo de errado.

– Isso aqui tá com cara de arenga das brabas! – gritou Gerônimo, de lá de cima. A neblina começou a engrossar, e por um breve segundo Anderson quis acreditar que estava tudo bem, pois uma pontada de esperança chegava junto com toda aquela névoa: a ilha de Anistia poderia estar se aproximando. Dodô havia chegado ao encontro do grupo, para ajudá-los contra os gorjalas, e tudo ficaria bem.

Mas, no fundo, Anderson sabia que aquela neblina era diferente. Ela havia subido da água, e não se aproximado como uma massa empurrada pelo vento. E também era pegajosa, deixando a pele de todos rançosa ao toque. Definitivamente, não era Anistia que se aproximava.

– Está tudo bem... quieto – Tina disse, os olhos vasculhando cada canto do barco conforme a paisagem ao redor perdia seus contornos e cores para dar lugar ao branco leitoso da névoa. Anderson foi até onde as mochilas e bagagens estavam empilhadas e tratou de pegar seu arco.

– Vou dispersar a neblina – disse a voz grave do Patrão, vinda de lá da frente. – Fiquem atentos.

O Saci levantou apenas um braço, e a neblina começou a se condensar diretamente acima de sua mão, em redemoinho. Então, de uma só vez, ele apontou para a frente, e um túnel de visibilidade foi cavado nas brumas, com muitos feixes da luz do sol irrompendo aqui e ali. Anderson gostaria de ter tirado uma foto daquela mescla de luz e névoa, parecendo uma cena bíblica.

Os ventos continuaram girando, para manter o caminho do Arriégua com boa visibilidade. Cerca de 100 metros à frente, a muralha gasosa parecia ainda mais maciça. E um brilho de um verde fantasmagórico tremeluzia lá dentro. Aliás, brilhos gêmeos...

– Tem algo vindo! – gritou Severino, descendo do comando e parando logo ao lado de Anderson, com as duas peixeiras desembainhadas e o chapéu de couro caído às costas. Patrão ergueu o outro braço, e o vento começou a zunir como um coro de espíritos agourentos.

E o que veio a seguir não era o esperado por ninguém. Até porque caravelas do século XV não costumavam navegar rios que cruzavam o sertão.

A embarcação assomou de uma só vez para fora da bruma, arrastando fios de nevoeiro atrás de si. Ela possuía quatro velas, uma maior que a outra, todas infladas pelo vento revolto invocado pelo Saci. A cor da embarcação e das velas era uma só: prateada. Mais clara em alguns pontos, mais escura em outros. Nenhum tripulante era avistado à bordo, dois archotes de fogo esverdeado iluminavam a proa, revelando ser o brilho duplo avistado segundos atrás.

– É um barco fantasma! – gritou Pedro, de olhos arregalados. Era o mesmo que Anderson havia pensado, mas se recusava a acreditar.

– Está vindo para cima de nós! – gritou Patrão, manipulando os ventos para que ele atingisse as laterais do barco de guerra. Mas parecia que suas investidas passavam direto pelo casco, provando que o navio era algo intangível. Percebendo a ineficiência do ataque, Patrão direcionou os ventos para baixo e começou a criar uma tromba-d'água no espaço entre o Arriégua e a caravela. – Gerônimo! Circunde o redemoinho! Vou obrigar o outro a se afastar de nós!

O tio de Severino passou a girar o timão furiosamente, fazendo a embarcação inclinar um bocado. Todos dentro do Arriégua já estavam ensopados, como se estivessem no coração de uma tempestade em alto-mar. Mas aquele ainda era o Rio São Francisco. Irreconhecível, mas era.

Anderson pediu para Tina, que se enroscava propositalmente em uma rede de pesca, para segurá-lo pela alça de sua mochila, que ele colocou às pressas, enquanto

<134>

encaixava uma flecha em seu arco. Tentou imaginar o efeito que o vento teria em seu disparo, mas percebeu que seria impossível prever, uma vez que pareciam estar no meio de um liquidificador. Disparou e viu a flecha praticamente dobrar noventa graus para dentro do pilar de água que Patrão sustentava entre os dois barcos.

– Ele está avançando, mesmo assim! – gritou o Saci, que não desequilibrava mesmo com a tormenta ao seu redor, mesmo com uma perna só. – Gerônimo, precisamos fazer um ataque direto! Vou cessar o vento e você deve ir direto para a direção da caravela!

– Não estou escutando nada no meio dessa zoada, macho! – Gerônimo respondeu. Severino correu a escalar a cabine de comando, como um sagui, e transmitiu a ideia de Patrão ao tio.

Elis e Beto trocaram olhares, e Anderson sabia que os dois estavam conversando em frequência mental, inaudíveis aos ouvidos até do mais atento tripulante do Arriégua.

– *Bora* que o Arriégua não foge de arenga, não senhor! – gritou Gerônimo, virando a proa do barco de frente para a tromba-d'água. Do outro lado da tempestade, o navio fantasma fez o mesmo, deixando os seus dois archotes de fogo fantasmagórico alinhados com a carranca na frente do Arriégua.

Patrão abaixou os braços e o redemoinho cessou de súbito. Como se jogasse uma bola de boliche invisível na direção da caravela prateada, um feixe de vento atingiu as ondas sob o casco da caravela e a desestabilizou por segundos valiosos.

– Gerônimo, força total à frente! – gritou Patrão, uma vez que o barulho ensurdecedor havia praticamente cessado. – Elis, Beto! Já!

O casal disparou em uma corrida pelo convés e saltou pela amurada da proa, curvando seus corpos para um mergulho duplo digno de atletas olímpicos. Beto foi na frente, Elis seguiu o seu vácuo, com propulsão impressionante nas pernas, fazendo parecer que sua barriga de 28 meses era uma prótese falsa. Anderson correu para a frente do Arriégua a tempo de ver Beto já transformado em boto saltando sobre as ondulações, e Elis entrando de cabeça na água de maneira tão perfeita que nem se ouviu "tchibum" algum.

– Moleque, pare de olhar e bote esse arco pra funcionar! – gritou Patrão, apontando para a caravela, enquanto Elis segurava na barbatana de Beto e avançava na direção do inimigo como um torpedo. – Dispare nos olhos dela!

– Olhos?! – perguntou Anderson, sem entender, mas já armando outra flecha.

– Sim, as chamas verdes! – Patrão apontou, enquanto a caravela começava a emitir um som parecido com o lamento de uma multidão. A maior das velas, agora era possível reparar, carregava uma cruz portuguesa, como o símbolo do Vasco da Gama. Outra exibia um crânio humano com a mandíbula escancarada, o que era um sinal óbvio de inimizade.

<135>

Anderson disparou. Antes da primeira flecha alcançar a caravela, a segunda já estava voando, graças à técnica que Dodô havia lhe ensinado em Anistia. A primeira acabou atingindo a vela com a cruz portuguesa, sem efeitos, mas a segunda, aparentemente, foi direto nas chamas verdes da esquerda. O som lamurioso se tornou um grito dissonante de dor e ódio.

– Você acertou! – comemorou Tina, e Anderson viu a caravela tremeluzir em uma nuvem prateada. Agora o Arriégua se encontrava a menos de vinte metros do inimigo. Quinze. Dez. E enquanto a poeira brilhante tentava se reorganizar novamente na forma da caravela, todos puderam testemunhar a verdadeira essência do que estavam enfrentando.

Era uma enorme serpente marinha. Negra como o escuro do quarto de uma criança. Tinha metade do tamanho e da espessura do Boitatá titânico, mas era duas vezes mais ágil e ligeira.

Ela veio se aproximando do Arriégua, e foi nesse momento que Anderson viu Beto investindo contra a lateral de sua cabeça, que era muito pequena em relação a seu corpo. O bicho, que não tinha virado sua cara inteira para o barco, voltou-se para perseguir o boto cor-de-rosa. Foi quando Elis apareceu, utilizando um ponto cego da visão do monstro, e agarrou o pescoço da criatura, pouco abaixo de onde terminava sua mandíbula e ela não poderia abocanhá-la. Um mata-leão que não se afrouxava mesmo com os espasmos de raiva que faziam a névoa subir e se adensar em volta da serpente.

"Deve ser um mecanismo de defesa natural do bicho", pensou Anderson, encaixando mais uma flecha no arco. "Como a tinta preta dos polvos". Disparou mais uma vez, na cauda da coisa, e ela se chacoalhou inteira. Anderson viu o esforço de Elis tentando manter o estrangulamento no monstro, e se desesperou.

– Temos que tirar ela dali! – gritou na direção do Patrão, apontando para baixo. – Ela tá grávida e brincando de rodeio com o Monstro do Lago Ness!

– Não duvide da Elis, moleque! Ela, mais do que todos nesse barco, sabe lidar com uma *boiuna*! – Patrão ralhou, deixando Anderson com uma cara de espanto e balbuciando o nome do bicho – finalmente ele descobrira o que era uma boiuna. Patrão virou-se e gritou para o comando: – Ela está chicoteando a cauda muito próxima do casco! Tome distância!

– Eu perdi um zóio pra uma diaba dessas, mas num tenho medo de arenga, não! – Gerônimo gritou, girando o leme alucinadamente. – Quero ver ela tentar emborcar meu Arriégua, que eu dou uma tibungada nas funduras do Velho Chico só pra arrancar os gragumilos dela com uma espátula de tapioca!

Anderson não entendeu muita coisa do discurso irado de Gerônimo, mas registrou toda a raiva contida na coisa e voltou-se para a boiuna. Percebeu que sua visão estava embaçada e que um novo disparo corria o sério risco de atingir um de seus amigos na água. A neblina havia se intensificado a ponto

<136>

de fazer com que os tripulantes do Arriégua não enxergassem um ao outro se estivessem a mais de um metro de distância.

Ouviu a voz de Tina chamando por Capivera. Ouviu Chris e Pedro chamando Elis e Beto de volta para o barco. Ouviu o Patrão grunhindo à sua direita, começando novamente o esforço de limpar a neblina com correntes de ar.

A névoa se afastou e a boiuna se ergueu de frente para o Arriégua e sua ineficaz carranca.

Apesar da sua posição de bote, ela não era bem uma cobra ou serpente marinha, muito menos uma enguia gigante. Ela tinha a cara pavorosa de uma moreia, com uma abertura de mandíbula além do aceitável e uma cara de psicopata das águas. Seus olhos eram os dois archotes de fogo esverdeado. Sua boca não parecia ser dentada, o que tornava a coisa ainda mais assustadora: era como se o interior do bicho fosse a entrada para o vazio inescapável. Um grande vão escancarado, uma entrada para o *nada*.

Anderson chacoalhou a cabeça... Ele quase havia adormecido de frente para o perigo, como se a névoa estivesse causando um efeito de sonolência e medo infantil.

"Como Jurupari em meu quarto, nos meus sonhos", pensou, enquanto a cauda da boiuna se enroscava em sua cintura e o levava para as profundezas.

Alguém havia gritado conforme as águas do São Francisco o tragavam. Parecia a voz de Elis, mas ela já não estava mais pendurada no pescoço da boiuna. Mesmo com a água entrando em seus pulmões, Anderson teve tempo de pensar no absurdo que era se referir ao pescoço de uma cobra, de uma moreia... Elas não eram *somente* pescoços?

Espasmos, uma dor aguda na cabeça. Privação de oxigênio, visão turva... Mas o arco estava seguro em sua mão, estava sim. A outra mão, livre, talvez a única parte do corpo de Anderson que não havia sucumbido àquela insensatez gorgolejante, foi direto para o muiraquitã de tartaruga.

A água se tornou límpida aos olhos. Ele havia experimentado aquela sensação no Guaíba, no ano anterior, e com uma água bem diferente daquela do São Francisco. O líquido que preenchia os seus pulmões foi expelido pela boca, em um jorro de bolhas. A cabeça de Anderson doía, como se uma das peixeiras de Severino estivesse cravada no meio dela. E a boiuna o observava, a menos de um metro de distância, serpenteando o corpo longo, incapaz de fechar o vão negro de sua boca. Ela parecia ter reconhecido aquela *porção aquática* no garoto, e hesitava em devorá-lo.

O fogo frio em seus olhos era como as chamas de um sinalizador que sobrevivia debaixo da água. Ardia, fixo em Anderson. Ele não deveria encará-lo, ele não deveria parar de encará-lo, ele não deveria ter deixado a lição de casa para depois, ele não deveria...

Anderson tentou bater no próprio rosto, mas a pressão da água fez o movimento se tornar apenas um empurrão no próprio queixo. A boiuna estava a um palmo de distância do seu rosto... O que era interessante, pois dali ele podia medir o tamanho daquela boca e ter a certeza de que sua cabeça caberia inteira ali dentro...

AFASTE-SE.

A voz ecoou dentro da mente de Anderson, ele tinha certeza disso. Mas a boiuna recuou, arisca, como se tivesse levado um golpe inesperado.

ELE TAMBÉM ESTÁ TRABALHANDO PARA
MEU RETORNO. DEIXE-O, E ATAQUE O BARCO.

Anderson viu a imagem da boiuna tremeluzir e dar lugar a uma mulher branca como um cadáver. Seus cabelos negros flutuavam ao redor de sua cabeça, como um líquido preto e viscoso, e seus olhos eram exatamente iguais aos da moreia que lá estava segundos atrás. Mesmo com toda a aura fantasmagórica na mulher, ela não deixava de ser atraente, bela...

O TEMPO DE ESTARMOS JUNTOS NOVAMENTE
CHEGARÁ, MINHA SERVA. MUITO EM BREVE.

Anderson sabia que podia escutar Jurupari pois estava à beira da inconsciência. Mas a mulher-boiuna também o escutava, e ele parecia usar a mente de Anderson para transmitir o recado à criatura...

AGORA, VÁ.

Ela obedeceu, girando no eixo de seu corpo nu e pálido, até se manifestar novamente na forma escura da moreia gigante, partindo para o brilho de claridade, muito acima, deixando Anderson olhando para o longínquo casco do Arriégua no meio de um monte de bolhas. A inconsciência batia na porta de sua mente, e um par de olhos o vigiava a um mundo de distância.

Havia um fato específico na vida de Anderson que se repetia constantemente, desde que ele havia começado suas aventuras ao lado da Organização: desmaios.
Ele tinha apagado contra a Cuca, na Santa Ifigênia. Havia sido pego por uma armadilha do Grande Caipora, desmaiado, e depois acordado com um *dodô* o encarando. Havia sido enterrado vivo por Bruno Krauss – e esse desmaio havia até se disfarçado de morte, por um breve tempo. E agora, novidade, havia desmaiado

<138>

após Jurupari ter usado a sua cabeça como antena para se comunicar com uma grande moreia folclórica, que também era uma espécie de sereia do mal. Uma sereia-moreia, e esse parecia um bom nome para uma cantiga de roda infantil. Tinha entrado no estado de inconsciência debaixo d'água, mas o muiraquitã parecia ter protegido seus pulmões da invasão da água, mesmo sem a sua atenção.

Para ser acrescentado à sua coleção de desmaios vergonhosos e despertares bizarros, dessa vez Anderson havia sido acordado com um focinho de capivara cheirando seu rosto.

– Que é isso?! – gritou, levantando-se de um salto e fazendo Capivera saltitar ao seu redor, ressabiada. Sua cabeça ainda doía, e muito. Pôs a mão na testa e fez uma careta. – Ai... Desculpa, Capivera... Cadê o pessoal? Epa... Onde eu tô?!

Olhou ao redor, e sua pergunta foi respondida, em parte. Estava na margem do rio, e de início não sabia se aquele era o lado Sergipe ou o lado Alagoas. Estava em um amontoado de cascalho, e só então percebeu como seu corpo inteiro doía. Na outra margem, distante, uma massa verde acompanhava a beira do rio. Como antes eles navegavam contra o fluxo da água, uma breve olhada comprovou que aquele seria o lado Sergipe do São Francisco.

– Certo... Mas cadê o barco? Cadê o povo?

Olhou para os dois lados do rio. Nada. Nem sinal de alguma embarcação qualquer. Não sabia se estava muito longe de onde havia caído do barco. Anderson praguejou por não ter prestado atenção no ponto onde o sol estava antes da névoa da boiuna aparecer. Agora ele já estava a caminho do poente, e talvez fossem umas quatro da tarde. Mas também não dava pra saber quanto tempo havia se passado desde o ocorrido.

– E como você veio parar aqui? – Anderson perguntou para Capivera, que cheirava sua mochila (ensopada) e seu arco retrátil, jogados no cascalho. – Vai me dizer que você também caiu do barco e me fez respiração boca a boca?

A capivara o encarou com tédio. Ele deu de ombros e tirou a camiseta molhada para ver se ela secava mais rápido. Seus tênis chafurdavam com barulhos engraçados conforme ele andava, chutando cascalho. Abriu o arco, e ele fez um barulho parecido com espirro. "Só falta essa porcaria enferrujar", pensou, sem saber por onde começava a se preocupar: o pessoal? Com ele mesmo? Como poderia chegar até Mandacaruzinha?

Viu Capivera correndo atrás de um calango, o bicho desesperado, correndo por sua sobrevivência, sem saber que sua vida não corria perigo e que a roedora só queria brincar. A situação era engraçada, mas fez Anderson pensar na própria sobrevivência e no tempo em que havia passado sozinho ou na companhia de Dodô, em Anistia.

Sua primeira preocupação seria cuidar da própria pele. E depois ele veria o resto.

Capivera ia na frente, farejando e correndo atrás de tudo que se mexia. A maioria dos seus perseguidos eram de uma espécie de rato preto, que Anderson descobriria chamar *gabiru*, caso tivesse Severino ou Gerônimo como guia, que cruzava o caminho da dupla. Anderson acharia graça, se não estivesse começando a ficar com sede novamente.

Pegou uma de suas mudas de roupa que estavam molhadas dentro da mochila, inclinou a cabeça para trás e torceu a água dela dentro de sua boca. Uma maneira de ir enganando os lábios ressecados e o calor infernal que se fazia naquele cenário desolado – sem asfalto, sem casas, sem sombras.

Para sua sorte, o sol se poria dali a pouco, o que também poderia ser o seu azar, já que não havia postes por ali. Teria que torcer para a lua cumprir o seu papel de fonte natural de luz, sem nuvens para atrapalhar.

As sombras se alongavam. Anderson observava aquela sua versão mais comprida que o acompanhava, presa aos seus pés. Por duas vezes avistou árvores secas, que dariam sombras mequetrefes e esquálidas, mas que poderiam aliviá-lo um pouco da luz que deixava tudo amarelo. Nas duas oportunidades, continuou andando, pois não queria arriscar a loteria de passar uma noite no sertão descampado.

– Em algum momento a gente chega em um povoado, e eles nos explicam pra onde fica Mandacaruzinha – Anderson disse para Capivera, querendo convencer a si mesmo de que toda aquela andança teria algum resultado. – E aí a gente torce para o pessoal ter ido para lá... Você tá preocupada também, né?

De fato, Capivera estava bem mais inquieta do que quando estava ao lado de Tina. Ela sempre havia sido um animal hiperativo, com todo seu espírito canino contido naquela forma simpática, mas agora ela se comportava de maneira pouco mais descontrolada. Vez ou outra farejava o chão, seguindo um rastro ou um cheiro que fizesse sentido para ela, mas quase todas as vezes suas fungadas a levavam até outro gabiru.

– Bem que você podia achar a Tina, hein? Já vi muitos desses para um dia... E cactos também.

Eram muitos deles. Rasteiros, altos, com as bases cercadas pela mata esbranquiçada da caatinga. Suas sombras, apesar de formarem desenhos bonitos no solo árido, também eram ineficazes para se esconder do sol.

O cansaço tomava conta do corpo de Anderson e não havia mais água para ser torcida em suas roupas, que já haviam secado completamente. Remexendo em sua mochila, resolveu mastigar algumas castanhas de caju – molhadas – que havia trazido do Mercado Municipal. Deu algumas para Capivera, com parcimônia, pois não sabia por quanto tempo ainda caminharia a esmo. Quando foi guardar o saquinho, percebeu que o seu estilingue não estava mais lá – e logo imaginou que Pedro o havia *surrupiado* durante o ataque da boiuna. Menos mal. Pelo menos, se ele também estivesse por aí, perdido no calor do

<140>

sertão, não estaria tão desarmado. Isso se Pedro tivesse a sorte de Anderson, de não soltar sua arma mesmo se afogando.

O sol começou a se esconder atrás de morros e montanhas distantes. Enquanto toda a paisagem começava a ganhar tons laranjas, o próprio astro se tingiu de vermelho. Formas de árvores e montanhas ao longe se tornavam meras sombras delineadas contra o horizonte, enquanto a transição do dia para a noite dava a nítida sensação de um pôr do sol alienígena.

– Acho que é uma das coisas mais lindas que eu já vi – exclamou Anderson, mais para si mesmo do que para Capivera, que não parecia tão impressionada. – Seria tão melhor aproveitar isso sem estar com os pés doendo e com a virilha cortada pelo elástico da cueca...

Mesmo com a pressa em encontrar um vilarejo ou qualquer sinal de vida antes do escuro total – a lua minguante, que já tomava seu lugar no céu, teria um brilho tímido, pelo jeito –, Anderson perdeu mais dois ou três minutos observando o sol vermelho se pondo atrás de um morro de topo achatado...

...e então reparou no casebre aos pés do morro.

Camuflado, da mesma cor de areia que o chão. Estava há pelo menos dois quilômetros – que eram quase nada comparados à uma caminhada sem certezas ou destinos.

– Se tivermos sorte, garantimos nossa janta e uma informação mais exata sobre a localização de Mandacaruzinha – Anderson disse ao seu estômago, que respondeu com um resmungar.

Eles se aproximavam da casa, e ela ainda parecia pequena. Pelo visto, era uma morada humilde, de alguém muito autossuficiente, já que não havia nada por perto. O que significava também que aquela pessoa teria um poço. E, se tudo continuasse dando certo e acontecendo obviamente, esse poço teria água.

"E se essa casa for abandonada?", Anderson pensou, com um estremeção. "Bom, pensando pelo lado positivo, seria um teto para passar a madrugada... Melhor que ao relento, correndo o risco de virar café da manhã de gorjala."

Anderson chegou até algumas estacas enfiadas na terra, ao lado do que parecia ser a única árvore *não seca* por muitos quilômetros. Os tocos de madeira não chegavam a ser uma cerca, mas o garoto encarou aquilo como um limite do morador daquela casa. Ao lado da porta, pendurado na parede que parecia feita de barro ou argila, havia um lampião a gás. O céu começava a escurecer rápido, mas a única fonte artificial de luz por ali ainda estava apagada. Mesmo assim, o lugar não parecia estar desocupado ou abandonado. A única janela, à esquerda da porta, tinha uma cortina de renda branca por trás do vidro – que parecia ter sido limpo recentemente. Depois de tanto caminhar na terra seca, Anderson sabia muito bem que a poeira do sertão não pouparia janelas por muito tempo.

– Boa tarde! – ele gritou, arriscando palmas esparsas. Pela primeira vez, Capivera não tomou a dianteira e ficou escondida atrás dos calcanhares de Anderson. – Preciso de um pouco de água, por favor! Tem alguém aí?

Nada interrompeu o estado imutável do anoitecer no sertão. Silêncio quase absoluto, alguns zumbidos de insetos, o ar quente e seco sem uma brisa sequer. Anderson arriscou mais palmas e esperou novamente. Capivera fez um barulho fininho com o nariz, e foi só isso o que aconteceu.

– Bom, acho que a gente pode dar uma olhadinha nos fundos, né? Vai que a pessoa não me ouviu de lá – disse Anderson para o bicho, não acreditando nisso de verdade. As coisas eram tão paradas por ali que, se ele tivesse espirrado à um quilômetro da casa, o morador iria abrir a porta para ver o que estava acontecendo.

Pé ante pé, começou a contornar o lugar. A casa era minúscula e tinha outra porta de saída nos fundos, assim como outra janela ao lado dela. Tinha um varal esticado entre um gancho enfiado no barro da parede e uma taquara cravada no chão. Apenas uma toalha de mesa estava pendurada nele, imóvel, pois nenhum vento a chacoalhava. As roupas deveriam secar em segundos naquele lugar, pensou Anderson. O sertão era como um grande forno de micro-ondas que nunca desligava. Mesmo a escuridão que ganhava o seu espaço no céu não trazia a mínima brisa fresca para aliviar a situação.

Então, pouco além do varal, Anderson viu algo que quase fez sua garganta chorar de alegria: um poço. Estava lá, maravilhosamente construído como a sua mente havia imaginado. Um círculo feito de tijolos e pedras, um balde metálico amarrado à um grande rolo de corda apoiado em sua amurada.

– Vem, Capivera! Você deve estar com sede... Ei, você tá muito estranha. Nunca te vi andando com passinho tão curto!

Anderson franziu o cenho para a capivara e se apoiou no muro do poço, que batia na altura de sua barriga. Se inclinou para olhar o seu fundo...

Escuridão. Apenas isso. Teve uma leve vertigem ao tentar imaginar a profundidade do poço, e se afastou um pouco dele, com os dedos apertando os olhos cerrados. Passada a tontura, pegou uma pedrinha no chão e a atirou no vazio, na esperança de ouvir o barulho dela atingindo a água.

O ruído não veio. E agora aquela pedrinha deveria estar à caminho da China.

– Bom, vamos ver até onde essa corda vai – resmungou Anderson, temendo que o poço estivesse seco. Foi logo pegando o balde e desenrolando a corda debaixo dele... Até a porta dos fundos da casinha se escancarar, ricocheteando na parede com um estalo.

Anderson soltou o balde e ergueu os braços, como se tivesse sido pego praticando algum crime. Capivera se escondeu atrás de suas pernas, e o garoto sentiu que ela tremia. De frio é que não era.

Havia uma figura sob o batente mal-acabado da porta. Uma idosa, baixinha, um pouco corcunda. Usava um lenço na cabeça e um vestido desbotado. A parte visível de suas pernas era cheia de varizes e manchas, coisas da idade — e ali a coisa parecia ser bem avançada, aparentemente beirando os 80 anos.

E, mesmo assim, a senhora transbordava perigo dos seus olhos negros como jabuticabas. Mesmo que estivesse segurando apenas um lampião, e não uma carabina.

— Que é que você tá fazendo? — ela perguntou com a voz alquebrada, mas cheia de raiva. Anderson reparou nas dezenas de rugas ao redor da boca pequena, cheia de dobrinhas como uma saia plissada daquelas garotas da década de 1960. Cabelo ralo e grisalho escapava em alguns pontos do lenço, dedos de unhas longas erguiam o lampião a uma altura em que ela pudesse enxergar o rosto de Anderson.

— Só queria água, senhora! — explicou-se, ainda com as mãos levantadas. — Estávamos perdidos, e morrendo de sede!

A velha apertou ainda mais os olhos. Apontou para Anderson de maneira desaforada, com o próprio queixo.

— *Estávamos perdidos*? E quem disse que você encontrou alguma coisa?

Anderson não soube o que responder. Não esperava qualquer recepção calorosa com direito a confete e fanfarra... Mas também não imaginava encontrar alguém que lhe recusasse um copo de água.

— Eu... Poderia *comprar* um copo de água, então?

A velha balançou a cabeça, estalou a língua.

— Homens — e cuspiu à sua frente. — Precificando o que nunca esteve à venda, desde que me conheço por criatura.

— Eu não quis dizer isso! — Anderson correu a se retificar, sentindo-se ofendido, de certa forma. — Eu só...

— Eu entendi! — ela cuspiu novamente, irritada. Anderson fechou a boca e soltou ar pelo nariz, também irritado: não seria mais fácil engolir a saliva do que ficar o tempo inteiro fazendo aquela coisa nojenta? — E abaixe esses braços. Estão te fazendo parecer mais idiota do que já é.

Anderson obedeceu, sentindo-se de fato bem menos ridículo. A velha foi se adiantando, com passos curtos e cadenciados, o lampião ainda erguido, e Capivera fez algo muito parecido com um rosnado. A mulher dispensou um olhar muito rápido para a roedora e colocou o lampião sobre a mureta do poço. Jogou o balde lá para dentro e um *splash* que confirmava a existência de água foi ouvido.

— Me ajude a recolher a corda — ela disse, com uma mão no quadril, parecendo sentir dores.

Anderson foi até a mureta, em silêncio, e passou a içar o balde. Ela o ajudou a erguê-lo e o afastou com um movimento brusco enquanto desamarrava a corda da alça.

– Venha – disse ela, lampião em uma mão e balde na outra, dando passos claudicantes na direção de sua casa. Anderson apressou o passo e esticou as mãos para tentar ajudá-la com o balde. Mas a senhora o fuzilou com o olhar negro. – Nada disso, eu levo! Não quero correr o risco de ver um destrambelhado derrubando água nesse chão que nem gosta disso!

Anderson respirou fundo, engoliu a nova ofensa gratuita e a seguiu. Gostaria muito de dizer para Pedro que havia encontrado sua avó perdida no sertão, mas duvidava que ele entendesse a ironia da piada.

O interior da casa também era simples, como o imaginado. Era um único cômodo, e nem banheiro parecia haver. Com o auxílio da luz amarelada do lampião, todos os móveis simples de madeira e cabaças de barro davam uma sensação de estar em algum lugar do passado, longe das facilidades da modernidade. Um grande forno a lenha, uma peneira grande pendurada na parede, panelas de ferro, uma rede para o sono, um penico para as necessidades. A mesa redonda de madeira era rústica, repleta de jornais amassados em seu tampo forrado com uma passadeira de renda branca, e com apenas duas cadeiras ao seu redor.

Porém, na outra extremidade do cômodo único, algo curioso: uma estante que ia do chão até bem perto do teto de palha, repleta de bonecos de papel machê. Depois de tantos anos fazendo aulas de Educação Artística na escola, os jornais na mesa da mulher fizeram sentido para Anderson. Ela fazia homenzinhos magrelos e esguios, com rostos lisos de manequins de loja, torcendo e moldando papel úmido. Alguns tinham o tamanho de uma boneca Barbie, e outros chegavam a quase um metro, sempre carecas, nunca tendo rostos detalhados ou dedos das mãos e dos pés. Havia mais de vinte deles.

– Bem legais as suas esculturas! – Anderson tentou puxar conversa, mas ela não respondeu. Estava ocupada em despejar a água do balde dentro de um copo, com precisão cirúrgica para que nada fosse derramado. O garoto não desistiu. – É uma espécie de passatempo para a senhora?

– Não faria muito sentido eu realizar algo para que o tempo passasse, sendo que quanto mais ele se vai, mais eu fico próxima de ir também – ela resmungou, soturna. Levou o copo até a mesa, empurrando os jornais para um lado. – É apenas o que eu faço. Artesanato. Como minhas rendas e meus bordados – ela apontou para o copo, com um gesto, e para a cadeira na frente dele. – Sente-se aqui.

Anderson sentou-se, colocou a mochila no chão e Capivera se enfiou debaixo da cadeira. O garoto estava de frente para o grande forno, e teve um pressentimento bem desagradável com relação àquilo. Nos contos de fadas, a bruxa sempre atraía crianças perdidas até sua casa. Caldeirões e fornos grandes o suficiente para um corpo pequeno sempre eram elementos comuns nesses contos.

— Eu acho que... Não estou mais com tanta sede — Anderson mentiu, olhando para o copo. A velha sentou-se na cadeira à sua frente, tampando a visão do forno.

— Não quero envená-lo. Jamais desperdiçaria água apenas para matar alguém — disse ela, com uma naturalidade cortante. E aquilo não fez Anderson ficar nem um pouco mais tranquilo.

Pensou em seu arco, dobrado dentro da mochila, fora de alcance. Olhou para a água no copo e sentiu o suor escorrendo pela testa. Não deveria estar nervoso assim por causa de uma velhinha, deveria? Claro que não. Se bem que a velha da casa de doces de João e Maria era uma só, e era praticamente uma *serial killer* de criancinhas. Canibal, ainda por cima. Os olhos de Anderson foram direto para a boca murcha da senhora, e um pequeno alívio acalentou o seu peito. Nenhum canibal deveria ser banguela.

— Você parece muito preocupado — ela disse. — Se eu der o primeiro gole, você sossega?

— Não, está tudo bem. É só que... a minha capivara também está com sede...

A mulher olhou para os lados, e para o balde de água retirada do poço.

— Eu devo ter um tacho lá fora... Vou buscar. E tome essa água devagar, entendeu? *Como se fosse o último de sua vida.*

Anderson, imóvel, seguiu as costas da mulher com os olhos, até a porta dos fundos se fechar. E quando ela sumiu de seu campo de visão, levantou-se de supetão.

— Você tá é maluca se acha que vou ficar aqui! — cochichou, pegando a mochila pela alça e batendo na coxa para fazer com que Capivera o seguisse. — Vamos embora! Vem!

Pé ante pé, com a capivara em sua sombra, Anderson foi até a porta da frente, torcendo para que ela estivesse destrancada ou com a chave na fechadura. Passou pelas estantes repletas de bonecos de papel machê e sentiu um arrepio. Era como se estivesse sendo observado por cada um daqueles rostos sem olhos.

— Eu, hein... — sussurrou consigo mesmo, e reparou que a chave estava enfiada na fechadura, como havia desejado. Girou-a devagar, para não fazer barulho, e abriu a porta com um rangido alto demais. Anderson fez uma careta, olhando para a porta dos fundos, mas a velha ainda deveria estar procurando o tacho. — Vai, Capivera, rápido... Sai daí, Capivera!!! Larga esse boneco!!!

A roedora estava mordendo um braço de papel machê e arrastando-o pelo chão da casa. Anderson levou as mãos à cabeça, desesperado, e foi tentar fazer com que ela soltasse o boneco, que tinha cerca de meio metro de altura. Sem tirar os olhos da outra porta, tentava abrir a boca do bicho com as duas mãos.

— Não vem causar justo agora, Capivera! Abre a boquinha, abre...

Ela não o obedecia, e naquele momento Anderson gostaria de teletransportar Tina para aquela casa no meio do nada, pois ela saberia como lidar com aquela coisa peluda.

– Larga! – ele sussurrou, com urgência na voz. Teve a sensação de ouvir sandálias se arrastando por trás da porta dos fundos, e seu pânico aumentou. Em um último e desesperado ato, Anderson tentou fazer cócegas no pescoço do bicho... o que, milagrosamente, funcionou. A boca de Capivera abriu-se brevemente, e Anderson puxou o boneco de papel machê... com força demais.

Ele voou de encontro a prateleira, causando uma avalanche de bonecos sem--rosto. O acidente fez menos barulho do que o esperado – afinal, eles eram compostos de papel e cola – mas o estardalhaço definitivamente não passaria despercebido.

– *Ferrouferrouferrouferrou* – Anderson repetia, em um mantra pessimista, levantando-se com pressa e percebendo que Capivera arrastava um novo boneco pelo chão. – De novo, não!

– O que tá acontecendo!? – veio a voz de lá dos fundos, desconfiada. Anderson tinha alguns poucos segundos para correr. Reunindo toda a sua força, abraçou Capivera por trás e a puxou, caindo de costas no chão com todo o peso da roedora em cima de si.

Ela soltou o boneco, e Anderson reparou que havia algo de diferente naquele ali... Ele tinha uma espécie de laço roxo no seu pescoço, com um pequeno tubinho de papel amarrado na extremidade do tecido de fita. A porta dos fundos estava para se escancarar, mas o muiraquitã de Anderson esquentou de uma tal maneira, que parecia implorar para que o garoto olhasse melhor para aquele boneco e o papel enrolado na ponta da fita. Ainda no chão, ele o desenrolou, e viu que era uma fotografia.

A foto de um bebê sorridente, nos braços de uma mulher cujo rosto estava fora do enquadro. Foi a única coisa que teve tempo de reparar antes da velha voltar ao cômodo único, segurando uma bacia rasa.

– Seu moleque...

Seus olhos se apertaram na direção de Anderson, que levantou-se em um salto, colocando a foto do bebê no bolso traseiro. Em uma injeção de bom-senso, Capivera parou de fuçar os bonecos no chão e tratou de seguir o garoto, que arreganhou a porta e pôs-se a correr pela terra árida com passadas maiores que suas pernas, sem olhar para trás.

– Vem, Capivera! Corre!

O som do sangue martelando nos tímpanos era mais alto que tudo. Anderson corria de volta pelo caminho que havia feito até chegar ao casebre, só que agora no escuro, iluminado pela luz da lua.

Um feixe de luz amarelada lambeu suas costas, projetando sua sombra e a de Capivera no caminho à frente.

– Você! Pare!

Como se a voz da velha o impelisse a obedecê-la, Anderson interrompeu sua corrida, ofegante. Virou-se para trás; ela segurava o lampião bem alto, a não mais que dois passos além de sua porta de entrada.

– Peguem-no – ela grunhiu, o olhar fixo em Anderson.

Um batalhão de bonecos de papel machê começou a marchar através da porta e da janela frontal.

Eles fluíam pelos flancos da senhora, como um rio sendo dividido por um banco de areia. De todos os tamanhos e cores, havia muito mais bonecos do que apenas os que estavam em exposição na prateleira que Anderson havia derrubado.

O primeiro deles, liderando a pequena e estranha turba, avançava em grande velocidade. Anderson teve tempo de arrancar a mochila das costas, agarrá-la pela alça e rebater o pequenino com força na direção dos outros. Capivera investiu contra outro deles, de cabeça, e o derrubou pouco antes de mais cinco homenzinhos se jogarem sobre ela e a imobilizarem.

Anderson chutou um para longe, como um goleiro cobrando tiro de meta, e viu que os outros formavam um círculo ao seu redor, gradualmente. Encurralado, tentava encontrar alguma brecha no cerco para que conseguisse ajudar Capivera e pudessem fugir. Mas dois dos maiores homens de papel machê, que chegavam quase na altura de um caipora, passaram a gingar à sua frente, como capoeiristas sem faces. Os outros bonecos do cerco também se animavam e gingavam em seus lugares, enquanto Anderson apenas olhava estarrecido para as figuras.

– Vocês querem brigar, é? Então, tá!

Sua mochila voou de encontro ao que estava mais próximo. Acertou-o em cheio, e logo lembrou das lições de capoeira do Patrão. Jogou uma das pernas para trás, tomou impulso e girou, soltando a perna de ataque e acertando um *martelo* no peito do segundo capoeirista de papel machê. A criatura, safa, emendou sua queda de costas com um salto "cama de gato" de dar inveja a Bruce Lee, e depois, com uma cambalhota para a frente, atingindo o peito de Anderson com seus dois arremedos de pés.

O garoto perdeu o compasso da ginga e foi ao chão, dolorosamente, o mundo girando. Imediatamente, Anderson viu inúmeras estrelas acima de si, e achou que sua dor era muito clichê. Até que percebeu que as estrelas eram reais, um número impressionante delas completamente visíveis no céu do sertão, sem a camada de poluição e de luz residual das cidades.

– *Au...* Uou... – ele gemeu, em um misto de espanto e dor nas costas. Vários rostos inexpressivos surgiram nas laterais de sua visão estrelada. Até que o rosto sulcado da senhora também apareceu, encarando-o.

– O que você quer aqui?

Anderson respirou fundo, dolorido.

– Aquela oferta do copo de água... ainda tá de pé?

< capítulo 9 >

CAPOEIRISTAS DE PAPEL MACHÊ

Anderson não sabia o que pensar daquilo tudo.

Há alguns minutos, tinha tentando fugir de uma bruxa do sertão, supondo que ela estivesse tentando envenená-lo. Mas, até então, nenhuma magia havia sido feita.

Agora, ele estava sentado novamente na mesa da cozinha da senhora, bebericando a água do poço, com alguns bonecos de papel machê – os mesmos que haviam o confrontado – aplicando um emplastro de folhas de cheiro forte em suas costas doloridas. Os outros bonecos consertavam a prateleira derrubada, varriam o chão, tiravam o pó dos poucos móveis e ajudavam a dona da casa a preparar cocada em uma panela sobre o forno.

Capivera havia deixado de ser arisca e dormia tranquilamente próxima a porta, como um tapete gordo de boas-vindas. Anderson, que conhecia o temperamento do bicho, achava que havia mais um pouco de magia envolvida ali.

– Como você faz essas coisas? – ele perguntou, enquanto um dos bonecos lhe fazia massagem nos ombros. – Você está controlando todos eles... mentalmente?

Ela mexia a cocada com uma colher de pau, sem olhar para trás.

<148>

– A magia vaza do Reino dos Olhos Fechados para cá. Eu deixo ela fluir através de mim direto para as coisas que faço e modelo.

Anderson apenas assentiu com a cabeça. Aquela explicação batia com as que Anselmo havia lhe dado. A mulher olhou brevemente por sobre os ombros, e pareceu perceber a falta de espanto no garoto.

– Você não parece muito assustado. O que me leva a crer que já viu bastante coisa por aí. Quem é você?

– Engraçado, ia te fazer a mesma pergunta.

– Mas você está em *minha* casa.

O garoto suspirou, dando-se por vencido.

– Meu nome é Anderson Coelho. Me perdi de alguns amigos, no Rio São Francisco, mas antes disso estava à procura da cidade de Aratu do Velho Rio.

A mulher parou de mexer na cocada, por um instante, mas sem olhar para trás.

– E o que você quer de lá?

– Libertar outros amigos. Tenho razões para suspeitar que gorjalas tomaram o lugar, e...

A velha deu uma risada que se parecia mais com uma tosse seca.

– Então, agora você tem razões pra ter *certeza* que os gorjalas tomaram o lugar. A cidade de Aratu não existe mais, garoto. Virou uma grande mina de ferro, e também dará lugar a uma represa.

Anderson levantou-se da cadeira abruptamente, fazendo os bonecos de papel machê saltarem precavidamente para trás.

– Como a senhora sabe? Digo... você tem certeza disso?

– Ah, sim. Apesar de eu estar aqui, no sertão esquecido, nada do que acontece por essas terras me escapa. Inclusive, posso supor que um de seus amigos é o velho Patrão, certo?

O muiraquitã de Anderson esquentou. Mas, dessa vez, não sentia medo da mulher.

– Não fique assustado, garoto – ela disse, batendo a colher de pau na beirada da panela. – No pouco que vi você lutando capoeira, reconheci o estilo do Patrão... Quase uma assinatura no seu movimento. Você parece ter aprendido muito observando ele, e parece lutar como se tivesse uma perna só, não usando plenamente as duas para gingar e manter uma base...

Anderson franziu as sobrancelhas, sentando-se novamente, mais calmo. Será que ele fazia isso, mesmo?

– Eu diria que você começou muito bem – ela continuou – mas que deveria aproveitar as duas pernas. Crie seu próprio estilo, tire vantagem disso. O Patrão faz o que faz tão bem pois tem anos de experiência, além de poder usar e abusar do vento... Por razões óbvias.

– Hã... certo.

A mulher deixou a panela no fogo e um cheiro gostoso tomava o lugar. Com uma marretinha, ela quebrou um coco com facilidade e o levou até a mesa, para ralá-lo, sentando-se de frente para Anderson.

– E você conhece o Patrão de onde..? – ele perguntou, observando a polpa do coco sendo ralada com habilidade por aquelas mãos nodosas.

– Já o conheço há muito tempo. Muito. Antes de eu ser *assim*. E antes dele ser *daquele jeito*.

– Antes de ele virar o Saci?

Ela o olhou de relance, com aquelas jabuticabas circundadas por rugas.

– É. Antes disso. Bem antes.

– E quem você era?

– O nome não interessa mais. O uso que eu fazia dele já não tem mais significado. Mas o que eu faço agora me define. Sou a Artesã, e é só isso que você precisa saber. Eu construo, esculpo, bordo, modelo. E minha magia acontece através de minha arte.

Anderson olhou para os bonecos de papel machê, andando pela casa, despejando leite de coco na panela, abrindo uma lata de leite-condensado. Depois de um tempo, ver tudo aquilo deixava de ser assustador. Era como observar a fábrica de brinquedos do Papai Noel sendo operada por gnomos. Com a diferença que gnomos não jogavam capoeira.

– Você nem sempre foi daqui, do Nordeste – Anderson constatou. – Você tem o sotaque, mas fala diferente.

– Sagaz – ela disse, parecendo zombeteira. – Mas agora sou de lugar nenhum. Se eu precisar sair daqui, tanto faz. Vou extrair a magia sempre do que faço, e não de onde estou... Ao contrário de certas pessoas por aí.

Anderson pensou em Anistia. Na magia que Dodô utilizava, que fluía daquele lugar. Pensou em Iara e no poder que ela deveria extrair do Rio Amazonas... A Artesã parecia uma pessoa com um certo rancor, mágoa, ou ainda algo a mais.

– E aquele retrato? – perguntou Anderson, lembrando-se que estava sentado sobre ele. Retirou-o do bolso, sentindo-se um ladrão. – Esse bebê era... seu?

Ele colocou a foto sobre a mesa e a empurrou na direção da Artesã. Ela olhou, mas não a tocou.

– Não. Nem que eu quisesse... Eu posso gerar vida em algo inanimado, mas nunca pude gerar vida... dentro de mim. E essa foto é muito recente para que essa garota fosse minha, não?

Anderson puxou a fotografia de volta e pela primeira vez a olhou com atenção. Na verdade, o bebê sorridente não vestia nada que denunciasse o seu sexo. Era a cara de joelho de uma criança de alguns meses, com um grande sorriso sem dentes. Mas, agora que a Artesã havia dito que era uma garota,

Anderson enxergava o bebê como tal. A foto era colorida, já um pouco apagada por descuido, mas o macacão do bebê era um grande alerta dos anos 1990.

– Hum. Quem é ela?

A Artesã sorriu, pela primeira vez.

– Alguém que não deveria mais ser um problema meu. E não será. Fique com a foto. Talvez você um dia a devolva ao dono.

– Ela estava amarrada em um de seus bonecos. Era uma simpatia, um feitiço?

– Era uma espécie de azaração. Parte de uma promessa à qual me prendi. Mas a partir do momento que você a tocou e a tirou da fita, a magia foi cortada. Minha parte da promessa já está cumprida; agora falta apenas uma parcela dela para que eu me livre disso de vez e volte a tocar minha própria vida.

Promessas.

Anderson, que sabia o peso de carregá-las, olhou mais uma vez para a foto. O muiraquitã em seu peito não parecia fazer nenhuma ressalva ao fato de ele estar com ela nas mãos. E ele costumava ser um bom termômetro para magia e perigo.

– Eu gostaria de encontrar os meus amigos – ele disse, guardando a fotografia de volta no bolso. – Você sabe de alguma coisa referente a um naufrágio no São Francisco?

– Ainda não – ela respondeu, quebrando mais um coco. – Para onde vocês estavam indo?

– Mandacaruzinha. Sabe se lá está tudo tranquilo?

– Nada de gorjalas por lá. *Ainda.* Uma vez que apareça por lá algo de interesse deles...

Anderson engoliu em seco. Reparou que estava torcendo para que todos estivessem bem após o acidente com a boiuna, para que todos conseguissem chegar inteiros em Mandacaruzinha, para que Zé e Inácio estivessem bem sob a custódia de gigantes canibais e, finalmente, para que todos conseguissem entrar em Aratu e salvá-los. Eram muitas variáveis e tudo ali estava muito mais no campo da incerteza e da sorte do que no da probabilidade.

– Então, eu preciso ir – ele disse, pela primeira vez sentindo o pessimismo tomando conta de si. – Não posso ficar aqui, esperando...

– Você não vai conseguir chegar a lugar algum agora, durante a noite – a Artesã o interrompeu, levando mais coco ralado para a panela, seus bonecos mexendo com a colher de pau prestativamente. – Você fica aqui hoje, come a minha cocada e descansa na rede. Amanhã, ao raiar, você parte na direção de Mandacaruzinha, com o sol ao seu favor. Sem cair em arapucas de gorjala, sem ser pego por coisas que rastejam no escuro. Entendeu?

Anderson balançou a cabeça. *Coisas que rastejam no escuro...*

– Ainda vai demorar um bocado até a cocada secar e ficar boa pra comer

– a Artesã disse. – Eu diria que você deveria tomar um banho e descansar. Mas eu também acho que você poderia usar esse tempo para aprender a se defender melhor... Meus bonecos podem te ajudar.

– Tá falando sério? – Anderson perguntou, apesar de saber que as suas dores já haviam praticamente se amenizado por completo. – Eu ainda estou quebrado...

– E você acha que seus inimigos vão sempre te esperar estar descansado?

Anderson não teve como contestar. Lembrou de Bruno Krauss, que simplesmente se recusava a cair. Da perseguição que sofrera em Anistia, antes de ser enterrado vivo. E também não pôde deixar de lembrar do treinamento de Dodô, com o arco. Ao passo que o Grande Caipora era um pacifista, a velha Artesã era explicitamente mais agressiva.

Um dos bonequinhos cutucou a canela de Anderson, chamando-o para fora da casa. O maior deles, já ao lado da porta, segurava um berimbau. Como não conseguiria dizer "não" àquelas simpáticas criaturinhas sem expressão alguma, Anderson foi para a roda de capoeira. Sob a luz das estrelas e dos lampiões.

Anderson acordava pela segunda vez naquela noite. Estranhava despertar na rede, e se atrapalhava inteiro na hora de se levantar para ir ao banheiro, que era uma cabinezinha fora do casebre, saindo pela porta dos fundos.

Porém, daquela vez, Anderson acordava com uma sensação de estranheza, como se algo estivesse fora do lugar: ele não sonhava. Não conseguia, por mais que tentasse. Era como se aquela casa tivesse um bloqueador de sinal. O Reino dos Olhos Fechados não tinha cobertura naquela área, e aquilo parecia ser mais uma obra da Artesã.

Ele ficou encarando a palha do teto e os bonecos de papel machê, que tinham voltado à sua forma imóvel nas estantes. Da frente da casa, vinha o rangido cadenciado da cadeira de balanço que a Artesã havia levou para a varanda, após o festival de cocadas e durante uma segunda rodada de capoeira. Ela ficou lá, observando Anderson ao mesmo tempo em que bordava e opinava sobre a sua guarda e sobre a sua ofensiva. *Transforme as quedas em parte de seu movimento! Não faça firulas desnecessárias!* Era o treinamento de luta mais esquisito que Anderson já tinha feito.

Após cerca de meia-hora em claro, o ruído da cadeira da Artesã parou. Anderson apurou os ouvidos. Olhou para Capivera, próxima à porta, e viu que ela estava acordada, com as orelhas de pé.

– O que foi? Mais alguém lá fora? – perguntou Anderson, vendo que o bicho estava agitado. A porta se escancarou, e a Artesã entrou rapidamente, trancando-a em seguida.

– Teremos visita.

Anderson desceu da rede, confuso. O semblante da anfitriã não era dos melhores.

– É para eu me preocupar? – o garoto se antecipou.

– Eles não deveriam vir aqui hoje. Muito menos nesse horário.

– *Eles* quem?

– Arautos do Rei Massacre.

Anderson sentiu uma cocada escalando seu estômago em direção à garganta.

– Como assim?

– Eles sempre aparecem, me pedem coisas. Às vezes são eles que me trazem coisas que eu preciso. Mantenho uma certa diplomacia com eles e eles me deixam em paz. Mas não sei como eles reagiriam à sua presença.

Anderson agarrou a mochila, inquieto. Capivera correu para o seu lado, sem que fosse preciso chamá-la.

– Eu posso fugir pelos fundos, certo?

– Não aconselho. Eles nunca vêm sozinhos. Um deles sempre monta guarda nos fundos.

– Então, o que devo fazer?! Me fingir de boneco de papel machê?!

A Artesã suspirou.

– Minha ideia não vai te agradar.

– Morrer não vai me agradar. Manda.

– Meu forno é grande. Cabe você e a sua capivara.

– Ah, tá bom que eu entro ali – Anderson retrucou, cruzando os braços.

A Artesã agarrou o seu ombro, as unhas compridas o machucando.

– É lá, ou dentro do poço! O que acha melhor?!

O garoto deu-se por vencido, mas sua vontade de seguir com o plano era igual ou menor que zero.

– Essa porcaria não vai ligar sozinha, né?

– A não ser que a lenha aprenda a fazer autocombustão. E eu ainda não a ensinei. Pra dentro, já!

Anderson se encolheu todo, segurando a mochila à frente, e encostou na parede ao fundo do forno. Chamou Capivera, e ela deu o seu melhor olhar *blasé* para sua situação constrangedora.

– Vem logo, sua fresca!

Ela obedeceu. A Artesã colocou alguns feixes de lenha na frente da boca do forno, e pendurou um de seus tecidos bordados na frente do buraco. Anderson, de onde estava, conseguia enxergar uma boa parte da casa, e tinha uma visão de metade da porta. Os pelos de Capivera espetavam sua barriga, mas até que ela estava se comportando como uma boa menina.

O chão começou a tremer. Os gorjalas deviam estar chegando a passos largos. Os tremores foram aumentando, e Anderson sentia as panelas que estavam na parte de cima do forno trepidando. Viu a Artesã com o olhar perdido em pensamentos por alguns minutos, até que sua porta da frente foi esmurrada. Ela ergueu o queixo, com um breve olhar de soslaio na direção do forno. Abriu a porta.

– Noite – disse a coisa gigantesca agachada do lado de fora.

De onde estava, Anderson via pouco do gorjala. Mas muito mais do que o suficiente. Ele parecia mais magro do que todos que tinha visto pessoalmente ou nas memórias de Wagner Rios. Seus dentes arreganhados em um sorriso eram amarelados, e um deles, ao lado do canino superior direito, parecia ser acinzentado, metálico. Uma grande cicatriz cortava seu rosto na diagonal, mas seus dois olhos pareciam saudáveis. Cabelos longos e oleosos escorriam pelos seus ombros.

– Hoje não era dia de vocês aparecerem – a velha disse, mantendo o papel de durona. – Precisam de algo?

– Aaaah, mas nem vai chamar para entrar? Que falta de educação da *muléstia*!

O gorjala riu, mas parecia que estava convulsionando. Anderson achou que aquilo devia ser algo muito próximo de uma piada gorjala, já que não teria como ele entrar sem demolir o casebre.

– Fale logo o que você quer, Aríete. Desembucha.

– Não era pra ter precisão dessa pressa toda, não! Tá atrasada pra voltar a dormir?! Agora que tá acordada, aguente! – o gorjala falou, cheio de grosseria. Ele parecia perigoso, rodeando o assunto, tentando irritar a anfitriã. – Mas eu vim é a pedido do meu irmão, o Rei Massacre. Quero saber se alguém passou por essas bandas, pedindo informação ou até mesmo algum xepeiro pedindo comida.

A Artesã cruzou os braços.

– Mas é claro que não. E aqui é rota pra alguma coisa? – a Artesã cruzou os braços. Anderson sentia que a fala dela era mais do que convincente, segura. – Tão a procura de alguém, é? Algum escravo de lá da mina de ferro?

– Aaaah, nem lá, nem cá. Os escravos tão tudo de facho sossegado, ninguém mais tentou fugir. Até aquele caipora desgranhento já tá mais manso depois de que eu soltei a chibata nele...

Anderson conteve um soluço de surpresa. Ele estava falando de Zé, só podia ser. Ao menos, agora tinha a confirmação de que ele estava vivo.

– ...mas o que aconteceu é que um bando de aliados dos Avohai chegou de barco pelo São Francisco, hoje de manhã – continuou Aríete, com a fala arrastada. – Eles quase se afogaram mais cedo, mas acabaram sobrevivendo. Depois, três sentinelas nossos encontraram o grupo na estrada perto de Mandacaruzinha, mas faltava gente que tava no barco. E eles só deixaram um vivo pra contar a história...

– E como você sabe que faltava alguém? – a Artesã perguntou, e Anderson sentiu que ela fazia aquela pergunta para que ele ouvisse.

<154>

– A gente deu um jeito de colocar umas pisadeiras de tocaia por aí. Coisa do homem do rabo de cavalo.

O coração de Anderson bateu tão forte que Capivera se remexeu. Tão forte, que ele pensou que Aríete o escutaria, dali da porta. Lembrou de quando acordou na casa da Fernanda, sendo esganado por um daqueles bichos nojentos. Como Rios havia conseguido domesticar pisadeiras?!

– Pisadeiras, hã? – a Artesã disse, distraída. – Esse tal de Wagner Rios é cheio das artimanhas... Se eu fosse seu irmão, tomaria cuidado com o trono. Aquela velha lei do "quem mata o Rei é o novo Rei" ainda vale?

– Não se preocupa, velha. A regra vale, é assim que nossa gente escolhe o líder, mas o Rei Massacre não usa a coroa de ferro há tanto tempo à toa... O meu irmão não confia totalmente em quem não é gorjala. O homem e ele têm um trato, e vão cumprir a trégua até que o plano chegue ao fim e cada um deles saia com a sua recompensa... Aliás, e as suas mandingas? Tá *alembrada* que o Sono do Rio já é daqui a algumas noites?

– Não venha me dizer o que fazer, Aríete. Está tudo sob controle. A minha parte será cumprida. Só não sei como vocês darão prosseguimento. Você sabe...

– O Rios garantiu essa parte – Aríete rosnou, cortando-a. – Por isso estamos correndo, pra garantir a nossa e estar com a represa pronta para abrir as comportas.

O rosto de Aríete sumiu da porta. Ele estava se levantando para ir embora, e aproveitou para assoar o nariz na mão.

– Bom – ele disse, enxugando a mão gosmenta na coxa. – Vou procurar alguma pista do sibite por aí. Parece que é um moleque magrelo e meio escurinho... não pode se esconder por tanto tempo.

– Ele deve ser importante mesmo, não?

– Se é mesmo, não sei. Me pediram ele vivo. Mas se eu comer uma perna e cauterizar o cotoco, não deve ter problema! – mais uma daquela risada horrorosa, e ele assobiou para o gorjala que deveria estar guardando os fundos da casa. – Vam' simbora, Boca-de-Subaco! Que a gente tem que voltar lá pra baixa d'égua ainda antes do sol nascer, lá pra Aratu... Até mais ver, dona Artesã.

– Até – ela disse, seca, guardando muito bem o segredo dentro do forno. Quando eles já estavam a uma boa distância, ela bateu a porta da casa e sibilou. – Pode sair.

Anderson despencou de dentro do forno, derrubando lenha e caindo em cima de uma Capivera bem nervosa.

– Que história é essa?! Você está ajudando Wagner Rios e o Rei Massacre?!

– Não tive escolha! Fui obrigada!

– E quem que te obrigou? – Anderson perguntou, nervoso. – E que diabo é isso de Sono do Rio?!

<155>

– É um fenômeno mágico que acontece uma vez por ano, quando o São Francisco fica paralisado à meia-noite, por cerca de cinco ou seis minutos. Tudo para, nem a água se move. É um momento onde a magia onírica do Rio praticamente transborda para o lado de cá... E ninguém deveria arriscar mexer com o Sono! Pergunte sobre o assunto para Elis, ou para a mãe dela.

– Você conhece a..?

– E, não sei se você ouviu, os dois gorjalas estão indo até o lugar onde seu amigo está preso. Você deveria segui-los, e talvez consiga libertá-lo na surdina.

– Isso é um absurdo. Como eu vou entrar lá?!

– Aproveite o que você tem...

– Um arco, flechas e uma capivara?

– E o seu tamanho – ela frisou, apontando para o seu peito. – Você é pequeno como um rato para eles. Ratos entram e saem de nossas casas sem serem percebidos.

– Ah... Pô, faz sentido!

A Artesã foi até a porta e a abriu.

– Vá. Com sorte, além de libertar seus amigos, você pode dar uma boa olhada no lugar, na mina de ferro, na represa... E trazer alguma vantagem para o seu lado nessa guerra.

– Guerra?

– Acredite, já estou aqui há muito tempo – a Artesã disse, os ombros parecendo sentir todo esse tempo a que ela se referia, de uma só vez. – Eu sei reconhecer os sintomas de um confronto, reconhecer que certas coisas estão para ser mudadas. Eu não deveria tomar partido no que está por vir. Mas... espere aqui.

Ela foi até os fundos. Em um minuto, voltou com um cantil de couro cheio de água, e com um embrulho de pano.

– Queijo coalho e cocada. Para você e sua capivara.

Anderson aceitou o embrulho, guardando-o na mochila e tirando o arco retrátil de lá de dentro.

– Obrigado... Mas a essa hora, os gorjalas já devem ter ganhado quilômetros de distância.

– As pegadas deles são pesadas, os rastros persistem na areia e na terra por muito mais tempo. Apresse-se. Você vai ganhar a ajuda do sol em poucas horas, e estará no encalço de quem poderia te fazer mal. Mantenha-se sempre fora da visão deles e você sobreviverá.

Anderson olhou para os próprios pés. E com isso, viu Capivera.

– Tô com medo de levar ela e me atrapalhar.

A Artesã olhou para o bicho e estendeu a mão nodosa em sua direção. Capivera recuou em um primeiro instante, com o medo inicial que havia demonstrado no encontro ao lado do poço. Mas depois, aproximou o focinho da mão de unhas compridas, e a lambeu timidamente.

– Como eu disse, é uma boa menina. Eu não me preocuparia.

Anderson respirou fundo. A Artesã cruzou os braços e indicou a imensidão do sertão com a cabeça. O garoto deu-lhe as costas e correu.

No fim de sua perseguição, um amigo esperava pelo resgate.

Anderson teve fôlego para quase uma hora de corrida, o que veio bem a calhar. Por mais que ali fosse o alto sertão, sempre dizem que os momentos que precedem o nascer do sol são os mais frios da madrugada. O garoto não teve tempo de sentir nada menos do que o suor lhe escorrendo pelas costas.

Quando o céu já clareava, Anderson chegou à descida de uma encosta e avistou as formas massivas dos dois gorjalas, quase um quilômetro à frente. Eles deveriam ter cansado, ou haviam parado para comer um lanchinho – e Anderson não queria imaginar o que seria esse tal lanchinho.

Conseguiu aproximar-se bastante. Já podia identificar quem era Aríete e quem era Boca-de-Subaco. Anderson gostaria de saber se os gorjalas tinham um cartório especializado em sugerir nomes ridículos ou atemorizantes para suas crianças. O gigante mais esguio, o que havia confabulado com a Artesã, andava com movimentos expansivos, braços largados, como se fosse dono do pedaço. De acordo com o que ouvira, Anderson sabia que ele era irmão do dono. Um grande chicote pendia de um lado de sua imensa calça de couro, e uma grande faca serrilhada do outro.

Boca-de-Subaco era gordo e musculoso, como a maioria dos gorjalas, e carregava um sem-fim de tranqueiras em suas costas – provavelmente era o burro de carga do irmão do Rei Massacre. Empunhava uma lança ainda maior que ele, e com uma ponta curiosa: parecia a pinça de um caranguejo azul gigante. Enquanto tentava se lembrar se no livro de Câmara Cascudo havia alguma menção a caranguejos colossais, Anderson reparou que uma espécie de escudo pendia do outro braço de Boca-de-Subaco. E esse escudo era uma carapaça de um caranguejo colossal.

– Acho que eles aproveitam tudo o que sobra do tira-gosto deles – Anderson murmurou, com um arrepio.

Quilômetros dominados exclusivamente por mandacarus e poeira passavam pelo garoto e pela capivara. Em mais de um momento, as criaturas chegaram a estar ao alcance de seu arco, e Anderson não se arriscava a chegar mais perto do que isso. Ficava com medo de ser farejado em um vento traiçoeiro soprando a favor dos gorjalas. E havia aprendido um bocado com aquela lembrança do jovem Wagner Rios, na qual ele confrontara dois daqueles monstros – e quase havia perdido.

Foi no que parecia ser a terceira hora de perseguição silenciosa que Anderson sentiu estar chegando a algum lugar. A vegetação rasteira começou a ficar mais regular, e o solo a ficar mais íngreme. A umidade do ar também havia mudado, e aquilo só poderia significar a aproximação do Rio São Francisco.

Anderson deixou Aríete e Boca-de-Subaco ganharem distância. Eles escalavam um paredão pedregoso, derrubando inúmeros pedregulhos atrás de si, e não seria nada legal ficar bem atrás de seus pés enormes. Quando eles desapareceram de vista, o garoto contou até cem – um número que sua coragem achou razoável – e tomou o mesmo caminho dos dois. Com dificuldade, foi escorregando nas pedras soltas, e em certos pontos precisava dar um empurrãozinho no traseiro de Capivera, para que ela subisse em alguma pedra ou transpusesse algum obstáculo. Depois que tudo aquilo acabasse, Anderson iria verificar se existia espaço no Guinness Book para a capivara que mais havia se afastado de seu habitat natural.

Anderson ralou os dois joelhos e cotovelos na subida, mas teria ralado muitos mais se tivesse mais do que dois. O sol, que já ia alto no céu, ditando o tom de azul claro em que o firmamento se manteria até a volta do luar do sertão, ofuscou o garoto brevemente, antes dele olhar para baixo e ver o que o esperava: a cidade de Aratu do Velho Rio.

Ou o que sobrara dela.

Já tinham passado alguns anos desde que Anderson recebera a última bronca para que arrumasse o seu quarto. Ele tinha chegado na idade em que havia percebido que um lugar minimamente organizado – minimamente, mesmo – era bom para ele próprio, e não só para sua mãe.

Porém, quando tinha 6 ou 7 anos e sua única preocupação era qual motivação faria com que seu Max Steel se aliasse a Darth Vader para dominarem o Parque dos Dinossauros juntos, como pai e filho, Anderson se via frequentemente sem saber por onde começar a arrumar a bagunça depois das horas de exercício imaginativo. Não imaginava como todos aqueles brinquedos caberiam de volta no baú. Não sabia como livraria a cama de todos aqueles gibis e roupas espalhadas. Seria mais fácil dormir no chão e admitir que o caos prevaleceria no seu quarto dali em diante.

Tudo aquilo lhe voltava à mente enquanto observava Aratu do Velho Rio, de lá do alto, deitado com a barriga na pedra quente, oculto por uma proliferação de mandacarus. Era um lugar que não parecia mais ter jeito...

– Minha nossa...

A paisagem era a destrutiva mistura de usina hidrelétrica em construção, campo de mineração de ferro, campo de concentração e um bolo de noiva de vários andares. Tudo tomado por um véu de poeira avermelhada, que deveria vir das escavações.

A cidade não existia mais. Anderson olhou para além de uma barragem que segurava uma grande lagoa, um braço do São Francisco que corria além dela. Provavelmente, aquela represa tinha sido construída, assim como as deformações no terreno. Não se tratava de um reservatório natural. A barragem de concreto cinza era alta, com imensas turbinas e dutos que poderiam abrigar aviões em seus interiores despontando para fora. Nem um fio de água caía dela, pois ainda não havia sido inaugurada. Abaixo, a terra vermelha revirada estava apinhada de máquinas amarelas. De gente enlameada e suja... e de gorjalas.

Anderson se perguntava como Aratu do Velho Rio sumiu do mapa em tão pouco tempo. Agora, ele entendia. As centenas de escravos humanos – ou seriam milhares? – que erguiam pás e picaretas. Os gigantes que os observavam atentamente, chicoteando e castigando os humanos franzinos que não estavam trabalhando na velocidade desejada por eles. Os muitos outros gorjalas que demoliam pedra e deformavam montanhas com golpes monstruosos. E, no meio de tudo aquilo, tratores de mais de quinze metros de comprimento e muitas vezes mais altos que os gorjalas. Perfuratrizes, escavadeiras, máquinas de extração de minério e caminhões titânicos carregados até o limite. Era tudo muito mais horrendo do que a menção da Artesã a uma mina de ferro funcionando com mão de obra escrava.

Anderson teve um sobressalto. Algo dentro de sua cabeça fazia alarde, querendo ser colocado sob as luzes do *agora*. Era uma lembrança, e ela continha a voz de seu próprio pai, Álvaro:

"...nos últimos dias estamos recebendo muitos carregamentos na empresa, vindo de uma nova fonte de mineração. A supervisão está muito ocupada com o teste de qualidade em todo o material, mas eles concordaram em me dar uma semana para repor as energias, já que o ferro não vai parar de chegar tão cedo..."

Anderson estremeceu. Eis a nova fonte de mineração. Eis a forma de empreendimento da MadeirAço, aquela que a mídia nunca noticiaria e, consequentemente, o povo nunca saberia: mão de obra escrava. Gorjalas aliados, e o povo de uma cidade varrida do mapa sendo obrigado a minar, pedra por pedra, o seu lar. O povo de Aratu do Velho Rio.

Máquinas. Monstros. Escravos.

Wagner Rios havia ultrapassado os seus próprios limites de vilania.

< capítulo 10 >

ARATU DO VELHO RIO

Anderson descia a encosta, pouco a pouco. Arco aberto em mãos, três flechas na outra, e Capivera saltando de pedra em pedra ao seu lado. Ela devia ter aprendido alguma coisa ao observar a movimentação das cabras locais.

A cada nível que descia na escavação, Anderson e a roedora corriam até a proteção atrás de um monte de terra removida ou abaixo de um dos imensos pneus de três metros dos megacaminhões de carga. Gorjalas não olhariam lá embaixo.

Muitos gorjalas passavam arrebanhando humanos. Sempre os xingando, batendo com lanças no chão ou, na melhor das hipóteses, chicoteando o ar acima deles. Na maioria das vezes, a ponta das chibatas rasgava as roupas dos escravos e abria imensas feridas em suas costas.

Anderson precisava se conter para não sair do esconderijo e começar a disparar flechas. Ele queria agir, mas sabia que uma ação impulsiva não ajudaria em nada aquelas pobres pessoas – e nem o ajudaria a saber onde Zé e Primo estariam. Lembrava-se de Wagner Rios, adolescente, vencendo os dois gorjalas com muita dificuldade. Anderson não tinha flechas envenenadas para ajudá-lo, e descartou qualquer ideia de confronto direto. Continuou descendo os níveis com cautela, até avistar, ao lado da pista que dava acesso à usina, algo que lhe chamou a atenção: um trailer. Mas não do tamanho de um trailer que vende hot dogs, mas um grande compartimento que parecia estar ali como a cabine móvel da equipe de projetos...

Do chefe.

Se havia algum lugar onde Rios estaria naquela zona, seria onde pudesse obter o mínimo de conforto.

Foi se esgueirando, esperando pacientemente gorjalas e qualquer outra testemunha saírem de seu caminho. A monstruosidade que era a barragem foi se tornando cada vez mais assustadora, e Anderson não queria imaginá-la em funcionamento. Tentou imaginar em quanto tempo tudo aquilo se encheria de água depois que as comportas fossem abertas. Algumas horas? Dias? Não tinha a menor ideia. Lembrou-se das aulas de História da professora Mariley, da cidade de Canudos... e pensar naquilo só lhe dava enjoos.

Sobre a usina, havia uma ponte maciça, gradeada, para que pessoas pudessem observar as futuras cascatas de água abaixo de seus pés. Havia um grande trono bem no centro da passarela, e Anderson imaginava se aquele não seria o camarote VIP do Rei Massacre para o grande *evento de abertura* do local. Antenas, postes, bobinas e transformadores de energia também eram dispostos por todo o caminho acima. As entradas da passarela, nas duas extremidades delas, eram guardadas por duplas de gorjalas armados com escudos de casca de caranguejo gigante, e lanças feitas de suas pinças dentadas e ameaçadoras.

Foi se aproximando do trailer. Cinco Land Rover pretos estavam estacionados próximos a ele, e aquela era uma assinatura do *modus operandi* de Rios. Todos os veículos estavam bem empoeirados e sujos de terra; a poeira vermelha que subia das minas de ferro fez com que Anderson enrolasse a camiseta no rosto, deixando apenas os olhos de fora.

Passando por baixo de um caminhão-pipa, que deveria fornecer água limpa para o alto comando da aliança entre Rios e Massacre, o garoto conseguiu dar uma boa olhada por uma das janelas entreabertas do módulo. Havia gente lá dentro.

– Fica aqui, Capivera – sussurrou, procurando um ponto onde pudesse ouvir a conversa que vinha de lá de dentro. Avistou um gerador de força a diesel ao lado da entrada do trailer. – Eu já volto!

A capivara deitou-se onde estava, oculta da vista de todos. Anderson certificou-se de que ninguém se aproximava e correu até lá. Cautelosamente escorado na máquina, olhou para dentro do trailer... e tudo era tão luxuoso que, por um momento, Anderson sentiu-se teleportado para fora daquele lugar de miséria sufocante.

Tapete persa. Sofás de couro preto. Quadros de arte abstrata nas paredes, ventilador de teto. Uma grande escrivaninha de mogno, com um computador que Anderson sequer imaginava existir, e uma poltrona reclinável que parecia confortável só de olhar. Um blazer cinzento estava jogado em seu recosto.

Na quina da escrivaninha e, felizmente, de costas para a porta, estava o dono do blazer. Rios estava de braços cruzados, conversando com um bruta-montes cheio de brincos que era muito familiar para Anderson.

– E quando eles voltam, Romero? – Rios perguntou, continuando uma conversa que o garoto começara a escutar em andamento avançado. "Romero, o cigano grandalhão dos Ghouls!", Anderson se lembrou. Após Anistia, de acordo com o Patrão, ele havia sido escoltado junto com o resto dos ciganos malignos para que fossem encarcerados pelos Avohai. Ficava bem claro que o plano de acabar com a cidade também havia sido planejado para libertar os aliados de Rios.

– A última vez que Lionel deu sinais, eles já estavam bem longe de São Paulo – respondeu o musculoso. – Logo eles chegam com a encomenda.

– Certo – Rios murmurou, coçando o queixo áspero. Os olhos atentos de Anderson reparavam que ele havia deixado a barba crescer um bocado, como ele nunca tinha visto. As vantagens de estar supostamente morto era que ele não precisaria estar sempre *apresentável* e engomado como o dono da Rio Dourado. Mas a camisa e os sapatos lustrosos indicavam a sua afeição pelo status que mantinha. – E o arqueiro? Se comportando?

Romero deu de ombros, e parecia que duas montanhas estavam se mexendo.

– Ele parece não gostar de receber ordens.

– Hum – Wagner resmungou. – Ele só me deu problema uma vez. Mas depois voltou com o rabinho entre as pernas.

Anderson sabia do que ele falava. Olavo havia sumido do mapa com uma boa "ajuda de custo" da Mãe D'Ouro, mas devia ter se arrastado de volta para Rios após torrar toda a sua grana.

– Talvez Lionel só precise de mais um pouco de pulso firme com Nakano. Eles vão se entender – Wagner disse, desencostando da escrivaninha e arregaçando as mangas da camisa. – Bom, devemos ir nos encontrar com o Rei, certo? Ele quer fazer o seu blá, blá, blá diário para seus súditos de cabeça oca, e precisamos estar lá...

Anderson se recolheu atrás do gerador. Os passos de Rios vinham na direção da porta, macios sobre os tapetes persas. Romero vinha atrás dele, precisando se abaixar para sair pela porta do trailer.

O garoto os observou indo de encontro ao Land Rover no fim da fila de carros, e depois se encaminhando pelo acesso sinuoso até a entrada da passarela sobre a barragem.

E a porta do trailer aberta.

Anderson esperou um grupo de funcionários da Rio Dourado passar conversando ao lado do trailer, aproveitando o horário de almoço. Eles vestiam uniformes amarelos com o logo da empresa, capacetes, botas e luvas – provavelmente, eram os motoristas e operadores das máquinas gigantes de escavação e mineração. Anderson gostaria de saber que tipo de funcionário trabalhava no meio de gigantes canibais, conseguindo agir naturalmente. Rios devia pagar muito bem, mesmo. Inclusive para não revelarem à imprensa o paradeiro do empresário dado como morto. Duvidava que aquele comportamento só tivesse a ver com lealdade.

Depois que o grupo de operários se afastou o suficiente, o garoto olhou vinte e oito vezes para os lados antes de sair de trás do esconderijo e resolver entrar no trailer. Qualquer coisa que conseguisse lá dentro seria útil.

Depois de caminhar tanto, a ponto de estar com bolhas e calos nos pés, pisar em um tapete tão macio parecia um sonho. Tinha vontade de se largar sobre uma daquelas poltronas, sem se importar com Rios ou seus capangas se aproximando.

E também percebeu que fazia algumas horas que não esvaziava a bexiga.

O fez, no confortável e moderno banheiro do trailer. Só de raiva, não deu a descarga e guardou o rolo de papel higiênico na mochila. Mais simbólico que efetivo na batalha que eles travavam, aquele era um pequeno grande gesto contra Rios, que provavelmente se daria conta do acontecido tarde demais.

Anderson aproveitou para fuçar as gavetas debaixo da grande escrivaninha de mogno, sem tirar os olhos da porta ou relaxar demais os ouvidos.

Papeis, cotações, planilhas. Somente coisas desinteressantes. Mesmo reclamando de seus conteúdos, Anderson continuou abrindo gaveta a gaveta, certo de que encontraria algo útil...

– Opa!

Como uma familiar garrafa cheia de algum líquido de cheiro forte e uma zarabatana. Pertences de Zé, apreendidos por Wagner e guardados displicentemente em seu escritório temporário. Pelo menos, aquilo seria útil ao meio-caipora assim que Anderson conseguisse localizá-lo.

– E quando é que as coisas vão começar a ficar difíceis? – perguntou a si mesmo, desconfiado, enquanto guardava a aguardente de açaí e a arma de Zé na mochila.

Voltou até o caminhão-pipa onde Capivera o aguardava, inquieta, mas sem sair do lugar. Anderson encontrou uma reentrância na encosta escavada, logo no começo do acesso à passarela. De lá, estava provisoriamente mais seguro para espiar a movimentação até que entendesse onde os escravos estavam escondidos.

Quanto mais tempo olhava para aquela terra mutilada, mais pensava estar no meio de uma paisagem marciana. A cada gorjala que avistava, precisava convencer o corpo a não recomeçar a tremer. E, naquele momento, um grande número deles se reunia aos pés da barragem, como se estivessem esperando sua banda favorita na frente do palco. Os que cuidavam de escravos pareciam estar mais nervosos que de costume, pois gostariam de estar ali, junto com os outros na frente da barragem, olhando para cima e aguardando algo.

Uma sirene tocou, dramática. Parecia um alerta de aproximação de Godzilla. Anderson sentiu os tímpanos castigados, pois estava bem próximo de um dos muitos alto-falantes espalhados pela usina.

Ele viu Wagner entrar na passarela, acompanhado de Romero e mais dois gorjalas de escolta. Rios parecia tranquilo, com as mãos cruzadas às costas, parado ao lado do trono gigantesco que Anderson tinha visto anteriormente. Para o homem, aquele era apenas mais uma reunião de trabalho. Os gigantes que o flanqueavam também não pareciam tirar seu sossego – mesmo que suas pernas fossem duas vezes a altura do empresário. Ele sabia que a presença do Cachimbo de Ouro em seu bolso também lhe conferia uma *serenidade* extra.

Um rugido vindo da multidão chamou a atenção de Anderson, que percebeu uma nova figura assomando do outro lado da passarela.

Com passos lentos, aquela coisa nem deveria ser classificada como gorjala. Eram toneladas de banha, músculos e uma pele que, mesmo à distância, aparentava ser da grossura de couro de rinoceronte. Curtida pelo sol, aquela era a carranca do Rei Massacre. Nariz de boxeador, lábios grossos pendendo sobre o queixo triplo, cabelos longos e ensebados amarrados em uma espécie de coque e presos por uma coroa de ferro que deveria ter o tamanho de um bambolê. Usava um estranho colar de contas amareladas ao redor da tora que era seu pescoço, e uma espécie de bata cinzenta amarrada por uma corda na cintura – e talvez aquela corda pudesse ser usada nas âncoras das catamarãs no Rio São Francisco. Costurar para um corpo daquele tamanho deveria ser um sacrifício, pensou Anderson. Melhor ele vestir uma lona de circo, mesmo.

Com seu andar paquidérmico, Massacre marchou até o trono, flanqueado por Aríete, o gorjala esguio que havia interrogado a Artesã durante a madrugada e que Anderson perseguira até encontrar Aratu. O chicote ainda pendia de sua cintura.

Rei Massacre fez um aceno de cabeça na direção de Wagner Rios, que sorriu gentilmente para o monstro. Reduzido a apenas uma criança perto das criaturas maciças que eram os gigantes, Romero parecia extremamente irrequieto e desconfortável em estar ali, ao contrário de seu chefe. Massacre, então, bateu com o punho fechado no peito, o que causou um som parecido com o de um surdo de escola de samba amplificado em cem vezes. O rosnar murmurante dos gorjalas abaixo, na *plateia*, cessou na mesma hora. Massacre foi até a beira da passarela, admirando seus súditos com sua carranca horrenda. Sem aviso, levantou os dois braços, com um dedo de cada mão erguido.

Anderson não entendeu nada. Por um segundo, pensou que o Rei estava mostrando o dedo do meio para seus seguidores – o que seria muito, *muito* engraçado. Imaginou o Rei Arthur em Camelot, virando para seus leais companheiros da Távola Redonda e gesticulando. "Aqui pra vocês, ó!". Mas, com um pouco mais de atenção, Anderson viu que se tratavam dos dedos anelares.

Por um acaso, as mãos do Rei Massacre estavam cobertas de anéis rústicos e pesados, feitos de metal retorcido, assim como sua coroa de ferro.

Ele abaixou os braços e deu um grito curto. Sua caixa torácica era tão grande que suas palavras pareciam estar sendo berradas dentro de uma concha acústica. Anderson nunca tinha ouvido o sotaque nordestino sendo expelido de maneira tão furiosa, enraivecida.

– Gorjalas! Mais um dia rumo à vitória!

Urros e saudações fizeram cada canto da usina tremer. Anderson imaginou que seu tímpano explodiria, caso estivesse no meio dos gorjalas. O Rei Massacre fez menção de continuar o discurso, e todos os outros se calaram instantaneamente.

– O dia de encontrarmos nossa tão merecida recompensa não demora a chegar. Eu estarei mais poderoso do que nunca, e teremos de volta um reino, de fato! Aqui, sobre as ruínas de Aratu do Velho Rio, nós começamos a erguer nosso novo império, e recuperaremos todo o tempo que passamos nas sombras, esquecidos.

O mesmo repertório de urros e berros. Massacre fez sinal com as mãos, e todos novamente pararam para ouvi-lo.

– Faço a renovação de meus votos e minhas observações: sei que a fome nos castiga e sei que estamos trabalhando como nunca... Mas os escravos *ainda* não devem ser devorados, a menos que *eu* os autorize a tirar seu couro e sua carne, e até que a barragem esteja pronta e a usina funcionando. Pois eles tem muito trabalho pela frente!

Dessa vez, os urros foram bem mais tímidos. Talvez eles estivessem esperando que o Rei desse logo a largada ao buffet livre de humanos. Massacre, então, ergueu um indicador gigante, para acrescentar algo.

– A menos, também, que eles tentem fugir ou se amotinar, que fique bem claro. Nesse caso, vocês podem roer até o último osso dessa escória da peste!

Agora sim, urros e comemorações.

– Já os homens de roupa amarela e os ciganos – Massacre continuou, aos berros – estes não devem ser tocados! Eles são os escravos de nosso aliado...

Ao lado do gigante, Wagner Rios deu um passo à frente e pareceu contar algo ao Rei. Sua voz não ecoava como a dele, logo, Anderson jamais o escutaria daquela distância.

– Ah – Massacre recomeçou, aborrecido. – Os homens de roupa amarela são *funcionários* de nosso aliado, Wagner Rios. Não escravos. Mas não devem ser comidos, da mesma forma...

Rios se curvou levemente, com um sorriso cortês no rosto. Massacre voltou a esbravejar motivação para gorjalas aos quatro ventos.

Anderson viu que o discurso do Rei demoraria um bom bocado. E também reparou que toda a atenção dos gorjalas estava ali, em seu líder. Wagner, pelo jeito, precisava comparecer ao pronunciamento de Massacre sempre que necessário, por alguma questão de diplomacia. E, com isso, a atenção deles não estava no campo de escravos, onde apenas alguns gorjalas tomavam conta dos homens e das mulheres esfarrapados, mas sempre olhando para a direção da barragem.

O garoto aproveitou para descer até lá, em um ato de coragem idiota, ou de idiotice corajosa. Com a diferença que podia passar mais tempo em espaços descobertos, sem se esgueirar como em sua chegada na usina. Anderson correu ao lado de Capivera até a estrada improvisada que dava acesso ao nível mais baixo do lugar, se escondendo poucas vezes só por precaução.

Uma escavadeira sem nenhum operador era o ponto mais próximo de um grupo de escravos que usava picaretas em uma parede de terra. O gorjala, segurando uma lança feita com a pinça de um caranguejo gigante, estava de costas para eles, prestando atenção na fala de Massacre, que já não chegava tão inteligível ali no fundo.

Um homem de meia-idade tentava tirar uma picareta da terra, abatido. Exibia um corte na têmpora e os dedos ensanguentados. Anderson suspirou, pois não podia prestar atenção naquelas coisas agora. Ainda oculto atrás da escavadeira, pegou um torrão de terra do chão e arremessou na direção do sujeito, acertando o chão próximo aos seus pés.

O homem olhou para o lado, curioso, e então deparou-se com Anderson colocando o indicador na frente dos lábios, implorando para que ele fizesse silêncio. O escravo pareceu assustado, mas devia ser mais pelo fato do garoto suspeito ter uma capivara a tiracolo.

Ele chegou mais perto da escavadeira. Anderson pôde arriscar uma conversa sussurrada.

– Eu vim ajudar!

– Você é um menino com uma capivara – o escravo observou, desanimado.

– Sou um menino com uma capivara, um plano e amigos que podem acabar com isso! – Anderson rebateu, impaciente. – Onde vocês ficam presos? Preciso encontrar dois baixinhos...

– Os anões? – o escravo perguntou, olhando para a parede, e demonstrando certo medo. – Lá no fundo, à minha direita. Os dois estão lá, acorrentados próximo à entrada do túnel. Todos nós ficamos por lá, à noite. É... é horrível...

– Calma, vai dar tudo certo! – Anderson disse, vendo o homem começar a chorar. Aquilo era de partir o coração em mil pedaços. – Talvez eu precise ir buscar mais ajuda, mas eu prometo que vocês vão embora daqui, ok?

– Minha filha... está lá também, naquele túnel... eles não me deixam nem ao menos passar minhas horas de sono no mesmo lugar que ela... E nem sei se ela está bem!

– Qual é o nome dela?

– Maria Júlia... ela só tem 3 anos...

– Ei, olha pra mim!

O homem obedeceu, acostumado a receber ordens. Era uma marionete dos gorjalas, sua vontade estava obliterada. Anderson se sentiu mal ao falar grosso com o sujeito, mas ele precisava afirmar para si mesmo que não iria amolecer agora, tão próximo de libertar Zé e traçar um plano para derrubar aquele lugar.

– Vou colocar sua filha em segurança – o garoto disse, sem saber o que encontraria dentro do túnel, sem saber o nome daquele homem, e sem saber como cumpriria sua promessa...

Mas com uma leve ideia de como começar.

Anderson entrou na cabine da escavadeira. Os escravos haviam se afastado bastante dela, para que ele pudesse seguir com o plano.

Achou a chave no painel que deveria ligar o veículo e a girou. O motor deu partida, mas só aquilo não seria o suficiente. Levantou todas as alavancas do painel, sem distinção. A cabine da escavadeira começou a girar, enquanto ela andava de marcha à ré.

Anderson saltou da cabine e se escondeu atrás de um banheiro químico, que deveria estar ali para os funcionários da Rio Dourado. O negócio imenso começou a avançar, descontrolado, na direção de um outro trator – e o barulho que os dois veículos fizeram ao se chocar foi lindo.

Xingando, os gorjalas que estavam tomando conta dos escravos se adiantaram para tentar parar a máquina descontrolada com suas próprias mãos – e uns dois foram derrubados no processo, golpeados pela pá da escavadeira. Anderson correu até o grande buraco mal feito que era o começo do túnel, derrapando na entrada e quase sendo atropelado por Capivera.

O lugar era horrível.

Iluminado por grandes e potentes lâmpadas de mineração, grandes salões escavados diretamente na terra abrigavam uma multidão de pessoas em situação precária. Era como se fossem um bando de náufragos, esfarrapados, todos curvados sobre algo que Anderson ainda não conseguia compreender.

O corredor que passava no meio dos salões estava vazio, com as luzes penduradas no teto irregular. Parou ali no meio, sem receber um olhar sequer em sua direção: eles deveriam estar tão acostumados a abaixar a cabeça quando algum carcereiro surgia, que nem sequer repararam que era um garoto e sua capivara que passava entre eles.

A compreensão veio como um murro no queixo: ali estavam os prisioneiros velhos demais para o serviço braçal, e as crianças novas demais para servirem para alguma coisa. "Talvez como petiscos", Anderson pensou, estremecendo. Precisava tirar todos daquele lugar, urgentemente.

Acabou percebendo que os mais idosos que se curvavam sobre alguma coisa, na verdade bordavam grandes peças de roupa. Túnicas, gigantescas.

Vestimentas para os gorjalas. Tudo costurado com grandes agulhas e linhas grossas. Algumas crianças choravam, mais para o fundo do corredor. Anderson avançava com passos amedrontados, quase arrependido de ter entrado naquela ratoeira. Como ele sairia dali, com Capivera, Zé, Primo e quem mais conseguisse, sem ser visto?

– Você não deveria estar aqui – disse uma voz, vinda da esquerda.

Era uma constatação, não uma ameaça. Um senhorzinho, cerca de 70 e poucos anos, com o peso da idade e dos maus-tratos bem visível, e cheio de feridas, cabelos brancos e ralos. Costurava algo parecido com um saco de estopa, devagar, mas os olhos estavam bem fixos em Anderson.

– Oi, eu...

– E você tem um cachorro muito diferente.

– Ah, é uma capivara...

O velho desviou os olhos para sua costura.

– Definitivamente, estou cada vez mais cego.

Anderson saiu do corredor, abaixando-se ao lado dele. Capivera o acompanhou.

– O senhor... Era daqui de Aratu do Velho Rio? Me desculpe perguntar, mas é que você não tem sotaque...

– Tudo bem, filho. Não, eu sou escravo já há um bom tempo. Péssimos quarenta e tantos anos... Fraco demais para uma picareta, velho demais para ser nutritivo para suas refeições – ele disse, com indiferença.

Quarenta anos de escravidão. Anderson sentia as forças deixando suas pernas. A coisa era bem pior do que ele pensava.

– Eles trouxeram o rebanho de humanos deles para cá assim que o terreno foi nivelado. É sempre assim. Somos arrastados para lá e para cá... Conforme a decisão do Rei.

Anderson ficou em silêncio, observando aquelas mãos enrugadas trabalhando. Lembrou da Artesã. Lembrou de Dodô. Lembrou de tantas pessoas de aparência frágil, mas que carregavam uma força de vontade incrível, um poder inigualável em suas vozes e olhares. Com aquele senhor não era diferente.

– Como você veio parar aqui? – o garoto perguntou, de olho na entrada do túnel. Ouvia um rosnar coletivo à distância, o que significava que Massacre ainda estava discursando. Que saco.

– Eu... estou aqui por um erro. Fiz pessoas que eu amo pagarem por ele... Elas se foram, mas eu fiquei. Só penso em quem eu deixei, e meu corpo trabalha... Trabalha para quem me tirou tudo.

– Mas por quê? O senhor já pensou em fugir? Olha, eu vim aqui resgatar amigos – Anderson começou, o seu coração mole já fazendo com que ele estendesse a mão para mais uma pessoa. Esperava descobrir uma maneira de fugir com uma procissão de gente em sua cola. – Se o senhor me ajudar a encontrá-los, quem sabe... Bom, eles são baixinhos, dessa altura, mais ou menos...

Os olhos do velho ganharam um brilho aguçado. Se não fosse a situação atual em que ele se encontrava, Anderson diria que havia até resquícios de ganância neles, como os de um dragão velho, que há tempos não se deita em tesouro algum. Ou talvez fosse apenas resquícios de sua sagacidade

– O caipora. Eu sei onde ele está.

O velho largou a agulha e o tecido que cozia no chão. Se empertigou, com dificuldade, e apoiou-se na terra vermelha da parede.

– ...e só estou aqui até conseguir pagar meus pecados. Talvez essa seja a hora.

Não chegava a ser um labirinto de complexidades, mas eram passagens longas e claustrofóbicas. O idoso ia na frente, apoiando-se nas paredes, e todos os prisioneiros eram apáticos à presença da dupla – menos as crianças, que se encolhiam quando Anderson passava por elas. Ele ficou tentando imaginar se alguma daquelas era a tal de Maria Júlia. "Calma, uma coisa de cada vez", pensou.

Chegaram a uma bifurcação, e o velho pegou a direita. Capivera disparou à frente, passando pelos dois, e Anderson sabia que ela havia sentido o cheiro de Zé.

Era a segunda vez que Anderson o via encarcerado. Em Anistia, no ano anterior, Rios o havia neutralizado dentro de uma gaiola. Agora, estava preso pelos braços em correntes chumbadas na rocha pura da parede.

– Zé! – Anderson não conseguiu reprimir o grito, que fez o meio-caipora abrir os olhos debilmente, provavelmente pensando se tratar de uma miragem. Da cor de papel-sulfite, ele sorriu, e sua boca estava ressecada, cheia de fissuras e cortes. Estavam minando suas forças, alimentando-o com algo pior que lavagem, segundo o velhinho.

– E-eu sabia... que poderia contar com você, garoto – Zé murmurou. Anderson remexeu em sua mochila furiosamente e achou o vidro de aguardente especial de Zé.

– Tome um gole, depressa! – disse, abrindo a rolha e levando a garrafa aos lábios do amigo baixinho.

– Eu... estômago vazio...

– Só um pouco pra você conseguir escapar das correntes, vai!

Zé babou nos farrapos que eram a sua velha camisa. Fez uma careta ao beber sua tão preciosa poção.

– Blergh... A-acho que desacostumei um bocado.

– Vamos lá, preciso do caipora loucão pra agora! Cadê o Primo?

Zé, agarrando a aguardente, apontou para a parede oposta. E o semicurupira estava tão abatido que nem mesmo havia chamado a atenção de Anderson e do escravo idoso que o ajudava.

– Eu posso ajudar com as trancas das correntes – o velho disse, tirando as suas agulhas de costura da bainha de sua bata surrada. Ele enfiou uma delas no buraco de um dos cadeados grosseiros que prendiam a corrente de Primo, e começou a cutucá-lo, como um gatuno tentando abrir uma porta com um clipe. O semicurupira se movia lentamente, as solas dos pés desiguais com uma crosta de sujeira. Seu cabelo ruivo também estava imundo.

Enquanto cada um tentava se livrar de suas correntes à sua melhor maneira, Anderson ouviu uma gritaria vinda do caminho que ele havia feito para chegar até ali. Eram palavras de ordem, mas não pareciam vir de gorjalas: talvez fossem capangas de Rios. Capivera se posicionou de frente para o túnel e começou a fazer algo muito parecido com um rosnado. "Seria ótimo se ela se transformasse em lobo de vez", Anderson pensou, enquanto ajudava Zé a puxar uma das correntes da pedra. "Uma *lobisvara*, em Transformação Insana".

Zé, que estava bem mais corado, apoiou os dois pés na parede e fez impulso com o corpo todo para trás, enquanto Anderson o ajudava. O elo mais próximo da rocha começou a entortar e abrir. Sombras alongadas se precipitavam no corredor. Chegariam em instantes.

– Anderson... *ungh*... pegue o seu... *uuuungh*... arco e me dê cobertura! A corrente da esquerda está quase... cedendo...

O garoto obedeceu e com um apertar de botão, o arco dobrável se abriu, um milésimo de segundo mais tarde que o habitual – e com um ruído que indicava leve ferrugem em suas dobradiças.

Eram quatro homens. Dois deles com o macacão amarelo da Rio Dourado, e outros dois com vestes ciganas e punhais embainhados nos cintos. Ghouls, obviamente.

– Que porcaria é essa..? – perguntou o mais baixo, um adolescente narigudo que estacou à frente, parecendo surpreso. Anderson reconheceu o cigano: era Sávio, que havia estado em Anistia e participado de seu "quase enterro" proporcionado por Bruno Krauss. – Você!?

Anderson puxou a corda do arco até a orelha. Sávio gritou alguma coisa, apontando para o garoto, e o outro Ghoul sacou o punhal de maneira veloz, pronto para atirá-lo.

– Cuidado! – Primo gritou de onde estava, enquanto o escravo ainda tentava febrilmente arrombar a fechadura. Anderson não esperou para saber se o Ghoul desconhecido tinha boa mira, e soltou a sua flecha na mão que estava prestes a arremessar o punhal. Certeiro.

O Ghoul gritou, desesperado, derrubando sua lâmina e olhando para o novo adereço que enfeitava a palma de sua mão direita. Sávio saiu do torpor e tentou puxar o próprio punhal da bainha. Anderson foi mais rápido e atingiu seu rosto com um golpe do arco.

Um dos homens de uniforme amarelo foi para cima do garoto e chutou-o na altura do peito. Anderson cruzou os braços à frente para tentar aparar o chute, mas o golpe o jogou no chão da mesma forma. No mesmo instante, Zé soltou uma das correntes da parede e aproveitou para brandi-la como um chicote contra o capanga. A corrente se enroscou no pescoço dele, e Zé puxou, com força, derrubando-o aos seus pés enquanto tentava afrouxar o aperto em seu pescoço.

O segundo homem de macacão avançou. Anderson, já de pé, tentou armar outra flecha, mas o sujeito avançou rapidamente e agarrou-o pela cintura. De volta para o chão, os dois começaram a se debater e levantar poeira, enquanto Sávio vinha correndo com o nariz sangrando e o punhal erguido.

Inácio gritou mais uma vez em alerta, mas foi nesse momento que mais alguém entrou em cena e agarrou o garoto ghoul pela gola da camisa, atirando-o para trás. Ainda tentando se livrar do capanga de Rios em um jiu-jitsu desajeitado e completamente desprovido de técnica, Anderson viu que a nova aliada na batalha era uma mulher esguia, vestida como escrava dos gorjalas, que aplicava um eficiente mata-leão em Sávio, que estava prestes a apagar. Anderson gostaria de agradecê-la, mas estava tomando murros na costela e não conseguia falar. Ou revidar.

Zé, agora completamente solto e com uma corrente pendendo de cada pulso, as rodopiou no ar e atingiu o rosto do homem que agredia Anderson. Duas vezes, em seguida. Dois golpes devastadores e rápidos, com toda a agilidade caipora de volta aos nervos de Zé.

– Isso foi... *cof, cof*... legal pacas... – Anderson disse, reerguendo-se entre tosses. – Você parecia um mini-Kratos rodopiando, cara... *cof*! Meu próprio *God of War* portátil.

– Quê? – Zé perguntou, oscilando entre o meio-caipora gentil e o arisco.

– Deixa pra lá. Eu sempre esqueço que você não joga essas coisas...

– Jogo sim, de vez em quando. O meu *gnomo* do joguinho de internet está no nível 3, pra sua informação...

– Nossa, *já?!* Dois níveis em dois anos, tô impressionado – Anderson riu, sarcástico, levantando-se e notando Sávio desmaiado. – E você joga com um *halfling*, não com um gnomo.

Sua aliada desconhecida se erguia e aproveitava para apagar o ghoul com a flecha trespassada na mão. Um chute brutal em sua cabeça, e ele passou a dormir profundamente, sem reclamar da dor. Capivera foi até o seu lado e começou a fazer xixi bem próximo à sua cara. Ninguém a impediu.

– Hã... obrigado – Anderson disse, notando que a mulher tinha traços familiares e cabelos crespos. – Você tá bem?

– Se querem fugir, vão precisar de minha ajuda. Tenho um plano – ela disse, cortante, carrancuda, ignorando a pergunta do garoto. Seu sotaque nordestino também era forte, o que devia significar que ela era uma ex-moradora de Aratu do Velho Rio. No mesmo instante, o velhinho conseguia libertar Inácio das correntes. Um método demorado, mas eficaz.

– E quem é você? – Anderson perguntou. Zé se adiantou, arrastando as correntes e estendendo a mãozinha para a mulher. – Ela é Edileusa Alvim, uma das líderes dos Avohai. E se ela diz que tem um plano, é melhor nós acreditarmos.

Anderson deixou uma exclamação de surpresa escapar de sua boca, como um arroto.

– Eu sabia que você parecia com alguém! Você é mãe do Severino!

As feições duras dela amoleceram por um instante. Imediatamente, seu rosto se transformou em uma máscara de preocupação.

– Meu filho! Ele está bem?!

Anderson demorou um segundo para responder.

– Nós viemos juntos até o sertão... E tudo me leva a crer que ele está em Mandacaruzinha...

– Graças a Deus! – ela arfou, abraçando Anderson como se ele fosse um ente querido. O garoto sentiu lágrimas mornas tocando sua testa, e quase chorou junto com ela. Primo colocou uma mão no ombro da mulher, e ela se recompôs. – Tudo bem... Precisaremos escapar daqui... nos organizar em Mandacaruzinha, e voltar pra libertar o resto dos prisioneiros e colocar esse lugar abaixo... Menino, aquele Saci de uma figa está por lá?

Anderson sorriu, exultante.

– Tenho certeza que sim. E deve estar pensando em um jeito de acabar com esse lugar à maneira dele.

– Então, devemos chegar lá o mais rápido possível para coordenarmos nossas ideias – Edileusa disse, soando como uma líder nata. Ela olhou para os inimigos abatidos no chão e começou a tirar o macacão amarelo de um deles. – Tenho uma ideia de como escapar, e posso nos levar diretamente até a cidade mais próxima.

Anderson teve um vislumbre do plano da mulher. Gostaria de perguntar sobre o marido dela, Aloísio, o pai de Sev. Mas antes, tinha que tirar um peso de seu peito. Segurou o braço de Edileusa.

– Você conhece alguma criança chamada Maria Júlia?

Anderson estava vestido como Sávio. Lenço na cabeça, camisa, colete, o cinto com a bainha do punhal – e a própria arma nele, claro. Sentia-se sujo por estar parecendo um Ghoul, os traidores que já haviam criado tantos problemas para ele. Mas o plano de Edileusa era a melhor opção que eles tinham no momento, por mais que parecesse bem ridículo.

A mãe de Sev vestia um dos macacões amarelos da Rio Dourado. Eles eram largos e disfarçavam as curvas de seu corpo, enquanto um capacete de operário disfarçava seu cabelo. Isso fez com que Anderson percebesse que não havia mulheres no campo de trabalho escravo, nem gorjalas fêmeas e tampouco ciganas dos Ghouls andando por lá. A usina que um dia fora Aratu do Velho Rio havia se tornado um Clube do Bolinha Infernal.

Zé, Inácio Primo, o escravo idoso que sequer havia mencionado seu nome e a garotinha chamada Maria Júlia andavam em fila indiana, como se estivessem sendo escoltados pelo Anderson-Ghoul e pela Edileusa-da-Rio-Dourado.

– Não se *apoquente*, minha flor – Edileusa sussurrava à criança, que parecia prestes a transbordar de lágrimas. – Papai pediu que nós te levássemos até um lugar com cama quentinha pra você esperar por ele, sim?

A menininha coçava os olhos, tentando engolir o choro. Assentiu com a cabeça. Tinha o sangue quente do sertão, e já se mostrava corajosa desde cedo.

Capivera vinha um pouco atrás do grupo, cautelosa, como Anderson havia pedido. Enquanto caminhavam pelo corredor na direção do exterior da mina, muitos dos prisioneiros e escravos lhes direcionavam olhares curiosos, mas alguns poucos demonstravam em seus semblantes que reconheciam Edileusa sob seu disfarce, e que ela deveria estar aprontando algo – no bom sentido.

– Vamos até lá fora, e não olhem para os lados – a Avohai disse, segurando as correntes de Zé como se ele estivesse sendo conduzido, puxado como um cachorro fujão. – O melhor disfarce é estarmos à vista de todos. Andaremos em linha reta, pelo meio do campo, na direção da rampa que dá acesso até o lado de fora da usina, em campo aberto. Anderson, cubra o rosto com o lenço do garoto cigano! Todos eles lá fora usam proteção o tempo todo, por causa da poeira vermelha do ferro.

Anderson puxou o tecido para cima do nariz, parecendo um bandido do Velho Oeste. Na sua frente, estava Inácio Primo, também no papel de fugitivo indefeso. Anderson tirou castanhas de sua mochila para que ele ganhasse um pouco de energia, assim como Zé, Edileusa, a garotinha Maria Júlia e...

– Ainda não sei seu nome, senhor – Anderson perguntou ao velho escravo, percebendo que nem se dera ao trabalho de perguntar desde a hora em que ele havia sido interpelado pelo homem. Sentia pena ao vê-lo comer as castanhas tão devagar, debilitado. Seus olhos estavam novamente desfocados, distantes. – Quer mais castanhas?

– Obrigado, filho – ele disse, aceitando mais algumas na mão em concha. – E meu nome é Bertoldo.

Anderson inclinou a cabeça levemente. Por que tinha a sensação de conhecer aquele nome? Ou simplesmente era paranoia sua, após tantos encontros e reencontros naquele lugar bizarro que era o campo de escravos.

– Podemos ir? – Edileusa perguntou, também cobrindo o rosto e escondendo os cabelos para dentro do capacete de operário. – Sigam o plano, e só precisaremos correr quando tivermos uma boa vantagem.

– Eu não consigo correr – Bertoldo disse, tranquilo. Aquilo não era uma reclamação. Zé virou-se para o idoso e pôs a mão no antebraço do homem, dando um sorriso encorajador.

– Se precisarmos correr, eu carrego o senhor. Combinado?

O homem assentiu. Não parecia duvidar da força do baixinho – e nem deveria, uma vez que havia presenciado o último embate. Anderson gostaria de parar tudo, de não colocar aqueles dois em risco. Na verdade, não queria colocar ninguém em risco. Gostaria de tirar todos dali. Libertar os escravos naquele momento, sem esperar... Foi até Edileusa e cochichou em seus ouvidos.

– E seu marido, o Aloísio? Ele não poderia nos ajudar... a soltar todos? Agora?

– Seria arriscado – ela respondeu. – Ele está em algum lugar da mina, longe. Se tentássemos coordenar qualquer fuga maior que essa agora, dificilmente escaparíamos... e teríamos muitas baixas – ela tocou o rosto de Anderson por cima do lenço. – Nós voltaremos, em maior número. E levaremos todos eles. Combinado?

Anderson assentiu. Os olhos de Edileusa se estreitaram, suas bochechas subiram. Ela devia estar sorrindo debaixo de seu lenço. Junto com a injeção de coragem, o sotaque veio com tudo, mesmo abafado pelo tecido.

– Então, *'bora, que eu tô é azogada com esses gigante fulêro!*

Não é que Anderson estivesse pessimista com o plano. Na verdade, ele confiava demais na ideia. Já havia assistido a *Star Wars – Uma Nova Esperança* (o Episódio IV, mas que veio primeiro, e... ah) muitas vezes, e sabia que Luke, Leia, Han e Chewie haviam se dado bem em todas elas, usando um plano parecido. A roupa que ele vestia não era de Stormtrooper, e sim de cigano do mal. Mas nem sempre a vida imitava a arte.

Eles passaram próximos demais aos gorjalas. Na verdade, bem no meio deles. Os ogros mexiam com os prisioneiros, praguejavam, faziam ameaças. Anderson sussurrava para si mesmo que não deveria olhar para os lados ou demonstrar pânico. Por dentro, estava aterrorizado.

Capivera ia acompanhando o grupo a distância, refazendo o caminho que ela e Anderson haviam realizado até lá embaixo, parando atrás dos banheiros químicos, tratores e montes de terra, furtivamente. Definitivamente, Tina havia deixado aquele bicho mais esperto que o normal.

Um gorjala pôs a cara bem próxima de Inácio, à frente de Anderson. Disse alguma coisa ininteligível, provavelmente referente aos seus pés – um virado para a frente e outro para trás – e começou a rir de forma grosseira, fazendo com que outros gigantes próximos o imitassem.

Sobre a passarela da barragem, o Rei Massacre parecia conversar com Wagner Rios, seu discurso já terminado. Anderson olhou de esguelha para a direção da dupla, umas duas vezes, e viu que os dois estavam circundados por gorjalas e Ghouls. Negociavam algo? Não dava pra saber. Mas seu muiraquitã de tartaruga estava quente, como se quisesse alertá-lo de inúmeros perigos ao seu redor. "Não me diga, jura?!", pensou o garoto. Olhou mais uma vez para a barragem. O tal de Aríete, mais magro e mais chamativo que a maioria, não parecia estar lá em cima. Para onde tinha ido?

Como uma resposta mais rápida que o esperado, uma sombra encobriu o grupo. Era Aríete, vindo atrás deles, seu chicote em mãos, o couro arrastando na terra. Boca-de-Subaco, o grandalhão que o acompanhava na visita à casa da Artesã, estava ao seu lado, flanqueado por mais dois gorjalas tão feios quanto o resto.

– Ô, vocês! Pra onde tão levando esses batoré e esse véio?

Edileusa não parou de marchar por um segundo. Anderson pode ouvir ela repetindo a palavra "ignorem" como um mantra, bem baixinho. Eles obedeceram, sem diminuir a marcha. Mas por quanto tempo aquele gorjala suportaria ser ignorado?

– Tô falando com vocês, diacho! – Aríete esbravejou, estalando seu chicote no chão. – Onde vocês pensam que vão com esses escravos? Ô, cigano! Você não é muito baixo para estar escoltando alguém, não?

Anderson sabia que eles tinham apenas alguns segundos antes do plano ir completamente por água abaixo. Sem mover muito a cabeça, seus olhos perscrutaram o cenário ao redor.

Havia um dos *supercaminhões* amarelos reabastecendo, recebendo diesel de outro veículo parecido com um caminhão-pipa, através de uma mangueira. O motorista parecia desatento, há mais de dez metros de seu veículo. Anderson ficou imaginando que, se ele conseguisse atirar uma flecha na mangueira e fazer o combustível vazar...

– Inácio – ele sussurrou para o "prisioneiro" à frente, apertando o passo e sentindo a sombra de Aríete os engolfando. Lembrava que, apesar de ser um meio-curupira, Inácio Primo extraía poderes do fogo de maneira plena. – Você conseguiria produzir uma faísca, algo assim, e acertar aquela mangueira, daqui de onde estamos?

– E-eu não sei se consigo longe assim! – ele titubeou, parecendo ainda estar muito enfraquecido. – E talvez minhas chamas estejam muito débeis...

Aríete gritou. Eles não pararam mesmo assim. Bertoldo, que estava à frente de Inácio, estacou, fazendo o meio-curupira e Anderson se trombarem atrás dele.

– Bertoldo, anda...

O velhinho virou-se para Anderson. Deixou a corda amarrada frouxamente ao redor de seus pulsos cair, e deu um sorriso. Sereno. Até demais, dada a situação.

– O seu plano é bom. Sem mim, vocês conseguirão correr bastante.

<175>

Anderson franziu as sobrancelhas.

– Do que você..?

Em um movimento preciso, Bertoldo arrancou o punhal Ghoul da bainha de Anderson. Até Aríete parou ao ver a cena inesperada. Edileusa ouviu um rumor atrás dela, de Zé e da pequena Maria Luísa, e todos viraram-se para olhar o que estava acontecendo.

Sem mais uma palavra, Bertoldo deu as costas ao grupo e correu na direção do caminhão que reabastecia, o punhal erguido e refletindo a luz do sol.

– Eu pego esse velhaco! – Aríete gritou, rodando seu chicote no ar. Mas Bertoldo já estava bem na frente da mangueira, e a rompeu com um único golpe. Felizmente, as armas dos Ghouls estavam sempre afiadas.

O combustível começou a se espalhar rapidamente pelo chão e pelas rochas, vazando dezenas de litros por segundo. O chicote de Aríete zuniu e se enrolou em torno dos braços e tronco de Bertoldo, que foi ao chão, mas sem largar sua lâmina.

– Vamos – Edileusa disse, puxando Anderson pela gola da camisa com uma mão e pegando Maria Júlia no colo com a outra. A garotinha afundava o rosto na curva do pescoço da Avohai. Ninguém prestava atenção neles, agora. Muitos gorjalas gritavam, e se aglomeravam em torno do caminhão, enquanto os escravos e funcionários humanos se afastavam. Era uma boa hora para se misturar a eles e sair do centro das atenções. – Ele escolheu nos ajudar... e não vamos desperdiçar isso.

O garoto sentiu os olhos prestes a transbordar. Ele mal conhecia aquele homem, mas parecia que toda a dor que ele havia passado nos últimos anos havia sido transferida para o coração de Anderson. Bertoldo, no entanto, apesar de caído no chão e imobilizado, crispava os lábios, como um lutador que ainda não havia entregado os pontos.

– Anderson! – Zé alertou, também o puxando. – Precisamos ir...

Ele virou-se e continuou a caminhar, para longe do caminhão e da multidão. Sua mão, no entanto, foi direto para o bolso lateral da mochila, onde sabia que o arco retrátil estava. Alcançou uma flecha e o abriu, ainda andando.

Enxugou os olhos com as costas da mão, e apertou os lábios. Tiro instintivo. Uma única chance, para não desperdiçar o sacrifício de Bertoldo.

Anderson girou, e disparou. Virou-se de volta antes de ver o resultado de seu tiro, pois sabia que acertaria.

Bertoldo respirava com dificuldade, o rosto no chão. Havia cortado a testa ao bater a cabeça em uma das pedras, que já se encontrava ensopada por diesel, o cheiro pungente agredindo suas narinas, mas não de maneira pior que o cheiro de todos aqueles gorjalas ao seu redor... Um cheiro que ele fora obrigado a aguentar por mais de quarenta anos...

– Você queria fazer o quê, véio dos infernos? – gritou o gorjala magro, irmão do Rei, que o aprisionava com o chicote. – Tá derrubando essa porcaria de óleo pelo campo, e agora vai virar palito de dente pra mim e pro Rei! Vai, sim! E vai sofrer que nem...

Um zunido. E o aperto ao redor do tronco se foi.

Bertoldo se levantou, rápido, como em sua juventude. Aquela era toda a força reserva que ele tinha no corpo, armazenada bem em seu íntimo após os anos de escravidão começarem, e voltando em um último esforço antes do mergulho final.

O gorjala olhava para seu chicote partido, sem entender de onde tinha vindo aquela flecha que o cortara. Os outros gigantes avançavam, fechando o cerco ao redor de Bertoldo, que não estava mais preso.

Não mesmo. Bertoldo sorria, porque estaria livre em questão de segundos.

Olhou para a ponte sobre a barragem. Viu a forma massiva de Massacre, conversando com alguém...

Bertoldo sorriu, parecendo entender uma piada feita tão somente para ele, e agarrou o punhal com força.

– Estou chegando, Penélope, meu amor.

A lâmina de metal bateu contra uma rocha que ainda estava milagrosamente seca, rodeada por um mar de combustível. Do encontro do metal com a pedra, uma faísca foi produzida.

E foi o suficiente.

Na primeira vez em que viu Massacre, o achou assustador. Carregava violência em cada palavra arrastada, em cada feição distorcida por sua máscara de ódio e rugas causados pelos seus mais de 100 anos de existência. O corpanzil, parecendo um tanque de guerra de (muita) carne e osso.

Porém, aprendera a duras penas que qualquer horror poderia ser superado se tratado como um presente repetitivo do cotidiano. E agora, podia afirmar em pensamento, com certeza absoluta, que achava o grandioso Rei Massacre um saco.

Ele não calava a boca. Precisava repetir e repassar mil vezes cada parte do plano. Onde seus súditos participariam, onde seus escravos estariam, onde seus malditos e imbecis rituais primitivos entrariam... A grande roda, mais parecida com uma torneira gigante, que precisaria ser girada manualmente sobre a ponte de usina, para abrir as comportas no momento combinado. "Rios, meus gorjalas irão girar para a esquerda ou para a direita?". Era difícil acreditar que aqueles ogros estúpidos haviam acabado com o bando de Lampião e Maria Bonita. Que conseguiram fazer alianças e manter a diplomacia com humanos naquela ocasião. A História nunca havia citado a presença de monstros gigantes durante o *massacre* na fazenda de Angicos – obviamente –, e Rios sempre imaginara que tampouco devia ter sobrado gente do lado que havia sido imortalizado pela sabedoria geral.

Além de tudo isso, Rios imaginava o que aconteceria se o Rei Massacre soubesse que, por tanto tempo, a força motriz que empurrara sua vida na direção em que se encontrava hoje era o desejo de vingança contra os gorjalas que haviam dado cabo de seus pais, em sua tão longínqua infância. Do tanto de gigantes que Wagner havia matado – e ele jamais esqueceria o dia em que havia exterminado dois deles, usando uma zarabatana e dardos com veneno de jequiranaboia. E hoje, lá estava ele, aliado dos monstros, fazendo planos que se entrelaçavam com os interesses daquela raça misógina, bestificada, ignorante e... bem, todos esses adjetivos poderiam encontrar correspondentes humanos, tanto na política e na rua, quanto nos negócios e nos lares do país. No fim das contas, Wagner negociava com esse tipo de gente, não? A aliança com os gorjalas era apenas mais uma manobra empreendedora, em uma extensa lista delas. Apenas negócios.

Massacre falava. Salivava. Wagner voltava aos poucos a prestar atenção nas palavras, uma vez que seu semblante se mantivera atento durante todo o tempo em que havia embarcado em divagações. Ser dissimulado era uma arte que o terno, a gravata e as mesas de reuniões executivas também haviam lhe ensinado. Ou melhor, aperfeiçoado.

Parecendo inquieto atrás de seu irmão – o Rei – o gorjala magrelo conhecido como Aríete se afastou do grupo de discussão, aos poucos, levando um destacamento de gigantes consigo. Assim como ele, Wagner sentia que algo acontecia no lugar, e aquilo o inquietava. Aríete era mais atento que a maioria deles, mais venenoso, e parecia ter uma mente mais afiada que os seus semelhantes. Vivia tendo longas conversas com Rios, perguntando-lhe sobre mineração, sobre a fortuna que ele tinha em seu nome, sobre o funcionamento das máquinas que a Rio Dourado despejara dentro daquele inferno de terra removida, ferro e, futuramente, água. Wagner apreciava a conversa com aquele gigante, em particular. Mas também sabia que deveria tomar duas vezes mais cuidado com um inimigo capaz de pensar.

Ele se foi. Massacre continuava falando. Queria saber quando os Ghouls iriam chegar com a encomenda, essencial para a concretização do plano.

– O Sono do Rio se aproxima, aliado! – Massacre rosnou, sua mão apontando para além da barragem que continha a lagoa artificial das águas do São Francisco. Depois, seu dedo indicador fez um sinal circular, abrangendo as bobinas de energia e os transformadores sobre a ponte e espalhados pela usina. – E precisaremos do seu sujeito para colocar tudo isso para funcionar. Você tem certeza que eles estão chegando?

– Recebi um relatório, e Lionel está a caminho, *majestade* – Wagner respondeu, seguro que o Rei não registraria o sarcasmo contido na pronúncia da última palavra. – Não se preocupe, o plano segue da melhor maneira possível.

<178>

Massacre assentiu com a cabeça, a mãozorra alisando um dos crânios amarelados em seu mórbido colar feito de uma dúzia deles. À distância, na primeira vez em que havia botado os olhos na monstruosidade que era o Rei, Wagner pensou que se tratava de um colar de contas. Mas é que os crânios humanos pareciam pequenos ao redor daquele pescoço.

— E você... tem falado com Ele? — tentou sussurrar, mas suas cordas vocais, que deveriam ser da grossura do braço de uma criança, só faziam com que sua voz raspasse como uma lixa. — Mais algum recado sobre nossa recompensa?

Rios deu seu melhor Sorriso de Fechar Contratos. Era o mesmo vislumbre de dentes brancos bem tratados que ele oferecia aos seus melhores compradores, acionistas e manipulados em geral. Massacre merecia um Sorriso de Fechar Contratos.

— Não sou eu quem o procura, poderoso Massacre. *Ele* só fala comigo quando quer. Mas, caso nossos planos estivessem em desalinho com os dele, pode ter certeza que ele já teria se manifestado...

Massacre arrotou, satisfeito. Rios fingiu não achar aquilo nojento, e virou-se para a grade, onde podia enxergar todo o campo de mineração, também conhecido como *campo de escravos*. Céus, como ele queria dormir direito por pelo menos cinco horas seguidas. Sem interrupções. Sem divindades atrapalhando seu descanso...

Uma movimentação chamou a atenção de Rios. Lá embaixo, em um ponto distante no extremo oposto da parede da barragem, havia um grupo de gorjalas que cercava um de seus caminhões de transporte *off road*. Seus olhos eram bons o bastante para identificar um velho homem no meio daquele cerco. Aríete já estava lá, e seu chicote estava imobilizando o sujeito... Pobre miserável. Além de escravo, seria açoitado pelo mais cruel dos gorjalas. Isso tudo antes de começar a ser devorado ainda vivo. Como era mesmo o ditado deles? *Gorjala que é gorjala come carne crua e que ainda fala.* É, Wagner sabia muito bem daquilo. Talvez seus pais tivessem morrido da maneira que a rima dos monstros cantava.

Os dois punhos de Rios se fecharam. Um deles tremia com o ódio querendo ser controlado. O outro se fechava ao redor do Cachimbo de Ouro, por puro costume. Ouvindo a respiração de Massacre atrás de si, amaldiçoou o monstro mentalmente, desejando jogá-lo de cima da ponte até lá embaixo. Controlando sua dor para não afetar seu semblante sereno, e sabendo que não conseguiria fazer aquilo de nenhuma maneira, pensou no que poderia fazer pela memória de seus pais.

Wagner, que nunca rezava, fez uma oração silenciosa para Penélope e Bertoldo Rios. Onde quer que eles estivessem.

No momento em que mentalizava "Amém", uma imensa bola de fogo lançou gorjalas e metal retorcido pelos ares.

A onda de calor bateu em seu rosto um segundo depois.

< capítulo 11 >

MISSÃO DE RESGATE

A onda de calor bateu em suas costas menos de um segundo depois.

Ouviu gritos de dor, de alerta, de ordem. A voz megafônica de Massacre conseguia se propagar mesmo com o caos ocupando cada mente do lugar, impossível de ser ignorada. Já a voz de Anderson parecia morrer no próprio peito, por mais que ele quase colocasse os pulmões pra fora.

– Capivera! Cadê você?!

Um vulto amarronzado disparou em sua direção, atendendo prontamente ao chamado. A estrada que levaria o pequeno grupo fugitivo para fora da usina estava abarrotada de gente correndo no sentido contrário. Por causa da máscara e do uniforme de Edileusa, muitos de seus conterrâneos escravizados de Aratu do Velho Rio passavam por ela, achando estranho que alguém estivesse subindo o caminho, e não descendo. A mulher Avohai ainda carregava Maria Júlia, tampando seus olhos de qualquer coisa horrível que pudesse aparecer pela frente.

– Estão todos descendo – Zé gritou, tomando um gole de aguardente e chacoalhando a cabeça, enquanto corria. Em breve, se tornaria bem menos civilizado, Anderson sabia. – Deve ter algo lá na frente os forçando a vir pra cá!

Anderson concordava com o amigo, e sentia que o muiraquitã também tentava lhe alertar sobre algo se aproximando. Pouco mais à frente, a subida

<180>

da estrada castigando suas pernas e a poeira do lugar dificultando a respiração, que já se tornava muito mais filtrada e rala por causa das máscaras de pano, puderam ver dois gorjalas brandindo as tais lanças feitas de pinças de caranguejos gigante. Um deles usava um escudo feito do casco, outro não. Ambos giravam suas hastes e golpeavam os que passavam próximos demais da estrada, reprimindo qualquer mínima tentativa de fuga.

– Temos que passar pelos dois! – Inácio gritou, esfregando as mãos.

– Não diminuam a marcha! – gritou Edileusa, indo na direção dos gigantes. Anderson, que já preparava mais uma flecha, mas não tinha noção de onde deveria acertar os gorjalas de forma efetiva, viu Zé dar mais um gole na garrafa de aguardente.

Os gritos e ruídos diminuíram consideravelmente em seus ouvidos. Anderson sentiu-se praticamente de volta ao seu quarto, jogando Battle of Asgorath... Liderando.

– Zé, atire a garrafa neles!

– O quê?! – o meio-caipora grunhiu, segurando a garrafa contra o peito.

– Atire, em qualquer um dos dois! É pra molhar eles com a aguardente!

O meio-caipora demorou uns dois segundos até registrar o plano do garoto. E então, a sua garrafa do precioso líquido tonificante voou, na direção do gorjala de escudo de caranguejo. O gigante, que percebeu o grupo se aproximando com o canto dos olhos, tentou erguer o escudo, mas era tarde demais. A garrafa estourou contra a lateral de sua cabeça, fazendo um corte imediato em seu crânio disforme – mas um dano ridículo comparado ao tamanho do monstro.

O líquido escorreu por seu peito, por seus braços. Ele estava pronto para descontar em Edileusa e na criança que ela segurava nos braços, recuando a lança. A garrafada, ao que parecia, só havia servido para enfurecê-lo...

Mas nem tudo é o que parece.

– Inácio! – Anderson gritou. E não precisou dar comando algum, ordem alguma. O cheiro forte de álcool era uma deixa óbvia para o semicurupira. Uma criatura do fogo.

Inácio Primo levou os dedos à boca brevemente, como se fosse assoviar. Então, era como se tivesse tirado um chiclete debaixo da língua, mas um chiclete em brasa. Sem parar de correr, ele assoprou a brasa, e ela se inflamou com vivacidade. Uma bola de fogo do tamanho de uma maçã.

Inácio arremessou-a com perfeição. E nem o escudo do gorjala pode defendê-lo quando as chamas explodiram e engolfaram seu corpo, usando o álcool da bebida de Zé para ganharem mais força.

O outro gorjala tropeçou nos próprios pés quando seu parceiro virou uma fogueira de São João ambulante. Zé apertou o passo e ultrapassou Edileusa, aproveitando as correntes que o prendiam até minutos atrás como duas eficientes armas de longo alcance.

O meio-caipora saltou entre os dois gorjalas, as correntes rodopiando à toda como hélices e atingindo os monstros em cheio, nos olhos e no nariz. Zé tocou o chão com os pés descalços e virou-se para olhar os amigos que avançavam, desimpedidos. Os monstros haviam caído com o ataque da criatura minúscula, sendo que um deles rolava na terra para tentar apagar as chamas.

O caminho para fora da usina estava livre. Faltavam *apenas* cerca de 20 quilômetros de sertão descampado até Mandacaruzinha. Havia uma estrada repleta de barreiras, carros e caminhões que poderia conduzi-los por terreno plano até a cidade... Mas, como Anderson sabia, todos os caminhos poderiam estar sendo vigiados pelo pessoal da Rio Dourado. E a Avohai preferia cortar caminho por fora do asfalto, longe dos olhares de possíveis espiões ou guardas rodoviários comprados por Rios.

– Algo vindo de dentro da usina! – Edileusa rosnou, olhando por cima dos ombros, sem afrouxar o aperto em Maria Júlia, no seu colo. Era um carro. Mais especificamente, um Land Rover preto. O vidro filmado não deixava Anderson enxergar quem estava dentro... mas ele quase podia imaginar a silhueta de Wagner Rios no banco de carona.

O garoto desacelerou, virando-se de frente para o carro. Tirou o lenço de cigano do rosto e ergueu o arco, as pernas bem afastadas. Puxou a flecha até a corda começar a reclamar. A poeira subia nas laterais do carro, as lanternas encarando o garoto franzino sem dar a entender que aquela besta de metal diminuiria a velocidade ou mudaria de trajetória. Sua mente fez o trajeto da flecha antes que a própria flecha. Considerou o terreno acidentado, cheio de pedras. A velocidade que o carro vinha. Anderson nunca havia se sentido tão consciente da *física* permeando a realidade. Da gravidade o empurrando contra o chão, do espaço entre as coisas. Lembrando de uma voz amiga em seus ouvidos, murmurou:

– Pimba.

E soltou.

A flecha mergulhou por baixo do para-choque, quase teleguiada. Um barulho de explosão de ar veio do pneu dianteiro, e o carro ziguezagueou por um momento, perdendo a linearidade da direção. Bem no instante em que o motorista vacilou na direção e tentou frear com um *meio* cavalo de pau, o veículo passou por cima de um desnível muito exacerbado que o fez perder contato com o chão.

O Land Rover capotou. Por quase uma dezena de metros, arrastou-se sobre o capô. Como uma barata morta com inseticida, com as patas para o alto, o carro parou a alguns passos do garoto, que não se assustou com o resultado catastrófico, pois ele já estava novamente correndo para longe dali junto com seu grupo fugitivo.

Não era porque o Cachimbo lhe protegia da dor e da morte certa, que ficar de cabeça para baixo dentro de um carro não dava enjoos.

O cinto de segurança apertava seu peito, o airbag atrapalhava a visão, mas ambos tinham cumprido com sua *função de fábrica*. Wagner não conseguia olhar para o banco de trás, mas pôde ouvir Romero se arrastando para fora do carro, com alguns grunhidos de dor. Estava inteiro, e um brutamontes daquele não quebraria tão fácil. Já o motorista...

O airbag do volante também fora acionado, mas o homem parecia ter batido a cabeça no vidro de sua janela, e havia bastante sangue por ali. Wagner estalou a língua. Mais um morto "em serviço"? Aquilo costumava dar uma grande burocracia para a Rio Dourado, e ele sempre fazia uma média com a família. Comparecia ao funeral (quando havia corpo), pagava uma boa quantia em respeito aos serviços prestados, e ninguém suspeitava dos motivos geralmente *folclóricos* daquelas mortes. Claro que, considerando o que o mundo sabia do status atual de Wagner Rios, outra pessoa lidaria com a família daquele capanga – se é que ele tinha uma. Wagner não lembrava o nome dele. Mauro? Márcio? Conseguiu se livrar do cinto, desajeitado, e esticou o braço para ele, tentando sentir o seu pulso no pescoço. Assim que apertou seus dedos na jugular do homem, ele se mexeu e abriu os olhos atordoado. Estava vivo. Um problema a menos para a Rio Dourado.

— E-eu... m-me ajud-da...

— Consegue me ouvir, Mauro? Márcio? Marcelo?

— É... Ma-maurício...

— Hum. Certo, Maurício. Maurício, eu não vou te ajudar a sair, porque você é pago pra ser o meu segurança. E não faz sentido algum eu fazer para você o que você deveria ter feito pra mim. Está acompanhando meu raciocínio, Maurício?

— E-eu...

— Você deveria dirigir em segurança, para me manter em segurança. Você não está aqui só para levar um tiro por mim, ou algo parecido. Compreende?

— Eu si-sinto m...

— E eu não sinto nada. Eu tenho o Cachimbo de Ouro – Wagner retrucou, a porta do carona se abrindo acima dele e a mãozorra de Romero aparecendo, estendida – Agora, pare de choramingar e saia daí, Maurício.

O sol ardente recepcionou Wagner, que só então percebeu que os óculos escuros haviam ficado dentro do carro – provavelmente aos pedaços. Romero tinha um corte na testa, mas estava firme e no aguardo de novas ordens. Notando que o chefe estava apenas observando Anderson e os outros fugitivos correrem, ao longe, o cigano fez algo raro: botou a voz pra funcionar.

– Quer que eu os alcance? Os gorjalas já vão chegar e...

– Pode deixar, Romero – Wagner interrompeu, erguendo uma mão com displicência. – Ele precisa ir embora. Nem gostaria de imaginar o que aconteceria com meus planos se esse garoto morresse agora...

– Mas o gorjalas não vão pensar que...

– Que eu fui passado para trás por um moleque e alguns escravos? Pfff... Deixe Massacre e seus imbecis fermentados pensarem. Eles também tiveram baixas, e vão apenas alimentar um pouco mais de seu ódio pelos humanos da região...

Wagner virou-se para trás, de onde vinha o trovejar de muitos pés gigantes castigando o solo ao mesmo tempo. Os gorjalas chegavam, atrasados, e o Rei Massacre vinha atrás, disparando gritos e ordens de execução aos fugitivos, enquanto quatro dos de sua espécie que o carregavam em uma liteira que deveria ter o tamanho de uma carroceria de caminhão.

– Morte aos infelizes! Encontrem, destruam! Matem todos os descendentes do cangaço, essas desgraças! Mastiguem seu couro e deem os ossos pros aratus gigantes! E se encontrarem a mulher cangaceira, matem e não deixem nada! Ela não merece sequer ser devorada!

Em voz baixa, Rios completou seu raciocínio anterior, apenas para que Romero escutasse.

– ...e eu sei muito bem fazer o ódio trabalhar ao meu favor.

Edileusa seguia à frente, e Maria Júlia caminhava ao seu lado, choramingando pelo pai e pela mãe. A mulher a consolava, e Zé, já voltando a um estado mais civilizado, fazia algumas caretas para entreter a menininha. Anderson, que caminhava logo atrás, não pode deixar de notar a bondade no meio-caipora, uma vez que ele estava tão traumatizado pelo cativeiro quanto os outros fugitivos...

Inácio fechava o grupo, ainda atrás de Anderson, e usava todas as suas habilidades – e pés invertidos – para apagar e confundir os rastros e pegadas que o grupo deixava na areia. Quando Zé resolveu dar as mãos para Maria Júlia por um instante, Edileusa recuou alguns passos para falar com Anderson, e disse que não levaria o grupo direto para Mandacaruzinha, pois tinha medo de serem pegos em campo aberto.

– Talvez possamos acompanhar a margem do São Francisco até algum ponto, nos escondermos... O caminho vai ficar maior, mas acho que teremos mais chances de chegarmos intactos até lá...

Anderson assentiu. Também estava admirado com a força daquela mulher, deixando o marido para trás, e sem saber direito se o filho estaria à frente. Apesar de conhecê-la há pouco tempo, enxergava nela muito da teimosia de Severino. E da resistência. De fato, eram como mandacarus: teimavam em nascer na pedra, na aridez, na falta de água... e perduravam.

Após cerca de meia hora de caminhada neurótica, cheia de olhadelas por cima dos ombros e suspeitas de gritos de gorjalas chegando pela planície, chegaram a um ponto onde um desfiladeiro surgia abruptamente, o rio correndo muitos metros abaixo do paredão abaixo de seus pés. Anderson lembrou-se da memória de Wagner que ele havia presenciado, lutando contra os dois gorjalas em um lugar que era muito parecido com aquele... se é que não era o mesmo.

– Fica difícil de descer – Edileusa disse, indo até a beirada e olhando para baixo. – O paredão é muito inclinado... talvez seja melhor voltarmos e encontrarmos algum ponto para contornarmos...

– Acho arriscado passarmos pelo mesmo ponto duas vezes – Inácio disse.

Enquanto os humanos discutiam, Capivera foi até a beirada e olhou para baixo, curiosa. Anderson a acompanhou, pronto para agarrá-la caso ela escorregasse. Mas o bicho era mais esperto que ele nesse sentido – e talvez em muitos outros. Alguns pássaros voavam abaixo deles, e muitos acabavam pousando em alguns nichos de vegetação rasteira e esbranquiçada que nascia naquela espécie de falésia.

O muiraquitã vibrou, e não foi um alerta de perigo. Era como um lembrete... O que ele poderia estar deixando passar..?

Seu rosto se iluminou, de súbito.

– Talvez a gente possa descer por aqui mesmo!

O carretel que Rod havia lhe dado na Organização mal pesava, e mal se fazia ser lembrado. A tal da liga de teia de aranha com cobre (que Anderson não havia entendido muito bem o significado daquela mistura) tinha um comprimento incrível, e serviria muito bem como corda de rapel para o grupo.

– Pode descer mais! – Anderson gritou, o cabo amarrado em sua cintura, empurrando o paredão com os pés e evitando ficar balançando como um pêndulo longe dele por tempo demais. Zé e Inácio iam soltando as braçadas de corda rápido demais, quando uma série de coisas aconteceram ao mesmo tempo...

Um tranco na descida do rapel. Um grito obviamente vindo de uma garganta gorjala, ao longe. E Anderson parando bem na frente da entrada de um buraco na parede... grande o bastante para que ele passasse engatinhando.

Olhou para baixo, e o São Francisco corria com força. Olhou para cima e viu o focinho redondo de Capivera. A corda não descia mais.

– O que foi isso?! Zé?!

Sem resposta e sem saber o que fazer, Anderson escutou Maria Júlia chorando, amedrontada. Deu um impulso para dentro do buraco na parede, e percebeu que o chão ali dentro era bem firme. O terreno descia, dava para notar, e talvez servisse para medidas desesperadas.

– Zé!? – deu dois puxões na corda, para chamar a atenção do amigo, e desenrolou o cabo da cintura. Outro grito gorjala cortou o ar, mais forte e mais próximo que o anterior. – Desçam, tem lugar pra todo mundo aqui!

– Vou descer Maria Júlia! – Edileusa gritou, apressada, recolhendo a corda. Anderson ficou aguardando, aflito, enquanto tentava não se preocupar se aquele buraco na parede era a toca de *algo*.

A garotinha veio, tampando os olhos, tremendo. Anderson a abraçou quando ela apareceu na frente do buraco, desamarrou o nó em sua cintura e deu o puxão de aviso na sua extremidade do cabo.

Em seguida, desceram Capivera (surpreendentemente tranquila enquanto era transportada como um minicontêiner), Edileusa, Inácio... e faltava Zé.

– Ele está desamarrando o cabo da pedra – Inácio disse, enquanto outro grito de vários gorjalas ecoaram, em uníssono. – E bem a tempo... eles tão próximos de nos encontrar. Massacre deve ter colocado todos eles para nos procurar...

– Até chegarem em Mandacaruzinha – disse Edileusa, sombria. Todos se calaram, pois pensavam o mesmo: seria inevitável. Haveria luta, de uma forma ou de outra. Para libertarem os escravos da usina ou para conterem a ameaça contra a última resistência que formariam. E Anderson esperava descobrir outra forma de parar um mar de gorjalas furiosos.

– Prontos? – gritou Zé, de lá de cima. Anderson arregalou os olhos.

– *Prontos* pra quê?! – gritou de volta. Inácio apenas segurou em uma parte da corda, e ofereceu outra a Anderson. Edileusa fez o mesmo, enrolando uma parte dela em seu braço e descendo mais pela inclinação do túnel.

– Finquem o pé na terra – ela disse, praticamente sentando-se no chão e colocando todo seu peso para trás. – Vai dar um solavanco, mas nós três aguentaremos...

– Espera! – Anderson disse, não acreditando que eles estavam sugerindo aquilo. Inácio também se preparava, calmo. Maria Júlia brincava com Capivera pouco mais atrás no túnel, e jamais entenderia o desespero no rosto de Anderson. – Ele vai pular, tipo *bungee jumping*?!

– Lá vou eu! – veio a voz de gás hélio de Zé, como uma espécie de resposta. E ele saltou.

Quando o coice do mergulho de Zé foi sentido, os três foram arrastados cerca de dois metros para a frente, mesmo fazendo toda a força que tinham – e lembrando que Inácio talvez fosse um pouco mais sobre-humano que os outros dois. Com um berro abafado, Zé gritou que estava tudo bem e pediu que o içassem.

<188>

Anderson o xingou durante todo o processo. De raiva e de alívio. As suas mãos ardiam um pouco com o vergão que a corda havia deixado na pele das palmas, mas aquilo era um pequeno detalhe.

Os gritos dos gorjalas estavam mais próximos. Eles desceram um pouco mais pelo buraco, cerca de dez ou vinte passos corcundas, até chegarem a um espaço mais amplo, onde a luz do sol não os alcançava mais e onde não parecia haver mais túnel a ser percorrido. Na terra fria e com uma tênue iluminação providenciada por Inácio, eles esperaram. No silêncio pontuado pelos ecos distantes dos gigantes raivosos. No escuro.

A adrenalina ainda corria em suas veias, mas eles não conversaram sobre nada. Apenas ficaram pensando no que tinham passado, no que tinham visto. Anderson pensou em escravos. Pensou na crueldade que levava alguém a *possuir* outro alguém. Pensou no pobre Bertoldo, preso por décadas. Pensou em Patrão, em sua existência humana, e chegou à conclusão que nenhum contexto histórico o fazia enxergar a privação de liberdade como algo menos grave. Anderson sentia um calor na garganta que não parecia muito inclinado a sair dali.

Maria Júlia ressonava, de leve. Antes fosse pelo cansaço de brincar, mas era melhor daquele jeito. Aos poucos, o sono foi se tornando inevitável para todos.

Iara saía pelo portão da frente do Casarão, de mãos livres e com o vestido de aspecto leve. Os cabelos negros, anelados... Mesmo à distância e mesmo após tanto tempo, Wagner conseguia se lembrar do aroma, da sensação de estar próximo dela.

Ela caminhou pela mesma calçada do Casarão, na direção da quitanda, que ele se lembrava muito bem. Esperou ela comprar o necessário antes de abordá-la. Não queria ninguém dentro do recinto bisbilhotando a conversa deles.

Menos de dez minutos depois, ela voltava com algumas sacolas de frutas. Wagner atravessou a rua, pedindo desculpas para um motorista de um Fiat 147 que freou quase em cima dele. Iara ouviu o cantar de pneus, e olhou para a rua.

Já seguro na calçada, Wagner sorriu.

– Senhora – disse ele, hesitando se deveria se aproximar ainda mais. Ela franziu o cenho, olhando-o de cima a baixo.

– Wagner?

– Feliz em saber que lembra de mim.

– Acho que eu deveria me surpreender por você se lembrar da localização desse lugar, não? – ela disse, séria, apontando para o Casarão mais à frente. – Eu entrei em sua mente.

– E não tirou tudo de minha cabeça. Agradeço demais por isso, Senhora... Pela confiança.

Ela não respondeu. Apenas o observava, enigmática. Wagner parecia não fazer nenhum esforço para tentar esconder seu rosto exultante, alegre em estar ali. Por fim, ela sorriu. E toda a cena ao redor pareceu ganhar um fundo musical.

– Você não precisa me chamar de Senhora. É Iara. Inclusive, parecemos ter a mesma idade, agora...

– Isso já foi um sonho pra mim – Wagner respondeu, sufocado. Iara inclinou a cabeça.

– Talvez eu já saiba disso também.

O silêncio que se seguiu entre os dois não era incômodo. Parecia, na verdade, um tempo necessário para a adaptação daquele reencontro. Wagner não sabia o que Iara pensava, mas sabia que Iara poderia muito bem escarafunchar todas as mil coisas que passavam por sua cabeça naquele exato momento.

– A senhora... vê o que estou pensando agora? – ele perguntou, olhando para os próprios sapatos.

– Você sabe que eu poderia.

– Mas não está.

– Até porque os olhos às vezes nos contam muito mais do que uma leitura de mente. Você deveria tentar, de vez em quando.

Wagner ergueu a cabeça. Encarou-a. Por que ela parece piscar em câmera lenta? Mesmo quando era pequeno, observar a Senhora das Águas lhe dava a sensação de estar se movendo em câmera lenta, debaixo de um rio ou lago límpido, em um suave e feliz afogamento.

– Você sabe como eu me lembrei daqui, não? – ele perguntou, vindo à tona. Ela suspirou.

– Claro. Eu deixei um gatilho em sua mente. Uma única palavra...

– ...que me faria lembrar de tudo quando eu a lesse, ou a escutasse.

– *Hipólita.*

– A rainha das amazonas.

Era difícil sustentar o olhar dela. Naquele momento, até ela parecia achar difícil encarar aqueles olhos cinzentos.

– Eu estava lendo alguma coisa sobre mitologia, no acampamento Gitae – Wagner continuou. – Algum dos livros da biblioteca do Eugênio, sobre os 12 trabalhos de Héracles. Cheguei ao nono desafio, que era recuperar o cinturão de Hipólita... E então me lembrei de tudo, de uma só vez. Como se tivessem despejado minhas antigas memórias em minha cabeça com um balde. A localização da Organização, tudo.

– É assim que funciona.

Ele assentiu.

– O nome que eu associava à você. Um apelido que só fazia sentido para mim, um segredo só *meu*, entende? Hipólita... Uma líder de amazonas, uma rainha fora de seu reino...

<188>

Iara colocou a mão em seu rosto. Wagner descobriu que a ternura também poderia ser dolorida.

— Para sua informação, nunca foi tão difícil apagar a mente de alguém. Eu não esperava que você me visse... daquela maneira. Uma criança apaixonada.

— Algumas coisas nunca mudam.

— Eu, talvez — Iara replicou. — Já você, mudou muito.

— Só por fora — Wagner sorriu — Garanto.

Ela olhou para o Casarão, apertando os lábios.

— Só espero que você tenha parado de grafar "W + H" por aí, com seu canivete. Você não sabe quantos desses eu encontrei riscados no estrado da cama em que você dormia...

Wagner gargalhou, jogando a cabeça para trás. Enrubesceu, mas não parecia ser por vergonha.

— Fique tranquila. Eu nunca mais fiz isso.

Iara trocou o apoio de uma perna para a outra, segurando a sacola de frutas.

— Eu te convidaria para entrar, mas acho que o Patrão não iria gostar de saber que eu não apaguei sua mente por completo naquele dia...

— Entendo. Só estava de passagem pela região, e pensei em te ver... Mas ficarei em São Paulo por uns tempos. E acho que vou repetir minhas passagens por aqui.

Iara sorriu.

— Repita. Bom te ver, Wagner.

Ele não precisou dizer nada. Apenas manteve o contato visual, e qualquer um no mundo poderia ler no cinza de seus olhos que ele pensava o mesmo.

Ele a observou se afastar, o vestido esvoaçante. Ela não olhou para trás antes de entrar no portão. Mas alguma coisa ela havia deixado, mesmo que não fosse um olhar.

O sorriso de Wagner desbotou assim que ela sumiu. Ele deu meia-volta e passou a descer a rua, na direção do centro do Bixiga. Assim como a Senhora, o lugar também resistia às mudanças do tempo, sem precisar se esforçar tanto.

Na frente de uma das cantinas mais tradicionais do bairro, um Chevette preto estava estacionado. Lionel estava encostado no capô, tomando uma garrafa de refrigerante 7Up.

— Você demorou. Conseguiu o que queria? — perguntou, abrindo a porta do motorista. Wagner abriu a sua, sem encará-lo.

— Em partes.

— Em partes..?

— Não esperava que eu saísse com o Cachimbo de lá hoje, certo?

— Eu nunca sei o que esperar de você, Wagner — Lionel respondeu, apoiando a garrafa entre as pernas e dando a partida no carro. – Mas sei que você vai conseguir o que quer.

Wagner apoiou o cotovelo na janela, olhando para fora. Sim, ele iria conseguir. Com calma. Sem pressa.

O Chevette rodou pelo bairro que por tanto tempo havia sido seu domínio. Tudo ainda estava por lá. O Casarão ainda estava lá. O Cachimbo ainda estava lá.

Muitos sentimentos ainda estavam lá.

Aquele bairro residencial. O prédio. O andaime. O zelador fumando com o braço para fora da guarita. Mal havia chegado na memória de Anselmo, e o verdadeiro Anselmo já estava lá também, invadindo a memória.

– Você foi rápido dessa vez. Mal deu tempo de eu começar a xeretar – Anderson reclamou, segurando o portão.

– Oi, pra você também, Anderson! – Anselmo disse, olhando para o alto e suspirando. – Faz tempo que não te vejo.

– Ando dormindo pouco.

Anselmo assentiu, e agarrou o braço do amigo.

– Preciso te mostrar algo.

– O final dessa sua lembrança? – Anderson perguntou, apontando para o prédio. – O que aconteceu aqui, cara?

– Nada que você precise se preocupar, no momento. Coisa minha. Vamos?

A cena dissolveu, como tinta banhada por aguarrás.

A beira do Rio Escuro no Reino dos Olhos Fechados. A grama macia e quente, o céu claro sem a necessidade de um sol para iluminá-lo. Anderson tentou se isolar da estranha sensação de familiaridade que aquele mundo lhe proporcionava, cada vez mais, a cada nova visita. No momento, sentia que era necessário estar mais presente no mundo dos vivos do que no dos sonhos.

– Você parece tenso – Anselmo adivinhou seus pensamentos, sentado ao seu lado. Ou talvez porque pensamentos ficassem nítidos ali, sem se esconder dentro do cérebro. No Reino dos Olhos Fechados, todo mundo era uma Elis, uma Iara. Era só questão de foco na magia do lugar.

– São essas lembranças do Wagner Rios. Eu fico meio... perturbado.

– Te entendo. É difícil enxergar o lado humano de um monstro...

Anderson olhou para o amigo, boquiaberto.

– Calma lá – Anselmo sorriu. – Não estou defendendo o cara. – ele se levantou, afastando-se da margem. – Venha, tenho que te mostrar algo.

O garoto o seguiu pelo terreno sempre mutante do lugar. Embrenharam-se por arbustos, moitas e plantas rasteiras. Havia uma linda colina de flores azuladas, parecendo uma pintura de um quadro de Monet; Anderson fez a comparação lembrando-se de sua professora de Artes, que sempre frisava a pronúncia do nome do pintor. *Não é Monete! É Monê, com biquinho francês no final da palavra!*

Duas pessoas estavam sentadas de costas para os dois amigos, observando uma escultura viva de flores, se mexendo, dançando. Anderson queria soltar um palavrão de surpresa, mas foi calado por um olhar sisudo de Anselmo.

– É melhor que eles não me vejam – ele cochichou, se abaixando atrás de um arbusto e acenando para que Anderson fosse em frente. – Fala com eles, pô!

Anderson obedeceu, vendo agora duas pessoas feitas de flores azuladas dançando pelo campo. Pétalas voavam conforme elas se movimentavam, fluidas, valsando alguns palmos acima do campo de flores. As duas figuras que as assistiam, riam. Eram conhecidas de Anderson, em parte pelos cabelos inconfundíveis.

– Pedro! Bárbara! – exclamou, aliviado em vê-los. Os dois viraram-se ao ouvir seus nomes, sisudos, e as duas esculturas de flores explodiram em pétalas.

– Boa, Anderson – Pedro murmurou, emburrado.

– Ops, foi mal... Não queria estragar nada, hum...

Bárbara, a ex-portadora do muiraquitã de tatu e atual do muiraquitã de mico-leão, ergueu-se de forma rápida, ágil.

– Bom, pelo menos você está vivo.

– Eu disse que ele estaria – Pedro se levantou, revirando os olhos. – Nem adiantava nos preocuparmos.

– Que bonito de sua parte, Pedro – Anderson disse, com uma reverência canastrona. – Obrigado pela confiança! Sim, eu quase morri, mas sim, está tudo bem. E sim, já resgatei o Zé e o Inácio, não se preocupem.

Nesse momento, Bárbara e Pedro se entreolharam, surpresos.

– Você *já* resgatou o Zé e o Inácio? – o garoto admirou-se.

– Longa história. Mas estamos dormindo em um esconderijo muito próximo de Aratu, a caminho de Mandacaruzinha... Vocês estão lá, certo?

– Sim, estamos... Mas estávamos inclusive nos preparando para atacar o lugar e trazer os escravos, amanhã!

– Então, você vai acordar e avisar pra todo mundo nos esperar! – Anderson disse, alarmado. – Vigiem a cidade, pois talvez gorjalas apareçam! Estou também com a Edileusa, mãe do Severino. Vi bastante de como está funcionando a usina e o campo de escravos, e acho que poderemos planejar algo melhor!

Bárbara cruzou os braços e pigarreou.

– Pedro... Acho que deveríamos mostrar pra ele.

– Hein? – Anderson exclamou, olhando de um para o outro. – Mostrar o quê?

– É que a Bárbara e eu já...

– Hã?

– Usamos o muiraquitã de tatu...

– Ah, que susto!

– E nós dois estamos tendo acesso a algumas memórias de outros usuários – a garota disse, prática. – O Lionel, dos Ghouls. Ele também usou por um tempo, e acabou que nós vimos algumas coisas.

Fazia sentido, pensou Anderson. Da mesma maneira que Rios, Anselmo e ele estavam interligados, era esperado que Bárbara, Pedro e Lionel também tivessem uma conexão. Espantado em como os dois estavam dominando bem a magia no mundo onírico – tirando por base as esculturas dançantes de flores –, torceu para que eles tivessem algo de útil para lhe mostrar, que lhe dessem vantagem sobre algo...

– Me digam! – Anderson exclamou, esfregando as mãos.

– Acho que é melhor mostrar – Pedro resmungou, aproximando-se de Anderson e esticando a mão, desajeitado. – Que foi? Acho que seria mais ou menos assim que a Elis faria.

– Manda bala – Anderson disse, fechando os olhos e tentando colaborar. Foi fácil.

Passou a mão pela testa. A marca era imperceptível a olho nu, mas ele havia adquirido o tique de passar o dedo pela pequena cicatriz que havia adquirido em um longínquo dia, na Serra da Canastra. Lionel deveria ter percebido ali que andar com Wagner Rios nunca era garantia de sair ileso. E ali, no alto daquele prédio e sob a lua ofuscada pela poluição, tudo levava a crer que seus próximos minutos poderiam lhe render mais alguma nova cicatriz.

– Está vendo alguma coisa? – perguntou Olavo, o arqueiro, de forma rude. Eles não se gostavam muito, mas Rios havia escalado o trio para aquela missão de *resgate*. A mulher loira que se transformava na criatura era a terceira do trio. E pelo menos em uma coisa Lionel e Olavo concordavam: ela lhes dava arrepios, mesmo em sua atraente forma humana.

O cigano cofiou o cavanhaque e ergueu o binóculo de longo alcance. Contou de cima para baixo cinco andares, e viu as janelas do andar da UTI no hospital, bem abaixo do terraço de onde se encontravam.

– Está tudo livre.

A loira parou ao lado de Lionel, arrumando a gola de seu sobretudo, sorrindo e olhando para o hospital, sem dizer nada. Seus olhos verdes estavam úmidos, como se ela estivesse emocionada. Mas seus lábios continham toda a malícia do mundo. Dos três, era a única que parecia animada com o que viria a seguir.

– Vou armar nossa tirolesa – o arqueiro disse, pegando o novo arco por-

<192>

tátil do *case*. O montou com habilidade, após alguns *clicks* e *clocks*, e procurou em sua aljava as flechas necessárias para a operação.

Olavo subiu no parapeito, ágil, e Lionel não deixou de sentir aflição ao vê-lo tão próximo de um mergulho fatal. Ele era um cigano por definição, acostumado a percorrer longos caminhos e a sentir a terra sob os pés. A loira macabra deu uma risada sibilada e entrecortada. Lionel achava que, se o arqueiro se desequilibrasse e despencasse, ela riria loucamente. Aquele tipo de loucura parecia algo adequado à ela.

Olavo prendeu a flecha em um cabo negro, e puxou a corda. Apontava para o andar da UTI, e Lionel percebeu que seu arco tinha uma espécie de mira laser embutida próxima à mão de apoio. O disparo fez um som úmido, enquanto o carretel aos pés do arqueiro liberava metros e mais metros de cabo...

A flecha atingiu um ponto um palmo acima da janela do corredor da UTI, Lionel pôde ver com o binóculo. Olavo pegou o resto do cabo e passou a prendê-lo na armação da grande antena de ferro do terraço, usando cravos e grampos de alpinismo que trazia em um dos inúmeros bolsos de sua calça. Depois, tirou três peças de dentro do seu *case*, ganchos embutidos em algo que pareciam guidões de bicicleta. Olavo os encaixou na corda, e Lionel percebeu que eles serviriam para que deslizassem através do vazio entre os dois prédios.

– Essa porcaria não vai romper enquanto eu estiver atravessando? – Lionel esbravejou, tentando encobrir o medo que sentia de fazer algo estupidamente perigoso. Olavo o encarou com cara de tédio.

– Se você não se soltar, você não vai cair. Sabe o que fazer quando chegar lá, certo?

– Quadro de luz, desligar a força. Você pega o pacote, a loira vigia o corredor.

– Ok. Então, vai. Eu fico por último para recolher o cabo...

Lionel subiu no parapeito. Cometeu o erro de olhar para baixo, e uma leve vertigem o fez dar um passo para trás.

– Só um segundo...

Ouviu um chiado raivoso atrás de sua orelha (ou seria uma risada?) e virou-se apenas para ver a loira maluca subir no parapeito e agarrar o gancho... Com uma risada ensandecida, ela se lançou entre os dois prédios, o casaco flutuando atrás dela como asas de um anjo negro.

– Lá se vai nossa discrição – Olavo lamentou, um segundo antes da mulher estourar o vidro da janela com os dois pés e sumir para dentro do hospital. O plano original consistia em parar do lado de fora da janela e abri-la por fora, sem estardalhaços. O arqueiro estendeu o segundo gancho para Lionel. – Acho melhor você ir pegar o pacote, então. Eu vou atrás da Cuca, ver se ela não faz tanta mer...

Uma explosão veio do outro prédio, seguida de um clarão e de um blecaute geral em pelo menos quatro andares do hospital, inclusive o da UTI.

– Bom, ela já fez – Lionel murmurou.

– Pega o pacote – Olavo repetiu, parecendo conter uma grande raiva em estar ali. – Nos encontramos na escada de emergência.

Lionel agarrou os guidões do gancho com força, e Olavo o empurrou. As luzes da cidade viraram borrões enquanto ele fazia a tirolesa mais insana e desprovida de segurança da capital. Sentiu medo de desmaiar com a adrenalina, mas a verdade é que o perigo mantinha suas mãos praticamente soldadas ao gancho.

Caiu no corredor, desajeitado, ouvindo um tropel de sapatos para lá e para cá no andar de cima. Contrariando as chances de tudo dar errado, a ala estava vazia, iluminada apenas pelas luzes tétricas de emergência. A porta do pacote devia estar logo ali...

Quarto 1212. Estava destrancada.

O lugar estava escuro, mas a luz vinda dos prédios entrava por uma pequena fresta, iluminando parte do leito reclinável rodeado por aparelhos, balões de oxigênio e bolsas de soro.

Antes de olhar para o homem, quis certificar-se de que estava no lugar certo. Puxou a lanterna do bolso e a apontou para a ficha de acompanhamento do paciente aos seus pés, com seu nome e quadro clínico.

PRONTUÁRIO DO PACIENTE
Nome: SOUZA, Leandro de
Informações do paciente: Não comunicativo

Lionel suspirou, arrepiado. Apontou para o rosto do paciente. Nenhuma reação, pálpebras fechadas. O tubo de respiração artificial sumia para dentro de sua boca, e a máquina ao lado do leito apitava, cadenciada. Quem diria que a pequena bruxinha, filha de Iara, faria um estrago tão grande na mente de um homem adulto, capaz e preparado para lidar com situações de risco? Sua mente começou a buscar as memórias da situação em Anistia, no ano anterior, quando o capanga de Rios tentou bloquear a fuga de Elis e acabou levando a pior – a menina grávida encostou em seu rosto, por não mais que um segundo, e acabou *apagando* a mente do infeliz, deixando-o vegetativo. Sentiu-se aliviado por não ter sido ele a ter tentado parar a garota. Queria distância de magia icamiaba e de destruidoras de mentes.

No entanto, após ter providenciado o melhor hospital para o capanga, e que mesmo assim em nada tinha avançado em sua recuperação, Wagner Rios o queria de volta para seus propósitos. Lionel não imaginava o que um homem com a capacidade de raciocínio e locomoção de uma berinjela poderia ser útil para os planos do Rei Massacre... Mas ele estava obedecendo ordens. Seu velho amigo havia lhe tirado do cárcere dos Avohai, lhe devia uma, de qualquer forma.

Alguns gritos ecoaram pelos corredores, lá fora. Imaginou que a Cuca tivesse finalmente encontrado com alguém pelo caminho. Sua pressa só aumentou quando o cheiro de fumaça se fez sentir. Fogo não fazia parte dos planos... Mas talvez fosse bom para a extração da missão.

– Trate de não morrer – Lionel resmungou, enquanto desconectava os tubos das bolsas de soro e fechava o cateter no pescoço de Souza. Deixou a retirada do tubo da boca por último, por achar meio nojento. Pegou um dos lençóis da cama, e jogou sobre o sujeito, antes de pegá-lo no braços. Ele não era muito pesado, pois havia emagrecido cerca de vinte quilos durante seu coma.

– Logo você volta a encher suas veias de porcaria, é só continuar paradinho.

Deixou o quarto, com o cheiro da fumaça cada vez mais agressivo. Os *splinters* de água já esguichavam à toda, e as botas de Lionel chapinharam pelo caminho até a escada de incêndio – que ficava bem no corredor do quadro de força, onde o fogo se alastrava...

Olavo estava na frente da escada, arco em mãos olhando para o fim do corredor, com uma expressão esquisita. Em uma janela próxima às chamas, a Cuca – transformada e horrenda – olhava para fora, como se não estivesse tão próxima do perigo.

– Imagino que o incêndio tenha sido culpa dela – Lionel disse, segurando o comatoso e ensopado Souza nos braços. Olavo deu de ombros, sem tirar os olhos da monstruosidade.

– Em vez de desligar o quadro, ela jogou um botijão de oxigênio contra o quadro – o arqueiro balançou a cabeça, desviando o olhar da criatura loira.
– Ela é doente. Vamos.

– Ela vai ficar? – Lionel perguntou, olhando dela para Olavo.

– Você quer ir lá, puxar ela pelo braço?

O cigano viu as chamas refletindo nos cabelos dourados e ensopados da Cuca. Seus olhos lacrimejavam enquanto ela observava a rua, o sorriso natural de seu focinho de jacaré ganhando uma aura infernal com a proximidade do fogo. Lionel voltou-se para a escada de emergência, que Olavo já descia, guardando seu arco e sacando a lanterna.

– Ela nos alcança – respondeu.

Saíram do hospital diluídos no meio da multidão, trombando com bombeiros e paramédicos que enfrentavam o fluxo para resgatar quem ainda estivesse lá dentro. Enquanto muitos eram encaminhados às ambulâncias e carros dos bombeiros, ninguém reparou nos sujeitos carregando o homem desacordado para dentro de um Land Rover preto.

Missão completa.

Anderson tirou a mão de Pedro de seu rosto, ofegante. Por um momento, era como se estivesse respirando o ar poluído do hospital em chamas.

– Eu vi a notícia do hospital, no jornal! – exclamou, se recuperando. – E ouvi Wagner Rios dizendo que estava esperando Lionel e o Olavo... Putz...

– Alguma ideia do que isso significa? – Bárbara perguntou, com os habituais braços cruzados. – Eu não entendi o que o Wagner Rios quer com um cara em coma...

– Coisa boa não é – Anderson disse, vendo que Pedro também parecia incomodado. – Vocês terão que acordar e avisar o pessoal. Diga para ficarem atentos a qualquer aproximação nas redondezas de Mandacaruzinha. Eu acho que chegaremos pela noite de hoje, mas precisaremos de ajuda caso alguém esteja nos perseguindo, ok?

Pedro assentiu, Bárbara também.

– Vou voltando, então – disse ela, olhando de relance para Pedro. – Você vem?

– Ah, sim – disse o garoto, enrubescendo até no mundo espiritual. Ela começou a correr na frente, e o garoto fez menção de segui-la. Mas Anderson segurou seu braço antes disso. – O que foi?

– Entendi o porquê de você andar dormindo pra caramba – sorriu, apontando para Bárbara, que já diminuía com a distância. Pedro franziu as sobrancelhas grossas, mas um meio sorriso contido acabou rompendo a sua sisudez.

– Cala a boca, Coelho...

E também correu de volta para a margem do Rio Escuro.

Anderson ficou sozinho no meio do campo de flores por uns instantes, até Anselmo aparecer ao seu lado.

– Foi bom ver esse tampinha de novo, mesmo que de longe.

– Da próxima vez em que ele não estiver em um encontro amoroso onírico, você pode até falar com ele – Anderson disse, rindo.

– Eu não. Um morto segurando vela, eles podem não gostar.

Voltaram até a margem, sem correr. Anderson estava preocupado com tudo o que não podia compreender, com os escravos dos gorjalas, com seus amigos em Mandacaruzinha... Mas ali, na calmaria daquela paisagem feita de sonhos, caminhando ao lado de um amigo, ele sentia que estava pegando fôlego para tudo o que deveria resolver a seguir.

Ao acordar em meio à escuridão do esconderijo improvisado, não esperava estar coberto por teias de aranha.

< capítulo 12 >

TEATRO DE SOMBRAS E TEIAS

Os fios em seu rosto e em seus braços não ofereceram resistência. Apenas estavam ali, como um véu. Levantou-se, ofegante, e sem o benefício da claridade a seu favor, começou a passar as mãos pelas pernas, cabeça e braços, freneticamente, sacudindo qualquer aranha que estivesse em seu corpo. Ouviu o ronco de alguém próximo, e surpreendeu-se por não ter acordado ninguém com seu estardalhaço. Às cegas, tropeçou no traseiro de alguém, e pelo tamanho devia ser o de Zé. O meio-caipora resmungou algo, mas também não acordou.

Anderson congelou no lugar, tentando manter a calma. O seu infantil medo de escuro, que ele havia experimentado novamente há pouco tempo, tentou vir à tona, mas ele o sufocou antes que escapasse de sua prisão, no passado. Aquilo era diferente. Um outro tipo de escuridão – e que ele esperava não ter nada a ver com Jurupari. Mais calmo, respirou fundo o ar gelado do buraco em que estavam. Sabia que os olhos se acostumariam com o escuro, e alguma coisa ele enxergaria.

O problema era que as primeiras coisas que passou a ver foram olhos. Muitos deles. Esverdeados, bulbosos, aglutinados em grupos de oito.

– Ele acordou – disse uma voz, masculina, profunda.

– Mas será que ele pode nos entender? – perguntou outra voz, idêntica à

<197>

primeira, mas que vinha de algum ponto atrás do garoto. Anderson girou em seu eixo, e mais grupos de olhos começaram a aparecer, em um cintilar quase morto, tétrico.

– Pela cor da pele dele, deveria – disse ainda outro, e Anderson já estava desejando gritar para acordar os amigos.

– Engraçado ele nos encontrar aqui, carregando algo tão...

– Nosso – completaram dezenas de vozes idênticas, em uníssono.

Anderson, que ainda não enxergava nada mais do que olhos, ergueu as mãos, em rendição. Seus encontros com aranhas gigantes no Battle of Asgorath costumavam ter outro desfecho.

– E-eu posso ouvir vocês! – disse, tentando soar calmo. – Só entramos aqui para nos esconder dos gorjalas, me desculpem. E não sei o que estou carregando que possa ser de vocês...

– Estamos falando desse cabo que você trouxe aqui para dentro – uma voz disse, e Anderson olhou para baixo. O carretel que Rod havia lhe dado! Tinha um leve brilho fantasmagórico no escuro. E ele realmente havia lhe dito que ele era uma liga feita com teias de aranha...

– Foi um presente, de um amigo – Anderson disse, sincero. – Vocês que fizeram? Se o quiserem de volta, tudo bem. Eu desapego fácil dessas coisas, sabe...

– Não o queremos de volta – disse um.

– Até porque ele não é mais nosso, foi presente para um outro amigo – disse outro.

– Que chegou aqui em uma situação parecida, tempos atrás – disse ainda outro.

Os batimentos cardíacos de Anderson desaceleraram. Não havia ameaça no tom daquelas vozes. Na verdade, ele imaginava que, tirando a estranheza da situação, ele poderia ouvi-las falando por uma eternidade. Ele compraria um áudio-livro do *Silmarillion* narrado daquela maneira, facilmente.

– De quem vocês estão falando? – o garoto perguntou, genuinamente curioso.

– É hora de contarmos uma história para ele? – uma das vozes inquiriu, somente para outra idêntica lhe responder.

– Qualquer hora é hora de contarmos histórias. Já fomos conhecidos por isso.

– E tudo o que contamos também foi esquecido, até por nosso povo.

– Nem tudo. O garoto está aí, e nos encontrou.

Os olhos bulbosos passaram a fechar o cerco ao redor de Anderson. Devido à proximidade de todos eles, uma leve luminescência esverdeada tomou conta da caverna. Anderson via as silhuetas de seus amigos, dormindo profundamente, sem acordarem com as pernas de aranha passando sobre eles, sorrateiras. Queria que Tina estivesse ali, para lhe explicar sobre aranhas gigantes. Não se lembrava de ter visto nada a respeito no livro de Câmara Cascudo. Mas, até aí, sua memória com o grimório do folclore era péssima.

Anderson estava no centro de um círculo de monstros. Mais alguns chegavam, do teto, descendo em teias que emitiam um brilho tênue.

– Quem são vocês? – Anderson perguntou, respeitoso.

– Somos o que sobrou de um povo tirado à força de sua terra...

– ...trazidos dentro de seus sonhos, em porões de navios negreiros...

– ...e nos escondendo até que retorne o respeito pela nossa memória, pela memória da Mãe África.

Anderson engoliu em seco. Uma das aranhas, parando a alguns palmos na frente de seu rosto, estalou as pinças e passou a tecer uma intrincada teia, fios leves como seda flutuando na escuridão. O vento frio da caverna balançava os complicados padrões dentro da tapeçaria espectral, e Anderson tinha a impressão de ver algumas formas, se mexendo... uma história se formando.

As vozes continuaram dali para a frente, narrando a história que se ilustrava no contraste entre teia e escuridão.

"Toda a beleza de nossa magia precisou ser escondida, para que os homens que escravizavam nossas crianças não as punissem. E eles trabalharam para os brancos de coroa, e os brancos que obedeciam à Coroa, sem receber nada em troca, a não ser dor e humilhação. Com isso, os negros se calavam, e nós passávamos a existir cada vez mais para dentro de seus sonhos. Cada vez para mais debaixo da terra...

Até que, há algumas décadas, um descendente da Mãe África nos encontrou aqui, neste mesmo lugar onde agora estamos. Ele fugia de gorjalas, e parecia abrigar dentro de si a mesma grandeza que outrora nos pertenceu. Algo mágico, onírico, espiritual...

O sujeito tinha apenas uma perna, mas não notava-se dificuldade alguma de locomoção. Nós, com tantas pernas, e ele com apenas uma. O recebemos com nossa hospitalidade, a mesma que estendemos a você, criança. E pedimos que ele nos contasse uma história em troca.

O De-uma-perna-só nos disse que procurava a cidade de Aratu do Velho Rio, morada de cangaceiros, que lhe prestariam um favor: esconderiam um artefato, que seria objeto de desejo de muitos, além de um catalisador de problemas..."

Anderson via as cenas com nitidez, conforme as histórias eram tecidas em sua frente. Um homem de uma perna só, inconfundível: carregando algo em seus braços, sentado no meio de um círculo de aranhas, de maneira muito parecida com a que Anderson fazia agora. Ele mostrava o objeto que carregava para as criaturas, que se tratava claramente de um cocar, frondoso, de grandes plumas.

Então, as aranhas se aglomeravam por um instante, e entregavam ao Saci um novelo de teia. Patrão reverenciava os aracnídeos, que por sua vez o reverenciavam, como se ambos estivessem reconhecendo a divindade interior dentro de cada um. O vento no corpo de um, as histórias que formavam o corpo de outros.

O teatro de sombras e teias cessou. Anderson sentiu-se como se estivesse despertando de um transe, mas sem precisar visitar o Reino dos Olhos Fechados.

– Isso foi... estranho – murmurou, levemente tonto. – E agora, eu também preciso contar uma história para vocês?

As aranhas se aglomeraram próximas à parede da caverna. Após alguns segundos de agitação, elas se acalmaram, e todos os olhos – todos, mesmo – recaíram sobre Anderson. A voz que falava por todas se direcionou à ele.

– Você está no meio de uma história importante, criança. Não vejo porque você deveria nos contá-la antes do fim, e não vemos porque deveríamos atrasá-lo. Assim ficaremos no aguardo de uma nova visita, com a história completamente tecida. E, esperamos, que ela narre o seu triunfo.

Os olhos verdes das aranhas foram se fechando, e a escuridão voltando a ser mais densa. Anderson, perdendo um pouco da noção do espaço em que se encontrava, não sabia se aquilo havia sido uma despedida, tão estranha e inesperada quanto a chegada daquelas criaturas.

– Alô? Pessoal? Tão aí?

– O que foi? – respondeu Inácio, com a voz sonolenta, achando que Anderson estava falando com ele. – Temos que ir embora?

O garoto hesitou. Ninguém havia notado a sua conversa com as aranhas. Por um breve momento, ele mesmo duvidou que algo tivesse acontecido. Talvez fosse resultado da insolação combinada com o uso do muiraquitã... Olhou para o chão e encontrou o cabo que Rod havia lhe dado. Rod, por sua vez, deveria tê-lo recebido do Patrão, que por sua vez... Bom, é uma longa história, pensou Anderson, recolhendo o cabo e o enrolando.

– Sim, Primo. Acho que é melhor seguirmos viagem.

Foi mais difícil sair da caverna do que entrar nela. Mais uma vez usando o cabo, Zé precisou escalar pelas pedras, com o cabo amarrado na cintura, até a beirada de terra acima, e depois içou pessoas e capivara, uma por vez.

A caminhada era liderada por Edileusa – que sabia onde ficava Mandacaruzinha – e monitorada do alto por uma lua minguante. Inácio ainda tomava o meticuloso cuidado de apagar os rastros do grupo, e Zé parecia ferozmente alerta para alguém que não tinha nem mais um gole da aguardente tônica.

Anderson caminhou por boa parte do tempo com os olhos no céu. Era um dos mais belos que já tinha visto, e ele só lamentava ter que apreciá-lo com tantas dores pelo corpo, com tantas bolhas nos pés. Enquanto jogava uma perna na frente da outra, por horas a fio, sua cabeça ainda insistia em lhe mostrar o campo dos escravos, em ecoar as vozes das aranhas, intercalados por uma exaustiva repetição do sacrifício de Bertoldo, e o rugido da explosão causada por ele.

Edileusa, que estava economizando saliva e só abria a boca para acalmar os choros intervalados da pequena Maria Júlia, avisou em certo momento que estavam há poucos quilômetros da cidade. Anderson queria entender como ela podia dizer isso, sendo que o caminho era todo composto de terra seca.

Uma pequena encosta começou a se elevar à esquerda do grupo, e as árvores, que até então eram encontradas com raridade, passaram a ser vistas com mais frequência. Foi no meio de um conjunto delas que Anderson pensou ter visto uma movimentação estranha, de coisas andando sobre muitas patas. Achou que eram as aranhas, agora sim aparecendo como alucinações. Esfregou os olhos com as costas das mãos, sem chamar a atenção de ninguém do grupo, e percebeu que a coisa se movimentando no escuro era um grande caranguejo. Um caranguejo *muito* grande, azulado, com uma enorme e ameaçadora pinça, acompanhado de filhotes do tamanho de panelas de pressão. Eles tinham o andar lateral engraçado de um aratu de mangue, e pareciam alarmados com a aproximação do grupo de humanos. Subitamente, Anderson entendeu onde os gorjalas conseguiam suas pontas de lanças e escudos... Não quis chamar a atenção dos seus amigos para os bichos. Foi um pacto silencioso, sem ninguém atrapalhar a caminhada do próximo.

E então as luzes dos lampiões e fogueiras de Mandacaruzinha apareceram ao longe, poucos minutos após o vislumbre de caranguejos gigantes. Casinhas sertanejas, típicas e simples, pouco mais robustas que o lar da Artesã, e que causavam no garoto um alívio incomensurável.

Havia algumas pessoas na frente das primeiras casas da cidade. Lado a lado, como se a protegessem. Zé erguia a mão, exausto, talvez querendo dizer que aquela mão mole ao vento significava "somos amigos, viemos em paz".

Um grupo se destacou e veio ao encontro deles. Organizados demais, pensou Anderson. Organizadas demais, corrigiu-se, ao reparar que todo o grupo era composto por mulheres indígenas de seios nus, armadas de lanças e com o rosto pintado de urucum. Anderson tinha visto algumas delas em Anistia, mas não lembrava de seus nomes. Então, caminhando mais rápido que as guerreiras, Iara apareceu à frente. Sorriu para Anderson e para o grupo, parecendo aliviada em vê-los.

O sentimento era mútuo, apesar do cansaço maior que tudo.

Muitas pessoas os aplaudiam. Anderson recebia tapinhas nas costas e cumprimentos de gente que ele jamais vira na vida, mas que pareciam já estar sabendo de sua façanha em entrar e sair do novo território Gorjala – e com pessoas resgatadas. Em uma situação normal, ele diria que o mérito era de todo o grupo, já que eles jamais teriam conseguido sozinhos. Mas a gritaria e a estafa opressora que lhe acometiam, impediam qualquer tipo de reação positiva do garoto.

Chris surgiu no meio da multidão, seguido por Tina e Pedro. Anderson sentiu uma vontade incontrolável de chorar ao ver os amigos, mas conseguiu segurar as lágrimas. Não por orgulho besta, mas porque sabia que ainda não deveria deixar as emoções extravasarem. A parte mais difícil ainda seria feita, por todos.

– Deem espaço para ele, por favor! – Chris pediu gentilmente, mas em tom firme. Os moradores de Mandacaruzinha, rostos iluminados pela luz combinada de lampiões e fogueiras, começaram a recuar. Tina abraçou Anderson e depois Capivera, que era a menos atingida pelo desgaste. Pedro lhe deu tapinhas no ombro, com um meio-sorriso.

– Você tinha que ver a alegria deles quando eu confirmei que você estava vivo – disse, como se estivesse entediado. Anderson sorriu, cansado. Poucos metros à frente, percebeu uma cena que ficaria gravada em sua retina por seja lá quanto tempo ainda vivesse, fosse mais poucos dias ou muitos anos: Edileusa e Severino, mãe e filho enlaçados em um abraço que continha toda a urgência e saudade do mundo. A Avohai, se pudesse, carregaria sua cria pelos dentes até a toca, longe de tudo e de todos. Anderson sentiu saudade de Regina e Álvaro, imaginando o que eles diriam se soubessem o que ele fazia durante seu "acampamento para jovens problemáticos". Imaginou também como Sev e Edileusa temiam por Aloísio, e como a pequena Maria Júlia, amparada por uma dúzia de adultos que a rodeavam, se perguntava onde estaria seu pai...

Chris o conduziu até uma casa, de onde o cheiro de milho cozido saía por todas as janelas. O estômago de Anderson roncou, e por um momento ele sentiu que seria capaz de enfiar as mãos na panela de água fervente para pegar uma espiga. Lá fora, uma sanfona começava a cantar. Aquilo estava oficialmente virando uma comemoração, mesmo que Anderson achasse aquilo tudo muito precipitado.

– Deixe que eles comemorem – disse a voz severa do Patrão, que chegava de lá de fora, aos habituais saltos silenciosos. Era como se ele tivesse adivinhado o que Anderson pensava somente por seu semblante. De fato, o garoto sabia, era algo ainda mais complicado que isso. – Vai lhes fazer bem uma noite de alegria no meio de tanta aflição, expectativa e medo.

Iluminados pela amarelidão do lampião, a hospitaleira dona da casa traz uma espiga para Anderson e outra para Patrão. Chris vai para dentro da residência, que aparentemente está servindo de base para alguns dos visitantes de fora. O velho Saci senta-se no degrau da porta, com o pé na terra batida de fora da casa. Anderson senta ao seu lado, roendo o milho cozido.

– E Elis? – pergunta, entre mordidas ansiosas.

– Está a duas casas daqui. Beto está orbitando seu leito o tempo inteiro, enquanto Alba, Iara e outras icamiabas se revezam no acompanhamento do fim da gestação. – Patrão também deu suas mordidas no milho, mas com toda a calma possível. – Ela teve uma melhora impressionante nesse último dia. Achamos que o bebê está muito próximo de nascer.

Anderson assentiu e ficou olhando para os próprios pés. Chutou os tênis para o lado, para sentir os pés descalços na terra. Se o Patrão não interrompesse o silêncio, talvez ele perdurasse para sempre.

– Algumas pessoas dizem que os olhos são a janela da alma.

Anderson ergueu a cabeça, cenho franzido em um "tá, e daí?" silencioso. O velho Saci continuou:

– Como você bem lembra, sempre consegui ter certo acesso ao interior das pessoas, a essa parte que todos insistem em chamar de *alma*. E nunca precisei olhar ninguém nos olhos para isso – Patrão girou a espiga de milho entre os dedos, em busca de partes ainda amarelas. – Olhos são bichos escorregadios, que parecem não gostar muito de ficar de frente para seus semelhantes. Por isso, nunca considerei eles essenciais para a compreensão das aflições humanas...

– Você não é como *qualquer* humano – Anderson observou.

– É, mas nem por isso desconsidero a utilidade dos olhos. Eu só não penso que eles são as janelas da alma. Talvez sejam os tapetes de entrada da casa onde mora a alma.

Anderson olhou para a espiga de milho e suspirou.

– Tapetes. Batizaram a tua espiga com o quê, Patrão?

– Respeito, moleque...

– Desculpa.

– E tapetes, sim. De tanto limparmos os pés antes de entrarmos em casa, uma hora o tapete fica encardido. Se pisamos na lama antes de entrar em casa, sujaremos o tapete com lama. E todos que chegarem depois disso vão saber que alguém pisou na lama antes de entrar.

Anderson o encarou, sem escolha. Descobriu aonde ele queria chegar.

– Bem... Eu talvez tenha pisado em um bom bocado de lama.

– Eu sei. Seu rosto não engana, Anderson Coelho. Você já viu e passou por muito mais coisas do que um garoto normal de sua idade. Mas acho que desde que o grupo se separou, no ataque da boiuna, você pode ter encontrado muita lama pelo caminho. Me sinto na obrigação de perguntar a respeito.

Anderson encolheu os ombros, desviando o olhar para o alto, e confirmando a teoria de patrão sobre os bichos escorregadios. A sanfona distante era acompanhada por dezenas de vozes, que cantavam "Asa branca". Ambos passaram alguns segundos prestando atenção na música.

– Bom, meu caminho enlameado começou pela boiuna, que virou uma mulher debaixo d'água – disse o garoto, omitindo o fato de ter ouvido a voz de Jurupari pedindo que a entidade não o atacasse. Ele a havia chamado de "minha serva" e disse que logo eles estariam juntos novamente, e tudo aquilo seria informação demais para o Patrão, que nem sequer imaginava que Anderson havia feito uma promessa a um deus dos pesadelos. – Ela era pálida, tinha uma cara de meio-morta... Se é que alguém morre só pela metade.

– Curioso – Patrão disse, olhando para o sabugo em sua mão. – A única boiuna capaz de transmutar-se em uma mulher é a primeira da espécie delas... E eu não esperava que ela estivesse por essas águas do São Francisco.

– A primeira boiuna foi uma mulher? – Anderson perguntou, confuso.

– Sim, uma icamiaba. E o que mais você viu?

Anderson suspirou.

– Muitos gorjalas...

– Imagino que sim. Essa parte pode pular.

– Por acidente, alguns velhos amigos seus...

Patrão pareceu surpreso.

– Quem?

– Os que você também encontrou por acidente – Anderson respondeu, de maneira indireta. Sentia-se um pouco estúpido em dizer "as aranhonas", apesar de todas as outras coisas com potencial muito maior para o tornar ainda mais estúpido. O Saci assentiu, lentamente.

– E te contaram alguma história?

– Mais ou menos. Me mostraram você, carregando um cocar...

Patrão resfolegou. Foi ele quem desviou os olhos, dessa vez. Procurou o cachimbo em um dos bolsos, e um fósforo em outro, enquanto repousava o sabugo de milho no chão, abaixo de sua perna.

– Aratu do Velho Rio foi destruída por causa daquele cocar. Porque os Avohai o guardavam para mim – ele acendeu o fósforo no batente da porta e levou a chama ao fornilho. – Se toda aquela gente foi escravizada, se aquela cidade foi arrancada do mapa... foi tudo minha culpa. Por ter envolvido os Avohai.

– Não pode ter sido sua culpa, Patrão – Anderson disse, balançando a cabeça. – O lugar é um ponto estratégico para a usina que Wagner Rios está construindo. Aquilo não pode ter vindo de improviso.

– Rios é um empresário. Homem de negócios. Se ele puder fechar dois projetos em uma única reunião, por assim dizer, ele o fará. Ele aproveitou para libertar os Ghouls, roubar o cocar e construir seu novo "empreendimento" – Patrão disse, soprando fumaça. – Vou fazê-lo pagar por isso. Pagar com algo que ele não tem.

– Quero participar dessa cobrança.

– Acho que todos teremos a oportunidade de o enfrentar. Em breve.

Mais fumaça soprada. Ao longe, outro xote desconhecido para Anderson era puxado pela sanfona. Uma zabumba e um par de triângulos se juntaram à festa ao redor da fogueira. O Patrão retomou a palavra, de maneira surpreendente.

– Aquele cocar pertenceu à Jurupari, O Legislador, durante sua existência física, antes dele ser trancado do outro lado da Vigília. O mundo dos sonhos, o Reino dos Olhos Fechados... ou como você preferir chamar. Ele já foi grande aqui, entre os vivos. Mas você terá tempo para estudar tudo o que concerne ao Legislador depois.

– Claro – disse Anderson, temendo que os tapetes de entrada para a casa de sua alma revelassem um pouco do muito que ele já sabia sobre Jurupari. Na verdade, o momento que se passava seria perfeito para que ele contasse sobre o trato que devolveu a vida de Chris e tudo o mais... Mas o medo e algo mais fez com que Anderson se calasse. Ele realmente torcia para que as coisas se resolvessem sem que precisasse revelar nada. – O cocar lhe conferia algum poder?

– É mais correto dizer que o cocar foi impregnado de poder, simplesmente por ter pertencido a ele. Não é todo mundo que conseguiria acessar a magia contida nele. Mas se conseguissem...

– Foi para não precisar responder a essa pergunta que levei o cocar aos Avohai. Eles são ferozes, capazes de proteger um tesouro dessa magnitude. E eu troco esses tesouros de lugar e de guardiões, sempre que posso – disse o Patrão, parecendo um pouco arrependido. – E foi aí que eu cometi o segundo erro. Precisava de alguém que vigiasse os Ghouls, após a traição de Lionel e seus seguidores em Anistia. Conversei com Aloísio e Edileusa, e eles me garantiram que não haveria problema algum em deixá-los por lá por um tempo, desde que o cocar ou os Ghouls fossem removidos o quanto antes. E eu demorei demais para resolver essa questão.

– Zé e Inácio vieram para cá para que recuperassem o cocar, então?

– Eu queria que ele fosse levado para a guarda das icamiabas – disse o Patrão. – Não esperava que gorjalas ajudassem Rios nesse resgate dos Ghouls... Mas creio que talvez Massacre tenha ouvido algo sobre a existência do cocar de Jurupari. Uma raça que segrega até mesmo as mulheres de sua própria espécie admiraria facilmente um deus com aversão ao poder feminino.

Anderson parou para pensar, e realmente não se lembrava de ter visto nenhuma gorjala fêmea nas imediações da usina e do campo de escravos. Por onde estariam? Eram proibidas de ficar junto aos machos, escravas para propósitos de reprodução da espécie? Sobre o fato de Jurupari ter aversão à mulheres, Anderson nada sabia... mas não seria agora que perguntaria sobre isso. Não quando Patrão havia se tornado tão tagarela, de uma hora para a outra.

– Creio que o cocar seja um belo suvenir para um Rei com o pensamento de Massacre – Patrão continuou. – Rios deve ter pensado nisso e proposto alguma aliança ao gorjala. Algo como "você me ajuda a recuperar meus homens, que te dou o cocar de Jurupari".

– "E de quebra ajudo vocês a erguer um reino" – Anderson acrescentou, pensando no trono de Massacre sobre a barragem. Os gorjalas ganhariam uma cidadela, Rios ganharia o lucro com o ferro e com a energia produzida. Anderson contou ao Patrão uma versão fragmentada sobre tudo o que tinha visto na usina e no campo de escravos, e depois concluiu o pensamento: – É o que você disse... Rios é um negociador nato. Vários acordos em uma só reunião.

– Ele já dobrou a vontade de pessoas muito mais inteligentes. Não foi diferente com os gorjalas.

– É, tô sabendo – disse Anderson. – Mas e agora? Vamos entrar lá arregaçando, libertar os escravos, pegar o cocar... Tudo isso se eles não tiverem resolvido vir até aqui de manhã, nos fazer uma visitinha, claro.

– As icamiabas estão atentas a isso. Saberemos com quilômetros de antecedência se eles estiverem vindo, mas...

– Com alguns passos de gorjala de antecedência, você quer dizer.

– ...eu não me preocuparia com o cocar agora. As pessoas e o Rio são prioridade. Temos que impedir a ativação da hidrelétrica, e temos que tirar todos os escravos de lá. O cocar será um problema somente se eles aprenderem a utilizá-lo. E caso isso aconteça, nós teremos de ir atrás da única coisa que pode fazer frente ao poder do artefato.

– Que é..?

– Algo que você não precisa saber agora – completou o Patrão, levantando-se. Até que Anderson havia conseguido beber muita informação antes do velho se fechar novamente. – Agora, vá se trocar, tomar um banho. A dona Arlinda, dona da casa, disse que pode esquentar água caso queira um banho morno.

– Não, tá muito calor... Vou tomar frio, mesmo.

– O Chris vai te arranjar roupas limpas.

– Ok.

O Patrão continuou plantado sob o arco da porta, olhando para o alto. Talvez estivesse enxergando o vento, ou algo do tipo. Anderson deu uma última olhada para trás antes de atravessar a cozinha e entrar no banheiro simples, apertado. Foi tirando a roupa e pendurando-a do lado do lavabo. Quando tirou a bermuda, algo caiu do bolso de trás, flutuando como uma folha de outono se desprendendo do galho.

A foto que havia encontrado na casa da Artesã, amarrada a um dos bonecos de papel machê.

– Como fui me esquecer de contar sobre isso?! – Anderson exclamou, olhando para o bebê sorridente na fotografia. A sensação de familiaridade com a criança ainda estava lá. *Algo mais* estava lá.

Vestiu novamente a bermuda, quase tropeçando nela e caindo de boca no chão do banheiro. Foi vestindo a camisa ao mesmo tempo em que abria a porta, atrapalhado, e foi chamando o Patrão pela casa. O Saci ainda estava pitando seu cachimbo à porta, e olhou para trás, desconfiado.

– Que saudade é essa, moleque? Não fazem nem dois minutos.

– Esqueci de te falar uma coisa... Conheci a Artesã!

Pela primeira vez em muito tempo, Anderson viu Patrão demonstrar um olhar perdido.

<206>

– Que Artesã?

– Caramba, achei que o senhor pudesse me explicar – Anderson revirou os olhos. – Uma senhora muito, muito velha... que dá vida a bonecos de papel machê...

Uma sombra de reconhecimento passou pelo semblante do Saci.

– ...e que meio que me deu essa foto aqui.

– Deixe-me ver.

Patrão arrancou a fotografia da mão do garoto. Apertou os olhos para a foto... E seu cachimbo escorregou dos lábios.

– Matí – murmurou, cavernoso. Anderson olhou da foto para Patrão, confuso.

– Esse neném chama Matí?

– Não! Matí é a Artesã! – ele praticamente gritou, de olhos arregalados. Saiu pulando casa afora, dobrando a esquina e atravessando a festa animada ao redor da fogueira como uma bala. Mesmo com uma perna a mais do que o Patrão, Anderson tinha dificuldade em acompanhar o seu ritmo.

– Ei, calma aí! Onde você tá indo? Quem é Matí?

– Preciso falar com Iara – foi a única coisa que o Patrão disse, sumindo no meio da multidão, e deixando Anderson perdido no meio de um rastapé.

Os triângulos, a zabumba, a sanfona e a vozes animadas. Enquanto Mandacaruzinha comemorava uma pequena missão bem-sucedida, Anderson terminava a noite sentindo que sabia menos agora do que alguns minutos atrás.

Sentou-se no chão, de pernas cruzadas, observando a festa. Viu Severino comendo alguma coisa ao lado da mãe e do tio, Gerônimo, que parecia à toda no comando de uma chapa e uma peneira. Tapiocas eram feitas em velocidade impressionante enquanto o velho marujo cantava, bebia e espalhava farinha de mandioca ao mesmo tempo.

Algumas coisas pareciam melhores do que antes, por mais que ainda estivessem confusas. Fato. Porém, Anderson não sabia sequer por onde começar a resolver as coisas que estavam ao seu alcance. "Existe algo ao meu alcance?", duvidou.

Avistou Pedro, a distância, se deitando em uma rede na varanda de uma das casas disponibilizadas a eles. O espertinho talvez estivesse querendo colocar o papo onírico com Bárbara, da ResEx, em dia. Não muito longe dali, Tina estava concentrada em fazer carinho em uma Capivera sonolenta, ambas recostadas em um cajueiro.

Só de olhar a calma do bichinho, Anderson sentiu o efeito do cansaço e da noite pesando nas pálpebras. Bocejou uma, duas, três vezes, até a mandíbula doer. Nada do Patrão voltar. E as vozes da festa cantavam mais uma música de Luiz Gonzaga, com um refrão mais grudento que doce de jaca:

"É proibido cochilar, é proibido cochilar..."

<207>

< capítulo 13 >

Ш + Н

Wagner olhou para o teto e para o filete de luz da lua que a janela deixava entrar por entre os frisos. O fio prateado lambia o teto, iluminando uma parte da parede que tinha uma falha no reboco. Ele conhecia bem cada centímetro daquele quarto. Aquele descascado lembrava o mapa da África quando ele ainda morava ali e dividia o cômodo com mais alguns garotos, Lionel entre eles.

Agora, o reboco havia se deformado. A África havia se transformado na Pangeia, gigante, massiva... Assim como sua vida havia mudado bastante desde a última vez que dormira sob aquele teto. O Casarão também.

Ela se remexeu ao seu lado, sob os lençóis. A luz da lua passava bem sobre as suas costas, brancas, delicadas. Os cabelos abertos em um leque negro sobre o travesseiro, impregnando a fronha e a cama com aquele aroma natural.

Wagner não acreditava que estava ali, com uma deusa, dormindo profundamente. Ela sonharia como ele? Melhor: ela ainda podia ser considerada uma deusa, mesmo após ter aberto mão de grandes frações de seus poderes, durante o aprisionamento de Jurupari e durante a criação de Anistia?

Quando se deu conta, estava acariciando o pescoço de Iara. *Hipólita*. Seus pensamentos anteriores deram lugar a outros, mais obtusos, bem mais disformes que os anteriores, como manchas de reboco que aumentam com o tempo.

<208>

Estava óbvio que ela já se esquecera do Wagner criança, emburrado, ácido... Mas ela o enxergaria como um amante? Ou apenas um passatempo, como talvez tivesse feito com vários outros homens mortais ao longo de sua existência?

O pensamento lhe causou ciúme. Certa dor. *Hipólita*. Imortal. Por quantos apaixonados vencidos pelo tempo ela havia chorado? Ela já havia chorado? Seria irônico se a Mãe das Águas não conseguisse verter uma lágrima...

Wagner levantou-se, brusco demais. E, mesmo assim, Iara nem aparentou ter o sono perturbado. Ele levou as mãos à cabeça, convencido pelos pensamentos venenosos, a completar o que já devia ter feito há tantos dias...

Vestiu-se. Deixou os sapatos por último, para não chamar a atenção com os passos contra o velho piso de taco.

– Não posso fazer isso – disse, sem perceber que o pensamento havia saído em voz alta. Iara resmungou algo, e até suas palavras desconexas soavam melodiosas, agradáveis.

Enfiando as unhas na palma da mão esquerda, resistiu. Havia chegado até ali pelo Cachimbo. Não desistiria agora, não somente por causa de uma distração chamada... *amor*. Que ele nem sabia se era correspondido.

Desceu as escadas, sapatos ainda pendendo em uma das mãos. Se as coisas não haviam mudado, o Patrão ainda deixava o Cachimbo na biblioteca. Mesmo que o velho Saci estivesse em uma missão perigosa, como provavelmente estaria naquele momento, ele evitava levar aquela garantia de invencibilidade no bolso de seu casaco. "O poder nos deixa cegos, confiantes demais", ele disse certa vez para as crianças da Organização. Wagner estava entre elas, e tinha achado que aquilo era bobagem. Se você pode andar por aí sem o perigo de morrer, com uma garantia de segurança... por que não fazer isso?

Puxou o cordão ao fim do degrau, e a biblioteca se acendeu. Foi direto no livro que conhecia tão bem, de tanto que já havia pensado nele. A edição amarelada de *Casa-Grande & Senzala* tinha um miolo falso, recortado, com um espaço perfeito para que um certo cachimbo fosse escondido...

Ele puxou o livro pela lombada. A poeira quase o fez tossir, mas ele aguentou. Deixou os sapatos caírem no carpete da biblioteca, com um ruído abafado. Abriu o livro, e lá estava o recorte quadrado que serviria para esconder o Cachimbo.

Só não estava o Cachimbo.

– Procurando algo?

A voz era esganiçada, a voz era óbvia. Zé estava no primeiro degrau da escada, de braços cruzados. Estava de pijamas e um gorro que o deixava muito parecido com um gnomo. Os braços cruzados e o rosto completamente transtornado impediam que qualquer piada desse tipo fosse finalizada. Rios, por outro lado, tentou manter a calma no semblante – por mais que estivesse totalmente frustrado por dentro.

– Eu só queria ler este livro, mas ele está... – mostrou o buraco no miolo do livro, e deu de ombros – estragado.

– E você teve vontade de ler Gilberto Freyre às 2 horas da manhã, Rios? – Zé perguntou, irônico, levando a mão ao bolso do pijama. *O maldito caipora desceu minutos antes e tirou o Cachimbo do livro, diabos!,* Rios praguejou em pensamento, tentando manter a calma no olhar nublado.

– Olha, Zé, eu sei que você não gostava muito de mim. Acho que ainda não gosta – disse, olhando de esguelha para o meio-caipora e devolvendo o livro ao seu espaço na prateleira. – E sei que você não aprova as minhas *visitas* aqui, na ausência do Patrão...

– Não mesmo – Zé resmungou. – Desaprovo totalmente, ainda mais sem que ele saiba. Mas Iara tem o mesmo poder de decisão no Casarão que o Patrão. Se ela quer fazer isso, ela que se resolva com ele...

– Ela vai contar para ele que minha memória não foi apagada completamente, não se preocupe – Rios disse. E isso era uma verdade: Iara não queria continuar mentindo para o Patrão. Mas, até aí, Rios não achava que precisaria lidar com essa parte do dilema, pois de acordo com seus planos ele já estaria muito longe de lá, em posse do Cachimbo. Teria que planejar novamente, improvisar, ficar mais um tempo por lá... Pensando nisso, deu um sorriso amarelo e acrescentou: – E você vai ter que me aturar aqui por mais um tempo... sou convidado dela.

– Eu não me importo com o que você seja de Iara, Rios – Zé rebateu, sem cair na falsa simpatia de Wagner. – Não devo nada a você. E sei que você não é o mesmo garoto desorientado que chegou aqui. Você tem um propósito bem definido nessa sua cabeça.

Rios fez-se de ofendido e apontou o indicador na direção da cara de Zé.

– Eu não admito que você fale comigo dessa ma...

O baixinho agarrou o indicador de Rios e o torceu. Rápido como o estalo que se sucedeu, e não por isso menos doloroso do que uma torção lenta.

– Não coloque o dedo na minha cara, garoto – Zé alertou, ainda calmo, mas ameaçador. – E não ouse vir aqui pilhar o Casarão.

– Está me chamando de ladrão?! – Rios grunhiu, agarrando o dedo que provavelmente havia se deslocado.

– Estou. E peço que você se retire.

– Não vou obedecer nenhum homenzinho feito pela metade!

Zé franziu o cenho e olhou para o chão. A ofensa de Rios parecia ter encontrado o alvo. Deixando quase dez segundos se passarem após as palavras cuspidas, o meio-caipora saltou e o chutou com os dois pés. Wagner voou de encontro à uma das prateleiras de livros, sendo soterrado por uma avalanche de volumes velhos e de capa dura. Zé se apoiava sobre um dos joelhos para se levantar.

– Vai me dar trabalho colocar todos esses livros no lugar. Mas você não sabe como valeu a pena fazer isso, Rios.

Wagner tentava se levantar, desnorteado e perigosamente raivoso. Escorregou em um livro de poesias que já estava com a capa solta e quase beijou o carpete. Zé apontou para a escada, calmo, como se não tivesse acabado de dar um golpe espetacular no sujeito em sua frente.

– Suma da minha frente e nunca mais pise nesse casarão, e eu não falo nada para a Iara sobre a sua tentativa de roubar o Cachimbo de Ouro. Vai.

Wagner ergueu-se, com o orgulho e um dedo indicador feridos. Encarou Zé com todo o desprezo que conseguiu reunir, mas o meio-caipora não parecia se importar com aquilo. Apenas esperou que ele passasse.

Enquanto deixava o Casarão na calada da noite, Wagner olhou para a janela que era a do quarto em que estivera com Iara, há pouco tempo. *Hipólita*. Não queria dizer adeus. Não queria ser escorraçado daquela maneira de um lugar que já havia sido sua casa.

Caminhou pela calçada, pensando que os gorjalas teriam que esperar mais um pouco por sua vingança.

Anderson viu as costas de Rios descendo a rua Treze de Maio, diminuindo à distância e dobrando uma esquina qualquer. A lembrança era de Wagner, ou devia ser. Porém, ele se afastava e Anderson continuava lá, dentro do sonho.

Virou para trás e viu o Casarão. Um pouco diferente, claro. A rua tinha outro clima, carros de placa amarela e apenas duas letras antes dos números. Fuscas, dois deles estacionados sob um poste. Anderson adoraria que Renato estivesse ali para lhe dar um murro no ombro, pois um dos fuscas era azul.

Estava preso na memória de Rios, mas a cena não seguia em frente. Deveria, no mínimo, ter pulado para a lembrança de Anselmo, na frente do prédio... Estaria o muiraquitã falhando?

– Não, seu muiraquitã não está falhando.

Anderson quase teve um infarto imaginário, considerando que estava dentro de uma lembrança. Iara estava ali, radiante, a apenas dois passos do garoto, como se já estivesse ali há muitos minutos.

Não era a Iara que dormia dentro do Casarão, a que ainda cuidava do lugar junto com o Patrão. A que havia sido abandonada por Wagner Rios sem nenhuma mensagem de adeus...

Era a Iara, de fato, consciente, invadindo a cena da lembrança. Da cintura para baixo, ela tinha escamas e uma cauda de peixe, como uma sereia. Mas sustentava-se na vertical e na ausência de água. Sonhos permitiam esse tipo de coisa.

– Por que não acordei ou avancei para outra lembrança? – Anderson perguntou, contando que ela soubesse respondê-lo. A Senhora das Águas deu o sorriso radiante costumeiro, olhando rapidamente para aquele Casarão do passado.

– Porque assim eu quis, Anderson. Quero lhe mostrar outras lembranças.

Anderson assentiu.

– Mas como você me encontrou? Pensei que...

– Você ainda está experimentando os efeitos do muiraquitã. Lembre-se que foi com meu poder que eles foram criados.

A cena começou a desbotar ao seu redor. Iara começou a ganhar pernas humanas enquanto a paisagem ganhava outras cores e outros contornos. O sorriso, dessa vez tímido, era quase o mesmo de sua filha, Elis, mas causava cerca de +5 de dano. Anderson não podia culpar uma pessoa horrível como Rios por ter se apaixonado pela Senhora das Águas. Ainda assim, era difícil digerir tanta informação.

Um playground surgiu no lugar do Casarão. Gangorras, gira-giras, árvores e vislumbres de prédios ao redor delas. Era uma praça no meio da cidade grande, e o céu cinzento era o de São Paulo, Anderson pensou, com certeza inabalável.

Havia um prédio no meio da praça. Amarelo, com uma placa onde se lia "Biblioteca Monteiro Lobato". Pessoas começaram a povoar a lembrança, tornando-se visíveis aos poucos. Velhinhos caminhando aos pares, muitas pessoas levando os cachorros para passear, jovens e nem tão jovens fazendo corridas desajeitadas, respirando pela boca e suando em suas vestimentas esportivas. Sentada em um banquinho da praça, estava Iara. Uma versão diferente da que conduzia Anderson naquele mundo de devaneios de terceiros. Parecia magoada. Aflita. Até mesmo arrependida.

Ela olhava para uma menina de cerca de 8 anos de idade brincando em um balanço, a poucos metros de onde estava sentada. Cabelos negros e cacheados, olhar petulante e bochechas rosadas, ela ria com algumas outras garotas, muitas observadas de perto pela mãe, ou por babás. Aliás, muitas das crianças daquela região estavam acompanhadas por elas, usando aventais ou roupas brancas que as destacavam no meio do playground. Aquela praça era uma região mais abastada de São Paulo, aparentemente.

Iara desviou os olhos do balanço, virando a cabeça diretamente para o prédio da biblioteca, de onde surgia...

Wagner Rios.

A compreensão de algo muito maior e mais complicado que um romance interrompido começou a surgir no rosto de Anderson. Ele deixou o queixo despencar, olhando para a Iara do presente que o acompanhava na lembrança. Mas ela apenas apontou para sua contraparte do passado, e para Rios, que já se parecia muito com o empresário atual – cabeludo, pouco menos grisalho, terno de bom corte. Possuía menos rugas do que o Wagner que Anderson conhecia, o que era esperado.

– Posso ir falar com ela? – ele perguntou, sentando-se ao lado de Iara. Tirou de dentro do paletó um pequeno embrulho em papel rosa-choque com fita branca. A Senhora recebeu o presente, hesitante.

– Eu dou o presente para ela. Mas acho melhor você não se aproximar. Alba está bem do jeito que está.

Rios suspirou. Não parecia lamentar tanto assim.

– Ela não pergunta sobre o pai? Não fica se comparando com as outras crianças do parquinho?

– Ninguém sente falta de algo que nunca teve – ela rebateu, os olhos verdes buscando a filha. Rios se calou, digerindo aquela pedrada moral, e ela continuou. – O que tivemos ontem não foi reconciliação, reaproximação ou qualquer coisa assim. Deixe Alba de fora de nossos assuntos.

Rios abriu a boca para dizer algo. Seus lábios se movimentavam, mas nenhum som saía. A Iara que acompanhava Anderson para dentro da lembrança ergueu a mão, displicente.

– Acho que podemos pular algumas coisas.

A cena ficou corrida, como quando Anderson adiantava alguma parte chata de um filme com o controle remoto. Viu Wagner se levantar e se despedir da antiga Iara, dando um último olhar para a pequena Alba e fazendo o caminho de volta para trás do prédio da biblioteca.

– Vamos atrás dele – a Iara que guiava a lembrança disse, e Anderson demorou um pouco a se mexer.

– Ele é pai da Alba e da...

– Sim.

– Mas elas...

– Não, não sabem. Podemos ir?

Sentindo-se ainda mais etéreo que o possível para alguém com um corpo astral, Anderson seguiu Rios. Ele esperou atravessar a avenida Angélica – e assim o garoto descobriu que estavam no bairro de Higienópolis – para tirar um celular do paletó. Moderno para a época, jurássico para Anderson.

– Lionel? – disse Rios, após aguardar alguém atender a ligação – Tome cuidado e não deixe que ninguém te veja. O quê? Sim, o Patrão está fora, e sim, Iara está... longe daí. Vá, rápido. Te encontro em meia hora. Nem pense em aparecer *sem* o Cachimbo.

Anderson arquejou. A imagem começou a se desvanecer. Um quarto de criança apareceu, à meia-luz, cortinas pesadas. Wagner estava sentado na beirada de uma cama, onde uma criança dormia ligada a um balão de oxigênio.

Era um menino. Sem cabelos, as veias azuis aparecendo em seu crânio. Subnutrido, os pulsos parecendo frágeis demais para suportar até mesmo a gravidade. Dormia com a boca entreaberta, enquanto o respirador mandava ar para dentro de suas narinas, automaticamente.

O empresário parecia preocupado e tinha uma das mãos dentro de um dos bolsos do paletó. Anderson, um observador espectral naquela cena, sabia que aquele havia sido um vício adquirido após o roubo do Cachimbo. Aquela lembrança vinha depois da morte de Núbia, a mãe de Wilson Rios. O garoto debilitado na cama. O "Caladão", como ele nunca esperaria ter visto. Sua cabeça repousava em travesseiros caros de plumas de ganso, e seu pai parecia esperar alguma coisa. Um sinal do garoto. Alguma visita.

Um segurança abriu a porta do quarto, anunciando uma visita. Era Iara, novamente, usando calça jeans e uma jaqueta, parecendo mais mundana do que deusa. Entrou no quarto em silêncio e encarou o menino enfermo, praticamente ignorando Wagner. Era como se o homem não fosse mais visível que Anderson, espectador naquela memória.

– Ele não vai sobreviver – Wagner disse, com uma certeza terrível. – Herdou tudo da mãe, inclusive a doença. Não é mais uma questão de dinheiro, dos melhores médicos do país... Ninguém consegue curá-lo.

Iara passou a mão pela testa de Wilson. Ainda assim, não dirigiu a palavra a Wagner. Ele pareceu inquieto.

– Trouxe o que lhe pedi?

– Sim – ela disse, cravando os olhos em Rios e tirando um envelope do bolso da calça. Entregou a ele, e seus dedos tocaram-se brevemente. Mesmo estando ali só assistindo, Anderson sentiu a onda de eletricidade que correu pelos dois corpos, mesmo em um simples toque acidental. De alguma forma, o que Rios e Iara tinham não estava extinto completamente. Havia mágoa da parte dela, óbvio – pelo roubo do Cachimbo de Ouro, pelo descaso como pai em duas ocasiões, e pelo fato dele ser a representação de tudo o que a Organização abominava. Mas alguma faísca ainda persistia, ali, no espaço entre os olhos verdes e os cinzentos.

Rios abriu o envelope. Eram duas fotografias. Anderson se adiantou até Rios, para enxergar as fotos em sua mão. Na primeira, de cima, Alba estava com cerca de nove ou dez anos, vestida de indiazinha icamiaba, com urucum no rosto e nos braços – e parecendo extremamente desconfortável com isso, de acordo com o bico, as bochechas infladas e as sobrancelhas franzidas. Rios soltou um riso involuntário, e olhou para o lado contrário de Anderson... quase como se soubesse que alguém, visitando as lembranças daquele momento, pudesse enxergar olhos marejados de lágrimas. Quando voltou a olhar para baixo, pegou a segunda foto.

Era a de uma bebê com sorriso largo, no colo de alguém. A mesma foto que Anderson havia tirado de dentro da casa da Artesã.

Elis.

– Elas estão... lindas – disse Wagner.

– E inteligentes. E teimosas. Alba não quer aprender magia icamiaba, diz que acha chato. Mas se transforma em uma jaguatirica como poucas conseguem – Iara disse, olhando brevemente para Rios. – E ela adora Barbies.

– Posso comprar umas bonecas para ela.

– Não, porque você vai comprar as ações da fábrica de bonecas. Eu te conheço, Wagner.

Ele deu um riso dolorido. Guardou as fotos no envelope, e o envelope dentro do paletó. Iara voltou a atenção para Wilson, e apenas o barulho do balão de oxigênio foi ouvido por muitos segundos.

– Toda vez que te reencontro, você faz algo ruim. Da situação, algo de bom acaba surgindo, como uma flor de lótus no meio da lama, e nesse caso falo de nossas duas filhas – a Senhora dizia, imponente, como a rainha elemental que era. – Acho incrível sua coragem em me pedir algum favor depois de tudo. E acho incrível a minha capacidade de não aprender com os meus erros. Seus erros.

– Não se trata de mim, Hipólita...

– Não ouse me chamar assim! – ela urrou, os olhos acendendo em chamas verdes. O quarto tremeu, como em um terremoto passageiro de alguns segundos. Wagner não se mostrou amedrontado.

– Me desculpe. Mas isso diz respeito a uma criança inocente. Eu entendo que você não me queira por perto de Alba e Elis, até porque estamos... em *lados* diferentes – ele se levantou da cama, aproximando-se da mãe de suas filhas. – Não quero perder a chance de ser um pai decente para Wilson. Núbia jamais me perdoaria, e sempre fomos ótimos... sócios.

– É assim que você se refere à finada mãe de seu filho? – Iara disse, incrédula, balançando a cabeça. – Sócia? Fico imaginando como você pensa em mim, no que tivemos!

– O que tivemos não pode ser nomeado.

Anderson, assistindo àquela discussão de relacionamento, a mais inesperada de todos os tempos, pegou-se sem respirar, mesmo que não precisasse de ar naquela condição de *sonho*. Iara desviou o olhar de Rios e voltou-se mais uma vez para o filho dele, suas mãos delicadas segurando as laterais de sua cabeça.

– Não sei se é possível tirar algo assim de dentro de alguém...

Rios deu a volta, do outro lado da cama, também olhando para o filho.

– A magia entre nosso mundo e o Reino dos Olhos Fechados... Assim como você extrai algo de lá para manipular a nossa matéria, nossos elementos... talvez o mal de Núbia possa ser extirpado do sangue de Wilson, você o enviando para lá.

– Decidir alterar o destino de uma pessoa é algo quase tão grandioso quanto encerrar um deus em outra realidade. E eu já usei uma boa cota do meu poder para isso.

– E com o que sobrou você criou Anistia e os muiraquitãs – Wagner disse. – E ainda é poderosa o suficiente pra derrubar minha mansão com a força do pensamento.

<215>

– Não sou mais a mesma de antes. Eu sou muito mais *mulher*, e menos *deusa*.

Rios estendeu o braço até onde Iara segurava a cabeça de Wilson. Pousou a sua mão sobre as de Iara, e por um momento não pareceu ser o Wagner Rios manipulador, cínico, controlado que sempre demonstrava ser.

– Você é muito mais do que isso. Você consegue. E eu serei eternamente grato.

Iara olhou para o homem e para a criança.

Algo estava prestes a acontecer.

Mas a Iara que era guia turística das lembranças interrompeu a cena, e um redemoinho de lembranças lançou Anderson de volta ao mundo real.

Estava em uma cama. Era um colchão fino, que fazia suas costas sentirem cada ripa de madeira do estrado. Ainda assim, um lugar pouco mais macio que o chão de terra em que havia adormecido.

Iara estava sentada aos seus pés, olhando-o significativamente. Anderson sentou-se de imediato, esfregando os olhos. Ela o havia carregado do seu sono ao relento até ali... Havia mais alguém naquele quarto simples iluminado a candeeiro: Alba. Próxima à janela, ao ouvir a movimentação sobre a cama, virou-se para o garoto e fez um muxoxo.

– O garoto goiaba-alienígena acordou. Posso ir embora?

– Pode, filha. Veja se alguém da guarda quer descansar um pouco – disse Iara, sem tirar os olhos de Anderson. Alba, usando um vestido curto fashion demais para uma missão urgente no sertão, fez uma careta pelas costas da mãe e foi na direção da porta.

– Lá vou eu, fingir que sou uma icamiaba selvagem e atenta. Tchau, mãe. Tchau, moleque.

– Tchau, *Alba*, pessoa com nome próprio, assim como eu! – Anderson resmungou, enquanto a icamiaba mais cosmopolita do Brasil deixava o recinto. Iara riu de leve, baixando os olhos por um momento. O garoto encolheu as pernas e abraçou os joelhos, ainda com a memória dos diálogos visitados em sonhos na cabeça. – Acho que essa sua filha tem muito do pai, no quesito *gostar de mim*.

– Minha outra filha compensa essa parte – ela disse, tirando a foto da Elis bebê do bolso e colocando-a sobre o colchão. – E você acabou ajudando na questão da gravidez dela, mesmo sem querer. Matí estava fazendo alguma mandinga para segurar o nascimento do bebê a pedido de Wagner, que provavelmente deve ter lhe dado a foto.

– Provavelmente, não. Só pode ter sido ele! E se não fosse Capivera, eu não teria encontrado a fotografia. Quem é essa Matí?

– Uma antiga sacerdotisa de Jurupari.

Anderson sentiu um arrepio subindo pela sua espinha. Abraçou as pernas com mais força. Iara continuou.

– Ela já passou por todos os cantos desse país, conhece essas terras tão bem quanto o Patrão. Melhor do que eu. Alguns a chamam de Matí, outros de *Matinta Pereira*. Apesar de sua aparência debilitada, já fomos iguais, em poder e aparência...

– E Elis?

– Está em outra casa, tendo contrações cada vez mais próximas uma da outra. Creio que o menino nascerá ainda essa noite, ou talvez na próxima... O nascimento de um filho de boto nunca é simples.

– Ela corre perigo? – o garoto perguntou, preocupado.

– Um pouco. O feitiço de Matí consumiu muito da força de Elis, e ela está um pouco debilitada para todo o esforço que virá... Porém, as icamiabas são as melhores curandeiras e parteiras que uma mãe poderia querer na hora de trazer seu bebê ao mundo. Então, não precisa ficar preocupado.

– Certo...

Iara passou uma das mãos na cabeça de Anderson, um cafuné rápido. Levantou-se para deixar o recinto, deixando o rastro de seu perfume natural atrás de si.

– Senhora? – Anderson chamou, hesitante.

– Sim?

– Posso lhe perguntar por que me mostrou tudo... aquilo?

– Para você entender, Anderson.

– O quê, exatamente? Estou confuso, na verdade... Não entendo como Rios pode ser do jeito que é, tendo filhas com *você*! Não entendo como tudo virou essa imensa bola de neve... Não entendo como você pôde ajudá-lo, mesmo depois de ele roubar o Cachimbo. E, nossa, o Wilson... Eu não imaginava...

– Você ainda está absorvendo essas informações – ela disse, com um menear de cabeça. – Natural que esteja assim.

– Sim, mas... Por que você me mostrou essas coisas?

Iara inclinou a cabeça e ficou olhando para o garoto. Sem piscar, mas sem intimidá-lo ou qualquer coisa do tipo.

– Para que você saiba que às vezes os nossos erros nos encurralam. E que a única saída nestes momentos é correr na direção deles e abraçar as consequências.

Palavras que não haviam sido pronunciadas com nenhuma entonação grave, mas que pareciam ter chumbado Anderson àquela cama de colchão duro. Ficou imaginando se a Senhora das Águas tinha a mesma ética quanto a não invadir os pensamentos alheios, como sua filha, e se desconfiava de algo de seu pacto abstrato com Jurupari.

Ou talvez, simplesmente, a carapuça havia lhe servido.

< capítulo 14 >

O QUE VEM À REDE

Anderson não se considerava uma pessoa que funcionava antes das 10 horas da manhã. Talvez, das 11. Mas, como sua escola não o deixava escolha, ele havia se acostumado a despertar quando o sol ainda nem havia se espreguiçado direito. "Todo mundo se adapta", dizia Álvaro, seu pai, que se orgulhava da sua disposição matutina e da leitura das principais notícias do jornal antes mesmo do primeiro gole de café. "Ou nos adaptamos, ou somos extintos, já dizia Darwin".

Aquilo era uma forma exagerada e trágica que adultos usavam para fazer com que suas crias seguissem seus exemplos, Anderson sabia. Mas não deixava de ser um pouco de verdade.

E se em um *dia normal* de Rastelinho ele já encontrava algumas dificuldades para acordar cedo... aquele dia específico – que havia incluído atividades como naufrágio, desmaio, batalhas contra gigantes, encontro com aranhas ancestrais, travessia do sertão e revelações bombásticas sobre paternidade – lhe jogaria uma carga de sono extra, muito mais pesada.

E a carga estava lá, pesando na cabeça de Anderson. Mas desde que Iara havia lhe deixado com seus pensamentos, sozinho naquele quarto desconhecido, os olhos do garoto simplesmente se recusavam a ceder sob o peso das pálpebras. Mais de uma hora havia se passado sem que ele mudasse de posição na cama.

<218>

Ainda havia festa lá fora, pouco menos animada que anteriormente. Pelo menos a sanfona e um dos triângulos ainda faziam os mais fortes dançarem e cantarem...

"É proibido cochilar, é proibido cochilar..."

Não era mais a música que estava tocando, mas o refrão que não saía de sua cabeça. Por fim, resolveu sair da cama e dar uma volta pela cidade, para ver se encontrava o sono em algum lugar. Aquela cochilada cheia das lembranças de Wagner e Iara não havia lhe servido para repor o sono.

A casa estava silenciosa, e a porta em que ele havia confabulado com o Patrão estava destrancada. Anderson a abriu, e arrepiou-se com a brisa da madrugada. Não esperava sentir frio no meio de Mandacaruzinha, mas pelo menos não estava correndo no rastro de dois gorjalas para manter-se aquecido. Voltou brevemente para o quarto e pegou o único moletom que havia trazido em sua mochila. Então, saiu novamente para a madrugada estrelada do sertão.

O cheiro de milho cozido fez seu estômago roncar. Timidamente, aproximou-se da fogueira e das pessoas que cantavam algum baião desconhecido para o garoto, e pegou uma espiga. Uma senhorinha aleatória o tirou para dançar, e Anderson sorriu para ela, dando uns passos desajeitados antes de pisar em seu pé e fazer uma careta de desculpas. Ela não se ofendeu, e algumas pessoas aplaudiram o meteórico número de dança do menino tímido.

Aproveitou para ir até a beira da cidade, e viu as icamiabas olhando para a escuridão distante, alertas, postura ereta. Alba estava entre elas, parecendo menos disposta que as outras amazonas. Viu que Iara não estava lá, e imaginou que ela estaria com a filha... Será que a hora do parto estava se aproximando?

Ao pensar nisso, seu muiraquitã vibrou, de leve. Talvez, sim. Encaminhou-se até o casebre onde a operação "parto da Elis" estava montada. Viu duas icamiabas montando guarda do lado de fora, e Beto andando para lá e para cá, nervoso, mais afastado das guardas.

Quando ele avistou o garoto, seu rosto suavizou se consideravelmente. Caminhou na direção de Anderson e o abraçou com força.

— Fiquei sabendo do que você fez, cara. A foto, a Artesã... Muito obrigado.

— Eu já falei que a Capivera foi mais heroína que eu — respondeu, com a voz abafada pelo corpo do amigo. Beto afastou-se, mas continuou com as mãos nos ombros de Anderson, segurando-os com força.

— Tudo bem, mas você é o cara. Anselmo teria orgulho de você, sabia?

O garoto sorriu de volta para os agradecidos olhos cor-de-rosa, e deu tapinhas em seu antebraço.

— E a Elis?

— Ela parece estar prestes a dar a luz, mas ainda assim... Acho que o feitiço que segurou o bebê acabou complicando algumas coisas. Estou preocupado.

— Não fique, vai dar tudo certo!

— Eu sei...

Ficaram um bom tempo ali, e até desviaram o rumo da conversa. Porém, por mais que conversassem sobre outro assunto, Beto acabava fazendo algum paralelo com Elis, com gravidez, com bebês. Anderson sorriu.

– Volta lá pra dentro. Você não consegue ficar muito tempo distante dela, mesmo.

– Você quer dar um "oi" pra ela?

Anderson ia considerar o assunto, até que o casebre tremeu inteiro por breves segundos. Beto fez uma careta com a boca.

– É, talvez *agooora* mesmo não seja um bom momento pra visitar uma grávida que manja de uns *poltergeists*.

– Tá tudo bem – Anderson disse, rindo, e olhando para a varanda da casa. – Vou ficar um pouco aqui nessas redes... Qualquer coisa me chama. Não quero voltar lá para o quarto.

Beto assentiu, deu um soquinho amigável no braço do amigo e sumiu para dentro do casebre. Anderson foi direto até uma das redes esticadas entre as vigas da varanda e se aconchegou dentro dela. Tinha uma boa visão das estrelas, da lua minguante...

E da escuridão por trás delas.

Era uma grande colcha de lã negra, cravejada por infinitos brilhantes e uma foice de prata. Sem padrão, dispostos caoticamente.

Pouca luz para muito negrume.

Uma a uma, as estrelas se apagaram. Até a Lua se foi. Os olhos de Anderson se fecharam, finalmente, mas aquele não era o tipo de sono que ele precisava.

Era justamente o sono que ele não queria ter.

Toda escuridão deveria ser igual. Não existe o negrume total e o de tons mais suaves. O fundo do abismo e o vazio na órbita de uma caveira – duas proporções, dois tamanhos, o mesmo *nada*.

Toda escuridão deveria ser igual. Mas aquela em especial jamais conseguiria retroceder em sua intensidade para se igualar ao fundo do abismo mais fundo. Aquela era a escuridão original. A que Anderson já havia visitado, por dentro.

Toda escuridão deveria ser igual. Mas Jurupari não deixava.

Era o escuro que emanava o calor de uma presença. A consciência no negrume quase completo.

Anderson sabia porque estava ali.

CHEGOU A HORA DE VOCÊ RETRIBUIR.

Pontos de luz morta pulsavam ao seu redor conforme a voz reverberava. Não havia boca: tudo falava, ao mesmo tempo.

– Eu sei...

EU SOU O LEGISLADOR, O PESADELO, O QUE VEM À REDE. PRECISO LEMBRAR-LHE DAS CONSEQUÊNCIAS CASO NÃO CUMPRA SUA PROMESSA?

Anderson negou, de pronto. Realmente não sabia o que poderia acontecer, mas sabia que seria no mínimo desastroso. Mesmo ali, onde suas pernas não *existiam*, ele sentia vontade de desabar, dobrar os joelhos, implorar para ser livrado daquela promessa ou de suas consequências. Sua alma cedia.

Mas a palavra de Jurupari era irrevogável.

O SONO DO RIO SÃO FRANCISCO ESTÁ PRÓXIMO. E SERÁ NESSA OCASIÃO EM QUE DESPERTAREI EM SUA CAMADA.

Anderson foi quase esmagado pelo peso daquelas palavras. Era isso? Ele ajudaria um deus sombrio do passado a reencarnar? O que o Patrão pensaria dele? E Iara..?

PREOCUPADO?

O garoto, inesperadamente, riu. De nervoso. Com aquela pergunta feita pela voz mais aterrorizante que já havia escutado. Ele sentiu a escuridão comprimi-lo por um momento, irritadiça. Uma cobra constritora se posicionando para esmagar ossos. Anderson não conseguia se mover.

EU LHE FIZ UMA PERGUNTA. RESPONDA.

Seu primeiro impulso foi começar a gaguejar algo em obediência.

Porém, em seguida, algo subiu pelo seu peito, transbordando... Quanto mais Jurupari tentava achatar sua vontade, maior era a pressão que ele sentia, empurrando de volta.

Ele não precisava se sujeitar daquela maneira.

– Eu não vim responder perguntas! Vim pagar uma dívida!

Seus braços se abriram. Por um momento, Jurupari pareceu... surpreso. A escuridão recuou, não por medo, mas para averiguar aquele pequeno espécime que ousava falar daquela maneira com uma entidade tão poderosa.

MUITO BEM.

Anderson surpreendeu-se com o fato de estar ali, consciente. Achou que sua alma – ou mente, ou seja lá o que fosse aquela sua representação no âmago de Jurupari – seria despedaçada pela insolência cometida.

E talvez tivesse sido melhor assim.

QUERO QUE VOCÊ ME TRAGA O FILHO DA SEMISSEREIA
E DO BOTO. O NETO DA SENHORA DAS ÁGUAS.

As palavras demoraram a fazer sentido. Uma a uma, como fotografias sendo reveladas à moda antiga, elas começaram a se tornar mais nítidas para Anderson... e o peso de cada uma delas era incomensurável.

– Não! Eu não posso...

É UMA RECUSA AO MEU PEDIDO?

– Eu não posso fazer isso, eu...

É UMA RECUSA AO MEU PEDIDO?!

Anderson gostaria de chorar. De se encolher e chorar até secar e ser absorvido pela terra, pelo vento, pela chuva...

– N-não, mas...

PRECISO DE UM CORPO JOVEM, FORTE E PODEROSO.
E TODOS OS FILHOS DE BOTO PARIDOS POR ICAMIABAS
REALIZARAM GRANDES FEITOS. QUERO O MELHOR
INVÓLUCRO DE CARNE DISPONÍVEL.

Anderson apenas abanava a cabeça. *Eu irei roubar o filho de meus amigos.* Era o único pensamento que martelava sua consciência – e era por isso que a Artesã havia segurado a gravidez de Elis, com suas simpatias... Para que o bebê nascesse próximo ao Sono do Rio.

Os dias felizes de Anderson com o pessoal da Organização haviam chegado ao fim, e ele seria um traidor muito pior que Olavo Nakano.

– Eu não tenho como fazer isso sem ser visto – disse, tentando se agarrar a alguma esperança, como se Jurupari fosse "deixar para lá". – Existe um exército de Icamiabas protegendo a Elis e as entradas de Aratu do Velho Rio! A própria Iara me degola antes que eu consiga fugir com a criança... E todo o caminho até lá, com um recém-nascido...

EU JÁ LHE DISSE QUE NÃO PEDIRIA UM FAVOR ALÉM DO SEU
ALCANCE. ESSES PORMENORES JÁ ESTÃO ARRANJADOS, E
VOCÊ NÃO TERÁ PROBLEMAS PARA CHEGAR ATÉ O RIO, À
MEIA-NOITE. QUANTO AOS OUTROS AO REDOR...

Anderson sentiu algo na palma de sua mão. Uma esfera fantasmagórica começou a brilhar no escuro, lilás, do tamanho de uma bola de pingue-pongue. Foi se materializando, um ponto arroxeado visível na escuridão.

Até se tornar um pequeno fruto.

COMA-O, E TODOS ADORMECERÃO.

Anderson olhou para aquela fruta estranhamente pesada para seu tamanho.

— E como supostamente eu a levarei... — começou a perguntar, mas foi interrompido.

ASSIM COMO EU, ELA IRÁ SE TRANSFIXAR DE UMA CAMADA PARA OUTRA. ISSO É A MAGIA, ANDERSON COELHO. E É ASSIM QUE ELA FUNCIONA.

O garoto estremeceu, lembrando de suas conversas com Anselmo e com a Artesã.

— Ainda falta um dia e uma noite inteira até a hora do Sono do Rio.

NÃO FALTARÁ MAIS.

— Quê?

À MEIA-NOITE NOS ENCONTRAREMOS. NO SEU PLANO. ESTEJA LÁ, PRÓXIMO ÀS ÁGUAS NO REINO DOS GORJALAS, MEUS SÚDITOS, E INOCENTES NÃO PAGARÃO POR SUA PROMESSA QUEBRADA.

A escuridão começou a rodopiar, por mais que não houvessem parâmetros para saber que ela estava se movendo. A voz de Jurupari se tornou mais etérea, mais distante...

RESISTA, E A MORTE DO SEU AMIGO LOBO SERÁ A MENOR DAS CORREÇÕES QUE PROVOCAREI. NÃO ME CUSTARIA NADA FAZER COM QUE SEUS ENTES QUERIDOS SE *ESQUEÇAM* DE DESPERTAR.

Anderson acordou em sua rede, na varanda de uma casa simples de Aratu do Velho Rio. Para seu desespero, segurava um fruto roxo, que tinha o peso da decisão irreversível que precisaria tomar.

A sensação de deslocamento daquele despertar era semelhante a acordar de um desmaio. Não havia sido um sono natural. Longe disso.

O céu estava com uma bela cor desbotada, o que significava que aquele era o nascer do dia. Mas por que havia tanto movimento ao seu redor?

Sentou-se na rede, vendo pessoas andando para lá e para cá. O povo de Mandacaruzinha parecia acordar cedo demais.

– Olha lá quem acordou! – gritou uma voz aguda e feliz. Zé vinha na direção da varanda, aos pulos, com Inácio (que mancava um pouco da perna de pé invertido), Tina, com um enorme sorriso, e uma agitada Capivera, com seu focinho *blasé* de sempre. – Finalmente, seu dorminhoco!

O meio-caipora parecia ainda muito abatido, mas vê-lo ali, contente como de costume, funcionava como um efeito amenizador temporário para tudo o que ele estava pensando...

O fruto em sua mão pesou, e ele o enfiou dentro do bolso do agasalho.

– Como assim, dorminhoco? – Anderson perguntou, com um sorriso fraco, enquanto Tina o enlaçava em um abraço apertado e Capivera mordiscava um de seus calcanhares para fora da rede. – Nem dormi tanto assim, e... Pera, que horas são?

– "Nem dormi tanto assim!" – Zé tentou imitá-lo, com um olhar de esguelha para Inácio. – Você capotou aqui na varanda na madrugada de ontem, me disseram, e passou a manhã e a tarde inteira roncando! Mais umas seis horinhas e você completava um dia inteiro de sono!

Anderson deixou o queixo cair. Sentiu suas pernas formigarem, e um espasmo no canto de seus lábios.

– Não pode ser...

– Pois é! – disse Tina, arrumando o cabelo atrás das orelhas – Se bem que hoje eu dormi muito mais que o normal... Acordei lá pelas duas da tarde, e olha que eu levanto cedo normalmente, pra fazer o lanchinho da Capivera...

– Eu também acordei tarde – disse Zé, assentindo com a cabeça. – Mas depois de tudo o que passamos ontem, acho que nada é mais compreensível... Principalmente para o Anderson!

– Obrigado por tudo, garoto! – disse Inácio, se aproximando do menino na rede e tomando sua mão direita com as suas duas, pequeninas, chacoalhando-a com entusiasmo. – Você foi um verdadeiro herói, ontem!

Anderson estava com os olhos fora de foco. Pensando no tanto que havia dormido. E nos seus amigos, todos acordando mais tarde que o normal. *Não me custaria nada fazer com que seus entes queridos se esqueçam de despertar,* Jurupari havia dito.

Aquele sono incomum havia sido uma ameaça. Uma demonstração de poder. Ele poderia matar todos ali, durante o sono. *Pois a morte nada mais é que um sono sem o despertar,* como Anselmo havia lhe dito certa vez.

<224>

– Que horas são? – Anderson perguntou, cortando alguma coisa que Inácio lhe dizia.

– Hã... não sei, creio que 6, 6h30 da tarde – disse o meio-curupira, sem relógio ou celular, dando uma olhada no céu e tentando adivinhar.

À meia-noite nos encontramos. No seu plano. Esteja lá, próximo às águas no reino dos gorjalas...

Ele tinha pouco tempo para cumprir a promessa. Para atravessar aquele enorme trecho de sertão até Aratu... Ou o que já havia sido Aratu, no caso.

– Anderson? – Tina o chamou, estalando os dedos na frente de seu rosto. – Você dormiu de novo? Alooou..?

– Onde está Elis? – ele disse, ignorando a pergunta da amiga.

– Ué, aí dentro desse casebre, com a mãe dela, o Beto e umas icamiabas parteiras. Ela passou mal a noite inteira, me disseram. Algumas contrações, mas nada do bebê nascer, sendo que já era pra ele ter...

A porta do casebre se escancarou. Beto apareceu sob o batente, ofegante, os olhos cor-de-rosa arregalados.

– Tá nascendo!

Anderson olhou de Tina para ele, dele para Tina.

– Que boca, a minha! – disse a garota, sorrindo. – Quer ajuda, quer alguma coisa?!

Beto ficou encarando o chão, perdido. Todos na varanda ouviram um grito esganado de Elis, o que fez com que o rapaz voltasse correndo para dentro novamente, sem dar resposta alguma.

– Agora vai – disse Zé, erguendo as sobrancelhas. Anderson começou a tremer... Para dar tempo de chegar até a usina à meia-noite, ele teria de pegar o bebê imediatamente. Assim que ele saísse de dentro de Elis.

Sua amiga.

Anderson tinha minutos contados para perder os melhores amigos que uma pessoa poderia ter em vida. De uma forma, ou de outra. Caso levasse o bebê, ou caso se recusasse...

Uma gritaria começou a ser ouvida de algum lugar mais distante. Parecia ser outra língua, e era outra língua: as icamiabas que guardavam a entrada da cidade, pareciam alertas, agitadas. Alguns segundos depois, Alba apareceu correndo bem no meio da rua de terra batida, flanqueada por outras duas índias armadas de lanças.

– Gorjalas! Então se aproximando da entrada da cidade! – ela gritou, os olhos arregalados. – Mãe! Precisamos de você!

"Tudo ao mesmo tempo?", pensou Anderson, mal sentindo as pernas. Inácio e Zé se entreolharam por menos de um segundo e partiram em disparada. Tina saiu correndo com Capivera em seu encalço, dizendo que tinha de avisar

<225>

Chris e Pedro. Anderson foi deixado sozinho, desarmado e completamente perdido. Aquilo seria parte do plano de Jurupari, uma distração para que ele agisse e roubasse a criança?

A porta do casebre se escancarou novamente, e era Iara quem saía de lá de dentro, com passos decididos.

– Quantos são? – a Senhora perguntou, os cabelos ondulando conforme caminhava como uma general de guerra. As duas icamiabas e sua filha acompanharam sua marcha, e Anderson não conseguia deixar de reparar na semelhança da moça com sua mãe... e seu pai.

– Vimos apenas dois, fortemente armados – ela grunhiu de volta, os olhos apertados. – Mas não sei se são batedores, ou apenas um ataque estúpido.

– Prefiro que estejam nos subestimando. Sua irmã está em trabalho de parto, neste exato momento... – Iara disse, e sua voz foi desaparecendo conforme as mulheres se afastavam. A distância, Anderson viu Edileusa, Severino e Gerônimo saindo de uma outra casa. O garoto ia à frente, vestido com uma camisa preta por baixo da *jabiraca* (o lenço que os cangaceiros usam por cima das vestes), calça militar, perneiras de couro, um cinto-cartucheira onde seus dois facões descansavam e um par de All-Stars sujos de terra – um Avohai moderno. O chapéu de couro permanecia caído às costas, sem que Sev o colocasse sobre a cabeça. Sua mãe vinha logo atrás, usando tons de algodão cru, sandálias, chapéu meia-lua de couro com uma única estrela no meio, segurando uma imensa peixeira. Gerônimo, o Capitão das Tapiocas, segurava um facão em uma mão e uma espátula em outra. Sem repararem no garoto, os três também se encaminharam para a entrada da cidade, para reforçarem as defesas de Mandacaruzinha.

Mal sabiam que um dos problemas já estava ali dentro.

Anderson olhou para a porta do casebre onde Elis estava, deixada aberta. Entrou por ela e foi caminhando até os fundos, de onde parecia vir a voz de Elis. Era como se Anderson caminhasse pelo corredor da morte, até a cadeira elétrica.

Chegou a uma sala pouco iluminada pelas chamas de algumas velas e a fraca luz do crepúsculo entrando pelas janelas semicerradas. No meio do recinto, uma grande banheira de madeira, um ofurô, e Elis estava lá dentro, com uma camisola leve flutuando ao seu redor, como os tentáculos espectrais de uma água-viva. Beto também estava dentro da água, de roupa e tudo, amparando-a pelas costas, enquanto ela parecia fazer força. Os cabelos de Elis estavam presos em um coque apressado, muitos fios soltos colados no seu rosto suado. Anderson não quis enxergar o que acontecia na parte de baixo: tinha aflição, medo do que deveria fazer em seguida, tudo misturado...

Pelo menos cinco icamiabas estavam ao redor da pequena piscina circular, observando Elis com olhares atentos, dizendo-lhes palavras de incentivo em tupi, ou outro dialeto indígena que Anderson não conseguia distinguir. O seu muiraquitã de tartaruga estava esquentando, como se estivesse enternecido com a cena. Ele também nascera na água, há muito tempo, e de certa maneira havia um *parentesco* entre ele e o bebê prestes a nascer.

Elis gritou. Beto sussurrava algo em seu ouvido, enquanto abraçava sua barriga. As icamiabas erguiam as chamas das velas, e uma delas submergiu as mãos na água, esperando o bebê vir de encontro a elas. Ninguém havia reparado em Anderson, observando tudo lá do fundo.

De lá de fora, vinham gritos guturais, distantes mas nem tanto. Os gorjalas estavam ali, muito perto.

– O que é isso... lá... fora?! – Elis perguntou, mordendo os lábios. Beto tentava tranquilizá-la, mas Anderson conseguia ver sua expressão preocupada. O rapaz estava dividido entre o instinto de lutar para defender a amada, e ficar ali com ela para ver seu filho chegar ao mundo.

– Está tudo bem, amor... Sua mãe está lá, provavelmente o Patrão também... Vai ficar tudo bem...

Ela ia dizer algo, mas sua garganta deixou escapar um grito longo, seguido de um arquejo de alívio. Beto olhou para baixo, e mesmo na penumbra do recinto era possível ver que ele estava entre o choro e o riso.

– Olha, amor... Olha... Nosso bebê...

Anderson deixou uma lágrima cair também, entre a emoção e a dor do que deveria fazer a seguir. A parteira icamiaba levantou aquela coisinha frágil coberta de placenta direto para os braços da mãe, ainda com o cordão umbilical conectando-as. Elis sorriu para o bebê, que havia chegado sem choro, calmo, e beijou sua testa e suas bochechas...

Foi nesse momento que a mãe ergueu os olhos, diretamente para Anderson.

O garoto recostou-se na parede, mantendo contato visual. Teve a sensação de uma pluma fazendo cócegas em sua cabeça... *por dentro*. E logo soube o que estava acontecendo.

Elis parou de sorrir, os olhos verdes arregalados, lembrando os de uma ave de rapina.

Anderson levou a mão ao bolso do agasalho, e puxou o fruto roxo. Ninguém, exceto Elis, o via ali no fundo. Ninguém, exceto Elis, escutaria o que ele diria em seguida, pois ele não usaria as cordas vocais para explicar sua terrível tarefa, ou para justificar suas ações.

"Me perdoe, Elis."

O bebê fez um som parecido com um miado. E Anderson levou o fruto até a boca, trêmulo.

< capítulo 15 >

PROIBIDO COCHILAR

Escapar de Mandacaruzinha não foi a parte mais difícil. Anderson se sentiu aliviado com o fato de que as pessoas que defendiam a cidade não caíram no sono. De longe, escapando pelos fundos e aumentando o seu caminho até o *reino* gorjala em vários passos, ele podia escutar os sons da batalha na entrada da cidade. Gritos de guerra icamiabas, sons de metal contra metal, palavras de ordem...

E enquanto isso, colado ao seu peito, uma criança dormia, embalada pelos passos largos do garoto.

"Eu vou morrer. Isso não vai dar certo, eu vou morrer". Esse era o pensamento constante de Anderson, que o acompanhava durante todo aquele trajeto. A encomenda em seus braços, muito bem enrolada em um cobertor, era recém-nascida. Não deveria estar ali, ao relento, atravessando o sertão aos cuidados de um garoto que nem um irmão caçula tivera. Zero de conhecimento sobre bebês. Com apenas um pedacinho do rosto enrugado aparecendo na abertura do charutinho feito com a coberta, aquela criança parecia mais frágil que os empadões que sua mãe, Regina, fazia em Rastelinho. Com aquela massa quebradiça, que rachava até com o calor do recheio...

"Eu vou morrer. Eu não vou conseguir".

<228>

Anderson sentia frio. O suor gelado em suas costas era absorvido pelo elástico da calça. Sua pele estava arrepiada, seu queixo tremia. Sabia que aquilo tudo era causado mais pelo medo do que pela temperatura do sertão que, não, não tinha baixado. Acabou puxando o capuz sobre a cabeça, mesmo aquecido pela caminhada acelerada.

Em alguns momentos, o bebê começava a chorar, daquele jeito miado e baixinho. Anderson tinha que parar um pouco, embalá-lo, e isso o fazia se perguntar onde ele tinha aprendido aquilo. Ele olhava para aquela carinha, para o braço cheio de dobras... e desviava os olhos para a lua acima, ou para o cacto mais próximo. Não deveria se apegar. Não *podia* se apegar.

Foi assim durante todo o caminho, por horas, até a barragem titânica aparecer no alcance de sua visão.

Os grandes faróis apareceram quando faltavam menos de três quilômetros para Anderson chegar. Mais de trinta veículos estavam enfileirados, saindo da usina e se dirigindo para algum outro lugar desconhecido. Anderson temeu que todos eles, caminhões-pipa, trailers, tratores e betoneiras, estivessem indo para a direção de Mandacaruzinha. Mas, encolhendo-se atrás de uma formação rochosa, viu que os veículos desviavam do caminho que os levaria até a cidade onde seus amigos estavam, e tomavam o rumo oposto, para oeste. Era como se Wagner Rios tivesse dispensado seus funcionários, ou dado férias para eles. O que era ainda mais curioso: será que ele não queria toda aquela gente ali, durante o Sono do Rio? Ou seria um pedido de Jurupari? E os escravos?

Quando a estrada ficou vazia novamente e os veículos sacolejaram para longe, Anderson começou a descer a trilha para dentro da usina. Ia pela beirada da estrada, abraçando sua encomenda e temendo que alguém armado o tomasse por invasor e abrisse fogo. Pensando nisso, decidiu desviar levemente do caminho, pois enxergava uma espécie de doca próxima ao reservatório artificial que represava a água do São Francisco, e bem perto da entrada da barragem. Para chegar até lá, precisaria sair da estrada e atravessar um grande espaço plano de terra escura, que seus olhos não conseguiam distinguir direito.

Anderson percebeu do que se tratava somente quando já se encontrava no meio do lugar.

Era um cemitério. Clandestino, sem túmulos, cruzes ou qualquer cuidado. Apenas covas, montes de terra revolvida, muitas delas abertas – e ele não queria saber se elas estavam cavadas por antecipação, ou se alguém as havia exumado.

O bebê começou a chorar. Sem perceber o que estava fazendo, Anderson levou a testa da criança aos seus lábios, e a apertou contra o peito.

– Calma. Vamos passar aqui pelo meio do cemitério, mas é rápido. Quem está aqui pode nos fazer menos mal que o pessoal que nos aguarda.

O que, de certa forma, parecia ser um equívoco. Anderson começou a enxergar, na escuridão, movimentos sorrateiros, com os cantos dos olhos. Quando virava a cabeça, não encontrava nada. Mas havia um cheiro no ar... familiar.

Mesmo em movimento e com a adrenalina fazendo sua cabeça parecer prestes a explodir, o garoto começou a sentir um sono implacável. As pálpebras pesavam, os olhos pareciam cheios de areia. O bebê adormeceu, fácil. Influência do rio, que também se preparava para adormecer? Ou Jurupari? Não sabia. Precisava se manter acordado, e começou a cantarolar a primeira coisa que lhe veio à cabeça, entre bocejos e olhares suspeitos para os lados.

"É proibido cochilar, é proibido cochilar..."

Tentava identificar se havia algo do lado de fora dos túmulos. Se eram escravos, se eram funcionários da Rio Dourado... Seja lá quem estivesse sob sete palmos naquele lugar horrível, era pavoroso imaginar que aquele tanto de gente havia morrido no processo da construção daquela empresa. Havia centenas de covas, a perder de vista. "Talvez o *progresso* esteja cheio de sacrifícios como esses", pensou Anderson. "Quantos devem morrer para que alguns poucos enriqueçam? Aqui, em Aratu do Velho Rio, monstros *literais* fizeram escravos, de verdade. Mas quantos homens e mulheres que sustentam suas famílias não ganham o mesmo fim, mesmo com carteira de trabalho assinada e um túmulo com seu nome?". Anderson pensou em Patrão, mais uma vez. E talvez estivesse pensando como ele, mais uma vez.

Enquanto devaneava, assobiando e resmungando – é proibido cochilar, é proibido cochilar – algo cruzou seu caminho. Como um macaco, encurvado, correndo com o apoio das patas dianteiras. Anderson notou outro movimento parecido à esquerda, e virou o corpo para proteger o bebê. Ouviu um par de risadas asmáticas, e logo reconheceu as coisas que o espreitavam desde que ele havia posto os pés no cemitério: pisadeiras.

Uma delas, cabeluda, suja, a bocarra aberta, não utilizou de seu subterfúgio e saltou na direção de Anderson, as mãos estendidas prontas para esganá-lo. Ainda protegendo a *encomenda*, Anderson gingou para o lado, girou no próprio eixo e deixou sua canela afundar-se nas costelas do bicho horrendo, que despencou para dentro de uma cova aberta. "O primeiro golpe de capoeira com um recém-nascido nos braços é inesquecível", pensou o garoto, no meio do terror causado naturalmente pela presença das monstrengas. Assim como o último encontro com as criaturas, na casa de Dead – que era próxima a um cemitério – elas também tentaram emboscá-lo após perceberem que sua sutileza havia sido desfeita. Cercado por todos os lados, segurando um bebê adormecido e emendando um bocejo atrás do outro, Anderson escutou uma voz que parecia existir somente dentro de sua cabeça, mas que também chegava aos ouvidos das pisadeiras, assim como quando havia se deparado com a Boiuna debaixo das águas do São Francisco:

DEIXEM ELE PASSAR. NÃO O MACHUQUEM.

As pisadeiras se encolheram, encostando suas testas imundas na terra e recuaram para as sombras. Anderson sentiu o sono implacável também recuar um pouco e continuou a travessia do cemitério, segurando o bebê com um zelo ainda maior. Se olhasse para os lados, veria as dezenas de olhos que o acompanhavam sem se aproximar demais.

As docas eram horríveis. Anderson havia descido bastante pelo terreno modificado por máquinas, para depois começar a subir lances e mais lances de escadas amarelas de ferro intermináveis, passando por portões, grades, arames, galpões... Tudo vazio, tudo abandonado, tudo com acesso liberado: o que facilitava as coisas para Anderson. Era como se quisessem que ele entrasse por ali, e tivessem deixando tudo bem óbvio. Alguns focos de luz iluminavam o caminho, mas tudo continuava sendo muito sinistro mesmo com a claridade dos holofotes. Um lugar tão industrial, que serviria belissimamente para filmar o clímax de algum filme da franquia *Exterminador do Futuro* – com a diferença que Anderson preferia enfrentar um T-800 com a cara do Schwarzenegger ao Jurupari.

Quando pôde enxergar novamente a lua sem tantas armações de ferro obstruindo a visão do céu, Anderson percebeu que estava chegando ao topo da usina. Nuvens pesadas encobriam a maior parte das estrelas, mas os postes de luz que acompanhavam a passarela sobre a barragem forneciam boa iluminação.

Portões de ferro estavam abertos, dando acesso ao camarote VIP do Rei Massacre. O lugar estava deserto, o grande trono estava vazio, e as antenas e bobinas de energia eram bem maiores vistas de perto do que de lá de baixo. Próximo dali, cravada no concreto, estava uma imensa roda, grande até para os padrões gorjalas. Do tamanho de um aro de pneu de caminhão, parecia ser o mecanismo manual para alguma coisa – provavelmente, abertura dos dutos da represa, pensou Anderson.

Avançando a passos hesitantes, Anderson foi até o meio da passarela. O bebê acordou e começou a choramingar, e o garoto começou a chacoalhá-lo de leve, enquanto olhava para o céu e tentava descobrir se faltava muito para a meia-noite. De acordo com a posição da lua, não muito, imaginava.

O bebê acalmou-se, apenas para acordar poucos segundos depois. Anderson não pôde tapar os ouvidos por estar segurando-o, mas a mesma sirene que se parecia com um alerta de tsunami que ele havia escutado antes do discurso do Rei Massacre explodiu novamente, massacrando seus tímpanos.

Luzes acenderam no campo de escravos, lá embaixo. Muitas delas, fortes, potentes, ao longo de toda a usina. Toda a parte de baixo estava vazia, e provavelmente seria inundada com a abertura das comportas. "Os escravos já foram retirados dos cativeiros subterrâneos?", Anderson pensou, desesperado. Conforme as luzes eram acesas e a sirene ia morrendo aos poucos, Anderson via muitos gorjalas se reunindo nos níveis mais altos ao redor da usina, aos poucos. A torcida organizada chegando antes do jogo, um bando de *garotinhos* aguardando uma piscina ficar cheia para aproveitarem um dia de sol. E de fato, mesmo sendo quase meia-noite, a grande quantidade de luzes artificiais dispostas por todo o lugar fazia com que parecesse ser dia.

O portão na outra extremidade da passarela fez barulho. Com um horror que o fez se encolher e dar alguns passos para trás, protegendo a criança, Anderson viu o Rei Massacre chegando, assomando em sua direção, claudicante. Desta vez com uma pequena delegação ao seu lado.

Wagner Rios estava lá, barba feita, cabelos presos, terno cinzento combinando com os olhos. Pronto para fechar algum negócio, Anderson sabia. Ao lado do magnata, Romero o acompanhava, com suas vestes ciganas típicas, carregando uma caixa quadrada à frente do peito.

Atrás de Massacre, outro gigante surgiu, gingando através do portão. Anderson segurou a respiração ao reparar que era nada mais, nada menos que Aríete, o irmão do Rei. Vivo, mesmo após o acidente causado por Bertoldo. "Vivo, mas não inteiro", pensou, em meio ao seu choque, imaginando que talvez ele tivesse sido o único gorjala a sobreviver a uma explosão tão devastadora. O que antes era um rosto horrendo com uma grande cicatriz, agora era um monte de carne queimada e de aspecto viscoso com dois olhos apertados no meio da tragédia. Seu corpo estava quase inteiro queimado, mas Aríete não parecia reclamar ou sentir dor. Seus cabelos oleosos ainda estavam lá, agora mais ralos e parecendo danificados por fogo, e seu canino de ferro no canto superior direito da boca ficava em evidência o tempo inteiro. Seu chicote pendia ao lado da calça, como antes. Aríete havia conseguido o feito quase impossível de se tornar mais pavoroso do que já era.

Com seu colar de crânios amarelados chacoalhando a cada passo, Massacre passou ao lado de Anderson, deixando-lhe um olhar de desprezo profundo, como se ele fosse algum animal sarnento. Seus olhos detiveram-se pouco tempo a mais no *embrulho* em seus braços, mas foi só. Aríete encarou o garoto por um bom tempo antes de desviar o rosto destroçado para a usina abaixo, para onde seu irmão já olhava.

Massacre colocou uma de suas pernas – da espessura de um jacarandá – sobre a mureta de concreto, e olhou para seus súditos dispostos pelas bordas do campo de mineração. Ergueu os dois braços, com os dedos anelares erguidos à guisa de saudação. Anderson não conseguiu achar graça naquilo, daquela vez. Seus olhos estavam fixos no colar de crânios amarelados ao redor do pescoço do Rei, e ficou imaginando a quem teriam pertencido aquelas cabeças, em vida.

Os gigantes foram à loucura. Se a Madonna tivesse oito metros de altura e acenasse da janela de seu hotel para seus fãs igualmente colossais, talvez o resultado fosse o mesmo.

– Gorjalas! – começou ele, após bater no peito com aquela força descomunal. – Vocês presenciarão uma nova era para nossa raça, em questão de minutos!

Mais gritos, ovações, murros no peito. Enquanto tudo isso acontecia, o bebê chorava, e mais alguém entrava pelo portão. Anderson reconheceu rapidamente Lionel, empurrando uma maca com rodas, onde um sujeito se encontrava deitado, ligado à aparelhos embutidos próximos ao travesseiro. Acompanhando-os de perto, estava Olavo, segurando seu novo arco retrátil em uma mão, e uma espécie de tecido negro dobrado sobre seu outro braço. Considerando a dupla recém-chegada, não era difícil adivinhar que o sujeito na maca se tratava de Souza, o capanga em coma.

Lionel e Olavo olhavam para o rosto de Anderson, e seus olhos escorregavam para a forma do bebê, em seus braços. O garoto nem podia julgá-los com o olhar, àquela altura do campeonato. Havia se tornado um traidor muito pior do que aqueles dois.

Alguém tocou no braço de Anderson, fazendo-o retrair-se. Era Rios, que havia se aproximado silenciosamente.

– Tira a mão de mim!

– Calma, garoto – ele disse, afastando-se com um passo para trás. – Eu só quero segurar o bebê um pouco. Depois vamos precisar colocá-lo ali, no meio da passarela.

– Eu coloco ele onde for preciso, foi pra mim que Jurupari pediu – Anderson disse, seco, sentindo o coração batendo forte. – Você não vai relar um dedo na criança. Nem você, nem ninguém.

Rios balançou a cabeça, com um sorriso irônico.

– Você sabe o que a meia-noite significa para ele, certo? Jurupari quer o corpo do bebê. Essa coisa de "não relar um dedo" não vai fazer muito sentido daqui a pouco.

– Não importa – Anderson rebateu, teimoso. Rios não parecia se ofender, nem se irritar. Ao fundo, os berros de Massacre ainda ecoavam

– Qual é o nome?

Anderson olhou para os lados, como se estivesse duvidando que o homem estivesse falando com ele.

– Quê?

– Qual é o nome dele, do bebê?

<233>

Anderson franziu o cenho. Deu um riso nervoso, trêmulo.

– Como você pode perguntar isso? Como pode fingir que se importa?

– Não venha me dar sermão, moleque. Acha que está fazendo um grande sacrifício, traindo seus amigos? Você nem imagina o que essa criança significa pra mim! Eu tenho muito mais direito sobre ela do que o sujeito que é o pai.

– Você não tem direito nenhum sobre essa vida, Rios – Anderson rebateu, rangendo os dentes. – Esse bebê não é propriedade sua. Não é uma coisa que você pode comprar, vender, negociar. Ele não é uma ação da sua empresa.

– E o que você me diz de *direito de sangue*, Anderson? Hein? – Rios colocou as mãos para dentro dos bolsos. – Você imagina o que há por trás da história dessa criaturinha indefesa em seus braços? Sabe de onde vem a linhagem dela?

Obviamente, Wagner Rios não sabia que Anderson estava muito mais por dentro da história do que ele poderia imaginar. Se a intenção do empresário era confundir ou chocar o garoto, o tiro havia saído pela culatra, pois Anderson rebateu.

– Você não fez muito pelos seus filhos. E não vai ter tempo nem de fazer o mínimo pelo seu neto.

Rios ergueu o queixo e apertou os olhos para o garoto, com desconfiança. Ele não interrompeu o contato visual com Anderson nem quando Massacre começou a se mover em sua direção, o corpo se movendo como um pêndulo de toneladas a cada passo paquidérmico.

– Rios! Onde está a bruxa?! Já está chegando a hora do Sono do Rio!

– Ela virá – o outro disse, finalmente dando as costas ao garoto. – Ela não tem outra opção.

Anderson se afastou o máximo que pode da cúpula Rios-Massacre. Foi para a outra amurada da passarela, e olhou para as águas represadas do São Francisco. As ondulações, as luzes dos postes e holofotes refletindo sobre a superfície. Também reparou que os olhos de Aríete o seguiam onde quer que ele fosse, como se ele tivesse sido orientado a prestar toda a atenção possível no garoto com o bebê. Se estar sendo vigiado constantemente já era um incômodo, ter uma deformidade do nível de Aríete em sua cola era dez vezes pior.

O bebê chorava. Anderson o embalava, mas nada mudava. Um vozerio veio do mesmo portão pelo qual ele havia chegado.

– Saiam da minha frente! – dizia a Artesã, com sua boca enrugada crispada de raiva, desvencilhando-se de gorjalas que guardavam a entrada, armados com suas lanças de caranguejo. Pelo jeito, a velha sacerdotisa de Jurupari também não estava contente por estar ali. – Massacre, peça para essa sua gentalha imunda não tocar em mim!

Aríete colocou-se entre a velha e o seu irmão.

– Olha o respeito! – grunhiu, e sua voz saía chiada. A boca destruída pelo fogo fazia com que todas as palavras de Aríete terminassem com um leve assobio. Ele deixou o chicote de couro desenrolar ao lado de sua perna, ameaçadoramente. – Dirija-se ao Rei por "majestade!

– Eu quero é ver você tentar alguma coisa, *desgrama* – a Artesã respondeu, cruzando os braços. – Termino de fazer o que o fogo não conseguiu e cuspo nessa tua fuça.

Aríete recuou o braço, e foi nesse momento que Wagner Rios – segurando o Cachimbo de Ouro por segurança – se colocou entre a velha e o irmão de Massacre.

– Meus caros, nada de brigas nesse momento onde devemos trabalhar juntos. Aríete, não ligue para o que Matí diz. Matí, querida, você também pode maneirar um pouco mais em suas palavras, certo?

– Vou nada – a velha disse, escarrando no chão. – Falta muito pras 12?

– Nove minutos – Lionel respondeu, olhando em seu relógio de ouro. – Temos que colocar a criança ali, entre aquelas duas antenas...

Matí olhou para Anderson. Ela fingia muito bem não reconhecê-lo. Os olhos entalhados naquele rosto curtido pelo tempo pairaram sobre ele completamente desatentos. A Artesã lhe estendeu a mão.

– O menino. Me dê.

– Não – Anderson disse, e o bebê chorou alto.

– Você quer ficar abraçado com ele quando der a hora do Sono do Rio? Azar o seu, moleque.

– Ele está irredutível, Matí – Rios disse, meio que rindo, mais uma vez sendo o monstro diplomático no meio de tantos outros monstros rústicos. – E vamos dar um crédito ao garoto: ele passou por poucas e boas para chegar até aqui com a encomenda. Na hora certa, ele o colocará onde for preciso. Olavo! Estenda o pano no chão, bem ali...

O arqueiro se adiantou, sisudo. Esticou o manto negro que carregava pendurado em um dos braços, como uma toalha de piquenique fúnebre. Se afastou sem olhar duas vezes, sequer cruzando o olhar com Anderson. "Melhor assim", o garoto pensou.

– Muito bem. Matí, creio que isto seja necessário na hora – Rios disse, caminhando até Romero e pegando a caixa que o brutamontes carregava. A velha abriu a tampa do invólucro e tirou de lá de dentro um cocar de plumas negras e brilhantes, como se fossem feitas de vinil. O muiraquitã de Anderson vibrou. O ar vibrou. Até o bebê em seu colo parou de chorar.

Aquele era o cocar que os Avohai tinham protegido. Que as aranhas haviam mostrado para Anderson, que o Patrão por tanto tempo guardara.

– Rios, uma mulher encostou no cocar de Jurupari e você não diz nada!

— Massacre esbravejou, indignado. — Que desrespeito é esse, bem no meio de meu reino!? Eu pensei que a velha iria apenas fazer a magia necessária e...

— Cale a boca, monte de banha — Matí disse, analisando o cocar bem próximo aos seus olhos apertados. — Eu fui a sacerdotisa do Legislador. Ele me pediu esse favor, pessoalmente, no Reino dos Olhos Fechados — ela encarou os olhos de Massacre, precisando praticamente apontar o queixo para as nuvens que se acumulavam sobre a represa. — Consegue entender algo do tipo?

— Insolência! Vocês ouviram essa filha da *muléstia*?! — Massacre estava fora de si, sua bocarra mandando perdigotos para algumas dezenas de metros adiante. — Vai pro tronco depois que tudo isso acabar, ô se vai!

— Se você conseguir me pegar, coisa ruim — ela disse, tranquila, dando as costas ao Rei e levando o cocar até onde o manto negro havia sido estendido. Ela se ajoelhou ali, devagar, e olhou para Anderson. — Está chegando a hora. Coloque o menino aqui. Vai, eu não vou encostar nele.

Anderson respirou fundo. Afastou o bebê o suficiente para que conseguisse enxergar o rosto — e se arrependeu infinitamente ao fazê-lo. Seus olhos eram violeta, não tão claros como os olhos do pai, mas raiados com o mesmo verde dos olhos da mãe. A mãozinha cheia de dobras no pulso estava em sua boca, e ela estava calma. Um anjo. O garoto deu um arquejo involuntário e beijou a testa da criança, demoradamente. Pensou em Beto, pensou em Elis...

— Me desculpe. Por favor, me desculpe...

Caminhou até o manto estendido, sentindo o peso do olhar das testemunhas. Nunca havia estado sozinho entre tantos inimigos ao mesmo tempo. Nem quando havia sido encurralado por Bruno Krauss e os lobisomens-suecos no coração de Anistia. Até ali ele tinha a presença firme e confiante de Dodô.

Debaixo da massa de nuvens que escondiam a lua, Anderson estava sozinho. E estava entregando um bebê indefeso para um ritual maligno.

— Tire a coberta dele — a Artesã disse, apontando a criança com o queixo. Anderson hesitou, e por fim disse:

— Ele pode pegar um resfriado.

Massacre riu, zombeteiro, e o som parecia o de uma buzina de caminhão sendo espancada.

— Ouviram essa?! Resfriado? Já pensaram em um deus com nariz escorrendo?! Hã!?

Aríete fez um som de sucção que deveria ser o tipo de riso de sua nova boca. Rios ergueu os cantos dos lábios por educação. Romero, Lionel e Olavo nada esboçaram, e Matí balançou a cabeça.

— Tudo bem. Põe ele aí.

Foram os segundos mais demorados da vida de Anderson. Ele estava colocando no chão não só o filho de seus amigos, mas toda a confiança que havia recebido do Patrão, da Organização, desde a primeira vez que Zé havia lhe chamado para aquela missão maluca, através do chat do Battle...

Imediatamente após ser depositada sobre o manto, o bebê começou a chorar. Matí o encarou por alguns segundos, segurando o cocar à frente e inclinando a cabeça para a direita, como se avaliasse um pedaço de queijo em uma mercearia.

– Dois minutos – Lionel disse, olhando para o relógio e parecendo nervoso. Sua outra mão, inconscientemente, agarrava o cabo de seu punhal.

– Muito bem, afastem-se. Todos – a Artesã disse, seca. – O processo pode se estender durante todo o Sono do Rio. O que dá uns cinco minutos. Ninguém pode me interromper, falar comigo, encostar em mim ou qualquer outra coisa. Você, japonês! Traga o homem da maca para cá, o sacrificado, coloque-o no chão. E não tem problema se ele ficar resfriado, até porque ele não vai ter tempo para se importar.

Anderson achou aquilo cruel, e ficou imaginando qual seria o papel de Souza naquele ritual. *Sacrificado?* Ele estava ali para morrer, é isso? Olavo e Romero tiraram o sujeito em coma do leito, ainda vestindo um avental de hospital, e o depositaram a três metros do filho de Beto e Elis, no concreto gelado. Anderson viu que o estado do corpo do ex-capanga de Rios era deplorável. Ele estava raquítico, cheio de escaras nas partes visíveis de sua pele da perna e das costas.

– Rios, você sabe seu papel, certo? – a Artesã perguntou, repassando o plano. Wagner assentiu com a cabeça e olhou para Massacre, que por sua vez pediu que os dois outros gorjalas que guardavam o portão se adiantassem.

– Posicionem-se! – rugiu o Rei, e eles se colocaram ao redor da grande roda que provavelmente abriria a barragem, manualmente. Aríete enrolou seu chicote e também foi para lá.

Anderson ainda estava muito próximo de Matí e do bebê. Lionel gritou "trinta segundos!", e a Artesã ergueu os olhos para Anderson, parecendo preocupada.

– Mais para trás, garoto. Isso aqui não é brincadeira.

Ele se afastou, a contragosto, sentindo as pernas tremerem mais do que seu muiraquitã, que parecia enlouquecido.

Algo estava prestes a acontecer. O ar parecia prestes a se tornar sólido, os gorjalas na torcida abaixo murmuravam e as nuvens acima da barragem pareciam se agrupar, tornando-se circulares, como o topo de um tornado.

De um segundo para outro, tudo parou. O vento. O ruído que era o Rio São Francisco correndo à distância, que estava lá o tempo todo, mas que só percebia-se agora, na falta dele. Anderson prendeu a respiração, temendo quebrar aquele silêncio absurdo.

O rio dormia.

A Artesã respirou fundo e ergueu o cocar acima de si. Por um momento, Anderson achou que ela o colocaria em sua própria cabeça. Mas o adorno ficou ali, como se estivesse sendo oferecido aos céus.

O que a velha senhora disse a seguir não foi com a costumeira voz alquebrada e ranzinza que ela sempre mostrava. Veio fria, como um punhal na carne, e ressoava dentro da mente de Anderson, assim como quando Jurupari falava.

A terra prometida
A carne comprometida
A promessa cumprida
A morte fingida

As palavras flutuaram no silêncio. Olhou para o lado e viu Rios erguendo o braço. Massacre imitou o movimento, e os três gorjalas na roda que abria as comportas começaram a fazer força, forçando as pernas poderosas contra o chão e empurrando-a em um só sentido.

O concreto aos seus pés começou a tremer. "E se esse lugar tiver sido construído da maneira errada, e tudo desabar nesse instante?", pensou Anderson, e provavelmente esse era o pensamento de Lionel e Olavo, que faziam a mesma cara.

Em seguida, com um rugido que calaria até o grito mais forte de Massacre, os dutos gigantescos abaixo da plataforma explodiram com o jorro da água. A superfície da represa começou a se mover, passando por baixo dos pés das testemunhas daquele estranho ritual. Provavelmente, naquele instante, o São Francisco também, acordando de seu Sono da pior maneira possível.

Se os gorjalas ao redor da usina estivessem gritando, urrando ou qualquer coisa do tipo, não dava pra saber. As bobinas de energia e antenas ao redor da passarela começaram a zunir e estalar, sobrecarregadas, criando ondas de eletricidade e pequenos raios em suas extremidades. Os pelos do braço e da nuca de Anderson se levantavam, e o simples movimento de seus braços fazia com que o tecido de seu moletom estalasse, repleto de estática. O chuvisco de água que subia da cascata formada na barragem parecia aumentar a sensação elétrica.

E lá estava Matí, com o cocar erguido, olhos fechados, ajoelhada de frente para o bebê. Anderson tentava conter o seu impulso de tirá-lo dali, de toda aquela catástrofe iminente.

Algo aconteceu com a realidade.

Um rasgo surgiu no ar, cerca de dez metros acima das cabeças de Matí, Souza e o bebê, no meio das bobinas de energia e antenas dispostas estrategicamente. Começou pequeno, uma fenda negra do tamanho de um braço humano, e foi se expandindo. A eletricidade parecia alimentá-la. Logo, o buraco no ar era grande o bastante para que o Rei Massacre o atravessasse sem se encolher. A mancha no ar pulsava, com espasmos, como se a cada contração ele tentasse aumentar o tamanho da fenda.

Uma sombra saiu de lá de dentro. De início, parecia uma mão negra, imensa. A mão de Jurupari, que reinava lá do outro lado da Vigília. Mas ao atingir o ar cheio de eletricidade, se desfez e virou um borrão estranhamente líquido, pairando no ar. Uma gosma escura, vazando.

Vazando.

A magia vazava de uma realidade para outra. Era assim que mais de uma pessoa havia explicado para Anderson. Agora ele compreendia que Jurupari estava vazando para o seu mundo. E a parteira era a Artesã, e sabia muito bem como proceder com aquele tipo de coisa.

A escuridão se condensou em um espectro quase humanoide, preso nas bordas da fenda. Ela começou a descer, envolta em microrrelâmpagos, com pequenas interações de eletricidade a conectando ao corpo do bebê e ao do homem em coma. A Artesã permanecia de olhos fechados e recitando alguma espécie de mantra conforme a coisa descia – ou melhor, escorria – na direção do bebê, para tomar o corpo que havia solicitado.

O bebê começou a chorar. Anderson tampou os ouvidos, não querendo imaginar se aquilo estava machucando a criança. Não podia testemunhar aquilo. Estava errado, muito errado.

A forma irregular que era aquele *pré-corpo* de Jurupari flutuou acima da criança. Rodopiou, sobrevoando seu futuro invólucro, o recipiente que conteria tamanho poder, tão forte em outro mundo, ainda precisando se afirmar do outro lado do Sonhar.

Como se estivesse tomando fôlego para mergulhar e habitar a carne da criança em definitivo, a sombra de Jurupari se preparou para um bote. Subiu um pouco, apenas para mergulhar na direção do rosto frágil do bebê... que em pouco tempo seria nada mais do que o hospedeiro da força descomunal que já havia habitado a terra dos vivos.

A sombra desceu com velocidade vertiginosa, e todas as luzes e holofotes da barragem explodiram com o pico de energia.

Escuridão, enfim.

<   capítulo 16   >

MISTÉRIOS DA MEIA-NOITE

Mandacaruzinha.

Seis horas antes.

"Me perdoe, Elis."

O bebê fez um som parecido com um miado. E Anderson levou o fruto até sua boca, trêmulo.

"Anderson, espera."

Sua boca encostou na fruta vinda dos sonhos, e seus lábios ficaram dormentes apenas com o leve toque da casca. Mas seu braço congelou ao ouvir a voz de Elis tão clara em sua mente, no elo mental que ele conhecia tão bem como funcionava.

"Eu sei o que você vai fazer, Anderson."

"Eu não tenho escolha!"

O olhar dela parecia perdido, desligado de tudo o que estava acontecendo ao seu redor. A criança estava em seus braços, Beto mexia no cabelo fino e escasso do bebê, e as icamiabas sorriam ao redor da piscina. Mas Elis mantinha contato visual e mental com Anderson.

"E eu estou ouvindo tudo... o pensamento de todos nessa sala, de todos nessa cidade! É como se essa ligação com o bebê ampliasse o meu poder... Como se eu pudesse tocar a mente de qualquer um..."

<240>

"Elis..."

"Todos os pensamentos, ao mesmo tempo, direto na minha cabeça"

"Elis..."

"Você, justo você?! Vai levar meu bebê?! Ele ainda está aqui, conectado comigo..."

– ELIS!

Anderson não havia planejado gritar com as cordas vocais. Mas saiu. E todos da sala olharam para ele, ao mesmo tempo, um garoto até então oculto naquele momento de alegria.

– Anderson? – Beto estranhou, levantando-se da água e molhando todo o piso. – O que foi? O que você tá fazendo aqui?

As icamiabas também se voltavam para ele, trocando palavras no dialeto. Anderson deu um passo para trás, involuntário.

– Elis, leia a minha mente mais a fundo! – gritou, enquanto Beto vinha em sua direção com o cenho franzido.

– Cara, o que tá pegando? – ele perguntou, se aproximando. As icamiabas trocavam olhares suspeitos.

– Leia, Elis! Por favor!

Os dedos em seu cérebro. Ele os sentiu, vasculhando, mexendo, revirando suas memórias. Quantas de suas tolas e vergonhosas intimidades Elis estaria vendo? Sentia que estava sendo perscrutado em velocidade vertiginosa, e aquilo lhe causava tontura, enjoo...

– Anderson, você tá ok? – perguntou Beto, colocando a mão em seu ombro e virando para as icamiabas. – Me ajudem aqui, ele tá mal! Parece que vai desmaiar!

Anderson tentava se desvencilhar, ao mesmo tempo que procurava manter o elo mental com Elis.

"Consegue ver?"

"Você... fez uma promessa."

"Fiz."

"Para Jurupari. Justo para ele."

"Me desculpe, foi pelo Chris! Eu tinha matado ele! Por favor, olhe mais, meus motivos... Pode fritar minha mente. Eu só quero que você me entenda."

– Anderson! Fala comigo, caramba! – Beto dizia, chacoalhando seus ombros, sua voz vindo de algum lugar distante...

"Eu te entendo."

A mente de Anderson ficou mais leve. Elis estava saindo de dentro dela.

– Beto, solte-o...

O rapaz olhou para a amada, com uma careta.

– Por quê? O que tá acontecendo, aqui?

Ela levou uma das mãos à têmpora, o bebê ainda junto ao seu corpo. As icamiabas estavam todas de pé, e a que havia feito o parto segurando uma lâmina que serviria para cortar o cordão umbilical. Naquele momento, Anderson via aquela faca como um problema.

– Me desculpa, Beto – Anderson disse, às lágrimas. Ele não poderia seguir em frente com aquela traição – Eu errei em salvar o Chris lá em Anistia, e agora condenei todos nós...

Beto perdeu as estribeiras e a serenidade que o nascimento de seu filho havia lhe trazido. Agarrou Anderson pelo colarinho, e o encostou contra a parede da sala.

– É a última vez que vou perguntar – ele disse, entredentes, erguendo o garoto até a sua altura. – Seja lá o que você fez, eu quero saber agora o que é...

Os olhos de Beto perderam o foco. Ele afrouxou o aperto na gola de Anderson e foi ao chão, desmaiado, derrubando o garoto junto. As icamiabas avançaram na direção dos dois, mas do nada começaram a cair, como pinos de boliche. Uma por uma.

Anderson levantou-se olhando para Elis, que parecia muito assustada.

– Eu... não sabia que podia fazer isso... apagar as pessoas... a distância – gaguejou, olhando para o bebê. – Mas você precisa fazer isso, Anderson...

O garoto se levantou, incrédulo por estar ouvindo aquelas palavras.

– Mas...

– Faça – disse ela, mais parecida do que nunca com sua mãe. Decidida, firme. – Se você não fizer isso, todos nós morreremos...

Anderson não acreditava que a própria mãe da criança estava sugerindo que ele a levasse para Jurupari. Como se ainda estivesse lendo sua mente, ela continuou sem lhe dar tempo de argumentar ou dizer qualquer coisa.

– Na verdade, é a única maneira de o vencermos. Continue com o plano, leve-a.

– Você não pode estar me dizendo pra *fazer* isso...

– Estou. Acredite, estou pensando em tudo... Estou pensando por dois... duas... Venha até aqui, Anderson.

Ele se moveu, hesitante, pulando por cima do corpo de Beto. Foi até a beirada do ofurô, preocupado em ver a amiga nua. Mas ela mesma nem estava se importando com o fato, naquele momento. Havia muito mais em jogo.

Elis estendeu a criança recém-nascida na direção de Anderson.

– Segure-a.

Depois.

Gorjalas gritavam na escuridão. Não entendiam o estouro simultâneo de todas as luzes. Massacre começou a questionar Rios sobre o fato, e ele não tardou a responder, impaciente.

– Isso já era esperado, temos luzes reservas!

Anderson tentava enxergar o que se desenrolava no ritual, e esperou alguns segundos para que seus olhos se acostumassem com a escuridão repentina. Deu alguns passos à frente, cautelosos... e olhou para cima. A fenda por onde Jurupari tinha saído havia se fechado. A sombra disforme flutuava a um palmo do nariz do bebê, sem tocá-lo. A criança, por mais incrível que fosse, não chorava, e olhava para o espectro à sua frente da maneira mais comum possível... com olhinhos sonolentos.

– Algo está errado – a Artesã disse, levantando-se e deixando o cocar de plumas negras no chão. – Eu fiz tudo certo. Tenho certeza. A sombra que era a pré-forma de Jurupari fez algo muito parecido com um grito entrecortado, como se tentasse entrar naquele pequeno corpo mas algo a impedisse. Matí virou-se para os lados, tentando arranjar uma explicação.

E seus olhos cravaram-se em Anderson.

– Você.

Seis horas antes.

Lá fora do casebre, alguns gritos indicavam que um dos gorjalas havia caído na batalha na entrada da cidade. Lá dentro, porém, Anderson ainda brigava com a lógica. Segurava o bebê sobre a água morna em que Elis se encontrava. Olhava-o, de cima a baixo, e não entendia como aquilo havia acontecido.

– Esse será o maior golpe que poderemos dar em Jurupari – Elis murmurou, parecendo cansada, mas segura do que dizia. – Ele jamais esperaria algo do tipo, que desafiasse uma tradição...

Anderson estava incrédulo. Olhava para o bebê.

Uma *menina*.

– E aquela história de que todos os filhos de Boto são homens? Essa é a primeira vez que algo do tipo acontece?

Elis deu de ombros, e um inesperado sorriso.

– O poder da minha família deve ser mais forte que a tal da Maldição do Boto. Nunca duvide das garotas!

Anderson tentava processar aquilo tudo, aquela virada no jogo. Jurupari não aceitaria encarnar em um corpo de mulher e, *pronto*, tudo terminaria fácil assim?

A menina bocejou nas mãos de Anderson. Parecia estar dando um sorriso banguela.

– Certo – Anderson exclamou, devolvendo-a para Elis, com medo de olhar por tempo demais para ela. – Mas ainda não sei o que fazer...

– Continue com o plano. Você ainda tem a promessa a cumprir, entregar um bebê. O fato de ela não ser o garoto que Jurupari espera possuir não é sua culpa, e você não vai faltar com sua promessa. Vai vencer Jurupari nos termos dele.

Anderson coçou a nuca, olhou para o teto, andou de um lado para o outro. Se é que aquilo era possível, agora estava mais apavorado do que quando pensava que estava traindo seus amigos.

Depois.

– O que você fez, moleque? – Matí perguntou, caminhando em sua direção. Anderson enfiou a mão no bolso da blusa. Wagner Rios o observava a distância. A sombra ainda pairava na frente do bebê, emitindo aquele som agonizante.

– Absolutamente nada. Fiz apenas o que me foi pedido.

– Aquela criança é uma menina.

– É, talvez.

– Mas é impossível!

– Sempre existe uma primeira vez, né.

Matí olhou para trás e viu a sombra desistir da possessão, escorrendo pelo chão como uma poça de piche.

Rastejando na direção do corpo vegetativo de Souza.

– Eu falhei – a Artesã sussurrou, olhando para o chão. – Falhei, e estou condenada.

– Você não falhou – Anderson exclamou, reparando que luzes de emergência eram ligadas ao longo de toda a usina, novamente. Aos poucos, a escuridão arrefecia. – Eu não falhei. Fiz o que ele pediu, mas ele não contava com esse imprevisto. Ninguém contava, certo? Você também cumpriu o seu papel, não tentou enganá-lo nem nada.

– Mas você, sim! Poderia ter avisado que era uma garota! Você mentiu para Jurupari, sabe o que isso significa?

– Eu não menti. Eu omiti. É diferente.

A Artesã olhou para trás. O espectro sombrio pairava sobre o homem em estado vegetativo e parecia invadir suas narinas, aos poucos. O peito do homem sofria espasmos violentos, como se estivesse sufocando no próprio vômito.

Rios e Massacre olhavam para o que acontecia, confusos. O Rei Gorjala foi o primeiro a dar voz à sua dúvida.

– Por que isso está acontecendo, Rios?! Ele não deveria possuir a criança?!

Wagner olhou diretamente para Anderson. Deu as costas para Massacre e caminhou diretamente para ele.

– Tenho que ir – Anderson disse para a Artesã. – E se eu fosse a senhora, faria o mesmo.

– E como nós faríamos isso, moleque burro?! – a velha gritou. – Já viu bem onde estamos?!

Seis horas antes.

– E como eu saio de lá com ela? – Anderson perguntou, com a voz trêmula. – Jurupari garantiu a minha segurança para chegar até lá... não a minha saída.

Elis não respondeu de pronto. Estava ocupada amamentando a filha, o que fez Anderson ficar de costas por muitos minutos, observando o fogo consumindo as velas, lentamente.

– Como você iria sair daqui mesmo, Anderson? – ela perguntou, serena, depois de um silêncio prolongado. Estava encantada com a primeira vez que alimentava sua pequena. Exasperado e sem olhar para trás, Anderson tirou o fruto do seu bolso.

– Eu ia comer isso aqui, pra todo mundo desmaiar e...

Olhou Beto e as icamiabas, desacordados pelo chão.

– E? – perguntou Elis.

Anderson olhou para o fruto roxo.

– Caramba.

Depois.

– Ok, se a senhora não corre, corro eu – Anderson disse, saindo em disparada e arrebatando a menina sobre o manto negro como um jogador de rugby. Rios o encurralou contra a grade, assim como Lionel, Romero e Olavo.

– Quer que eu o derrube? – o arqueiro perguntou, apontando para os joelhos de Anderson.

– Negativo, Nakano – Rios respondeu, tentando se aproximar do garoto, as mãos espalmadas em sinal de paz. – Ok, Anderson. Desembucha. Me explica o que está acontecendo e porque diabos Jurupari não conseguiu completar o processo.

– Ele não conseguiu completar o processo que queria – ele respondeu, apontando para o corpo de Souza, se debatendo a alguns metros dali. – Mas tem algum outro processo rolando com o seu capanga, ali. Que tal ir lá desenrolar a língua dele?

– Pare de graça, Anderson.

– Ah, não tô de graça. Mesmo – e puxou o fruto roxo do bolso, sem deixá-lo tão à mostra.

– Rios! – trovejou a voz de Massacre, que avançava com seu irmão, Aríete, e os outros dois gorjalas que haviam aberto as comportas da represa. – As coisas estão saindo de controle. Me deixe triturar logo esse pirralho e essa coisa inútil nos braços dele! Se não serve para nosso acordo, serve pra sobremesa do banquete!

– Afaste-se, Massacre! – Rios gritou, mandando a diplomacia para o espaço. – Parece que o moleque está com uma granada nas mãos – e então, abaixou a voz novamente, para que apenas Anderson o escutasse. – E isso não é uma granada, certo?

Anderson apertou os lábios.

– Ah, não. É muito mais útil.

E mordeu o fruto.

Seis horas antes.

– Não sei por quanto tempo eles vão ficar dormindo, Anderson. Você tem que ir.

– Certo...

– Eu acredito em você.

– Hum.

– Sério.

– Obrigado... Mas estou com medo.

– Eu também estou. Acredite, eu não queria me separar de minha filha agora. Está sendo a maior dor da minha vida...

– Eu vou trazê-la de volta. Não chora...

– Sei que vai.

– Fala pro Beto que eu pedi desculpas.

– Eu acho que eu é que preciso pedir, né...

– Hum.

– Vai.

– Não posso ir assim. Você precisa dar um nome pra ela...

– Escolha você. Quero que você seja padrinho dela, pode sugerir.

– Quê?!

– Sério.

– Que tipo de mãe escolhe pra padrinho o cara que sequestra a filha?

– O tipo de mãe que confia no padrinho. Aliás, o vô dela tá armando todo esse lance junto com Jurupari. Somos uma família feliz.

– Você já..?

– Se eu sabia sobre meu pai? Não. Descobri agora, na sua cabeça.

– E não vai ficar chocada, ou algo assim?

– Não sei. Acho que vou digerir mais tarde. Dá um nome pra ela, anda.

– Isso não é fácil assim.

– Você tem um nome rondando a sua mente... Eu gosto dele. E acho justo.

Anderson não sabia do que ela estava falando, até olhar para o rosto da bebê. Dormia, tranquila. Sem fazer nada, arrancou um sorriso inesperado do padrinho. O garoto levantou a cabeça, e falou sem pensar muito.

– Hipólita.

Elis sorriu, o rosto úmido de lágrimas.

– Hipólita.

Rios desabou para o lado, como uma árvore derrubada à machadadas. Olavo e Lionel caíram para a frente, e teriam sorte se acordassem com os narizes intactos. Romero caiu sentado antes de tombar para trás, e os gorjalas desfaleceram com um estrondo de deslizamento de terra.

Entretanto, Souza ainda tinha espasmos no chão. Obviamente, o fruto de Jurupari não seria efetivo contra ele mesmo. Anderson não aguentou ficar olhando a agonia do homem sendo... possuído? Reanimado? Não dava pra saber. Ainda mastigando o fruto suculento e azedo, apenas correu para a rampa de acesso dos veículos na direção da passarela da barragem, com Hipólita nos braços, pulando por cima de todos os adormecidos.

Assim que pôs os pés na estradinha, olhou para baixo e viu o antigo campo de escravos já razoavelmente cheio de água. Apesar da vazão da represa ser forte nos dutos da barragem, demoraria para todo o lugar ganhar profundidade, por causa da grande área a ser inundada. Anderson ainda se preocupava com os escravos. Não era possível que ainda estivessem no subterrâneo, abandonados para um afogamento coletivo.

Viu muitos gorjalas jogados pelo chão em níveis mais baixos, e outros tantos acordados, a distância. O que significava que o raio de alcance da magia do sono contida no fruto não era tão grande. E se houvessem escravos nos túneis, eles estariam acordados.

Anderson tropeçou em algo, e teve o reflexo de girar o corpo para cair primeiro, deixando a bebê a salvo. Sentiu uma dor aguda no ombro e tentou olhar para trás, para ver no que havia esbarrado... e viu pisadeiras, fechando a estrada.

– Ah, qual é?! – Anderson gritou, abraçando a pequena Hipólita. O bebê miava com o susto do tombo. – Vocês fizeram ela chorar!

As criaturas começaram a avançar, com aqueles movimentos *gollumnescos*, e Anderson buscou com os olhos alguma brecha por onde pudesse escapar.

Foi quando um silencioso ataque veio por cima de sua cabeça, tendo as pisadeiras como alvo. Rodopiando, gingando e golpeando com habilidade, um exército de capoeiristas de papel machê de todos os tamanhos se colocou entre Anderson e as criaturas. Aliviado, ele olhou para trás, e muitos passavam por ele acenando com suas mãozinhas malfeitas. As pisadeiras iam a nocaute, mas para cada uma que caía, outra subia a lateral da estrada rastejando, pronta para entrar na batalha.

– Bom ver vocês, carinhas! – Anderson exclamou, surpreso ao ver que um destacamento deles carregava a velha Artesã acima de suas cabeças. Matí, desmaiada, era rebocada com a ajuda de suas crias, e o garoto pegava o vácuo dos bonecos que atravessavam o agrupamento de pisadeiras.

Anderson e os bonecos de papel machê estavam no mesmo lugar por onde o garoto havia fugido com Zé, Inácio e Edileusa. Olhou para trás, mas nenhum gorjala vinha em seu encalço. Por outro lado, da outra vez ele não tinha aquela visão aterrorizante da barragem, com todo aquele volume de água desabando.

Faróis vinham pela frente. Mais capoeiristas se juntavam ao redor de Anderson, voltando vitoriosos da batalha contra as pisadeiras. Eles pareciam aguardar uma ordem do garoto.

– Esperem... Não sei quem está vindo... Não ataquem ainda, e...

Mas os bonecos, carregando Matí e tudo, se dispersaram e sumiram de vista num piscar de olhos, deixando Anderson sozinho.

– É. Valeu, pessoal.

Eram dois caminhões de carroceria aberta. A luz atrapalhava a visão de Anderson, que protegia seu rosto e o de Hipólita do brilho. Pararam a alguns metros do garoto e dos bonecos, levantando poeira. Uma cabeça surgiu pra fora da janela do veículo mais à frente. Usava um tapa-olho.

– Cheguei, não tô trazendo tapioca e tô pronto pra arrochar a goiaba pra cima desses cabras, aí! – Gerônimo gritou. Chris pulou de trás da carroceria de um dos caminhões, seguido por Zé e Inácio. Da boleia do outro veículo, desceram Edileusa, que estava no volante do motorista, com seu filho do lado, equipado até os dentes. Anderson caiu de joelhos, aliviado, abraçando o bebê em seu colo.

– Conseguimos...

– Não comemore ainda, moleque. Temos muito a fazer.

Patrão saltava do banco de carona de Gerônimo. Anderson não sabia o que fazer, para onde olhar. Tudo o que ele havia escondido daquele homem, por tanto tempo... Anderson colocou-se de pé, indo na direção do Saci.

– Patrão, eu sinto...

– Não. Não mesmo. Eu não vou ter essa conversa com você agora.

O garoto assentiu e olhou para o chão.

Atrás dele, descendo da carroceria, vinha um destacamento inteiro de icamiabas, quase todas com arco, flechas e lanças. Elis vinha logo atrás, amparada por sua mãe, Alba, e Beto. Anderson sentiu a garganta secando, de súbito.

– Elis! Você não poderia estar aqui! – Anderson arfou, levando Hipólita até ela.

– Nenhum de nós deveria estar aqui, agora – ela disse, surpreendentemente saudável para alguém que havia dado a luz há poucas horas. – Mas viemos fechar mais esse negócio do Sr. Rios, certo, mãe? Certo, amor?

Beto se adiantou até Anderson, em silêncio. Elis o seguiu, segurando seu braço, pedindo calma. Anderson estendeu Hipólita para ele, e a pequena estava novamente calma e quietinha, como se nada tivesse acontecido. Ele a abraçou, e Elis abraçou os dois, em um momento de reencontro de pais separados tão precocemente de sua cria. A mãe levantou os olhos por um momento, procurando pelo *padrinho*. Sorrindo.

– Eu sabia que podia contar com você, Anderson.

Por pouco, o garoto não caiu no choro. Patrão, vestindo regata e faixas de boxeador ao redor dos pulsos e mãos – coisa que Anderson nunca tinha visto antes – bateu palmas atrás dele, atraindo a atenção de todos.

– Muito bem, muito bem! Comemorações para depois, agora temos muito o que fazer. Nossa prioridade é tirar todos os escravos dos túneis e, para isso, vocês seguirão Edileusa, que conhece o caminho. Iara e Elis vão descer também até lá, e tentarão conter as águas para que elas não encham os túneis depressa demais. Gerônimo e Severino irão cobrir a retaguarda delas. A maior parte das icamiabas irá garantir a integridade dos resgatados durante todo o caminho até aqui em cima. Em minutos, mais caminhões chegarão para conduzirmos todo esse pessoal até Mandacaruzinha.

— Existem alguns gorjalas acordados — Anderson se intrometeu, recebendo um olhar nada amistoso do Saci. — E daqui alguns minutos, muitos deles despertarão. Precisaremos contê-los e mantê-los longe do pessoal resgatado...

— Estou aqui para isso — o Patrão disse, estalando o pescoço. — Contenção. Junto com Alba, Zé e Inácio. E enquanto nós os seguramos aqui embaixo, preciso que uma equipe vá até lá em cima, recupere o cocar de Jurupari e feche as comportas da barragem.

— Se a água continuar escoando para dentro da barragem, os danos no Rio serão irreversíveis — falou Iara.

— Eu vou — disse Chris.

— E eu — adiantou-se Beto, tirando uma faca serrilhada do coturno.

— Eu posso ajudá-los — Anderson disse, abrindo os braços. — Olavo está lá em cima, assim como o Rei Massacre, Aríete, Rios, Lionel e outros capangas que não vão dar bobeira quando acordarem. Além de uma forma estranha do Jurupari, que *talvez* seja um problema... Vamos precisar chegar com peso.

— E você vai assim, de mãos nuas e com esse físico estupendo? — desdenhou Alba, sendo Alba.

— Eu pensei nisso — disse uma voz vinda de lá do fundo. Pedro chegava com o case do arco retrátil de Anderson, acompanhado de uma empolgada Tina, que carregava uma lança icamiaba pouco menor do que as que as guerreiras empunhavam, mas com os mesmos adornos. Pedro estendeu a maleta para Anderson, e depois tirou o estilingue do elástico da bermuda. — Não vai ser sempre que vou ficar carregando suas coisas, entendeu?

— Entendi — Anderson respondeu, com um meio-sorriso.

— E esse estilingue também é seu.

— Certo.

— Mas eu vou usar.

— Certo.

Pedro deu um soquinho no ombro de Anderson e começou a procurar no chão pedras boas para munição. Tina deu outro soquinho no outro ombro de Anderson e sorriu.

— Para de dar esses sustos na gente. Não morra.

— A ideia é essa — ele disse, colocando as flechas na aljava e abrindo o arco. — Tem certeza que você consegue usar essa lança?

— Tá brincando? Você acha que no tempo livre eu só fico fazendo carinho na barriga da Capivera?

– Ok, chega de conversa – Patrão rosnou, saltando entre as três equipes que haviam sido formadas. Elis, a contragosto, deixava a pequena Hipólita aos cuidados da mesma icamiaba que havia sido sua parteira, e elas esperariam nos caminhões junto com outras guerreiras. Ela respirou fundo, e levantou o polegar para o Saci, que checava um por um, olhos nos olhos. – Todos prontos?

Severino levantou a mão, afobado, e sussurrou algo para sua mãe e seu tio.

– Eu quero ir com a equipe até lá em cima. Preciso ter uma conversa com Aríete. Da última vez, ele não me deixou falar muito.

Gerônimo riu e bateu de leve com sua espátula de tapioca na cabeça do sobrinho. Pelo jeito, sua combinação de peixeira e equipamento de cozinha havia funcionado na defesa de Mandacaruzinha.

– Eita, que esse sibite é arretado! Pode ir, *minino*. Eu dou conta lá na retaguarda!

– Só me faça um favor, filho – Edileusa disse, séria, apontando o facão para o filho. – Coloque esse chapéu de seu pai de uma vez como se deve na cabeça! Eu ainda vou buscar Aloísio lá embaixo, mas ele há de concordar que você é um Avohai. E tenho dito!

Alguns gritos de aprovação, principalmente de Anderson, Tina e Pedro, que haviam se tornado grandes amigos do pequeno cangaceiro, e Sev puxou o chapéu de meia-lua sobre a cabeça, com um sorriso tímido. Sacou das bainhas as lâminas gêmeas, que também eram de seu pai, e apontou para o alto da barragem.

– 'Bora.

A subida foi rápida, uma vez que as pisadeiras que haviam sobrado à espreita não estavam muito inclinadas a enfrentarem as seis pessoas. Anderson pensava na estupidez do que estava fazendo: correndo de volta para o local onde um deus onírico tentava reencarnar e onde um rei gorjala tirava uma soneca ao lado de Wagner Rios e outras *personas non gratas* da Organização.

Beto e Chris puxavam a comitiva. De longe, eram os dois mais dispostos a lutar. O lobisomem por simplesmente estar sempre pronto, e o Boto por uma questão pessoal – e totalmente compreensível, pensou Anderson.

– Será que o Beto está bem para aguentar o tranco se a coisa ficar ruim? – arfou Tina, emparelhando com Anderson. O garoto olhou para ela, erguendo as sobrancelhas.

– Ele ainda tá pê da vida. Comigo, com Jurupari, com o mundo. Eu acho bom que tenhamos duas pessoas capazes de entrar em modo *berserk*.

– Modo bersa-o-quê? – Tina perguntou, olhando para Pedro.

– É coisa nerd do jogo dele, relaxa – reclamou Pedro, o elástico do estilingue balançando enquanto ele corria. – Tudo referência que nós dois não entendemos.

– *Berserkers* eram guerreiros que lutavam em um frenesi de insanidade, o que os tornava muito mais perigosos. Coisa de viking – Severino disse, o que surpreendeu Anderson. Ele esquecia que o garoto também era descolado em games e, por consequência, nos mitos, lendas e fatos históricos que inspiravam a fantasia. – O que o Anderson quis dizer é que...

– Ok, já deu pra entender! – disse Tina, cortando Sev. Pedro deu uma risada de hiena, e até Anderson o acompanhou, lançando um olhar solidário para o amigo das peixeiras.

– Eu sei como você se sente, Sev.

O sergipano deu de ombros e também sorriu. Se era pra se enfrentar um mal incalculável, que fosse ao lado de amigos, Anderson pensou, grato por tê-los ali. E se fosse pra morrer, que fosse rindo.

Curioso com o que se passava lá embaixo, Anderson deu uma olhada para trás e viu que a água parecia bater em uma cúpula invisível, lá na região onde os escravos seriam libertados. Aquilo era coisa de Iara e Elis, impedindo o avanço da água, certeza. Uma primeira leva de multidão parecia deixar as catacumbas de onde Anderson havia tirado Edileusa, Zé, Inácio, Bertoldo e a pequena Maria Júlia. Nas laterais da usina, gorjalas se atropelavam para tentar voltar pelos caminhos estreitos até a parte de trás, onde seus escravos – ou suas refeições – começavam a fuga. Nesse processo em que centenas de criaturas gigantescas e espaçosas tentavam passar pelo mesmo espaço, muitas brigas eclodiam entre os próprios gorjalas. O que era ótimo. Com um pouco mais de atenção, Anderson conseguia enxergar Gerônimo rodopiando contra joelhos e tendões gigantes, sem parecer estar em desvantagem – apesar da inferioridade numérica e de estatura óbvia. Mais para trás, Zé, Inácio e Edileusa rechaçavam gigantes com ferocidade, chafurdando na água pelos tornozelos. Tudo ia conforme os planos. Depois do pesadelo com sequestros de crianças e uma entidade maligna encarnando na Terra, ver aquele plano desesperado dando certo era um pequeno curativo na grande ferida aberta. Já era alguma coisa.

Com o vento que trazia os respingos da queda-d'água artificial, o grupo de Anderson chegou ensopado até a ponte sobre a barragem. E o cenário era assustador.

Uma maca encontrava-se virada no chão, as rodinhas girando lentamente com o vento. Rios, Olavo, Lionel e Romero encontravam-se do mesmo jeito em que estavam, após Anderson morder o fruto e derrubá-los. Nem sinal de Souza, do vulto-Jurupari que tentava possuí-lo, ou do cocar de penas negras. Aquilo era péssimo. Mais adiante, um amontoado de gorjalas jaziam amontoados e, com tanta banha, pernas e braços, era impossível distinguir quem era quem.

– Tem uma coroa de ferro naquele ali... deve ser o Massacre – disse Severino, sem se aproximar muito deles. Anderson parou ao seu lado, com Pedro e Tina parecendo alertas.

– Jurupari deve ter conseguido pegar o corpo do Souza, que já estava muito fraco. Não pode ter ido muito longe com o cocar – começou Anderson, sem tirar os olhos dos desmaiados, mas sendo interrompido por um estalar de ossos e rasgar de roupas. Quando olhou para trás, Chris já estava em sua forma insana. Um guará imenso sobre duas patas agarrando a roda que era a "torneira" da usina e tentando girá-la, com fúria. Ele grunhiu e uivou enquanto seus músculos pareciam querer saltar para fora, e Beto se uniu ao esforço

– Vamos fechar essa barragem logo, antes que eles acordem – disse ele, agitado, agarrando um dos lados da roda. – Vamos precisar fazer força juntos!

Pedro e Tina juntaram-se imediatamente aos amigos, sem hesitar.

– Nada de... *ungh*... nos atacar... *uuungh*... Chris! – disse a garota, largando sua mini lança icamiaba no chão e fazendo sua parte.

– Vamos lá, cara – disse Severino, puxando Anderson pelo antebraço. Mas o garoto parecia hipnotizado por algo na direção dos seus inimigos adormecidos.

– O Cachimbo – Anderson murmurou, olhando para Wagner Rios, sem piscar. – Eu posso pegar o Cachimbo de Ouro de volta.

– Mas que Cachimbo, *macho*?

Anderson, que nunca deixava o trabalho em equipe em segundo plano, tinha a ideia fixa na mente: Rios desmaiado. O Cachimbo estaria em seu bolso, como sempre. Se ele o pegasse de volta, corrigiria uma grande injustiça. Devolveria o artefato para o Patrão e, com sorte, talvez limpasse sua barra depois de ter escondido tanta coisa do velho.

– Anderson! – chamou Beto, de longe, mas ele não escutou. Caminhava entre montanhas de banha e músculos, com destino certo.

Rios estava caído de lado, o forro interno do paletó aparecendo, o bolso exposto. Anderson agachou-se e colocou a mão lá dentro para verificar.

Nada...

E a mão de Rios agarrou seu pulso, em um bote.

– Previsível – sorriu ele, abrindo os olhos. Anderson deu um grito de espanto e tentou puxar o braço, mas foi sufocado pela outra mão de Rios, que agarrou seu pescoço. – Não achou que eu te daria de bandeja algo que me custou tanto, achou?

Severino ergueu os dois facões e gritou, alertando os amigos que estavam cuidando da válvula. No mesmo instante em que ele se precipitou para ajudar Anderson contra Rios, um chicote zuniu e enrolou-se no pescoço do pequeno cangaceiro, que caiu de joelhos, agarrando a própria garganta. Aríete levantou-se, segurando a outra extremidade do chicote, e um a um todos os adormecidos começaram a se levantar.

– É agora que eu acabo com essa *fuleragem*! – gritou o gorjala deformado, como se não estivesse dormindo há dois segundos. – Peguei o *miserávi* do filhote de Avohai, meu Rei, meu irmão! Vai morrer na chibata!

Massacre começou a se levantar, com dificuldade, apoiando-se nos outros dois guardas gorjalas que pareciam bem entorpecidos. Chris abriu a bocarra e gritou contra o gorjala do chicote, libertando toda a sua fúria contida. Beto, sem nem pensar duas vezes, estendeu a sua faca para Pedro e correu para ajudar Chris contra Aríete.

– Liberta o Sev, ele vai sufocar!

Pedro correu a obedecer, enquanto Tina tentava contornar a luta para chegar até Rios e Anderson, que permanecia à mercê do magnata. Anderson, tentando inutilmente agarrar as flechas caídas no chão, se debatia, e testemunhou Romero levantando-se bem na hora da passagem da amiga, derrubando-a com apenas um movimento amplo do braço. Tina pareceu bater a cabeça contra a amurada, e caiu ao lado de sua lança.

Massacre, já de pé, agarrou a nuca de Chris, o puxou de cima do irmão e o arremessou longe, sem cálculo algum. Para o azar de Rios, o lobisomem o atingiu em cheio, mandando-o para um lado enquanto Anderson voava para o outro, caindo de mau jeito. O garoto aproveitou para recuperar as flechas e encaixar uma no arco, apontando para Rios, enquanto Chris voltava salivando para a luta.

Com a cabeça a mil, uma flecha puxada até atrás da orelha e vendo os amigos em total desvantagem ao seu redor, Anderson aliviou-se ao ver que ao menos Severino havia sido libertado por Pedro, e já arfava livre do aperto do chicote de Aríete. O Avohai, arrumando o chapéu meia-lua, partiu pra cima do seu nêmese, enquanto Chris decidia encarar Massacre, de uma vez. Era incrível como, mesmo em sua forma insana, o lobisomem se tornava pequeno perto do rei gorjala.

Anderson disparou duas vezes contra os guardas gorjalas, sabendo que aquilo nem faria cócegas naquelas couraças, mas pensava em atrair sua atenção para que eles não fossem ajudar seu líder – coisa que conseguiu. Eles tinham movimentos pesados, não eram ágeis como Aríete, e eram fáceis de ser enganados com fintas. Durante o jogo de gatos fermentados e rato, Anderson cravou mais um punhado de flechas no peito e no rosto dos guardas. Rios tinha recuado até o portão oposto, com Lionel, Olavo e Romero, e observavam a luta de longe, como se estivessem esperando algo.

"Talvez também estejam se perguntando onde estará Jurupari", Anderson pensou, conseguindo enganar um guarda, fazendo com que ele tropeçasse e derrubasse o parceiro gorjala. O cérebro limitado dos dois os levou a esquecer o pequeno problema e a brigarem entre si até o bem-vindo duplo nocaute, que permitiu a Anderson se juntar a Beto, Pedro e Severino contra Aríete.

– Já vou matar vocês, desgraça! Quero primeiro o couro do cangaceiro! – ele gritava, esmurrando Beto, enquanto as pedras estilingadas por Pedro ricocheteavam em sua testa. Anderson viu o gigante recuar o braço em seguida, para fazer sua arma estalar na direção de Sev.

– Cuidado, ele vai...

O grito de Anderson foi interrompido, pois Aríete o esmagou sob seu pé direito, imobilizando-o completamente e expulsando todo ar de seus pulmões. O garoto tentava puxar o ar, mas ele não vinha.

– Inseto morre assim, debaixo da bota! – gritou Aríete, a despeito de estar usando sandálias de couro gigantescas. Severino defendeu o golpe com a peixeira maior, e ela voou de sua mão, arrastando na direção de Anderson, quase ao alcance de sua mão.

Beto caiu de joelhos na frente de Aríete, o supercílio aberto e a boca sangrando muito, sendo amparado por Pedro. Com o chicote estendido no chão, Severino correu em linha reta na direção do gorjala, usou os amigos como escada – os All Stars tocando brevemente as costas de Pedro e os ombros de Beto – e saltou alto na direção do rosto de seu inimigo. Se Aríete não esperava um ataque daquele tipo, Anderson muito menos.

Sev segurou a peixeira com as duas mãos, como um grande punhal, e cravou-a no peito de Aríete, enfiando a lâmina até perto do cabo – o que mostrava que a lâmina Avohai não era feita de um metal qualquer. O gorjala soltou um grito mais em desafio do que por dor, e moveu o pé, sem perceber que estava libertando Anderson.

– Sev! – ele gritou, enquanto se esticava para alcançar a peixeira caída. Que todo o código dos Avohai sobre "não tocar na arma de um deles" fosse para a lama. – Aqui, pega!

– Joga! – Sev gritou, chacoalhando para lá e para cá, enquanto Beto e Pedro se jogavam para tentar segurar as mãos de Aríete, para que ele não arrancasse o menino de cima de seu peito.

– Como eu jogo!?

– Arremessa essa *muléstia*! Eu pego!

Anderson, sem tempo para pensar, jogou a peixeira e ela foi rodopiando, o que um milésimo de segundo depois o levou a se arrepender: ele poderia derrubar o próprio amigo, aquilo era muito estúpido. Mas Severino esticou a mão esquerda, praticamente sem olhar para a peixeira, e agarrou-a bem no punho, emendando o movimento fluído com um golpe cravado ao lado da outra lâmina.

– Morre, diabo! – gritou o menino, fora de si, enquanto empurrava as lâminas com força. Aríete, tentando erguer os braços, gritou em desafio, como se soubesse que as lâminas não tinham tamanho o suficiente para alcançar seus órgãos vitais.

– Um monte de Avohai tentou, e tão ou debaixo da terra, ou tão tudo no meu estômago! Teu pai, que é mais frouxo, *num* conseguiu. E é você quem vai, é?! – ele zombou com sua voz chiada, mesmo com o sangue vertendo das feridas. Pedro foi espanado para longe e Sev agiu antes que o braço livre o

<254>

arrancasse dali. Segurando-se na lâmina da direita, puxou a lâmina da esquerda para fora do peito de Aríete e a estocou para cima, bem abaixo do queixo deformado do monstro.

Aríete não gritou. Apenas caiu de joelhos, com as íris dos olhos cruéis perdendo o brilho aos poucos. Lenha velha apagando em uma fogueira. Com um último impropério morrendo na boca, caiu, enfim.

Severino rolou no chão, desajeitado, segurando apenas o facão que ainda estava cravado no peito de Aríete, sujo de sangue escuro. Anderson suspirou, aliviado, mas logo voltou sua atenção para "Massacre X Chris".

O lobisomem tentava morder e dilacerar o gigante, mas aquilo era algo complicado. Massacre era como um daqueles chefões de games que são grandes demais, cujo único jeito de derrotar é ficar desviando dos golpes até encontrar o que o derrube. Como a vida não era exatamente igual a um game, Anderson duvidava que a resposta viria tão facilmente. Preparou mais flechas e começou a castigar as costas do gigante, sem muito resultado efetivo.

– Pedro! Veja se a Tina tá bem, ela caiu! – ele gritou, tentando ficar em um ponto cego de Massacre para disparar à vontade. Aquele não era o tipo de inimigo que deveria ser encarado de frente. – Sev, tenta atacar as pernas dele! É tipo enfrentar os Gigantes do Gelo no Battle, tem que tomar cuidado pra não ser pisoteado!

– Tipo Gigantes do Gelo, só que mais impossível – grunhiu Sev, partindo para a luta com apenas um dos facões e desferindo golpes cortantes. Chris quase o desequilibrou em um contra-ataque, e Beto dava chutes nas articulações dele que causariam fraturas expostas em um humano comum, mas que talvez estivessem apenas massageando Massacre.

No meio de tanto suor, gritos, grunhidos e impropérios, o rei gorjala arremessou Chris para longe, com o rosto arranhado pela garra do lobisomem. Virou-se para a represa abaixo, onde provavelmente todos os seus súditos também já estariam despertando. Conseguindo uma paz de alguns segundos e apoiando a perna sobre a amurada, gritou do fundo dos pulmões e ergueu os dedos anelares naquele gesto tão parecido com um xingamento.

– Gorjalas! À mim! Protejam o seu Rei! Triturem, matem, devorem todo e qualquer fugitivo ou invasor! Subam até aqui!

"Lascou", pensou Anderson. Olhou para a esquerda e viu que quase todos os prisioneiros já estavam fora da zona alagada da represa. Toda a massa de icamiabas e aliados fechava a marcha dos fugitivos, rechaçando os gorjalas e aproveitando as estradas estreitas para conseguir enfrentar um a um, sem serem cercados. Anderson procurou algum sinal de seus amigos lá embaixo e, se não estivesse enganado, tinha acabado de ver Zé derrubando um gigante do penhasco, sem a ajuda de ninguém. Mas e Patrão, Iara e Elis?

<255>

Parte da pergunta foi respondida com a lufada de ar quente que veio de baixo para cima. Com as mãos crispadas e invocando as correntes de vento para mantê-lo flutuando, Patrão pairou na frente da queda-d'água, olhando diretamente para Massacre.

– Um homem incompleto pra me derrotar, é isso? – riu em desafio – Volte quando tiver outra perna, cabra! Seria preferível enfrentar uma fêmea!

Patrão não piscou, não sorriu e nem disse nada. Apenas mostrou a mão espalmada para o Rei Gorjala, cujo corpo voou para trás, empurrado pela força de mil ventos. Massacre bateu na mureta oposta, rachando o concreto e sentando-se involuntariamente. Um golpe em toda a sua realeza, acima de tudo.

– Patrão! – Anderson gritou, indo até a mureta, de frente para ele, e tentando sobrepor o barulho da água explodindo dentro dos dutos. – Temos que fechar a barragem! A roda é muito pesada para ser girada por nós!

O Saci, pousando na beirada da mureta, olhou para o registro que encerraria as comportas da barragem. E então olhou para as laterais, onde centenas de gorjalas agora se acotovelavam para atender o chamado do Rei. Em alguns minutos, todos estariam ali.

– Ainda não podemos fechar – Patrão grunhiu, virando de costas e olhando para baixo. Por um momento, Anderson achou que ele fosse mergulhar. Mas ele parecia estar respirando fundo para fazer outra coisa.

Suas mãos subiram, como se estivesse procurando no céu acima a corrente de ar mais selvagem para atender o seu chamado. Desceu os braços, apontando para o meio da barragem. E a força do vento soprando contra a queda-d'água era tamanha, que o meio da cascata ganhou um *buraco*. A força do ar manipulado obrigava a água a se bifurcar na queda.

Anderson soltou um palavrão, impressionado. Patrão não pareceu perceber. Seus olhos estavam brancos, e não dava para saber se os globos estavam virados ou se realmente haviam ganhado uniformemente aquela cor sinistra.

– Elis, Iara... Me escutam? – o Saci disse. Anderson percebeu que ele deveria estar em um elo mental com as duas, que deveriam estar com a multidão fugindo do campo de escravos. O garoto olhou para trás, e viu que Massacre se levantava, enquanto Chris fazia frente a ele, mais uma vez. – Direcionem a água para as estradas laterais, para atingir os gorjalas que estão vindo para cá. Derrubem. Controlem a água que eu as ajudarei com os ventos.

Antes da coisa começar a acontecer, de fato, Anderson sorriu. Aquilo seria incrível de se ver.

E foi.

Duas imensas trombas d'água foram se erguendo, rodopiando como serpentes intermináveis saindo de dentro dos dutos imensos. Patrão ainda estava levitando, e canalizava todo o vento através dele e de seus braços abertos. Um de cada lado, os feixes atingiram os gorjalas na subida e começaram a varrer os gigantes dos desfiladeiros e das estradas. Com a mesma força que a barragem cuspia as águas do São Francisco para fora, Patrão, Elis e Iara as apontavam bem na direção do exército de Massacre.

– Não! Maldito! – gritou o gigante, ignorando Chris e Beto e correndo na direção da válvula. Ele começou a girar a roda sozinho, e conseguiu, tamanha a sua força. Percebendo que a água da barragem seria totalmente usada contra o seu exército, ele resolveu fechar as comportas por conta própria. – Não vou deixar isso acontecer! Esse insulto!

– É uma boa hora para fugirmos. A água vai parar de escoar, como queríamos, mas os gorjalas que sobraram vão chegar até aqui – Anderson disse para Beto, que estava com o rosto bastante machucado. – Reúna todos!

Severino correu para arrancar a sua peixeira do crânio de Aríete. Os ventos de Patrão, que ainda levitava na frente da cascata, estavam jogando tanta água para cima da passarela que a visão por ali havia se tornado turva, como se um temporal estivesse desabando. Não dava para saber onde Pedro e Tina estavam, mas Anderson gritava para que batessem em retirada. Chris, ainda querendo voltar para a briga e rosnando na direção de Massacre, que estava de costas, era contido por Beto, que agarrava seu braço sem medo algum.

– Vamos embora, lobinho! Deixa essa encrenca pra depois!

Então, conforme caminhavam rumo ao portão oposto, encontraram alguém vindo daquela direção. Casualmente, Wagner Rios caminhava na chuva artificial causada pela invocação dos ventos. O Cachimbo soltou um brilho breve, o fornilho dourado escondido pelos seus dedos. Anderson puxou uma flecha, mas Rios apenas o olhou de relance, sabendo que não poderia ser machucado, e passou por ele, ignorando-o por completo.

– Mas que..? – Anderson murmurou, baixando seu arco e vendo o homem passar também por Chris e Beto, sem dispensar olhar algum para estes. Ele estava indo na direção de Sev, que ainda relutava para que o crânio de Aríete largasse a sua lâmina maior.

– Sev, cuidado! – Anderson gritou, atirando inutilmente uma flecha contra a nuca de Rios. Ela ricocheteou, por obra da magia do Cachimbo. O cangaceiro viu que o homem estava próximo, conseguiu arrancar a peixeira do crânio e logo tentou emendar um ataque com ela. Rios aparou o golpe com a mão nua, fechando os dedos na lâmina, o que surpreendeu Severino. Rios torceu a arma e a tomou para si, empurrando o garoto com força no chão.

Anderson gritou em meio aos uivos dos ventos manipulados por Patrão, correndo de volta na direção dos dois, mas percebeu que Rios não queria atacar Sev. Ele apenas queria a sua peixeira.

Rios continuou caminhando obstinadamente na direção de Massacre.

<257>

– Anderson! Sev! Deixa o Rios pra lá! Vamos embora, agora! – gritou Beto, de lá da frente. As águas que saíam da barragem estavam diminuindo, pois Massacre já havia quase fechado a válvula inteira, sozinho.

– A arma de meu pai! – gritou Severino de volta, mas sem se atrever a correr atrás dela. Anderson teve a reconhecível sensação de problema se aproximando. O Rei Gorjala xingava e urrava conforme girava a roda, de costas para Rios, que se aproximava com uma peixeira na mão...

– "Quem mata o Rei é o novo Rei" – murmurou Anderson, de olhos arregalados. Lembrava da Artesã conversando com Aríete, na porta de sua casa.

– Quê? – perguntou Severino, perdido.

Anderson gostaria de contar o que havia escutado naquela conversa da Artesã com Aríete, sobre o "democrático" método de sucessão para a coroa de ferro gorjala. Mas, pelo jeito, não haveria tempo para explicações.

Aproveitando que Massacre estava curvado sobre a válvula, terminando de fechá-la, Rios saltou agilmente sobre suas costas. Agarrou-se no colar de crânios humanos no pescoço do gigante, o que fez Massacre começar a se debater. Rios, como um vaqueiro em um rodeio, não o soltou. Com a mesma lâmina que havia derrubado o irmão do rei, aplicou uma ferroada precisa no pescoço do gigante, bem na veia carótida.

– Eu sei que o maravilhoso método de sucessão de vocês não abrange homens comuns, como eu, e que provavelmente nenhum gorjala me seguiria – Rios disse no ouvido de Massacre, enquanto ele perdia sangue e se apoiava na válvula da barragem. – Mas não quero essa porcaria de coroa. Eu só queria vingança mesmo. Você jamais se lembraria deles, mas essa foi pelos meus pais, *sócio*.

Massacre gritou, praguejou, rosnou. Rios já havia saltado para longe dele, enquanto uma das mãos gigantescas cheia de anéis de ferro tentava alcançá-lo. A outra pressionava o ferimento no pescoço.

– Traidor! – foi a única coisa inteligível que saiu de sua boca, antes de começar a engasgar com o próprio sangue. Rios deu de ombros, indiferente.

– *Bla, bla*. Não sei se *Sua Majestade* ainda está prestando atenção, já que está aí bem ocupado, morrendo. Mas os nomes são Bertoldo e Penélope, ok? – Rios disse, apático. Olhou para a lâmina "emprestada" de Severino e deu um sorriso amarelo. Pensava na ironia contida naquilo: uma lâmina Avohai matando o responsável pela dizimação do cangaço. Olhou para o garoto com chapéu de couro ao lado de Anderson. – Ei, você! – e jogou o facão em sua direção, seu metal tinindo espalhafatosamente contra o chão. – Bela arma, a sua!

Severino abaixou-se para pegar a arma, estupefato, enquanto Anderson não desgrudava os olhos de Rios. Wagner, por sua vez, voltou-se para Massacre. Encurvado, derrotado. O sangue que não podia ser contido espalhava-se na água empoçada. A pesada coroa de ferro havia rolado para longe de sua cabeça e Wagner a tomou, apenas como um troféu. Em seguida, fez para o amontoado de músculos e banha um sinal muito parecido com a saudação que Massacre costumava fazer para seus súditos.

Mas não usou o dedo anelar.

Anderson não sabia como digerir tudo aquilo. Nem havia percebido Patrão ao seu lado, o chamando.

— Vamos — disse ele, dirigindo um olhar demorado para Rios, que ainda olhava para o rei morto. — Os gorjalas debandaram. Os outros nos esperam lá embaixo.

O garoto assentiu. Havia uma trégua silenciosa ali, entre Patrão e Rios. Talvez soubesse que aquele momento era o fechamento de um ciclo para o outro, e não se perturbariam naquele instante. Mesmo com tanta coisa em jogo.

Patrão seguia logo atrás de Sev e Anderson, saltando sobre as poças de água. Perto da saída, algo inusitado acontecia: Lionel e Romero seguravam Olavo, enquanto Pedro, Tina (com um corte feio na testa) e um Chris novamente humano (com calças completamente rasgadas) tentavam conter Beto, possesso.

— Eu vou te matar, seu filho de uma..

— Me solta, Romero! Solta ele, Chris! Deixa ele vir! — gritava o arqueiro, vermelho de raiva.

— Cala essa boca, Olavo. Não piora as coisas — Chris rebateu, por um momento parecendo querer se juntar a Beto e linchar Olavo. Ele também tinha motivos suficientes para fazê-lo, assim como Pedro, mas se conteve.

Patrão começou a gritar, de longe, pedindo que os dois grupos se afastassem. Nem sinal de Rios se pronunciando. Anderson sentiu o muiraquitã começar a vibrar, e pensou que aquele era um alerta causado pela briga próxima entre seus amigos e os aliados de Rios.

Quando as luzes de emergência sobre a passarela começaram a piscar e a falhar, ele entendeu que se tratava de algo mais.

Um ruído parecido com o de uma porta de geladeira se abrindo veio de trás do Patrão. Quem brigava, calou-se. Todos viraram na mesma direção.

Onde Jurupari estava.

< capítulo 17 >

FAMÍLIAS

Era o corpo de Souza. Ao mesmo tempo, não havia mais nada dele.

O manto negro, onde Hipólita havia sido depositada antes do ritual, estava jogado displicentemente sobre o corpo nu, e por isso era possível ver que a pele era vermelho-escuro. Bordô, como sangue de artéria. Com um olhar mais atento, nuances esbranquiçados estavam por todo o corpo. Parecia um boneco de uma lição de anatomia, um humano representado apenas com o tecido muscular. As unhas de suas mãos estavam longas, amareladas.

A cabeça, abaixada, seguia a harmonia grotesca do resto do corpo. Bordô, rajada de branco aqui e ali. Sem cabelos, pelos ou sobrancelhas. O cocar negro estava lá, coroando aquela forma magra e desnutrida saída de um filme de horror. As luzes piscavam ao redor, como que incomodadas pela presença carnal da escuridão.

Ainda de cabeça baixa, não era possível ver os olhos. "Ainda bem", pensou Anderson, que sentia uma vontade imensa de evaporar.

Então, Jurupari falou:

– As coisas não saíram conforme o planejado.

A voz não ecoava como no Reino dos Olhos Fechados. Como dentro da cabeça de Anderson. Era fria, grave, como a de um juiz lendo uma sentença

<260>

de morte. De certa forma, ainda lembrava a cadência e a arrogância da voz sobrenatural que preenchia os céus do mundo onírico.

— Você não deveria ter voltado — o Patrão disse, colocando-se à frente, como um fazendeiro se interpondo entre o gato e o galinheiro. Parecia estar protegendo até mesmo os aliados de Rios. — Você sabe que o seu tempo aqui terminou, Jurupari.

— Você tentando me dizer o que é o certo, mais uma vez — Jurupari chiou, ainda olhando para o chão. — Você, o Vento Contido em Carcaça Imperfeita. Tudo bem que não estou muito melhor que você... — ele disse, erguendo brevemente os braços magros, o manto negro pendendo deles. — Mas eu digo que nunca houve tempo de partir, não para mim. Eu sou o Legislador, sei da injustiça que me foi imposta e provarei isso.

As luzes piscaram com mais rapidez. Os ventos começaram a soprar de forma diferente. Rios estava longe, atrás de Jurupari, observando tudo de longe com a mão dentro do bolso.

— Poucos aqui merecem a minha proteção. Wagner Rios é um deles. Cumpriu com o acordo. Fez até mais e eliminou quem seria um possível problema para o meu Reino.

— Não foi nada — Rios disse, se aproximando de Jurupari. — Seja bem-vindo, majestade.

— Não me chame assim — Jurupari rebateu, imediatamente. — Reis morrem, e morrem de formas estúpidas, como bem pudemos ver hoje. Eu estou acima disso. Já fui mais do que um deus para os homens, e voltarei a ser. Não aceito ser contido por uma... casca fraca e fétida, como certos conhecidos de longa data.

Anderson, que estava logo atrás de Patrão, percebeu que ele cerrou os punhos com força. Sentindo a estática da tensão no ar, o garoto engoliu saliva ruidosamente. Não soube se foi por isso que Jurupari estendeu um dedo ossudo e vermelho em sua direção.

— Você foi culpado por parte desse... atraso, Anderson Coelho. Você não cumpriu sua parte do acordo.

— Não! — o garoto gritou, temeroso de que Chris, atrás dele, desabasse a qualquer momento, sua essência reivindicada por Jurupari. — Você me pediu o filho de Elis e do Boto, e eu te dei! Você que não contava com o fato de ser uma menina, e a culpa *não foi minha!*

Jurupari riu. Era como dois paralelepípedos raspando um no outro.

— Se utilizando de brechas no acordo... Pois bem, eu deveria ter tomado mais cuidado. Sou muito ligado às tradições, e não sabia que a magia poderia ser abortada... Uma mulher — ele disse, e havia algo muito próximo ao asco em sua voz. Mesmo de cabeça baixa, apontou para Beto. — Eu que criei a Maldição do Boto. Eles deveriam me servir. Sempre um homem como arauto, nunca mulheres, essas indignas. Talvez a minha ausência no mundo tenha enfraquecido até isso, e a linhagem do Boto tenha permitido que um acidente desses nascesse. Uma aberração, uma sereia-boto.

– Você está falando da minha filha, desgraçado! – Beto berrou, mais uma vez precisando ser contido por Chris. Jurupari deixou o grito morrer no silêncio, e finalmente ergueu a cabeça.

O fundo do abismo estava lá. Seus olhos eram completamente negros, um vislumbre de toda escuridão contida dentro daquele corpo mortal.

– *Desgraçado*. Sim, talvez eu seja.

Ele apontou para Beto, e o corpo dele se ergueu no ar – seus olhos chocados, surpresos. Com um movimento displicente, o rapaz voou por cima da amurada, onde minutos atrás estava a queda-d'água.

Patrão, sem dizer uma palavra, disparou como um míssil no ar, para tentar buscar Beto a tempo. O vácuo que ele causou ao decolar quase fez todos irem ao chão. Não havia água o suficiente lá embaixo para amparar sua queda.

– Não! – gritou Anderson, erguendo seu arco e disparando direto contra Jurupari. Pedro fez o mesmo ao seu lado, e atirou com o estilingue a sua pedra mais pontuda.

Os dois projéteis estavam indo na direção do rosto que um dia fora humano, que um dia fora o de Souza. Mas Wagner Rios entrou na frente de Jurupari, segurando o Cachimbo, e serviu de escudo tanto para flecha quanto para pedra, ricocheteando as duas. Estava provando ali sua lealdade.

– Obrigado – fez Jurupari, e Wagner não mostrou a expressão presunçosa de sempre no rosto. Parecia preocupado, inclusive. – Ainda não estou tão forte, não posso ficar testando os limites de meu corpo. Venham – ele levantou uma mão na direção de Olavo, Lionel e Romero. – Vamos embora.

Os outros três se adiantaram com passos lentos até o lado da figura no manto. Anderson estava com outra flecha encaixada, esperando Rios se mexer e dar alguma brecha para um tiro. Chris, ao seu lado, tremia de raiva, prestes a começar a transformação. Pedro ofegava, Severino e Tina estavam horrorizados.

O ar zuniu, e Patrão emergiu após a amurada, carregando Beto nos braços. Ele caiu de pé a alguns metros de Jurupari, e colocou o rapaz no chão, que parecia estar acometido por uma vertigem, tonto.

– Nós resolveremos isso agora, você e eu! – gritou Patrão. Jurupari, com Rios como escudo humano, balançou a cabeça, fazendo o cocar negro farfalhar.

– Não é você quem escolhe a hora do nosso confronto. Até breve.

Jurupari ergueu os braços, evocando tentáculos de sombras abaixo de seus pés e dos seus aliados.

Na falta de uma palavra que definisse o processo acontecendo ali em sua frente, Anderson sabia que eles estavam se *teleportando*. Não era uma coisa instantânea, como um explosão de fumaça ou um tubo de luz que os tiraria dali em um passe de mágica ou de ciência avançada. Era um processo lento, de ser embrulhado e envolvido pelas sombras.

Patrão foi para cima da entidade, rodopiando. Rios, começando a ser engolfado pelos fios de escuridão, se interpôs de braços abertos entre o Saci e Jurupari, e nesse momento Anderson viu a brecha que precisava. O tronco dele, exposto. Puxou a flecha... mas algo cruzou o ar antes de seu disparo.

Jurupari se curvou. Havia uma lança cravada em seu peito. Pequena, parecida com as das icamiabas. Tina estava um passo à frente de seu grupo, a mão estendida ainda entregando seu último movimento.

— *Mimimi, mulheres indignas. Mimimi, testar os limites de meu corpo.* Testa isso, machão.

Todos, dos dois lados, prendiam a respiração com o que viria a seguir. Patrão, cauteloso, parou no limite de onde os fios de escuridão se revolviam ao seu pé. Jurupari agarrou a haste da lança com as duas mãos e arrancou-a para fora de seu tórax, sem derramar uma gota de sangue. Mas sua expressão de ódio valia mais do que qualquer ferimento causado.

— Criatura inferior — chiou, derrubando a lança no chão. Parecia ter reconhecido o artefato icamiaba, e aquilo intensificou o ódio em seu rosto. — Se queria ser notada, saiba que agora também pagará por isso.

— Só cala a boca e morre, tá? — a garota disse, em parte corajosa, em parte assustada, os olhos arregalados e a mente torcendo pelo mesmo que todos os seus amigos. Jurupari e os outros quatro, no entanto, foram completamente cobertos pelos tentáculos, e sumiram no ar, com um ruído surdo.

— Que... *sensacional* foi isso! — Anderson disse, de queixo caído, para a garota. Ela coçou a nuca e abaixou-se para pegar sua lança de volta, enegrecida na parte onde havia entrado no corpo de Jurupari.

— Valeu, mas depois você bate palmas pra mim. Acho que ele não morreu.

Patrão virou-se para Tina. Parecia cansado, e ao mesmo tempo decepcionado — não com ela, claro. Obviamente, queria confrontar Jurupari o quanto antes e recuperar o cocar.

— Ele não morreu, tenha certeza. Mas essa lança foi um golpe em Jurupari mais forte do que você pensa.

Lentamente, eles deixaram o lugar. Sem interrupções por parte de gorjalas, pisadeiras ou divindades ressuscitadas.

O sol nascia. Anderson olhava para a multidão que apinhava as ruas de Mandacaruzinha. A cidade agora abrigava a sua população, a de Aratu do Velho Rio e a de mais alguns escravos que já se encontravam nas masmorras dos gorjalas. Ainda que o lugar inteiro estivesse parecendo o corredor de um hospital público após algum desastre natural, cheio de pessoas doentes, fracas e machucadas, havia esperança, alívio e mais alguma coisa no ar. Choro, só nos reencontros. Sem se aproximar, sem interromper a magia que acontecia ali, Anderson testemunhou a pequena Maria Júlia correndo para os braços do pai, o *ex-escravo* para o qual Anderson havia feito a promessa de resgatar a filha. Sentiu-se bem, finalmente, e talvez um pouco disposto a apagar de sua mente a recente fama de sequestrador de recém-nascidos, a qual ele havia se autoimposto. Alguns minutos depois viu Sev, Edileusa e mais um homem ajoelhados no chão de terra, próximos a uma fogueira apagada que ainda fumegava. Pareciam rezar juntos. Aquele deveria ser Aloísio, o outro líder Avohai, pai de seu amigo. Parecia machucado, cheio de hematomas e feridas nos braços. Os gorjalas haviam deixado marcas profundas, mas ele havia resistido o suficiente para reencontrar o filho e a esposa. Anderson ficou feliz pelo amigo e por Edileusa, e pensou em sua própria família. Não haveria arroubos de choro de saudade quando ele voltasse, pois Álvaro e Regina jamais imaginariam que quase haviam perdido o filho por diversas vezes somente naqueles dias em que ele estivera no "acampamento de jovens problemáticos". Porém, naquele instante, Anderson seria capaz de abraçar sua família e nunca mais soltá-los.

Ainda perscrutando a multidão, o garoto encontrou Pedro, Chris e Tina, sujos, esfarrapados e machucados, deitados na varanda onde Anderson havia adormecido no dia anterior, antes de tudo quase ter dado errado. Eles estavam em silêncio, Tina olhando para o teto e usando Capivera como travesseiro, cruzava as mãos sobre a barriga, tranquila, como se não tivesse atacado uma divindade antiga há poucas horas. Anderson sorriu. Ali estava outro tipo de família, com laços não menos fortes.

Por fim, uma barulhenta saudação em linguagem indígena eclodiu em algum lugar próximo, e Anderson virou-se para verificar. No meio de uma roda de icamiabas estava Iara, a Senhora das Águas, parecendo cansada, e ainda assim bela como nunca. Com um sorriso orgulhoso, levantava Hipólita, sua neta, para que suas guerreiras a saudassem com suas lanças e arcos. Elis e Beto estavam abraçados logo ao lado, e a bebê foi passada para os braços da mãe, radiante, finalmente podendo sentir a alegria da maternidade de forma completa. Alba também estava ao lado de Iara, com um sorriso discreto, mas a mesma cara *blasé* de sempre. Talvez não estivesse empolgada com o fato de oficialmente ter se tornado *titia*.

Beto, com o rosto cheio de curativos, abraçou as mulheres de sua vida. Anderson os observava, não sem uma pontada de culpa, por mais que soubesse que tudo havia dado certo. Bem quando se perdia em pensamentos sombrios, dedos massagearam sua mente, com delicadeza. Iara olhava diretamente para ele.

"Obrigada.", ela disse. Anderson enrubesceu, e assentiu de leve com a cabeça. Elis, que naquele momento estava tão parecida com a sua mãe em aparência e na magia que irradiava, também olhou em sua direção, conectada àquele momentâneo elo mental triplo.

"Você é o melhor padrinho que minha filha poderia ter".

Anderson não mentalizou resposta alguma. Sorriu, emocionado, mas no fundo só um pensamento martelava sua mente: "sou padrinho do neto de Wagner Rios."

Esperava que nem Elis e nem Iara estivessem vasculhando seus pensamentos. Por mais que aquele fosse um segredo compartilhado.

Ficaram mais dois dias em Aratu. E aqueles dois dias passaram muito longe de uma folga. Em um mutirão, ergueram casas de emergência com madeira, tijolos e barro. Inácio se mostrava um exímio arquiteto, auxiliando todos durante a colocação de vigas e calhas. Edileusa, Aloísio, Sev e Gerônimo passavam distribuindo água e alimento para quem estava trabalhando na expansão de Mandacaruzinha. Enquanto serrava uma viga, Anderson os viu passando e chamou Sev de canto. Entregou-lhe um saquinho de veludo tirado do bolso. Sev o abriu, curioso, e ergueu uma pedra esverdeada e brilhante entre o indicador e o polegar.

— Algo me diz que isso não é bala de goma — disse o cangaceiro. — É de verdade?

— Por favor, não coma. E sim, é tudo o que tenho. Eu tinha trazido as joias para vender em São Paulo e levar o dinheiro para Rastelinho... Mas minha família tem um teto pra se abrigar. O povo daqui precisa desse dinheiro muito mais do que eu.

Sev guardou o saquinho na algibeira. Aprendendo os modos de um Avohai, tirou o chapéu de meia-lua e abraçou o amigo, pegando-o de surpresa.

— Obrigado por tudo.

— Foi um prazer conhecer um *jedi* do sertão — Anderson disse, dando tapinhas nas costas de Sev. Ambos riram, e se separaram alguns segundos depois. — Você vai ficar com as peixeiras do seu pai?

Severino assentiu.

— Ele disse que eu fiz por merecer. Vamos forjar novas para ele e para minha mãe, que estava usando uma emprestada do meu tio. Ah, e ele voltou pros Avohai! Disse que, abre aspas — Sev pigarreou e imitou a voz ranzinza de Gerônimo — "fazer tapioca é uma arte, mas uma arte que não é tão emocionante quanto a arte de arrancar o bucho de alguém fora". Fecha aspas.

— Bonito e poético. Você deveria tatuar essa frase quando fizer 18 anos.

— Ah, estou contando os dias para isso.

Anderson riu, e estendeu a mão.

— Depois que acabar o trabalho por aqui, vamos combinar de passar as férias escolares lá em São Paulo.

— *Pronto!* — Sev respondeu, apertando a mão de Anderson e firmando o acordo. – E assim que eu conseguir internet, quero jogar Battle com o lendário Shadow Hunter.

– Será um prazer ter o primeiro elfo cangaceiro na guilda!

E voltaram para o trabalho, mais leves.

O *Arriégua do São Francisco*, com um tripulante a menos que na viagem de vinda, Severino, os levou de volta para Canindé do São Francisco, mais especificamente para o RESTAURANTE TURÍSTICO DA #DONANEUMA, onde a própria Dona Neuma os recebeu em pessoa. Sem fazer perguntas e já os chamando para uma mesa posta, ela os convidou a entrar.

– Podem ir na frente – disse Anderson para Tina e Pedro, enquanto se voltava para o pequeno píer do restaurante onde o barco de Gerônimo estava atracado. – Eu quero me despedir do Rio São Francisco do jeito certo. E minha mãe sempre fala que eu posso sofrer de *contusão* se for nadar depois de comer...

– É *congestão* – Tina corrigiu, chamando Capivera para perto de si. A garota tinha urucum vermelho debaixo dos olhos, pois havia sido homenageada pelas icamiabas na despedida em Mandacaruzinha. – Eu também não deixo a Capí nadar depois de comer.

– Mas ela é uma capivara! – Pedro protestou. – Tudo o que esse bicho faz é comer e nadar! É da natureza dela!

– Mas é uma capivara diferente, tonto. A *natureza humana* dela também é diferente.

– *Natureza canina*, você quis dizer.

Anderson deixou os dois com a conversa saudável que surgiu, e foi para a beira do rio. Ficou só de bermuda e entrou devagarinho na água, para ver até onde dava pé. Ela estava em uma temperatura ótima, e o muiraquitã de tartaruga ainda dava ao garoto a habilidade de enxergar debaixo da água, sem que seus olhos ardessem. Teve também a impressão de que estava conseguindo ficar muito mais tempo sem precisar ir à superfície tomar fôlego.

Sentia o corpo e a mente se regenerando na correnteza, além de sentir-se capaz de atravessar o rio a nado até a margem do lado de Alagoas. Deixou o corpo flutuar junto com a vontade das águas até uma prainha sossegada a poucos metros do restaurante. Saiu do rio e ficou ali, secando no sol, admirando o brilho na superfície e ouvindo o canto dos pássaros. Mal notou o senhor que se aproximou pela sua esquerda, silenciosamente.

– Tarde! – ele cumprimentou, erguendo o chapéu de palha. Usava uma regata branca sobre a barriga protuberante e calça jeans surrada dobrada na altura das canelas. Os pés estavam descalços, para dentro da água límpida. – A água tá boa pra nadar!

– Oi! É, tá bem boa! – disse Anderson, sorrindo. Por mais que quisesse

<266>

se despedir do Rio, não achava que o velhinho estivesse atrapalhando. Gente daquele tipo, que vivia do rio, perto do rio, fazia parte do rio também. O São Francisco não era apenas litros e litros de água corrente indo para o mar. – O senhor não vai entrar?

– Ah, vou sim! Daqui a pouquinho. O rio tá aí, mas você tem cara de turista. Turista sempre vai embora rápido e não posso perder um dedinho de prosa – ele se sentou de pernas cruzadas, ao lado de Anderson. – Você é de onde?

– De Rastelinho, Minas. Mas meio que sou de São Paulo, também.

O senhor riu, balançando a cabeça.

– Eu sei como é ser meio que de vários lugares, também. Nós não pertencemos só ao lugar em que nascemos, sabe? Somos todos como esse rio. Nascemos em um lugar, pequenos e mirrados, e desaguamos em outro, bem maior, mais poderosos, empurrando o mar de volta apenas para depois nos juntarmos a ele... Voltarmos ao todo.

Anderson pensou no que o homem disse. A sabedoria de uma pessoa simples. Ele o fazia se lembrar de Dodô, de Matí...

– Bonito, isso – Anderson disse, mexendo distraído em seu muiraquitã.

– É, sim. Mas às vezes nossas vidas são interrompidas antes de chegarmos ao fim do curso do rio. Nem esse rio escapa disso. Tem gente por aí que tenta fazer mal pra ele...

– Nossa. Eu sei bem disso – Anderson disse, pensando na usina de Rios. Quanta água havia sido desperdiçada durante o tempo em que eles a botaram para funcionar e para gerar a energia necessária para Jurupari? Mesmo com a barragem fechada, qual seria a dimensão do estrago feito no São Francisco? E agora, depois daquilo, será que conseguiriam algum dia consertar toda a bagunça causada por aquela aliança curta e destrutiva entre Rios e o finado Massacre? – É um rio tão grande, que acho que muitas pessoas não imaginam o que acontece nele todo... Deve ser quase impossível vigiar ele todo, ainda mais quando uns e outros conseguem permissão oficial pra destruir.

– Pois é. Mas te digo uma coisa, guri: defender sempre é mais difícil que atacar, porque normalmente defender também envolve o trabalho de reconstruir. Reparar todo o dano causado.

Anderson olhou para o velho, de olhos arregalados. O que ele dizia fazia tanto sentido para o seu momento atual, que ele não sabia o que dizer. Apenas queria escutar mais. E foi o que o senhor continuou providenciando.

– Esse rio já foi mais forte, mais rápido, mais cheio. Com o tempo, ele está cada vez mais do lado de lá, dos sonhos, do Mar que nos espera... É triste. Muitos atacam, muitos interrompem. Poucos defendem, poucos reconstroem... Mas esses poucos merecem toda a minha gratidão.

Debaixo da sombra do chapéu de palha, ele estava sorrindo para Anderson, que inclinou a cabeça em sua direção.

– Quem é você? – Anderson perguntou, com a maior sensação de *déjà vu* de sua vida. O velhinho esticou as pernas, preguiçoso, enfiando os dedos do pé na água.

– Eu sou um velho cansado, guri. Veja só: durmo uma vez por ano, e bem nessa ocasião vem um bando de parvos me acordar – ele suspirou. – Não é algo totalmente injusto?

Anderson achou que o "durmo uma vez por ano" não havia soado tanto como força de expressão. Começou a entender o que estava acontecendo ali, ligando os pontos.

– Sinto muito. Deve ser algo bem chato.

– É, sim. Mas agradeço pela sua solidariedade – o velho respondeu, levantando-se e entrando na água até os joelhos. Olhou para trás e continuou. – Mas para cada dez sujeitos "poderosos" que aparecem fazendo besteira na minha vida, eu encontro um garoto magricela e descalço que realmente pode fazer a diferença que eu preciso. Obrigado, Anderson.

O garoto não perguntou como ele sabia o seu nome. Devolveu na mesma moeda.

– De nada, seu Chico.

O Velho sorriu, caminhando um pouco mais para dentro das próprias águas. Quando estava na altura do pescoço, tranquilo, virou-se mais uma vez para Anderson.

– Outra coisa: enquanto defendemos, também sofremos perdas. Mas as coisas que nos deixam nunca se vão, de fato. Quando a água doce do rio se mistura com a salgada do mar, ela ainda está lá. Diluída, mas fazendo parte de algo novo. Somente o que é esquecido é realmente perdido. Portanto, nunca se esqueça.

Anderson abaixou a cabeça, absorvendo as palavras. Sentia que cada uma delas havia sido gravada em sua alma, naquele instante, como se fossem necessárias para tudo o que viria a seguir. Ele era alguém que *defendia*, e por mais de uma vez quase havia perdido. Será que alguma hora ele realmente seria atingido?

Quando ergueu a cabeça, o Velho já havia sumido. Anderson procurou pelo seu chapéu de palha flutuando mais a frente, mas nada encontrou. Porém, viu outra coisa lá para o meio do Rio que afastou os seus pensamentos preocupantes: três *cumpadis d'água* faziam algazarra e brincavam de esguichar água um na cara peluda do outro, felizes da vida. Todos usavam cabelos arrepiados.

O gramado do mundo dos sonhos era mais verde do que ele se lembrava. Anderson caminhava para longe da margem do Rio Escuro, pois sabia que não haveria mais ninguém para regular a distância em que se encontrava. A sombra do horizonte agora se encontrava no seu mundo, comprimida em um corpo frágil.

Anselmo estava em um campo de girassóis, de pé. Não precisou virar para Anderson para notá-lo chegando, passando a mão pelas grandes flores com delicadeza.

– Faz tempo, hein?

– Foi mal – Anderson disse, parando ao seu lado. Contemplou a mesma extensão de cores no horizonte que o amigo encarava. Ali, fazer nada era a coisa mais importante do mundo. Não havia tempo ou obrigações. – Eu estive ocupado.

– Tô sabendo. Vi a hora em que o Jurupari foi embora daqui. Acredite, tentei segurá-lo desse lado.

Anderson não conseguiu dizer nada. Além de todos os que se envolveram na batalha da barragem, que ele jamais saberia seus pequenos feitos na batalha contra um exército de gorjalas, havia mais gente agindo a um mundo de distância.

– Sabe o que é engraçado nesses girassóis? – Anselmo perguntou, após um longo e nada incômodo silêncio. – Na sua realidade, eles acompanham o movimento do sol nos céus. Aqui não tem sol, mas mesmo assim eles estão a cada hora voltados para um lugar aleatório. Não sei se tem uma mecânica por trás disso. Se existe alguma lei por essas bandas que controlam girassóis sem sóis. E na verdade nem quero saber. Quero apenas ficar aqui do lado deles, absorvendo o calor que vem de lugar nenhum. Consegue sentir?

Anderson não sabia dizer com precisão. Certamente, havia alguma luz, algum tipo de energia incidindo sobre eles...

– Acho que sim.

– É interessante. Talvez as memórias de quem está desse lado e não pode voltar ajudem a manter esse Reino funcionando... O amor, a dor e a saudade que corre por aqui sem chance de despertar deve virar a magia que vaza para o outro lado. A magia que Patrão, Matinta, Jurupari e Iara manipulam. – Anselmo virou para o amigo e deu uma batidinha de leve em sua cabeça, com os nós dos dedos. – Mas o que eu acho mesmo é que esses girassóis me fazem lembrar de coisas que eu já devia ter esquecido.

– A sua memória do prédio – Anderson exclamou, quase sem perceber.

– Sim.

– Você não queria que eu a visitasse.

– Talvez eu não quisesse.

– Ainda não quer?

Anselmo ergueu os ombros.

– Você espiou a vida de Wagner Rios e parece bem. Talvez sobreviva às minhas.

– Certo – Anderson riu. – Mas você não precisa, se não quiser...

– Eu quero que você veja. Você é meu amigo – Anselmo disse, sem titubear. – E talvez possa me fazer um favor, depois. Podemos?

Eles se sentaram entre girassóis.

O bairro residencial. A rua cheia de árvores. O prédio. O andaime. O zelador fumando com o braço para fora da guarita. Segurou a grade da porta e chamou o sujeito.

– Boa tarde. Eu gostaria de ir no décimo segundo, apartamento 1202.

O sujeito bigodudo deu uma olhada em Anselmo. Não disfarçou a espiada que deu no hematoma roxo em seu olho. Soprou fumaça e bateu as cinzas com a ponta do dedo.

– Eles estão te esperando?

– Acho que não. Pode falar que é o Anselmo, por favor?

– É com o Dr. Tavares que você quer falar?

– É com o filho dele, Michel. Meu nome é Anselmo.

– Só um momento – disse o homem, puxando o interfone e fechando a janela escura da guarita. Anselmo escutou ele falar alguma coisa e colocar o fone no gancho. A janela abriu novamente. – Olha, não me leva a mal, mas me disseram que não conhecem nenhum Anselmo...

– É que o pai do Michel não me conhece, mesmo. Se o Michel estiver lá ele pode me...

– É que foi o próprio Michel que atendeu, garoto. Escuta, não me leva a mal, mas você não tem cara de quem tem amigos por essas bandas...

Anselmo franziu a sobrancelha e riu, desconcertado.

– E do que eu tenho cara?

– De encrenqueiro – o homem respondeu – Escuta, é melhor você ir embora e...

Anselmo deu um chute no portão, com raiva. Assustado, o porteiro deixou o cigarro cair de seus dedos e recebeu um último olhar irritado do garoto, que virou-se abruptamente e seguiu pela calçada. Quase não percebeu o portão automático da garagem do prédio, e o carro importado que saía de lá de dentro precisou buzinar para que Anselmo acordasse de seus devaneios. O motorista cantou o pneu do veículo ao deixar a calçada, irritado, e o portão começou a se fechar automaticamente assim que ele dobrou a esquina.

Sem pensar duas vezes, Anselmo entrou na garagem. Ninguém gritou ou pediu que ele voltasse, pois ninguém o viu.

Entrou no elevador e apertou o 12. Estava com as mãos suando dentro da jaqueta, em parte por saber que havia entrado às escondidas. Mas Michel esclareceria que havia sido um engano, caso houvesse algum problema.

Eram apenas dois apartamentos por andar. O 1201 e o 1202 ficavam um de frente para o outro, e o capacho de entrada do 1202 dizia AQUI MORA UMA FAMÍLIA COM <3 AMOR <3. O tapete era tão limpo que parecia que eles limpavam os pés no tapete marrom e comum do 1201. Ou era simplesmente um capacho novo.

Anselmo tocou a campainha. Viu a luz através do olho-mágico ser interrompida brevemente, o que significava que alguém o observava do outro lado. Ele tirou uma das mãos do bolso e acenou. O trinco da porta fez barulho, e

<270>

ela se abriu. Uma moça baixinha, de avental, segurando uma garrafa de lustra-móveis, apareceu pela fresta.

– Pois não?

– Oi, hã... Eu queria falar com o Michel. Posso entrar?

Ela pareceu hesitar brevemente, mas não desconfiou que alguém subiria doze andares sem que o porteiro o visse passando. Deu passagem ao garoto, que pediu licença e entrou na sala luxuosa.

– Eu vou chamar o Michel. Só um momento.

– Obrigado – Anselmo disse, em seguida deixando o olhar se perder nas inúmeras lembranças de viagem da família sobre as estantes e prateleiras. Torrezinhas de Paris, um *leprechaun* de Dublin, pequenos sombreiros da Cidade do México. Retratos de Michel com seus pais em várias épocas diferentes, em lugares diferentes. Quando tudo começou a parecer repetitivo, Anselmo desviou o olhar para a janela, de onde podia ver grande parte do bairro e muito além. Duas cordas balançavam bem no meio da janela, dividindo a vista: eram as cordas do andaime do homem que lavava as vidraças pelo lado de fora.

Passos abafados pelo carpete vieram do corredor. Anselmo se virou e viu Michel entrando na sala. De óculos, magro, cabelo penteado com risca. Era alto e esguio. Estava de gola polo dentro de casa. Anselmo jamais usaria gola polo dentro de casa, e deu uma risada breve antes de cumprimentar Michel.

– Oi. Foi mal aparecer assim. É que o porteiro deve ter feito alguma trapalhada...

– O que você tá fazendo aqui? – Michel perguntou, interrompendo. Anselmo tirou as mãos do bolso.

– Eu sei, você deve estar estudando... Mas é que eu precisava falar com você. Ligaram lá da escola e meu pai surtou, como deu pra perceber – ele disse, apontando para o roxo ao redor do próprio olho. Não que precisasse apontar para que o hematoma fosse notado. – Eu precisei fugir de casa... Então, acho que vou ficar umas semanas sem dar notícias. Só queria te avisar.

Michel não esboçou reação alguma. Anselmo olhou para o teto, para o chão, de volta para Michel.

– É... Tá tudo bem com você?

– Vai embora.

Duas palavras, secas. Anselmo ficou ainda mais confuso.

– O que foi? Por que você tá falando assim comigo, cara?

– Ligaram pra cá, da escola – Michel disse, apertando os lábios e arrumando os óculos que escorregavam pelo nariz. – Falaram com meu pai.

O rosto de Anselmo ficou branco.

– Nossa... Pensei que só tinham ligado para o meu...

– Quem está aí?! – perguntou uma voz, grave e irritada, vinda de outro cômodo. O pai de Michel, que era mais forte e mais bronzeado que o filho, surgiu do corredor, pisando duro. Seus olhos pararam no rapaz que parecia completamente deslocado dentro de sua casa perfeita e arrumada. – Quem é você?

– Meu nome é Anselmo. Prazer – respondeu, sem abaixar a cabeça. Estendeu a mão, mas ela foi completamente ignorada pelo Dr. Tavares (médico cardiologista, formado na Universidade de São Paulo em 1984, conforme dizia o diploma na parede).

– Anselmo?! É esse pilantrinha que te envergonhou na frente de todo mundo na escola, filho? Que ficou tentando pegar na sua mão?

– É – Michel respondeu, olhando para o chão – É ele sim, pai.

Tentando pegar na sua mão? Como ele forçaria alguém a andar de mãos dadas com ele? Anselmo olhou de Michel para o homem. Não esperava que ele assumisse qualquer coisa do tipo para o pai, mas... Falando daquele jeito, era como se ele tivesse feito algo sem consentimento algum. Estavam fora das dependências da escola, por mais que eles não imaginassem estar sendo observados.

– É muita cara de pau sua vir até a minha casa, moleque! – o Dr. Tavares esbravejou, arregaçando as mangas de sua camisa caprichosamente passada com vincos nos braços. – Meu filho é *homem*, dei educação pra ele! Gente como você acha que pode fazer o que quiser, que é normal ser assim...

– Minha mãe me deu educação também – Anselmo retrucou, sem olhar para o homem. Seus olhos estavam em Michel. Ele realmente não diria nada em sua defesa?

– Cala essa boca! – gritou o homem, vermelho. A moça que havia atendido a porta para Anselmo apareceu na entrada da cozinha, assustada. – Não se atreva a me responder dentro de minha casa!

Anselmo não estava nem um pouco assustado com a recepção do Dr. Tavares. Estava embasbacado com a completa incapacidade de Michel em dizer qualquer coisa mínima em sua defesa. Mesmo que fosse para dar uma desculpa do tipo "não, pai. Ele não é meu namorado, nem nada. Foi só um mal-entendido, não grite com o meu amigo".

O homem continuava a esbravejar. Listava mil e um motivos do porquê Anselmo era um marginal, um depravado, um sinal do fim dos tempos e dos bons costumes. Ele escutava tudo, mecanicamente. Nada que ele não soubesse que os outros pensassem mundo afora. Nada que não estivesse nos comentários cheios de ódio em portais de notícias. Porém, depois de ser expulso de casa por seu próprio pai, não merecia ouvir aquilo de mais ninguém.

– Peço desculpas por ter vindo. Só queria dizer que a culpa foi minha – disse, por fim, quando o Dr. Tavares já estava sem fôlego de tanto gritar. – Eu que peguei na mão do seu filho na rua. Foi contra a vontade dele. Ele não é esse *tipo de gente* que você está pensando.

— Não é você quem precisa me dizer isso!

— Tá, tá. Não precisa gritar mais, já deu — Anselmo disse, encaminhando-se para a porta e voltando-se brevemente para Michel, que parecia um boneco de cera olhando para o tapete caro de sua sala. — E desculpe, cara. Seja feliz.

Michel abaixou a cabeça. Anselmo já tinha aberto a porta para sair, e se deparou com o capacho.

AQUI MORA UMA FAMÍLIA COM <3 AMOR <3

A voz do Dr. Tavares continuava reboando pelo corredor do elevador. Foi para cima do garoto, que já estava saindo, e começou a botar os seus últimos órgãos vitais para fora da boca, cuspindo as palavras.

— Fora! Já! Saia da minha casa, sua... Sua *aberração*!

Anselmo estacou sobre o capacho. A porta do 1201 abriu, e uma senhora saiu para ver o que se passava com o vizinho. O garoto não perdeu tempo olhando para ela. Não sentia vergonha, não se sentia humilhado, apenas se sentia... esgotado. Cansado.

— Vai! Sai logo ou eu tiro você à força! — gritou o pai de Michel. E empurrou suas costas com brutalidade.

Virou-se. Estava calmo, mas decidido. O Dr. Tavares não pareceu acreditar que o rapaz estava voltando para dentro da sua casa. E se encaminhando para o fundo de sua sala, para a janela.

— Tô perdendo um sogro bem babaca, Michel — disse baixinho, ao passar, para que só o menino escutasse. Por fim, abriu o vidro da janela. Michel e o pai observaram estupefatos enquanto ele colocava uma perna para fora do parapeito. Anselmo tirou uma das alças de sua mochila, abrindo o zíper dela e revirando algo lá dentro. A moça da limpeza atravessou a sala correndo, achando que a visita iria se matar. Mas a ideia estava longe de ser aquela.

Sacou uma lata de spray de tinta vermelha da mochila. Colocou novamente as alças da maneira certa, e agarrou as cordas do andaime com a mão esquerda. Agitando a lata com a outra mão, olhou para baixo, onde o rapaz do andaime lavava os vidros da janela abaixo.

Desenhou uma grande seta do lado da janela da Família Tavares, e pulou, apertando o pino de sua lata contra a fachada do prédio

O andaime tremeu. O homem que o operava gritou com o susto, mas Anselmo o ignorou e começou a soltar a corda para que a plataforma fosse descendo com os dois. E enquanto descia, Anselmo continuava riscando a fachada, em uma linha reta, na medida do possível, até que chegassem ao térreo.

Saltou do andaime, e escreveu rapidamente ao fim da linha que se estendia até o décimo segundo andar:

AQUÎ MORA UMA FAMÍLIA COM ÓDIO

Anderson abriu os olhos no campo de girassóis. Anselmo o encarava, com as sobrancelhas erguidas.

– Bom, aí está.

– Cara...

– É, eu sei. Que droga, né?

– Sinto muito por você ter encontrado gente assim.

– Ah, valeu. Eu ainda soube levar a coisa... Não que eu recomende pichar o prédio de todo mundo que tem essa cabeça preconceituosa. Até porque acho que não existe tanta lata de tinta assim no mundo...

Os dois riram, mas o próprio Anselmo balançou a cabeça.

– Estou sendo injusto. Eu quero acreditar que existe mais gente inclinada ao amor do que ao ódio.

– Eu também. Mais gente disposta a defender e reconstruir do que a atacar – Anderson disse, lembrando de seu último mergulho no Rio São Francisco. Anselmo concordou com a cabeça.

– Pois é. Tem você. O pessoal da Organização, da Primavera...

– Ei... Falando em Primavera – Anderson exclamou, com um meio-sorriso. – E a Gaia, onde entra nessa história? Vocês não eram namorados?

– Fomos, sim. Eu gostava dela, de verdade. Ainda gosto – corrigiu-se. – Ela foi incrível, me deu força e foi minha amiga de verdade. Eu acho que teria me apaixonado por ela de qualquer forma, fosse ela homem, mulher ou uma pedra. Gaia é apaixonante.

– Nisso eu concordo – disse Anderson, erguendo as sobrancelhas. Anselmo ficou um tempo olhando para os girassóis ao redor deles; por fim tirou dois envelopes do bolso de sua camisa.

– Essa coisa de vazar magia daqui pra lá me deu uma ideia. Com sorte, gostaria que você entregasse alguns recados para algumas pessoas quando chegasse a São Paulo. Quebra essa pra mim?

– Claro. Tô dormindo no avião que tá indo pra lá, agora mesmo.

– Boa – Anselmo disse, e colocou os papéis na mão de Anderson. – Você conseguiu levar um fruto do sono do Jurupari daqui pra lá. Duas cartinhas vão ser moleza.

– Isso é... bizarro. Ei, para quem são?

– Uma é para a Hipólita. Fiz um desenho pra ela.

<274>

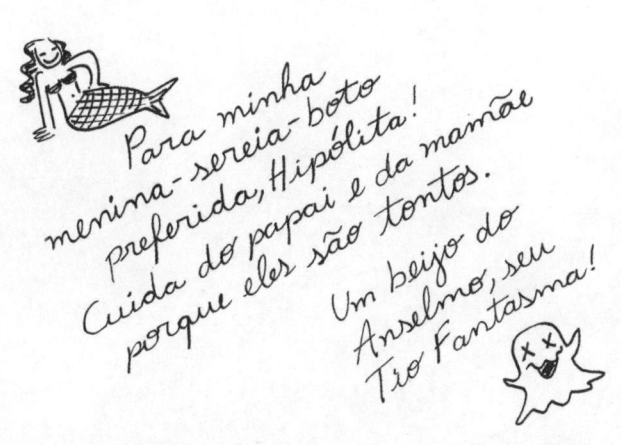

Para minha menina-sereia-boto preferida, Hipólita! Cuida do papai e da mamãe porque eles são tontos.

Um beijo do Anselmo, seu Tio Fantasma!

— Isso é muito tua cara.

— Sim. Fofo, cretino e morto. Ah, e parabéns por ter sido escolhido padrinho!

— É, até eu fiquei surpreso, depois de tudo o que causei.

— Deixa de palermice. Você fez tudo isso por amar seus amigos. Foi isso que te moveu, foi isso que te motivou. Lembra quando eu disse no ano passado que as coisas ficariam mais difíceis, e que você deveria contar com seus amigos? Pois é, as coisas ficaram e você pode contar com eles. Continue assim, e cada obstáculo que aparecer será tirado de letra. Você é o cara, Anderson.

Anselmo se esticou para dar um abraço no amigo, e estragou o momento puro e singelo com um comentário cretino: *"não, não estou dando em cima de você"*. Anderson gargalhou, deu um soco no braço do outro e perguntou sobre o conteúdo do outro envelope.

— Leia o destinatário, caramba.

Anderson leu. *Michel.*

— Ah, tá zoando!? Depois do que o cara fez contigo?

Anselmo levantou-se.

— Deve ser difícil machucar alguém e nunca ter a chance de se desculpar. Estou facilitando as coisas, para que ele possa viver sem esse peso.

— Uau — fez Anderson, admirando a maturidade do amigo. — Mas sei lá, não compensaria mais mandar algo para Gaia? *Para sua mãe?*

Anselmo deixou algumas lágrimas caírem. Anderson não se lembrava de ter visto alguém chorando no Reino dos Olhos Fechados.

— Nada mais justo do que eu mesmo visitá-las e matar a saudade, em sonhos. Para elas acordarem sem se lembrar que sonharam comigo, mas passarem o resto do dia sorrindo sem motivo. Acho que é a melhor maneira de estar do lado delas. Vivendo no sorriso e na lembrança de quem me amou de verdade.

Com os envelopes farfalhando no vento e sem mais palavras para serem ditas naquela visita, Anderson e Anselmo ficaram olhando o campo de girassóis por mais um bom tempo. Todos estavam voltados para uma única direção: a deles.

<275>

< capítulo 18 >

RECADOS ENTRECUES

Rod foi buscar o grupo com o Carro Verde no Aeroporto de Cumbica, em Guarulhos, e foi contando tudo o que aconteceu enquanto eles estavam fora. Ninguém se dispôs a começar tudo o que havia se passado naqueles longos e exaustivos dias. Que ficasse para uma assembleia geral, mais tarde. Ou no dia seguinte... Ou ainda no outro.

Anderson temia pela pequena Hipólita ao imaginar a algazarra que Kuara faria ao ver a mais nova integrante da Organização. Entrando no Casarão antes de todo mundo, Patrão ordenou que nenhuma bagunça fosse feita, para que a bebê não se assustasse. Não houve caos nenhum por parte dos outros, apenas uma profusão de "óóóóuns", "aaaahs" e adultos falando com voz de criança – isso incluía Kuara.

– Ela já escutou alguma música? – perguntou a arara, pousada na beirada do berço recém-chegado da bebê, cortesia dos Sukatas. – Eu adoraria ser o intérprete da primeira canção que Hipólita escutou em vida! Pensei em algo como *Amigos Para Siempre*, mas a versão do Freddie Mercury com a Montserrat Caballé. Não a da Sarah Brightman com o José Carreras, que eu não gosto tanto. Ou ainda *Imagine*, uma canção de esperança, tolerância e amor ao próximo...

– O Beto cantou pra ela *Fear of the Dark*, do Iron – Elis disse, trocando a fralda de pano da garotinha com uma plateia de umas dez pessoas babonas ao redor. – Ela adorou, e deu risada até golfar na minha roupa.

Kuara deu um passo para o lado, ficando mais longe da boca de Hipólita, e resolveu repensar seu repertório para crianças.

Anderson havia combinado de passar o dia seguinte na sede da Primavera Silenciosa e dar uma volta por São Paulo com Renato e Fernanda. Passeio exclusivo para membros da guilda, com direito a sorvete e pedalada pelo Ibirapuera com bicicletas alugadas. Sabendo que Fê logo o enquadraria sobre a promessa que havia feito antes da viagem para o Sergipe, Anderson foi se preparando psicologicamente para explicar apenas um pouco, muito pouco, da verdade sobre sua vida nada normal. E ela foi traiçoeira: esperou Renato dizer que precisava ir ao banheiro, e ficou guardando as bicicletas na sombra de uma árvore junto com Anderson. Cruzou os braços, pigarreou e atacou quando ficaram a sós.

– E então... nosso trato.

– Ok, Dead. Ok – Anderson suspirou, começando imediatamente a andar em círculos. – É bem complicado até mesmo começar algo assim. Sei que vai parecer que eu sou louco, que eu...

Fernanda cobriu os olhos com uma das mãos, contendo o riso.

– Chega a dar dó o seu desespero, Anderson.

– Ah... – ele ruborizou, sentindo-se um tantinho ridículo.

– Sério. Não precisa me contar, dane-se a aposta. Tá na sua cara que você passou por poucas e boas nessa sua "missão secreta". Descansa. Estamos aqui para nos divertir, hoje. Folga de Asgorath, apenas a guilda, hã?

Anderson ficou quieto. Mas era óbvio que ele estava grato em ouvir aquilo.

– Eu também não quero ficar atualizando você e o Hell sobre as coisas do Esquadrão de Heróis que descobri – ela continuou. – Aposta suspensa por enquanto. Certo?

Renato voltou, enxugando as mãos na frente da camiseta, que ficou ensopada. Fê e Anderson apenas o olharam se aproximando, e ele revirou os olhos.

– Já sei, vocês devem estar pensando "ah, olha o gordinho suado". Mas isso é água, não tinha papel toalha no banheiro!

Sem Rio Dourado ou segredos na pauta, o resto do dia foi ótimo, e o mais comum possível.

Anderson encontrou um Casarão bastante silencioso na manhã seguinte.

– Cadê o povo? – perguntou para Kuara, que lia o jornal, de pé sobre o caderno de Economia.

– Patrão foi viajar com Chris e Zé. Não, não me contou para onde iam. Cadê minhas castanhas-de-caju?

Anderson revirou os olhos e arrastou-se escadaria acima para pegar os grãos em sua mochila, sabendo que Kuara não lhe daria sossego até que recebesse seu tesouro. Depois, cumpriu seu papel de bom padrinho e fez uma bandeja de café da manhã para levar até o quarto de Elis, Beto e Hipólita. Todos dormiam, e ele deixou o desjejum no criado-mudo entre a cama de casal e o berço, entrando e saindo pé-ante-pé.

Ajudou Tina e Pedro nos afazeres da tarde, e aquelas atividades comuns como ordenhar Márcia e varrer o chão eram mais do que bem-vindas após tudo o que haviam passado nos últimos dias. Rute e Rod ainda ficaram por lá, trabalhando na casa como se fossem membros fixos. Enquanto uma certa calmaria se estabelecia na superfície das emoções de Anderson, algo em seu interior ainda não havia sido consertado. A ressurreição de Jurupari. Rios, agindo como um cachorrinho dele... Tinha certeza de que a ausência de Patrão, Zé e Chris significava que já estavam fazendo os próximos movimentos do tabuleiro.

Sabendo que antes do término das férias eles ainda tentariam voltar para São Paulo por pelo menos mais um final de semana (e para o batizado icamiaba da pequena Hipólita; o padrinho deveria estar presente), Anderson e Renato fizeram as malas naquela tarde. Se encontrariam à noite, e pegariam um ônibus para Rastelinho no início da madrugada, no Terminal Rodoviário Tietê, para chegarem em casa na outra manhã. Porém, antes de irem para a Linha Azul do Metrô, rumo à rodoviária, Anderson disse a Renato que antes eles precisariam passar em um lugar.

– Só entregar uma carta, coisa rápida.

A rua ainda era bem parecida com a que Anderson tinha visitado nas memórias de Anselmo. Tinha menos árvores que antes, mas ainda era agradável.

– Cada casa chique, hein? – disse Renato, segurando as alças de sua mochila e olhando impressionado para o alto. Anderson parou na frente da portaria do prédio, que obviamente já não tinha nenhuma pichação em sua fachada.

– Já volto.

O porteiro na guarita também não era o mesmo, e nem bigode tinha. Anderson tirou o envelope de um dos bolsos laterais da mochila.

– Boa noite. Eu queria deixar uma correspondência para o 1202.

O moço franziu a testa ao ver alguém entregando cartas naquela hora da noite, mas esticou o braço para pegar o envelope mesmo assim. Deu uma olhada na única palavra grafada nele, o nome do remetente.

– O seu Michel não mora mais aqui com os pais, mas por coincidência está por aqui, de férias da faculdade! Quer que eu o chame, ou é só entregar?

– Só entregar, mesmo – respondeu – Sou só um mensageiro. Obrigado e boa noite.

<278>

Partiu com Renato, sem olhar para trás. Anderson jamais saberia o que estava escrito na carta. Não teve a curiosidade, pois aquilo era assunto de seu amigo. Também não viu a reação do rapaz, Michel, que abriu o envelope e reconheceu prontamente a caligrafia no papel de aparência comum, mas que havia nascido a um mundo de distância. A carta dizia apenas "Eu acredito que você ainda seja a pessoa boa que conheci, e te perdoo. Seja realmente feliz". Não era assinado. E nem precisava.

Anderson não veria Michel chorando copiosamente, enquanto o Dr. Tavares, homem que tinha orgulho das escolhas que tinha feito para o filho ("futuro cardiologista, como o pai", dizia nas festas de família, com o rosto vermelho de tanto beber vinho), perguntava o que é que estava acontecendo.

Sentindo-se mais leve mesmo tendo apenas uma pequena participação naquela resolução, Anderson partiu com Renato para o Terminal Rodoviário.

– Como assim não tem passagem para Rastelinho?

Tinham deixado para comprar as passagens no guichê da companhia, já que os ônibus dificilmente partiam lotados para Rastelinho. Porém, a moça no caixa disse que eles não tinham nenhum carro que atendia aquela cidade. Renato bateu com a mão na própria testa e olhou para o amigo.

– Você disse que não ia esgotar!

– Mas não esgotou! Ela tá dizendo que eles não trabalham com viagens para Rastelinho! – Anderson retrucou irritado. – Não é isso o que você tá dizendo, moça?

Ela fez uma careta, virando páginas de uma lista com nomes de cidade e códigos internos.

– Eu procurei no sistema e no nosso manual, mas nunca ouvi falar dessa cidade!

– A cidade é um ovo mesmo, mas eu juro que já fui pra lá várias vezes com vocês – Anderson disse. Talvez a atendente fosse nova ali. – Tem certeza que não tem aí nenhum ônibus que passa por lá?

Ela começou a recitar pacientemente os nomes que a frota atendia, cidade por cidade, para a infelicidade das pessoas que estavam atrás de Anderson e Renato na fila. Os garotos reconheceram o nome de uma cidade vizinha e começaram a abanar os braços loucamente:

– Essa, essa! É a cidade vizinha de Rastelinho, o pai dele pode nos buscar na rodoviária – disse Anderson, desdobrando uns papéis que estavam no bolso. – Ó, tá aqui meus documentos e autorização dos meus pais pra viagem...

A moça deu de ombros e sorriu, a forma educada de dizer "o dinheiro e o problema é de vocês".

Anderson era da opinião que viajar na estrada noturna dava sono, e até uma matraca incontrolável como Renato também tirou um cochilo após a primeira hora de viagem, acordando apenas na parada de beira de estrada.

– Chegou a hora de comer? – perguntou, ainda sem abrir os olhos, quando o ônibus mal havia começado a diminuir a velocidade para estacionar no posto.

Cerca de oito horas após deixarem o terminal – metade desse tempo falando sobre Rio Dourado, RioWind, Primavera Silenciosa e Battle of Asgorath –, o ônibus chegou na pequena rodoviária da cidade vizinha de Rastelinho, com o sol já refletindo no asfalto e nos telhados das casas. Anderson, que tinha um pouco de créditos no celular, emprestou o aparelho para que Renato ligasse para o pai vir buscá-los de carro, mas o número só dava fora de área. Anderson tentou ligar para sua própria casa, mas também não conseguia sinal.

– Porcaria de operadora – disse, após muitas tentativas. Tentaram ligar a cobrar do telefone público todo pichado ao lado dos banheiros, mas sem efeito. – Bom, vamos pegar um busão intermunicipal?

Eles bem que tentaram. Mas a maldição dos atendentes de guichê novatos e que não conheciam Rastelinho se repetiu.

– Como assim nunca ouviu falar?! – Renato perguntou ao rapaz cheio de espinhas do outro lado do balcão, à beira da histeria. – Rastelinho, nem cinco quilômetros daqui! O vice-campeão mineiro de Bocha para Terceira Idade veio de lá! O de 2010...

– Renato, fica quieto – disse Anderson, pedindo desculpas para o atendente e puxando o amigo para longe. – Olha só, são nem 8 da manhã, o tempo tá bonito, os pássaros cantam... Vamos andando, de boa.

Renato piscou estupidamente, duas vezes.

– Nossa, desculpa. Por um momento eu achei que você estava sugerindo que nós andássemos por cinco quilômetros até nossas casas.

– Eu *estou* sugerindo. E não chega a dar cinco quilômetros. Vamos, para de ser molenga...

Sob protestos, foram caminhando pelo acostamento da estradinha até Rastelinho, e logo o bom humor de Renato voltou. Quase não encontraram carros pelo caminho, e quanto mais se aproximavam da cidade, mais eles se tornavam escassos.

Até que eles pararam de passar.

– O que tá acontecendo que não passa nem uma moto pra qualquer um dos lados? – Anderson estranhou, olhando até onde a vista alcançava. Na frente, uma leve inclinação da estrada até o topo de um morro suave, e logo depois o caminho desceria direto para Rastelinho. Era um trecho de asfalto que Anderson adorava, desde quando era pequeno, pois o carro descia com velocidade, e dava um friozinho na barriga. Nunca havia feito aquele trajeto a pé, até aquele dia.

Chegaram ao topo do morro e olharam para baixo.

– Acho que a gente errou o caminho... – disse Renato, após ficar calado e plantado no mesmo metro quadrado por quase um minuto. Anderson estava da mesma maneira, só que virando a cabeça para todos os lados, procurando as casas e edifícios tão típicos que formavam a silhueta de sua cidade.

Pois lá embaixo só havia um grande vale verde. No máximo, algumas árvores o habitavam.

– Acho que a gente errou *feio* o caminho! – Anderson exclamou, sentindo-se burro e perdido. Olhou para trás, para o caminho que haviam percorrido, e chacoalhou a cabeça. – Não é possível, a gente não pode ter pegado outra estrada sem querer e... o quê é, Renato?!

O amigo puxava a manga de sua camiseta, apontando para o chão. Alguns metros após as pontas de seus tênis, a estrada de asfalto terminava, num amontoado de areia, cimento e granito. Uma placa rodeada por cones de sinalização cor de laranja dizia "em obras – expansão de estradas intermunicipais".

– Não pode ser, eu tenho certeza que Rastelinho fica ali... *ficava* – Anderson levou as mãos à cabeça, sentindo um nó no cérebro, sua sombra alongada sendo projetada na descida. – Caramba, o que tá acontecendo?!

Renato sentou no fim da estrada, de pernas cruzadas. Anderson tentou ligar para sua casa, mas ainda não conseguia nenhum sinal. Lá pela décima tentativa teimosa, quando estava quase jogando o celular na grama mais adiante, ele viu um brilho azul que chamou sua atenção. Atrás de uma árvore, lá estava Pelado, o mão-pelada, escondido pelo tronco.

– Ei! Pelado! – Anderson gritou ao ver o bicho, um pequeno resquício de algo que fazia sentido encontrar em Rastelinho. – Vem aqui, garoto!

Renato foi tirando o tênis e jogando na direção do bicho, para que ele destruísse seu calçado, como havia feito com o boné de Everton, e não os atacasse. Mas, em vez disso, o animal correu, soltando chispas no ar. Anderson pensou que ele estava fugindo, até que cerca de trinta metros à frente, ele parou e olhou para trás, ficando nas patas traseiras e mexendo as orelhas redondas.

– Ele quer que a gente vá atrás dele – gemeu Renato. Anderson não esperou duas vezes e destrambelhou-se vale abaixo, seguindo o mão-pelada. Renato foi mais atrás, ainda tentando recolocar o tênis que havia arremessado por pura preocupação.

Por mais que corressem por um descampado silencioso, era estranho. Anderson sabia que não havia errado o caminho. Ali era Rastelinho... Mas nada poderia ter sido removido assim tão rapidamente, a ponto do terreno estar completamente intocado, sem escavações ou entulhos.

"A ponto das pessoas não se lembrarem de Rastelinho", Anderson pensou, com um arrepio.

A grama verde estendia-se a perder de vista. Pelado corria, e Anderson ia em seu encalço. Olhou um pequeno morro que continha uma rocha peculiar, e sabia que aquele era o mesmo lugar onde a estação de rádio da cidade e o Corpo de Bombeiros ficavam. Só estavam... sem a antena, e sem o prédio dos bombeiros. O lugar, a terra, o terreno... era o mesmo.

– Para onde foi todo mundo? – Anderson perguntou, desesperado, finalmente alcançando o mão-pelada. O animal ficou cheirando algo no chão...

– Cara, olha – Renato disse, apontando para a coisa que Pelado revirava com o focinho.

Era uma caixa de correio. Escrita *Toca dos Coelho*.

– Não...

Anderson ajoelhou-se, segurando a caixa. Olhou na elevação do terreno, olhou para o horizonte. Era como se estivesse exatamente onde se localizava a sua casa... Mas não havia casa, nem cidade, nem ninguém.

– Renato, o que tá acontecendo? – Anderson perguntou, quase em um sussurro. O amigo nada disse, pois tinha as duas mãos enfiadas no meio dos cabelos, e olhava ao redor desolado, sem saber o que pensar.

No meio de tanto sol e tanto verde, uma sombra se projetou sobre os garotos. A voz grave, fria e raspada a acompanhava.

– Eu disse que haveria consequências.

Ambos se viraram. Renato não sabia o que era o homem da pele com cor de sangue e cocar de penas pretas que havia simplesmente se materializado ali. Só sabia que ele era pavoroso, mesmo cobrindo grande parte do corpo com o manto negro que emendava com a sua sombra na grama. Sentindo o muiraquitã praticamente implorando para que ele corresse dali, Anderson percebeu que Jurupari estava um pouco diferente de sua última aparição. Não parecia tão magro, estava mais alto, e sua pele era mais... lustrosa, ainda que bordô. Ele olhava para baixo, como se admirasse a própria sombra.

– O que você fez?! – Anderson perguntou, entredentes. Renato o olhou com censura total, como se o achasse louco por falar daquele jeito com alguém tão ameaçador.

– Nada que você não esperasse. Eu disse que seus entes queridos poderiam pagar por sua insolência, e você não me escutou. Tramou contra mim.

– Onde está a minha cidade?! – o garoto berrou, cuspindo, de punhos fechados. Jurupari ergueu os olhos abissais, mas eles não assustavam Anderson.

– Está do *outro lado*. Eu achei que essa seria uma maneira mais fácil de deixar tudo bem claro: sumir com ela inteira, em vez de simplesmente fazer com que as pessoas *deixassem de acordar*...

– Como i-isso é p-possível? – Renato gaguejou, tremendo, tentando buscar compreensão nos olhos do amigo. Mas Anderson só conseguia transbordar raiva, inconformismo.

– Cadê meus pais!? Minha família, onde eles estão!?

– Você sabe onde, Anderson Coelho – Jurupari respondeu, calmo. – E você sabe como as coisas funcionam: a magia pode vazar *de lá para cá*. Eu simplesmente fiz o caminho contrário. Mandei sua cidade *daqui para lá*. Trancafiei a sua existência para fora dessa realidade. Assim como fizeram comigo, tempo atrás.

– Você não pode ter feito isso... não pode!

– Eu posso. Minhas leis. E você sabia disso. Toda e qualquer lembrança sobre Rastelinho e suas pessoas está apagada. Você e seu amigo podem se lembrar de tudo, para terem sempre em mente o que é desafiar O Legislador – ele voltou o rosto para Renato, por um instante. – Não costumo ser um deus injusto. Mas, nesse caso, você está pagando por sua má companhia. Que fique como lição.

Anderson deixou o *case* do arco cair no chão. Abriu-o com um chute, armou o arco com uma flecha que estava dentro do kit e disparou, gritando.

Jurupari caiu para a frente, mergulhando na própria sombra, e materializou-se um metro para o lado, o manto esvoaçando às suas costas. Por um momento, foi possível enxergar o ferimento da lança de Tina em seu peito, ainda em carne viva. A lança icamiaba deveria ter algum tipo de efeito prolongado em sua carne.

– Estou enfraquecido. A transição, o ferimento. Mas a cada segundo que passa, fico mais poderoso, deixando os contratempos da carne fraca que fui forçado a habitar. Logo, poderei fazer mais, muito mais. Isso foi só uma amostra de meu poder, Anderson Coelho. Você conseguiu me atrasar, mas nunca irá me parar. Porque, pra mim, você é a mesma coisa que o seu passado se tornou hoje: nada. Até breve, garoto.

Jurupari deixou-se cair novamente para dentro da própria sombra, mas sumiu de vez. Anderson deixou seu arco cair na grama. Pelado estava encolhido ao lado da caixa de correio. Renato olhava para onde Jurupari estava até segundos atrás. Onde ele havia colocado os pés, a grama ficou enegrecida, podre.

– Eu... não entendo – disse o garoto, que de sobrenatural ainda tinha visto tão pouco, perto de tudo o que seu amigo havia enfrentado e visto.

Anderson não podia ajudá-lo. No momento, Anderson não podia ajudar a si mesmo.

Ele estava perdido.

<283>

<   epílogo   >

BUSCA

Ela vinha de longe.

A única coisa que dava um mínimo sentido à sua existência condenada não era algo palpável. Ela sabia que, na verdade, todas as coisas que realmente importavam também não eram materiais. Em mil culturas, em mil lugares, a grandeza do espírito sempre estaria ligada a algo mais... sublime. Maior. Evoluído.

Ela não buscava essa grandeza.

A estrada abaixo queimava. Depois de tanto tempo vagando sem direção, praticamente havia se esquecido do que era ter um destino a se cumprir. Claro que ela não havia esquecido dele.

Passava em uma velocidade absurda demais para ser acompanhada pelos olhos humanos. A luz do crepúsculo apenas aumentava sua sensação de poder. Sentir novamente o ódio à flor da pele lhe dava mais velocidade... resistência. A grama se incinerava, a terra era arrancada. Seus cascos pulverizavam até mesmo o asfalto das estradas.

Ela parou de correr quando alcançou o alto daquele vale e olhou para o fundo dele. Eles não a enxergavam. Garotos perdidos, sentados no meio da vastidão verde e silenciosa. Sem rumo, sem saber para onde ir. Sentiam medo.

Ela farejava todo tipo de coisas não palpáveis. Vivia sem cabeça, para começo de conversa. Até mesmo suas ventas não existiam, e ainda assim expeliam o fogo e as brasas de seu ódio para fora de seu corpo, como a chaminé de uma forja no lugar do pescoço.

Em breve, ela teria a vingança.

Os garotos não a viram, porque assim ela quis. Quando o sol se pôs por completo, o seu corpo desapareceu. Fumaça saiu da grama queimada por alguns minutos, até as chamas se apagarem.

"Ainda vais rir, mas prepara também o teu coração para chorar, a vida é mesmo esse laço apertado, tem dias que lhe conhecemos os segredos — lhe desapertamos, outros dias lutamos só, nossas derrotas e nossas lágrimas [...]"

Ondjaki

CONCLUI EM

Aço, Vento & Sacrifício

Este livro foi composto com tipografia Bembo e impresso em papel Off-White 70 g/m² na Gráfica Paulinelli.